铁 犁◎著

太陽石

铁犁小说集

台海出版社

图书在版编目（CIP）数据

太阳石：铁犁小说集 / 铁犁著. - 北京：台海出版社，2022.9

ISBN 978 - 7 - 5168 - 3335 - 3

Ⅰ．①太… Ⅱ．①铁… Ⅲ．①中篇小说-小说集-中国-当代②短篇小说-小说集-中国-当代 Ⅳ．①I247.7

中国版本图书馆 CIP 数据核字（2022）第 115002 号

太阳石：铁犁小说集

著　者：铁　犁

出 版 人：蔡　旭　　　　　　　责任编辑：俞滟荣

出版发行：台海出版社

地　　址：北京市东城区景山东街 20 号　邮政编码：100009

电　　话：010-64041652（发行，邮购）

传　　真：010-84045799（总编室）

网　　址：www.taimeng.org.cn/thcbs/default.htm

E － mail：thcbs@126.com

经　　销：全国各地新华书店

印　　刷：河北信德印刷有限公司

本书如有破损、缺页、装订错误，请与本社联系调换

开　　本：880 毫米×1230 毫米　　1/32

字　　数：350 千字　　　　　　印　张：14

版　　次：2022 年 9 月第 1 版　　印　次：2023 年 3 月第 1 次印刷

书　　号：ISBN 978 - 7 - 5168 - 3335 - 3

定　　价：75.00 元

苦而弥坚的事

那年秋天，我第一次从村西的河里捞鱼回来，一篮子底的鱼，在阳光下闪着粼粼的光，挎在臂弯里沉甸甸的，待我刚走进了村子，离家还有着百十米远的时候，我的心里忽然冒出来一股欣喜而幸福的感觉，我也可以为家里做些事情了，我这样想，那感觉就像一条清亮的小溪在我的身体里流淌，跟着我便想，要是能把这感觉和这事情记述下来就好了，一颗文学的种子就这样在我的心底悄悄地发芽了。那一年我九岁。

在后来的一段日子里，我的姑奶奶经常给我讲一些好听的故事，有皇姑女的故事，有包公的故事，还有呼延庆打擂的故事，那些好听的故事在我的心里描绘出了一片广袤神秘而又令人向往的文学的天地。但是那时我还只想着上学读书，考上学校走出山沟儿是压倒一切的任务，除了课本上的知识，我还没有闲暇的时间也没有精力去敲文学的大门。

到外面上学之后，有了一些时间，我就开始学着写一些散文之类的东西了。我还记得，那次到上房山实习，我被上房山的美景震慑了，然后我就在本子上拉拉杂杂地写下了四五篇的文字。

我写过之后，辅导员老师居然要过去读了，读过之后冲我赞许地笑了笑，没有说好，也没有说不好，我的心便如海浪拍打着海堤，一下一下地鼓荡起来，文学之梦就像远处大海上的楼宇，在我的脑海里浮现出来。

其实，这个时候，我离着文学的殿堂还很远很远。

这时候我还不知道去拜师，一是不知道师在何处，二是不想周围人知道自己这虚无缥缈的追求，因而只是埋头鼓捣自己的文字，时而有些懵懂，时而还有一些羞涩，就在这样颠沛的路上，我踯躅爬行了几年的时间，漫漫的夜色里，我把自己的汗水和年华慢慢地融进了一行行歪歪扭扭的文字，等到一段时间以后，自己再捧读这些文字时，心里感到的是苍白和苦涩。

毕业后参加工作，我进了政府的一个部门，这时候找到一个吃饭的饭碗是我的当务之急，也是比较现实的事情。稍稍稳定下来，我就又开始在文学的路上爬行了。那时我住在机关的宿舍里，平房，一个人一间，应该算条件比较好的，但房屋低矮，夏天非常潮湿，就是在那里住宿的时候，湿寒慢慢地侵入了我的身体，以后便带来了一系列的毛病，然而当时我却全然不知。

那时下班后到睡觉前，我便把门关起来，一个人在写字台前抠字，爬格子。我之所以说是抠字，是因为我的字写得不好，甚至有点难看，同时思路又很笨拙，所以当时是写完一个字再想一个字，再写一个字，就是抠字无疑了，一个晚上下来，抠一百字二百字不等，然而过些时日再看这些字，苍白甚至没有什么意义，这时我便感到了沉重。

那段时间，和我一起参加工作的同事，已一步步地走上仕途，显得踌躇满志怡然自得，而我却没有什么进步。

但是，我并不后悔，到现在也不后悔，我选择了文学这条又窄又险又深不可测的路，我把精力尽量多地用在抠字上，只是感到了一丝苦，感到了一点艰辛。

一九九二年的时候，有一天我回老家，看到母亲喂猪，猪圈里泥泥水水，还有石头夹在猪粪里。那些石头，忽然给了我一点灵感，当时我就想，这些石头从哪里来呢？如果它们落在别处，是否会有更大的用处呢？如果它们是那种供人欣赏的石头，价值肯定一下子会大起来，会成为人们眼中的宝贝。有了这样的思路，我写出了一篇小小说，取名《山石奇遇》，这篇小小说很快在《北京日报》郊区版上登了出来。

发表了这篇小小说之后，我开始用"铁犁"这个笔名，不是有那么一句话嘛，只问耕耘，不问收获。但那是讲给别人听的话，其实每一个人都在乎收获，如果不在乎收获，那还耕耘做什么？我也一样，我想只要自己在这块土地上不停地耕耘下去，迟早会有收获的。

不足一千字的小小说给我带来的喜悦在我心里延宕了好长时间，但最终还是过去了，喜悦慢慢地消失了。

我又回到了平常的工作和生活中，又折回到了原来耕耘的路上，待心情平静下来，再审视那一点点惊喜，我很快认识到，那篇小小说是我在不懂得写作方法时，受了灵感的驱使，偶然得来的东西，就像在麦田外拾到了一颗麦穗，那麦田里的麦子到底是如何成长成熟的，我其实还一无所知。

这个时候，正是我们国家经济开发区初建时期，我走出机关，到开发区工作了。因为自己有了一些对文学的感知，更由于自己文学功底的不足，我便开始阅读一些国内外的文学名著，从中汲取营养。

这个时候，也许是发表了一篇小小说给了我鼓舞，我写作的热情和干劲儿更高了，工作之外的业余时间几乎都用在了看书和写作上，此后，就又有几篇小小说在郊区版上发表了。

也就是在这个时候，我认识了翟兴泰老师，他那时是《怀柔报》文艺版的主编。他把我们热爱文学的文友组织到一起，讲授写作的知识，探讨文学的问题，还带着我们一起去北京工人文化宫听专职作家讲座，感受大家的风范。

最让我难忘的是这样一个夜晚，我们在翟兴泰老师的办公室，听他聊写作的故事和写作的知识，他说小说就是要给人讲述一件事情，要讲清楚，这句话至今我还记得。

后来，于书文老师做《怀柔报》的主编，我又在《怀柔报》副刊上发表了一些小小说，于老师同样给予了我很多帮助。

二〇〇〇年开始，工作上的事情一下子紧张起来，这时我不得不抽出更多的精力来打理工作，我几乎无暇顾及文学了。因为我一直认为，要先吃饱肚子，然后再谈文学谈小说，在当时，我要靠写小说养活自己是不可能的事情。

但即使这样，一有时间我还是要写上一段儿，而且文字的篇幅一点点长起来。

这时，怀柔文化馆办起了一份杂志——《怀柔文艺》，主编是宋庆丰老师。在宋老师的帮助下，我的《龙凤锁》《风铃渡》《太阳石》等小说发表了。

虽然得到了一点肯定，但我知道自己还很欠缺，也知道欠缺什么。那种感觉就像小学生写作文，老师讲过之后明白了，知道要把文章写成凤头猪肚豹尾的样子，但一提起笔来就没词了，这时候，我也知道要用个性化的语言写出故事来，但写着写着，细节就冲淡了情节，而且一头扎到底，东西写完后再想跳出来，几乎是不可能的事情。那种埋藏在心中的苦涩和被折磨的滋味儿只有自己才能体味出来，离开了当时的生活当时的语境甚至连自己也无法体味了，这也是我把这篇文章取名"苦"字的原因。

在这样的心境下，大概是二〇〇五年的时候，有一天我到开发区的一家企业去，看到他们楼前的草坪上插着一块牌子，上面写着两行字：一生只做一件事，你想不成功都难！

这句话是人家企业文化的一个注脚，但却像黑夜里的一座灯塔，在此时，把我的信念又一次点亮了。

另外一件给我信心的事情是写作本身，当自己走进思索的天地，我便忘却世间纷杂的事情，忘却工作上的困难，忘却与人交往时的烦恼。那时，那种精神上的自由轻松愉快是无与伦比的，尤其当自己的情感与故事中人物的情感发生共鸣时，写作就又产生了一种无与伦比的幸福感，那种感觉（还不是成就感）只有亲历写作，并深入其中，而且到达某一点或者某种意境时才能产生，否则什么都没有。

如果一件事儿过程是苦，结果还是苦，那就没有意义了，文学写作则不然，它把幸福和甜蜜埋藏在苦行的路上，招引得一帮痴男信女哭喊着前行，我就是这些人当中的一个，所以我还坚持着。

现在，我把自己坚持中得来的几篇小说结集，算是做个小结，也感到了些许的欣慰。

这些小说都来自我身边的生活，是灵感点燃生活的产物。《贩牛记》是一个小伙子给我讲述的，是他去关外贩牛的亲身经历；《古寺冤魂》是发生在我家村东游觉寺里的真事，现寺被拆毁，但寺庙的地基和石碑还在；《太阳石》的故事，讲述的是我们邻村一个叫"老谢"的人。而《羽化》，更有我自身的经历和感受。

但羽化的内涵又不仅仅局限于《羽化》这篇小说了。

在我坚持写作的过程中，练、思、悟，蜕变，羽化，写作核心的三件事都做了，只是还没有蜕变，就更不用说羽化了。

这样想来，我又感到有些苦涩了。

铁　犁

2022 年 9 月 6 日

CONTENTS

目 录

山石奇遇

秋末的傍晚，陈福收完山货，赶着驴驮下山，驮子歪了，随手捡块山石放在轻的一边。

蹄声敲碎夜色，一路无事。及至家中，卸了驴驮，弃山石于南墙之下。

风来，雪飘，偶尔身上还飞来一脚，捱过夜的寒冷，捱过冬的寂寞，山石品质不改，坚硬如初。

翌春，陈福抓回一猪崽儿，猪小食槽大，妻唠叨不止。忽然瞥见了南墙下的山石，陈福过去，一脚踢翻，抓起放在食槽的一端。

自此，一天几次泔水浇，一天几次猪拱，凄凉陪它度日，恶臭伴它入梦。这样过了五个月零九天，猪崽儿长大，陈福再抛山石于院中。

夏天的雨水飘洒之后，山石洗掉身上的污泥，又现出了山的本色，石的身形。

太阳升了又落，月亮落了又升。一日，某学院一老教授带学生实习来到村里，被安置在陈福家中。

实习之余，教授喜欢在这个农家小院里散步，偶然发现了墙边的山石，左看右瞧，爱不释手，临走，他问陈福："这块石头，

001

可以送我吗?"

"石头？我们山上多得很，你拿去吧!"

教授把山石带回城里，几经敲打，又配以青松，做成了山水松浑然一体的精美盆景，取名"仙云峰"，放在书案之上。

还是那块山石，从正面看，峰峦叠翠，显出山的绵延。从侧面看，秀峰挺拔，显出山的峻险。尤为奇绝的是，每逢阴天，那山石变得潮湿，"仙云峰"上似有淡淡的雾气缭绕，观者皆为之惊叹。

忽一日，盆景协会一朋友至教授家中，闲谈之余，看到了书案上的盆景，几番品评，赞不绝口，征得教授同意，带"仙云峰"至"全国第四届盆景展览会"。

这里，盆景佳品无数，部分盆景标价展出，展后出售。一连几日，"仙云峰"前脚步密集，人头攒动，欲购者众，一外商当即拍万元，心急如焚，然细观之，"仙云峰"无价，速找主办展出者询问，回答说，此是石中瑰宝，国家已决定收藏。

（1992 年 2 月 10 日完稿）

贩 牛 记

一

父亲沉着脸，把一个报纸的纸包儿按在桌子上，往前一推，推到了黄晓阳的面前："我的棺材本儿，都在这儿了，你——拿去吧！"

黄晓阳瞄了一眼纸包儿，问父亲："多少呵？"

"二万！我可跟你说好了，赔了挣了，别再来找我！"

"一万，我就用一万。"黄晓阳说着，把纸包打开，数出来一万块钱，装进了兜儿里，又把剩下的一万包好，推还给了父亲。

父亲看一眼，抓起来，说："行，这个我给你留着。"

黄晓阳拍了拍兜儿里的一万块钱，说："不用，过了年，这个我也还您！"

这时，母亲在堂屋里收拾完了碗筷，掀帘儿从外面进来，说："穷家富路，你爸给你你就拿着吧！"

黄晓阳看了一眼母亲，说："不用！"

父亲哼一声，拖着一条残腿往屋子的里边走，然后费力地坐在了炕沿儿上，他装好一袋烟，点燃了，吧嗒吧嗒地抽，再不想跟这个忤逆的儿子多说一句话。

黄晓阳瞥见父亲那条残腿时，心不由自主地颤了一下，但很快就平静了，自从决定去北边贩牛之后，他跟父亲之间的冷战已经持续快三个月了，所以他对父亲现在这样冷淡的态度一点也不感到奇怪。

正在这时，外面的街上传来了一声猫叫，"喵——"黄晓阳侧耳听见了，抬脚就往外面走。父亲用烟袋当当地敲炕沿儿，声音低沉而又带了威严地说："你给我站住！"

黄晓阳不情愿地站在了门口，扭过头来看父亲，不耐烦地问："又什么事儿呵？"心里咚咚地敲了两下鼓。

父亲用烟袋指了指儿子，手都有些颤了，说："你要是再拿这个钱去赌，我可跟你说好了，我就再没有你这个儿子。"

黄晓阳一听，明白了父亲的意思，心里反倒立马儿轻松了，但这个时候他又不想将自己的把戏坦白交代，因而就含糊其词地说："您放心，子丑寅卯的事情我知道。"

"你知道个屁！你揣着这么多钱出去，你跟我说好了，你不去赌你去干什么？"

黄晓阳摸了摸刚刚装进兜儿里的一万块钱，也觉出了几分不妥，但他不想再跟父亲过多地解释。这时外面又传来了两声猫叫，"喵——喵——"。黄晓阳知道那是在催他的叫声，于是提高了声音说："行啦，知道啦！"外面的猫不叫了，父亲却没有觉出什么异样。

这时，黄晓阳掀开炕席的一角儿，把一万块钱塞了进去，然后对父亲说："我说了，不赌！我去找胡大海，说说明天出门儿的事儿。"跟着一撩门帘儿，迈步出了屋子。

母亲说："早点回来！"

父亲则又沉重地哼了一声。

二

外面，不知什么时候，天空中飘起了雪花，但只是零星地飘着，落到地上就化了。

黄晓阳往外走，抬头看了一眼天空，正好有一瓣雪花落在了脸上，冰凉冰凉的，他打了个冷战，扭头往街上看，正看见胡二香在墙根儿下站着，一边跺着脚一边往他家这边张望，看她那焦急的样子，似乎又要有所行动了。

黄晓阳轻手轻脚地到了胡二香的跟前，压低了声音说："嘿嘿，叫什么叫，我不是跟你说了，有事知道不？"

胡二香歪愣一眼黄晓阳，说："你以为我爱叫你呵？刚才是猫叫你听不出来呵？你这种人，我看也只配让猫叫你了。"

"说什么呢？再说我抽你呵！"黄晓阳说着高高地举起了巴掌。

"你抽，给你抽！"胡二香说着，把脸扬了起来，把整个身体凑了上来。

黄晓阳举着的巴掌猛地落下来，却轻轻地落在了胡二香的肩膀上，然后往怀里用力一揽，说："你以为我不敢呵！"

胡二香毫无防备，顺势撞进了黄晓阳的怀里，有那么三十秒的时间，她的心里感到了一阵温暖，说实话，这正是她想要的结果，但又一想，不对，这样太便宜他了，跟着身子往起一挣，一把将黄晓阳推开了，然后故作生气的样子，迈步就往村外走。

黄晓阳晃荡着一条腿，用脚尖轻轻地摩挲着地面，一边又抬头看了看天空，那时的天空在他眼里什么都没有，他只是想让时间在天空中做短暂的停留，待胡二香走得稍远一点，他打个呼哨，然后轻手轻脚地跟了上去。

三

村外的河边有一片杨树林，那是黄晓阳和胡二香经常约会的地方，但在这样的初冬季节，天上又飘着雪花，河边显然不是浪漫的场所。走在前面的胡二香想到了这个现实的问题，走在后面的黄晓阳也想到了，不同的是，胡二香放慢了脚步，在等着后面的黄晓阳走上来，而黄晓阳一边走，一边已经在思索着第二个去处了。

黄晓阳想到的第二个去处是村与河之间的那座场院。

在村口的地方，黄晓阳晃着膀子，轻轻地撞了一下胡二香，胡二香便着了魔一般跟着黄晓阳走了。

黄晓阳知道，这场院是早年时留下的，现在是有人用没人管，四面的墙倒了两面，屋子的门没了，窗子也没了，场院里原来堆成一大堆的麦秸现在分成了无数的小堆，每小堆儿属于一户人家。

黄晓阳牵着胡二香的手走进场院，穿过几堆麦秸，径直就要往屋子里去，胡二香明白了黄晓阳的意思，用力地拉了一下黄晓阳的手，说："黑咕隆咚的我不去！"

黄晓阳站住了，先看了看屋子，又看了看天空，说："那——"

胡二香说："就在这儿待会儿吧，冷了咱就回去。"

黄晓阳看一眼旁边的麦秸垛，唰唰两下扒开来一个草窝，一屁股坐了下去，说："来，就这儿吧！"

胡二香却还站着没动。

黄晓阳说："来呵！"

胡二香说："湿乎乎的，我嫌凉。"

黄晓阳立刻明白了，把两条腿做成了一把椅子，规规矩矩地伸了出去。

这时，天空中的雪花不飘了，远处的天边还闪起了一颗星星。

四

胡二香从黄晓阳的怀里坐起来，理了理头发，说："晓阳我问你件事儿。"

黄晓阳没吭声，他还沉浸在刚才的幸福中。胡二香又说了一句，黄晓阳才缓过神儿来，说："你说我听着呢!"

胡二香说："你要跟我哥哥一块去北边贩牛，有这事儿吗?"

黄晓阳说："有呵，怎么了?"

胡二香沉默着。

黄晓阳又说："嘿，这事儿我也跟你说过呵!"

胡二香说："以前你说着玩，这次——我可跟你说，我不同意!"

要是换了个时间和地点，黄晓阳会立马甩手走人，我的事儿用得着你同意吗? 他认为那就是一个爷们儿应该有的脾气，可是眼下他觉得不妥，刚亲热完就翻脸，自己还是人吗? 于是，他把顶到嗓子眼儿的冲动劲儿往下压了压，说："我也跟你说，我可是压根儿没跟你说着玩儿，大丈夫一言既出驷马难追，这事儿我跟周围的人都说了，你让我拉屎再坐回去呵?"

胡二香说："反正我不同意。"

黄晓阳的耐心马上就要用尽了，心想女人怎么这么烦呢! 可是又一想，不光是女人，父亲也反对，而且比胡二香厉害一百倍，要不是自己用一点计谋，父亲这座冰山肯定滴水不溶，想到这里，他把烦躁的情绪往下压了压，问胡二香说："行行，你不同意，说说你的理由，你要是把我说服了，我就不去!"

胡二香说："你有本钱吗?"

黄晓阳把头扬了扬，说："这个你甭管，我自有办法。"

胡二香说："我知道你的办法，表面上你去赌，实际是天天给人家站桩把眼儿，回头再蹭你爸的钱，可是你那样能蹭几个钱呢?"

黄晓阳的脸热一下，急着说："嘿嘿，瞎编什么呢? 我说了不

用你管，你就甭管。"被人家点到了穴位上却还不服软儿。

胡二香把一只拳头捶在黄晓阳的肩膀上，柔声地说："人家不是怕你赔了嘛，听说北边倒牛的人可油呢！"

黄晓阳的心被胡二香的拳头和柔声细语捣得痒痒的，体内潜藏着的激情也忽地释放了出来，他把胡二香放在草窝里，自己挺身站了起来，换了一种颇为得意的语气说："二香你要说这个，那你就更不用担心了，没有打虎艺，怎敢上山岗，不是跟你吹，这行道里的事情，我早就摸得门儿清了。"

胡二香抓起一把麦秸，用力地向黄晓阳扔去，说："你吹牛吧！"

麦秸落在了黄晓阳的头上肩膀上，黄晓阳抖了抖，心里像挨了刚才的拳头一样地舒坦，但嘴上却说："嘿嘿，小心我跟你翻脸呵！"

胡二香立刻安静了，对于黄晓阳的狗劲儿，胡二香一点也拿捏不准，但是，不知为什么，她心里还就喜欢这一点。

黄晓阳说："有些事我没跟你说，我爸他也不知道，实际上我已经跟别人一起跑过几次了，活儿是又脏又苦，这我不骗你，一身衣服半个月不下身，上上下下都是虱子和牛粪，可是，只要顺顺当当地回来，把一车牛往穆村牛市上一放，我不诳你，买主一大堆，百分之百赚钱，这么跟你说吧，一趟赚的钱抵得上在咱们这儿做半年小工的钱，我这还是保守数字，到时候，把钞票往兜儿里一揣，什么苦呵臭呵累呵，统统滚到一边去了。"

夜色里，胡二香看不清黄晓阳的神情，但她能感觉得到他得意的样子，她的心被说得痒痒的，可是她还是不放心，她记起了哥哥胡大海说过的一些贩牛的事情，心扑通扑通跳了几下，她说："那，那还危险呢！"

说到"危险"二字，黄晓阳的心被触动了一下，父亲那条残腿立刻浮现在了他的眼前，有一分钟的时间，他没再吭声。黄晓阳心说我这是怎么了？我是爷们儿呵！

胡二香以为自己的话让黄晓阳改变了主意，心里无端地冒出来一阵惆怅。

这时黄晓阳说："你甭跟我说危险，这我知道。我跟你说，贩牛这事儿关键的是眼力，一头牛你看准了分量，那就肯定赚钱，否则就得赔，这本事，有时候不是你想学就能学来的。"

胡二香说："那你看得准呵？"她跟着黄晓阳转换了话题，一边从草窝儿里站起来，凑到了黄晓阳的跟前。

黄晓阳说："不是跟你吹，我跟着人家去这几次，没有一次打眼的，三四头牛，上下不差五斤。对了，前年的这会儿，我还跟你哥打过赌，两头一百八十斤的羊，我说上下差不了三斤，结果差了二斤七两，不信去问你哥吧，他输了我两瓶二锅头。"

胡二香用双手勾住了黄晓阳的脖子，歪了头看着黄晓阳的脸，说："真看不出来，你还有这么两下子。"

黄晓阳听得出来，胡二香这句话是真的，于是，他的身体里立刻就有了一种飘飘的感觉，他深吸了一口气，又大口地呼出来，说："你等着吧，等赚了钱我就办个养殖场，还要办个加工厂，当个养牛大王。"说着他的目光就随着一缕白色的哈气飘向了远处的天空。

这时，天空中刚才显露出来的星星又被阴云遮住了，黄晓阳的目光在那夜的乌云里停留了足足一分钟，他暗暗地祈祷，明天千万别下雪了。

五

早晨的天还阴着，但是没有下雪。

黄晓阳透过窗子往外看一眼，立刻从炕上爬了起来。他把塞在炕席底下的一万块钱拿出来，用一段线绳捆绑好，连同母亲给他准备好的几张烙饼一同塞进了一个蛇皮袋子，卷巴卷巴夹在了腋下，然后披上一件蓝布的棉大衣，迈步就往门外走，他得到三叔家去开车，然后到村口与胡大海汇合。

母亲给黄晓阳拉开了街门，看着他匆忙的样子，说："你等等，你爸爸还有话跟你说呢！"又说，"出门在外，你可得稳重点，别这么慌里慌张的。"

黄晓阳已经跨步到了街上，听了母亲的话，扭头往院子里张望，正看见父亲拖着一条腿从屋子里出来，说："还什么事儿呵？"

父亲到了街门旁，一只手扶住了门垛儿，说："有一件事儿你记住，到了北边，不管去哪儿，就是不要去栅栏屯，记住了？"

黄晓阳顺口应一声，说："知道了！"这时他只想快点离开，什么这屯那屯的，他早从左耳朵听进去，从右耳朵跑掉了。

父亲哼一声，黄晓阳抬头看看，正看见了父亲那满眼忧虑的目光，那目光像刀子一样，一下就深深地刻在了他的脑海里，他的心颤一下，赶紧说："没别的事儿我走了。"

父亲没再言语。

六

黄晓阳到三叔家去开加长的 130 汽车，三叔跟着他到了街上，又前前后后地嘱咐了一番，只不过三叔的嘱咐夹带着许多鼓励的话，仅从这一点上，他就觉得三叔比父亲开通，这让他的心情顿时变得轻松了。

到了村口，胡大海已经在那里等候了，他的个头儿比黄晓阳矮，但身板儿比黄晓阳壮实，因为之前已经有过贩牛的经历，所以他没有黄晓阳心里的那种冲动，此刻，他正在车前车后地转悠，认真地检查着车况，那一板一眼的样子，透出来一股贩（范）

劲儿。

黄晓阳停住车,从上面下来,走到胡大海的跟前,说:"没事吧?"

胡大海扭头看了一眼黄晓阳,说:"没事!"又说,"没事儿也得查看一下,要跑远道儿了,这是必需的,这方面我比你有经验,你也看看吧!"

黄晓阳心说你甭跟我充老大,到了路上还不一定谁帮谁呢!可他不敢把这话说出来,对方毕竟是胡二香的哥哥,自己未来的大舅哥,而且也确实有那么一点跑车的经验,他抬脚踹了踹一只轮胎,目光却往村里的方向望去。

胡大海说:"行啦别看了,二香还睡觉呢!"

黄晓阳就把目光收了回来。

胡大海说:"昨天那么晚,你不知道今天起早儿呵?"

黄晓阳说:"晚嘛,不晚呵!"说完不等胡大海再开口,闪身钻进了驾驶室。

胡大海说:"我在前面,你跟着我。"

黄晓阳冲胡大海挥了挥手,做了个请走的手势。

七

汽车爬过最后一段山路,前面的天低了,地高了,风也比家里的风硬了,那种硬是冷与空旷苍凉的混合物,从车窗钻进来,打在黄晓阳的脸上,他的身体抽动一下,心似乎被高高地抛向了天空。

胡大海在前面停住了车子,矮壮的身体木桩一样砸到了地上。黄晓阳也跟着停下车,从车楼子里钻了出来。接着,两个人一起走进了路边的一家小吃店。

老板说羊杂有八毛钱一碗的,也有一块钱一碗的,当然了,

东西多少不一样。黄晓阳说："你给我来一块一碗的。"胡大海说："我来八毛的吧！"黄晓阳看了一眼胡大海。胡大海没有言语。

羊杂端上来，胡大海掏出自带的馒头往碗里掰，黄晓阳掏出烙饼往碗里掰。

胡大海说："出来挣钱，能省一毛是一毛！"

黄晓阳说："行啦！这个我知道。"

于是，两个人呼噜呼噜地喝汤，完了，把碗一推，接着赶路。

这时，黄晓阳的身体热了，但看一眼前面的原野，头脑里仍是那种冷硬的感觉，尤其刚才胡大海说的那句话，又让他陡然增添了一种身在异乡的感觉，两种感觉叠加在一起，他的心七上八下地扑腾起来。黄晓阳暗暗地问自己：我这是怎么了呢？在家里想得挺好的，妈的，这一件事儿还没干，难道我就要拉稀？别介，咱是爷们儿呵！

然而，人的潜意识里的东西，有时候思想是无法控制的，尤其再遇到了适宜的环境，它就会像发芽的种子，显现出一种潜在的生命的力量。

黄晓阳现在就是这样，他越想赶跑那种冷硬苍凉的感觉，那种感觉反而不走，而且还一点点地加强了。

就是在这样的思绪和心境下，父亲那条残腿又一次随着前面蜿蜒的道路浮现在了自己的眼前……

八

黄晓阳记得，那是生产队解体后的几年，自己还不到十岁，每年刚一入冬，父亲就和三叔搭伴儿到北边去贩牛了，村里人把父亲他们去的地方叫口外，实际上就是书上说的塞外。

那会儿没有车，去口外贩牛，要走着把牛赶回来，风餐露宿，来回一趟要个把月的时间，虽然有赔有挣，但总归挣钱的时候多。

每当父亲把票子一张一张地点给母亲时，黄晓阳就会伸着脖子看，这时父亲就会抽两张小票儿塞给他，说："给你买炮仗，去去走吧。"黄晓阳不走，父亲也并不恼他，那会儿父亲该算个好脾气的人，黄晓阳也就是从那会儿开始对牛这种动物有了特殊的感觉。

然而，这样的光景并不太长，那年的腊月，母亲掰着指头算，说你爸跟你三叔他们该回来了，一连念叨了三天，仍不见父亲和三叔的影子。

腊月二十二，也就是小年儿的前一天晚上，睡到半夜的时候，母亲忽然惊叫一声，从炕上坐了起来，黄晓阳说："妈您怎么了？"母亲说："没事儿你睡吧，我做了个梦，梦见你爸爸了。"往下母亲就没再说，黄晓阳也就懵懵懂懂地再次睡下了。

第二天，母亲一天都魂不守舍的样子，到了快吃晚饭的时候，黄晓阳忽然听见外面传来了带着哭腔的喊叫声。黄晓阳跟着母亲出去，正看见三叔背着父亲从外面慌里慌张地奔进来。母亲说："这是怎么了？"父亲说："没事儿，别大惊小怪的。"

三叔把父亲放到了炕上，说："嫂子我跟你说吧，我们让人算计了，我们哥俩从那个村子买了牛回来，走不到二里路，有一头牤牛掉了头就往回跑，我大哥上前去拦，没想到那牛跟疯了一样，见人就顶，我大哥这条腿——走了一半就走不动了，算啦先甭说啦，你赶紧给烧点盐水烫烫吧！"

母亲撕开父亲的裤子，刚看了一眼，眼泪就吧嗒吧嗒地掉了下来，父亲那条腿肿得像个紫茄子一样。

第二天，三叔又来看父亲，说："大哥我打听到一点情况，我们真的让人算计了，咱村有人听说过这种事情，那头牛人家用特殊的方法训过，一种可能是在牛身上动了手脚，还有一种可能是在路上做了记号，反正没有人能把它赶出那个村子。"

父亲哼一声，脸色憋得铁青。

三叔说："要是还不消肿，到医院去看看吧！"父亲摇摇头，说："跑了这头牛，三趟的钱都赔了，算了吧！"

可是，过了半个多月，父亲的腿还着不了地，走不了路，他只得到医院去了。医生说："怎么不早来呵？骨头断了，骨头缝儿里已经长了新肉儿，回去养吧！"只给拿了几片消炎药，便把父亲打发回家了。

等到腿伤养好了，父亲就成了瘸子。

从此，他再不到北边去贩牛了，也再不愿提起贩牛的事儿。

黄晓阳这次能过父亲这一关，并能从父亲的手里抠出钱来，他真的是绞尽了脑汁，费尽了周折，他给自己的评价是：在成功的道路上向前跨出了重要的一步。

想到这里，黄晓阳望着前面弯弯曲曲的路，长长地出了一口气。

九

黄晓阳和胡大海在路边的马车店里住了一宿，然后又起了个大早，太阳刚一出来就赶到了这个塞外的牛市，这地方大概就是父亲和三叔他们当年来过的口外了。他们把汽车停在牛市边上，下车后抬头看去，眼前是一个占地几百亩的牛市，远处是空旷起伏的草地，这时地上的草已经枯黄了，有的地方甚至只剩下了草根儿。往牛市里边走，黄晓阳立刻嗅到了一股牛尿和牛粪混合的味道，他的精神莫名地振奋了一下，大脑也跟着活跃起来。

这时，已经有人主动过来搭讪了，说："兄弟买牛吧，我这几头包你满意。"他和胡大海只微微地点点头，用眼角儿的余光往牛身上扫一眼，也不说买，也不说不买，像个常来常往的熟客，继续往牛市里边走。

等到把整个牛市几乎转遍了，他和胡大海才在一个卖主的跟前停下来，这人光着头，却穿了件厚实的光板的羊皮袄。

胡大海指了指旁边车上的牛，问："大哥这些牛是你的吧？"

光头说："是呵，你们要多少？这三辆车上的牛都是。"

胡大海扒上一辆车子往里面看，黄晓阳也扒上了一辆车子，这车上有五头牛，黄晓阳用眼扫了扫，毛色都不错，但有一头牛在车厢里趴着，他从地上抓起一块石头，对准那头牛唰地投了过去，卧着的牛嗖地一下站了起来，一对惊恐的牛眼愤怒地瞪视着黄晓阳，黄晓阳心说，行，没毛病。

这时那光头已经凑了过来，说："看不出来，老弟年纪不大，挺内行呵！"

黄晓阳心里得意，说："别的甭说，就这五头牛，说个价吧！"

光头知道遇到了有诚意的买主儿，立刻拉住黄晓阳的一只胳臂，转到了车头的地方，然后把手缩进袖子里，两个人便开始了手谈。

这是牛贩之间一种特殊的语言，也可以叫它手语，两只缩在袖子里的手握在一起，用手指表示数字，一个出价，一个还价，具体价钱是多是少，只有两个人心里明白。

五六分钟之后，光头把手收了回去，大声地说："我亏了，算啦亏就亏吧，这次就算我们交个朋友了，我姓何，进了这牛市，你打听光头老何，十个有九个都知道我。"

黄晓阳说："行！下次我还找你！"一副少年老成的样子，并不再多说话，然后就到牛市外面去开车了。

十

黄晓阳拉开车门，一条腿刚刚抬起来，肩膀忽然被人轻轻地拍了一下，他一激灵，扭过头来看，是一位三十多岁的汉子，头戴一顶皮帽子，身上穿了件半旧的军大衣，不知什么时候，竟然悄悄地出现在了自己的身后，黄晓阳的目光和汉子的目光相遇的那一刻，浑身上下顿时有了一种被人偷窥的感觉，他想发火儿，又努力地压住了，他问："你是谁？有事吗？"

汉子一脸的憨厚，说："我姓李，叫李大栓，兄弟我问你，你是要买牛吧？"

黄晓阳不屑地说："瞧你说的，到这儿来不是买牛就是卖牛，还能有什么事呵？"

李大栓说："我的意思可能没说清楚，兄弟不瞒你说，你刚一来我就看见你了，我问你，你是不是跟光头老何谈妥了？"

黄晓阳说："是又怎么样？"

李大栓说："得了，既然你谈妥了，我什么也不说了。"然后转身要走。

黄晓阳听出他话里有话，胃口一下子被吊了起来，说："你等等，你把话说清楚。"

李大栓说："你真想听呵？"

黄晓阳点了点头。

李大栓说："兄弟我问你个问题，要是你卖牛，赔钱你能卖吗？"

黄晓阳说："这还用问吗？"

李大栓说："那我再问你一个问题，光头老何说把牛赔钱卖给你，你相信吗？"

黄晓阳说："他一说我一听。"轻描淡写的语气，显得很有城府的样子。

李大栓说："兄弟一听你这话，我就知道你也是个实在人，得，我也不跟你绕圈子了，照直跟你说吧，在这里买牛，你至少多花十分之一的钱。"

黄晓阳说："怎么着？"

李大栓说："你瞧，一看你到这地方就没来过几次，熟了你就知道了，要买到便宜牛，得到屯子里去，有一点，我一说你就明白，这市场要收管理费，屯子里不收费。"

黄晓阳立刻明白了，心想这事我不知道胡大海怎么也没说呢？

李大栓看看黄晓阳不再言语，知道自己的话说到了点儿上，于是紧跟着问："兄弟不想跟我到屯子里去看看吗？"

黄晓阳说："这次不行了，我已经跟人家谈好了。"

李大栓迟疑一下，他知道这是信誉在起作用，承诺人家的事情，即使砸锅卖铁也决不毁约，这是牛贩子之间遵守的一条不成文的规矩，然而他又不甘心与眼前这个买家失之交臂，于是又说："还有下次呢，看过之后你自己比较，别的我也不多说了。"

这恰好也是黄晓阳的想法，他问："远吗？"

李大栓立刻扯起黄晓阳的一只袖子，从汽车的一边转到另一边，然后向东南的方向指了指，说："你看看，一脚油门儿就到了。"

黄晓阳举目看去，远处果然有一个屯子，但看上去似乎没有李大栓说的那么近。他想了想，说："行吧，等我装完车跟你去看看。"

李大栓说："那我就在这里等你吧？！"

黄晓阳没再说什么，转身钻进了汽车。

十一

两车牛很快装好了，胡大海的车甚至比黄晓阳的车装得还快。把钱点给光头老何之后，黄晓阳总觉得还少了点什么，猛地，他想起来了——电棍，自己塞在车座子底下的电棍，那本来是他预备着装车时驱赶蛮牛用的，可是却没用上，没劲，不够刺激，他想，一边抬头看了一眼胡大海。胡大海这时已经钻进了车楼子，黄晓阳赶紧走过去，跟他说了李大栓的事儿，胡大海皱了皱眉头，本意不想去，可又不好让黄晓阳折了面子，就说："你在前边走吧，我跟着你。"于是，两辆车一前一后地驶出了牛市。

这会儿，李大栓正斜跨在一辆摩托上，不停地回头张望着，见黄晓阳他们从里面出来，他摁一下喇叭，跟着又踩一脚油门儿，摩托车就在前面引领着路，突突地向远处的那个屯子跑去。

黄晓阳双手操控着汽车，眼睛瞄着前面的摩托，大脑却在身后的车厢里转悠着，他想自己如果把这一车牛卖了，肯定能挣回半头牛的钱，那会儿，当自己揣着钱走进家门时，父亲会说些什么呢？也许他还是哼一声，但他那时的哼跟之前的哼意义就大大地不同了。还有二香，到时候只要把票子在她眼前一晃，她还说什么？她还能说什么？没的说了！乖乖地，叫她干什么她就得干什么。想到这儿，黄晓阳心里得意，脸上露出来一丝坏笑。

不知不觉之间，时间追着道路已经跑出去好远了，这地方的路就是这样，望山跑死马，远处瞭望见的村庄，开着车跑了好一阵子，那房屋才慢慢地变得清晰起来。

这是一个不大的村庄，房子散乱，而且显得很破旧，村子的西北处是一个土坡，土坡的下边立着一棵树，一棵老榆树，榆树的前面是一道土坎儿，土坎儿的前面是一块平地，有几个人或坐或站，就聚在那道土坎儿上。从人群再往北，也就是土坡的另一面，围着一处牛栏，里面有牛，黄晓阳远远地看见了，心里暗暗地寻思，这围栏里的牛可能就是李大栓的牛了，于是他渐渐地放慢了车速。

要到后面的牛栏去，最好的停车地点就是土坎前面的平地，因为土坎到牛栏之间是一道斜坡，李大栓显然明白这一点，他到了那块平地就把摩托停下了，黄晓阳和胡大海跟着也把汽车停住并从车上跳了下来。

这时，聚在土坎上的人纷纷站了起来，有的人就开始议论："嘿！怪了，我们这里卖牛，怎么拉着牛的车还往我们这儿跑呢？"

随后，他们认出了李大栓，立刻明白了，有人就扯着嗓子喊："大栓，有买卖了？"

"没有，过来看看。"李大栓提高了声音说，然后示意黄晓阳和胡大海跟着他往牛栏那边走去。

牛栏里一共有十八头牛，其中有三头牛犊子，李大栓说："牛犊子不卖，其余的你可以随便挑。"

黄晓阳往牛群里扫一眼，这些牛的骨架和膘头都不错，如果弄回去再养上一段时间，肯定能赚钱，但是他没有接李大栓的话茬儿立刻表态，他故作矜持地回头望了望土坎儿那边的人群，说："那几个人干什么呵？"

李大栓说："也是卖牛的，不过——你别理他们。"

这个时候，土坎儿那边一个胖小伙儿尾随着向他们走来，见李大栓他们往回走了，他就凑到黄晓阳的跟前，说："哥们儿，我们那儿有头牛，你要买给你最低价，怎么样？"

黄晓阳冲胖小伙儿点点头，笑了一下，却并没有搭腔，因为刚才李大栓嘱咐了，他不明白其中的缘由，所以坚持着没有开口。

胖小伙儿又说："哥们儿，你那车我看了，再装一头牛没问题。"

黄晓阳还没有搭话，这时如果他再坚持一下并且离开，那么这趟贩牛的经历肯定不会给他留下什么特殊的记忆，更不要说刻骨铭心了，但那样做似乎不符合他的年龄，更不符合他的性格。

这时，胖小伙儿的脸色唰地变了，他故意放慢了脚步，阴阳怪气地说："嘿！不会是看也不敢看吧?！"

黄晓阳听见了，腾地站住脚，转回身来问："嘿！你说什么呢？"

胖小伙儿的脸上又立刻现出了笑，说："没什么，你要看，来吧！"说着，向那边的老榆树指了指。

那老榆树下拴着一头牛，黄晓阳停车的时候就看见了，只是刚才要跟着李大栓去牛栏里看牛，没太在意，这会儿听了胖小伙儿的话，他耿了耿脖子，迈步就往榆树下边走。

胡大海叫了一声黄晓阳，黄晓阳没有回头，胡大海一脸的无奈，本来是自己带着他来贩牛，现在却被黄晓阳带着到处跑了。李大栓也在后面跟着，好像自己犯了错误一样，他先看看前面的胖小伙儿，又看看黄晓阳，心里默默地叨念，千万别出事，千万别出事！

在离着榆树下的牛十几米远的地方，胖小伙儿停住了脚步，黄晓阳紧跟着也停住了脚步，抬头向那头牛看去，他暗暗地吃了一惊，虽然自己见过了不少的牛，可这样的牛他还是第一次看见。

那是一头黑色的牤牛，膘很肥，毛色很亮，两根粗壮的牛角像两把弯刀，一双铜铃般的眼睛瞪视着来人，虽然此刻静静地站立着，但却让人隐隐地感到了一股蛮劲儿，令人不寒而栗。

"这牛可以做头种牛，而且还肯定能卖出个好价钱。"黄晓阳随后做出了这样的判断，心里却不知为什么咚咚地打起鼓来。他问旁边的胖小伙儿，说："你要卖的就是这头牛吧？"

胖小伙儿说："这——"

"小伙子，这你就甭问了。"一个老者的声音忽然打断了胖小伙儿的话，黄晓阳回头一看，刚才在土坎儿上的五六个人这会儿都围了过来，其中有一个干瘦的老头儿，目光正盯视着自己，还没等他搭话，老头儿往前走了两步，又说，"我看了，你没有要买的意思，既然没有买的意思，我们再说多少都是废话，你们走吧！"

黄晓阳感觉好像被尖刀扎了肺管子，一口气顶到了嗓子眼儿，脸上一阵阵发热，他说："我要是买呢?!"

老头把他上下打量了一番，说："好呵!"然后就不言语了，故意把包袱踢给了黄晓阳，他的两道目光像两把刀子，在黄晓阳的脸上左划一下右划一下。

这时，胡大海暗暗地叫苦，心说坏了坏了，他上前扯了一下黄晓阳的袖子，说："走吧，咱们下次再买。"

黄晓阳站着没动，他挣开胡大海的手，又硬邦邦地冲老头儿说："走，谈谈吧!"然后离开人群往旁边走去。老头儿也跟着走了过来。

李大栓看一眼老头儿，又看了一眼黄晓阳，脸被憋得红了，他想说话，却不知道应该先跟谁说，又说些什么。

到了旁边十多米远的地方，老头儿说："谈价钱之前我得报个名，我姓莫，叫莫九霄，刚才那是我的侄子，叫莫秉良。"

黄晓阳说："我叫黄晓阳。"

老头儿说："我的牛你已经看了，不过我还是那句话，你现在走，就算我什么也没说，但如果我给的价钱你能接受，那么——干咱们这行儿，剩下的话我就不用再说了。"

黄晓阳说："您放心，这点规矩我懂!"说着他把胳臂抬起来，把右手缩进了棉大衣的袖子。

老头儿说："不用费事儿了，当面说吧，我这头牛这个价。"说着伸手在黄晓阳的眼前比画了一下。

黄晓阳说："五千呵?!"

老头儿说："不，五百!"

黄晓阳一听，以为自己的耳朵出了毛病，他看了看老头儿，又看了看那头牛，说："大叔，我没听错吧?"

老头儿说："没错儿，你放心吧，我莫九霄从来不说没谱儿的话。"

黄晓阳说："好，这牛我买了！我去拿钱！"他的心里一阵兴奋，说着就要往自己的汽车那边走。

老头儿说："你先等等，你就不问问我为什么卖这样低的价钱？"

黄晓阳停住脚步，这才感到了一点蹊跷，他接着老头儿的话茬儿问："为什么呵？"

老头儿说："我们这个地方有个风俗，卖出去的东西你要在太阳落山之前原物拿走，我卖给你的是一头牛，再说直白一点，是一头活牛，所以太阳落山之前，你只能把这头活牛拉走，如果牛死了，死牛就不是你的了，而且你还要把你车上最好的一头牛给我留下。"说着他往黄晓阳的车上望了望，那最后一句其实是他临时加上去的。

黄晓阳听了老头儿的一番话，头嗡的一声大了，半天没有言语。

老头儿说："怎么样小伙子，就这点条件，现在你要后悔还来得及。"他的目光落在黄晓阳脸上，里面夹带着一丝轻蔑。

如果没有那丝轻蔑的眼神，黄晓阳也许会静下心来，认真地考虑老头儿的话，但就是那一丝眼神，一下子把黄晓阳的自尊心戳伤了，他的胸腔里忽地冒出来一股豪气，说："行，不后悔！"说完就到自己的车上去取钱了。

莫九霄老头儿则又回到了土坎儿上，坐下来看着这个不知天高地厚的年轻人。

十二

黄晓阳把与莫九霄老头儿交易的事儿前前后后跟胡大海说了，胡大海的心往下一沉，说："你想会有天上掉馅饼的事吗？"他在地上转了一圈儿，又转了一圈儿，呼哧呼哧地喘气。

黄晓阳确实感到了一点发怵，心又咚咚地跳了一阵儿，但他嘴上却不服软，说："你甭吓唬我，不就一头牛嘛，有什么呵?!"

胡大海看了看那头拴在榆树下的牛，说："没什么，去开车吧!"

黄晓阳就把车开过来，又倒着放在了土坎下，这地方他早看好了，一会儿借着土坎儿正好把牛赶到车上去。

莫九霄老头儿和他的侄子莫秉良看见黄晓阳开车过来，招呼几个村民把土坎的地方让开，闪身到了一边，几双眼睛却目不转睛地追随着黄晓阳。

胡大海这时已经到了那头牤牛的近前，一边打量榆树下的牤牛，一边站下来等着黄晓阳。黄晓阳跟着过去，牤牛立刻警觉了，扭过头来凶巴巴地瞪视着这两个陌生人，蹄子哒哒地刨着地下的土，膀子上的肉突突地抖。

黄晓阳说："你还别说，还真他妈跟别的牛不一样。"他用这样的话给自己打气，胸中似乎增添了一些勇气，于是慢慢地往牤牛的侧前方走，想从那里抓住牛绳，牵住牛头，然而让他没有想到的是，在他离着牤牛还有三四步远的时候，牤牛突然吼叫一声，一头向他撞来，如果不是他腿脚灵便躲闪得快，如果那牛绳再长出来一段，那么两只牛角就会插进他的后背。

黄晓阳退回到胡大海身边时，腿都软了，再看那头牛，变得暴躁而愤怒了，左冲右撞，还伴随着低沉的吼叫声，尤其那吼叫声，仿佛深山里的一头猛兽，黄晓阳听了，感觉自己的汗毛孔里直冒凉气。

这个时候，胡大海反倒沉稳了，他走到土坡那边的牛栏外，抓来一把草，远远地扔到了黑牤牛的脚下，他想等着牤牛低头吃草的时候一点点地靠上去。然而牤牛只低头嗅了嗅，很快就抬起头来，警觉地瞪着胡大海，它对那把草一点不感兴趣。胡大海又扔了一把，然后假装着走开，悄悄地绕到了另一侧。牤牛的视角却没有太大的变动，它见前面没了人，真的想低头吃一口草料。就在这一瞬间，胡大海改变了刚才慢慢接近的想法，他像猿猴一样嗖地跃起来，唰地落到了牤牛的跟前，一把抓住了牛绳。牤牛的反应只比胡大海晚了半秒，它刚刚侧转一点的牛头猛地转回来，想借势把胡大海撞翻，但胡大海上前时已有了防备，牤牛第一撞落空了，紧接着，牤牛将牛头往起挑，胡大海抓住牛绳的手还没松，双脚已经离了地，他的身体在空中划个弧，一下被摔到了地上，不过还好，他的身体刚一着地，就立刻打个滚儿，逃脱了牤牛的势力范围。牤牛吼叫着往上冲，腾地一下被牛绳拉住了。

就在胡大海被摔倒的那一刻，黄晓阳的心都凉了，说完了完了，我闯大祸了，他慌里慌张地跑到胡大海跟前，就看见胡大海闭着眼，直挺挺地躺在地上，他赶忙叫胡大海的名字："大海，大海没事儿吧？"

李大栓和那个胖小伙儿莫秉良也跑了过来，尤其李大栓，紧张得满脸通红，傻了一样望着地上的胡大海。

胡大海从地上坐起来，长出一口气，说："我服了，认赔吧！"

黄晓阳知道胡大海没大碍，也长出了一口气，说："待会儿，待会再说吧！"

胡大海说："待会儿也没戏，一个照面儿我就知道了，这他妈不是牛，是牛魔王，咱俩早晚也到不了它身边儿。"

黄晓阳不言语了。

这时，见胡大海没事儿，莫秉良转身回去，到了土坎那边，嘀嘀咕咕跟莫九霄老头儿说了一阵什么，老头儿抬头往胡大海他们这边望了望。

十三

黄晓阳忽然想起了那根还没有派上用场的电棍，于是他要再做一次努力，他去车上拿来电棍，边走边琢磨使用的方法，是先击打牛头还是先击打牛腿。

胡大海说："你都到不了跟前，拿电棍有什么用呵？"

黄晓阳说："那我就电击它的腿，让它给我跪下来，看它还凶不凶。"他这样说着，感觉自己的腿忽然软了一下。

胡大海说："别介，你别玩愣的，还是先打牛头吧！"简单地说他也没遇到过这样的事情，也不知道黄晓阳这办法管不管用，跟着又嘱咐说，"晓阳你小心点呵！"

那边的莫九霄老头儿冲着黄晓阳喊："小伙子，别忘了，我卖的是活牛！"

黄晓阳吱应一声，提着电棍到了牤牛的近前，一边确定着安全距离，一边想着像胡大海刚才那样迅速地冲上去，把牤牛一棍子打蒙。

然而，就在他思考着进攻套路的时候，他的手指下意识地摁动了电棍，高压电棒叭叭地打出来一串火花，牤牛受到惊吓，一下子蹦了起来，它扭动着身体，四只蹄子又踢又踹。

黄晓阳没看见牤牛踢到自己，只觉得腿麻了一下，身体就向后倒去了，电棍也撒手撇了出去。

胡大海赶过来，黄晓阳还一点不能动弹，嘴里说："完了，完了，完了！"

胡大海说："嘿，没看见踢你呵？你怎么也躺下了？"

黄晓阳说："唉哟——疼！先别问了。"他刚才麻木的大腿现在已经感到了钻心的疼痛，如果不是那边有莫九霄老头儿和村民在看着，他真想哇的一声哭出来，可是——他到底忍住了，一边往后挪了挪。

李大栓和莫秉良还有两个村民又走了过来，莫秉良说："没事吧？不行就算了！"

黄晓阳眼睛翻了翻，说："你们这是什么牛呵？"

这时莫九霄老头儿也跟了过来，他往黄晓阳的脸上扫一眼，淡淡地说："大侄子，我这是什么牛，我可是先让你看过了，你的眼神儿不好，那就怪不得我了。"他歪头看了看西边的太阳，又说，"还有我提那条件——咱们可是君子一言，快马一鞭。"

黄晓阳忍着疼，没好气地说："行行，我没忘呢！"

老头儿说："好好，我在那边等着你。"说完又看了看太阳，那神情巴不得太阳立刻坠落下去，他好身不动膀不摇地再接管他的牤牛。

十四

太阳真的偏西了。

胡大海又试着往牤牛的跟前凑了两次，仍然没有成功。

黄晓阳的心里这时像被油煎了一样难受，他想，我不会像我爸爸一样变成个瘸子吧？要是就这么栽了，不但要赔一头牛钱，自己以后也甭在二香面前吹什么养牛大王，甭在父亲跟前提什么贩牛的事儿了，砂锅砸蒜，一锤子买卖了。想到这里，他一直扬着的头第一次慢慢地垂了下来。

胡大海过来劝他，黄晓阳一点听不进去，他说："行啦哥哥，你甭说那些了。"

胡大海就沉默着，一会儿看看榆树下的牤牛，一会儿看看黄晓阳。

黄晓阳咬牙坚持着，脸色已经白了，待一阵疼痛过后，他对胡大海说："哥哥我求你件事儿行吗？"因为疼痛，他的声音有些颤抖了。

胡大海说："一块出来的，说什么求呵，有事你就说吧！"说完这话时，他忽然感到有些不对劲儿，心不由得往下一沉。

黄晓阳说："没别的哥哥，你先回家去，随便找个理由，跟我妈说一声，当然也得跟二香说一声，就说我得过些日子再回去。"

胡大海一听，立刻警觉地看了一眼黄晓阳，说："黄晓阳，我跟你说，你可不能干傻事，就这点事儿，算个屁呵！"

黄晓阳听了，知道胡大海把他的话想得复杂了，就说："哥哥你说得严重了，你放心，我还没那么小心眼儿，不过，我已经跟老头儿说了，太阳一落山，我就得把车上的一头牛给他留下，你想想，这一趟我赔定了，来的时候，我爸爸本来就不同意，我又在他面前拍了胸脯儿，要是这样回去，我没法进门。"

胡大海说："可你让我编瞎话，骗得了别人，能骗得了你爸爸吗？"

黄晓阳说："那我不管。"

胡大海说："你先跟我回去，有什么事回头再说。"

黄晓阳说："我不回去。"

胡大海说："你必须回去！"

两个人一下子僵持住了。

黄晓阳知道胡大海的脾气，真要较真儿，他拧不过胡大海。过了几分钟，他双手撑着地，试着往起来站了站，腿又钻心地疼了一下，但疼过之后感觉腿还能吃劲儿，显然骨头没断，黄晓阳的心里就有了底儿，试着走了两步，又走了两步。

胡大海追着黄晓阳走两步，问："黄晓阳，你要去干什么呵？"

黄晓阳说："我拧不过你，我去给我爸爸打个电话，你等着，我一会儿就回来。"一边说一边一瘸一拐地往村里的方向走。胡大海在后边看着，黄晓阳果真要往村里去，没有别的意思，于是他放心了。

经过李大栓身边时，黄晓阳的脑子忽然灵动了一下，他对打电话的内容又有了一个新的想法，就是这想法让他暂时提起了精神，于是他问李大栓说："大哥带我到你们村里去一趟行吗？"

李大栓面露难色地说："村里没人能管这卖牛的事儿。"

黄晓阳说："我不找人，我去打个电话，今天赶不回去，怕家里着急。"他对自己新的想法一字未提。

这时莫九霄老头儿说："大栓你就跟着去吧！"一边眯着眼看了看西边的太阳。

李大栓听了，对黄晓阳说："行，我带你去！"然后就在前面走了，戴在他头上的皮帽子，两只帽翅向上翻卷着，走起路来一颤一颤的，像一只低空飞行的大鸟。黄晓阳一瘸一拐地紧跟在后面。

就快走到村边了，黄晓阳忽然想起来一件事情，那是从一堆惊慌杂乱的思绪中突然冒出来的一件事情，于是他提高了声音问前面的李大栓，说："大哥，我问你件事情，你们这村儿叫什么名字呵？"

李大栓稍稍停顿了一下脚步，说："栅栏屯，往这边来买牛的人都知道，怎么你没听说过呵？"

黄晓阳支吾一声，险些一屁股坐在地上，父亲临出门时嘱咐过自己，自己怎么不先问一问路呢？想到这里，父亲那张怒气冲冲的面孔又一次浮现在黄晓阳的脑海里，还有父亲那条残腿，这时也似乎附着在了自己的腿上，每往前走一步都万分地沉重。

看来这事用"巧合"二字根本解释不通，只能说是老天爷在冥冥之中给做出的安排了，黄晓阳想，但事到如今，只有皱着眉头往前走，自己已经没有退路了。他抬头看看前面的李大栓，李大栓已经进了村子，正站下来等他。

黄晓阳紧走几步，到了李大栓跟前，说："大哥，一看你就是个又实在又热心的人。"他本意是要说句客气的话，用人家办事嘛，说几句好话又不花钱，这一点他想得开。

可是没想到李大栓脸上却挂不住了，他说："兄弟你可别怪我，我的牛你都看了，我跟他们是两码事儿。"

黄晓阳说："没有，绝对没有！"

李大栓说："我只能那样提醒你，这你应该知道，我们毕竟是一个村的。"

黄晓阳说："我知道。"

李大栓说："我们村里人都管莫九霄叫九尾狐，你不知道，这老头太不仗义，像你这样的主儿，他这一头牛卖过十三家了。"

黄晓阳听了，大吃一惊，说："有这事儿？"

李大栓说："你去打听吧，有一件是假的，我把眼珠子抠出来当泡砸，你不知道，周围那几个人，除了他侄子，都是九尾狐请来给自己捧场的。"

黄晓阳说："这牛也真是厉害。"说完了又觉得不妥，这等于长了莫九霄老头儿的威风了。

李大栓说："看你的岁数不大，估计你不一定知道，像刚才那样的牛，我们这儿十年才出一头，你不知道，我们都叫它黑虎，听屯子里的老人讲，早年的时候，这样的一头牛顶死过一只斑斓猛虎，你想想它能不厉害吗？"

黄晓阳又暗暗地吸了一口凉气。

十五

李大栓在一户人家的门前停了下来，门上挂着锁。

黄晓阳问："这是大队部吗？"

李大栓说："这是我们书记的家，你不是要打电话吗？我们村就他家里有电话。可是——他家里的人呢？"他四下里看看，没有一个人，就又说，"你先等等，我找他们家人去，估计又玩牌去了。"

黄晓阳说："你去吧！"跟着他又看了看西边的太阳，心中焦躁，头脑里混沌一片。

不过还好，工夫不大，李大栓就跟着一位妇女回来了。妇女上前开门，又一直把黄晓阳带到了屋里的电话机旁边。黄晓阳直到拿起了话机，才想起来该跟人家说句客气的话，他说："婶子麻烦您了。"

妇女说："没事儿，你打吧，这是屯子里的电话。"

黄晓阳说："嗯！嗯！"一边拨打老家的电话，一分钟，二分钟，三分钟……通了！

可是，没有人接听，还没有人接听，黄晓阳身上的汗滋地一下冒了出来，直到走进这屋子，甚至直到拿起这电话之前，他心里都没认输，一直没认输，可是现在，他担心又害怕的事情，可能让他心里潜藏着的一点希望最后破灭了。

老家那边听电话的是二香的一个叔伯妹妹，这个时间她有可能已经回家去吃饭了，想到这里，黄晓阳心里一颤，身上瑟瑟地发冷。

但是，黄晓阳不想让李大栓，尤其不想让莫九霄老头儿看出自己的破绽，他努力地控制着自己，慢慢地，慢慢地镇静下来。

接着，黄晓阳又开始拨电话，又通了，这次里面很快传来了二香的叔伯妹妹的声音，黄晓阳一下就听出来了，但对方却没有听出他的声音，因而细声细语地问："你找谁呵？"

黄晓阳的话一下子卡在了嗓子眼儿，眼下这事儿，该找父亲还是该找三叔呢？父亲压根就不同意让自己来，出门时又嘱咐过自己，要是听了现在这事儿，还不隔着电话就送来一顿臭骂，还是找一下三叔吧！先别说回家不回家。想到这里，他就对着话筒说："妹子，晓阳，我是黄晓阳，你去叫我三叔来接个电话。"

那边二香的叔伯妹妹答应一声，放下电话出去了。这边，黄晓阳还是烦，还是郁闷，浑身上下像被人抽去了骨头一样，软绵绵的，也顾不上跟人家再说什么客套话了，就一个人愣愣地看着那话筒。

话筒里终于传来了声音，是三叔的声音："晓阳呵，是你吗？"

"是我三叔，我是晓阳。"听到了三叔的问话，黄晓阳的喉头哽咽了，声音微微地颤抖了。

三叔说："孩子，别着急，有什么事儿慢慢说。"

黄晓阳说："三叔，我买了一头牛，天黑之前要是装不上车，我今天就栽了。"

三叔说："怎样的一头牛，怎么装不上车呢？你慢慢说。"

黄晓阳就把前面买牛的事儿一五一十地讲了。

三叔说："不碍事儿，现在时间还来得及，我问你，你身上还有钱吧？"

黄晓阳说："有，有钱。"

三叔说："你这样，你就近找户人家，大方点，多给人家些钱，买一条麻袋，五斤盐，再找一根竹竿，一个水桶，另外，再买两瓶二锅头……"

黄晓阳越听越迷惑，说："三叔，这有把握吗？"

三叔说："你就照我说的做吧！错不了！"

黄晓阳说："三叔，我记住了，你放了电话吧！"自己也跟着放了电话，心里渐渐地踏实了一些。

转过来，黄晓阳掏出五十元钱，递到了李大栓的手上，说："大哥忘记跟你说了，我叫黄晓阳，在这儿人生地不熟，有点事儿只有求你帮忙了。"

一句大哥，把李大栓叫得心里痒痒的，他说："不就是刚才电话里说的那些东西吗？我家里都有，走吧走吧，我这就给你拿去。"

十六

黄晓阳把浸透了盐水的麻袋挑在竹竿上，远远地向牤牛举过去。

胡大海只想着黄晓阳去打电话说回家的事儿，没想到他却鼓捣来了这许多的东西，更不明白他要做什么。李大栓、莫九霄和几个捧场的村民也不知道黄晓阳要做什么，几个人围过来看着，都觉得新奇。那头牤牛更觉得新奇，晃动着犄角想把麻袋挑开，但麻袋刚一挂住牛角，就唰地落下来，把整个牛头罩住了，牤牛越是晃犄角，麻袋套得越严实，渐渐地，牤牛不晃了，只是四只蹄子在踏踏地刨土。

这时候莫九霄老头儿感到了问题的严重，心说坏了，今天碰上高人了。他忙把李大栓叫过来，问："刚才他打电话都说了些什么？"

李大栓摇摇头，说："我站在门外，没听清，反正他撂下电话就让我帮着准备了麻袋和竹竿。"他没说要钱的事儿，怕落下个被收买的嫌疑。

莫九霄老头儿听了，立刻倒背了双手，急得像那头牤牛一样在地上来回地走溜儿，他瞅着榆树下的人和牛，心说我干吗让他去打电话呢？我说村里没电话不就结了吗？我还让大栓去给他带路，我这是——打了一辈子雁，却让大雁啄了眼，我真是昏了头了，这回——完啦！

黄晓阳这时候不知道莫九霄老头儿的感受，他甚至都忘了自己的腿疼，他把麻袋套在牛头上那一瞬间，胡大海在旁边不由自主地喊了一声："嘿，行啦！"

过了五六分钟，牤牛变得"温驯"了，黄晓阳试探着走近牤牛，又在牤牛的背上拍了拍，牤牛没有了激烈的反应，只是低沉地吼了一声，而这次的吼声，在黄晓阳听来，更像受了委屈之后的哭声。

黄晓阳解开牛绳，攥在手里，又轻轻地带了一下，那头牤牛就慢慢地跟着他走了。

胡大海高兴地奔过来，想要帮忙，看看黄晓阳并不费劲儿，就说："我去打开车厢。"转身往土坎儿下边的汽车奔去。

十七

莫九霄老头儿和他的侄子秉良跟在牛屁股后面到了黄晓阳的汽车旁，像送别出嫁的女儿一样往车上张望着。

黄晓阳这时眼里只有他的牤牛，他把别的牛往一边推了推，给这头黑色的蛮牛挤出来一块地方，又把牛绳在车帮上牢牢地拴好了。

莫九霄老头儿在下面喊："小兄弟，小兄弟！"

黄晓阳忍着腿疼，从车上小心地跳下来，说："大叔，我的牛钱可是给你了。"然后，并不听老头儿再说什么，径直地去旁边的地上取来刚刚备下的二锅头，然后一手提一瓶，再次上了车。胡大海在下面紧跟着把车帮竖起来，把车厢关上了。

黄晓阳又走近牤牛，把其中一瓶二锅头装进衣兜儿，腾出一只手，慢慢地掀起了牛头上的麻袋，露出了牤牛左边的耳朵，然后用牙咬掉手里的二锅头的瓶盖儿，自己先咕咚喝一口，再将瓶嘴对准牛的耳朵眼儿，手一扬，一瓶二锅头咕嘟咕嘟地灌了下去，接着再掏出口袋里的另一瓶二锅头，灌进了牤牛右边的耳朵。

站在车下的人都看得呆了。

牤牛则慢慢地摇晃起来，跟着咕咚一声卧倒在了车厢里，砸得汽车直晃。

黄晓阳再一次从车上下来，对胡大海说："走吧！到家之前它

肯定不会再闹套。"然后，两个人分别钻进了驾驶室。

这个时候，莫九霄老头儿的心已经完全凉了，两只眼睛呆呆地发愣。莫秉良说："叔，咋办呵？他们要走啦！"

老头儿腾地回过神儿来，几步奔到黄晓阳的车前，说："小兄弟，小兄弟，你等等，我还有话跟你说。"

黄晓阳说："大叔，你再有什么事儿，到关内的穆村牛市找我吧！我得走了，再不走太阳就要落山了。"说完，脚下一踩油门，汽车嗖地蹿了出去。

莫九霄老头儿又一张嘴，一口气憋在了嗓子眼儿，后面的话一个字也没吐出来。

十八

穆村牛市在穆村的东南，占地几十亩。

黄晓阳和胡大海开车到达这里时，天还黑着，胡大海说："忍一忍，先在车里眯会儿吧，等天亮把牛出手了，再回去好好地睡。"

黄晓阳说："行行。"话还没说完，眼皮已经粘在了一起。

渐渐地，黄晓阳看见了二香，看见她正等候在自家的村边，但他自己的意识却停留在被牤牛踢倒的瞬间，心说完了，我这个熊样要是让二香看见，一辈子都得是她的话柄，就别想翻身了，不用说，她肯定得理不饶人，还说什么挣钱，不赔上性命就算万幸了，别看自己平常在她面前指手画脚，这次要是让她抓到小辫子，以后也甭再吹牛了。

然而，走到村边时，二香却不在这里了，仿佛在跟自己捉迷藏一样，眨眼就不见了。

黄晓阳的潜意识又拱动了一下，他忽然想起来，不对呵，自己买到牛挣了钱了，摸一摸身下的蛇皮袋子，对呵，我挣钱了！

这时，他似乎已经拎着蛇皮袋子走进了家门，父亲正坐在炕头上，他把一万块钱放到父亲的面前，说这是还您的本钱，然后又掏出一万，说这是我挣的钱，父亲刚刚还带着笑意的脸上立刻阴沉了，说我可跟你说好了，咱不挣那些昧良心的钱，说着又把一万块钱丢了回来，正好砸在了他的胳臂上。

黄晓阳感觉到胳臂被什么东西触动一下，又触动了一下，他的意识立刻清醒了，微睁开眼睛，就看见一个中年人隔着车窗在轻拍自己的胳臂，而那梦中的景象还在脑海里晃荡着，晃荡着……

这时，外面的天已经亮了。

黄晓阳问："你干吗？"

中年人说："买牛，买你车上那头黑牛。"

黄晓阳问："就一头？"

中年人说："就一头。"

黄晓阳说："不卖！"话刚一出口，人就跟着从车上跳了下来，又说，"算啦你出个价吧！"两个人很快把手握在了一起。

中年人说："这个数！"

黄晓阳惊呼："五百呵！"跟着浑身一颤，心说他怎么知道我这牛是五百来的呢？

中年人说："不，五千！"

黄晓阳说："成交！"

于是，一手交钱，一手交货，中年人拉着醉汉一样的牤牛走出穆村的牛市时，黄晓阳心里忽然有了一种失落的感觉，又觉得好像该跟人家说点什么，那毕竟是一头蛮牛，千万别伤了人，可抬头看看，那人已经走远了。

一个小时后，其他的牛出手了，胡大海的牛也出手了。

胡大海说："我还有点别的事儿，分道走吧！"说完一踩油

门，汽车七拐八拐地出了穆村牛市。

十九

黄晓阳也要踩油门儿的时候，脚却猛地踩在了刹车上。

他的汽车前面出现了两个熟悉的面孔，一个是莫九霄老头儿，一个是他的侄子莫秉良，两个人骑在一辆半旧的摩托车上，鼻子和脸被风吹得通红。

莫九霄老头儿先走了过来，一边往车上看了看，车上空荡荡的。

黄晓阳从车上跳了下来。

莫九霄老头儿说："大侄子，还真找到你了，我问你，那头牤牛你撂到什么地方了？"

黄晓阳说："那牛已经是我的了。"

老头儿说："我知道是你的，你卖多少钱，我买。"

黄晓阳说："您没弄错吧？"

老头儿说："没有没有，不怕你笑话，这头牛给我们家出过力，卖了我就后悔了，我老伴儿连觉也睡不着了。"

黄晓阳这时忽然想起了李大栓说过的话，他这一头牛卖过十三家了，也就是说已经坑骗过十三个人了，乖乖，摇钱树没了，你是睡不着觉，想到这儿，他说："牛早卖了。"

老头儿说："牛卖给谁了，哪个村的？"

黄晓阳说："那会天还黑，我只认钱，没认人。"

莫九霄老头儿一听，脸腾地又红了一下。他的侄子莫秉良走过来说："叔走吧！我说不让你来你偏来。"

莫九霄老头儿无奈地往周围看了看，又往黄晓阳的车上看了看，跟着费力地跨上了莫秉良的摩托，上了摩托他却不让走，就那么呆呆地在摩托上坐着，神情沮丧，几近悲哀了。

黄晓阳钻进驾驶室，扭头回望时，正好看见了老头儿那副神情，他的心被触动了一下，稍一迟疑，他再次从车上跳下来，一边掏出一沓钱，走到了莫九霄老头儿的跟前，说："我爸爸给我托了个梦，这个给你吧！"

老头儿说："不，不，你这不是让我打自己的脸吗？"

黄晓阳说："那我不管，你要不要？"

老头说："不要！"

黄晓阳再不说话，把钱装起来，转身就走。

莫九霄老头儿的脸上，表情立刻变得僵硬了，待黄晓阳走出三步时，他忽然说："你等等大侄子。"

黄晓阳停住脚步，半转身，用疑惑的目光看着莫九霄老头儿。

老头儿说："能问问你是哪个村的吗？"

黄晓阳说："黄各庄，怎么啦？"

老头儿的身子不由自主地颤了一下，他说："不，不怎么，黄各庄——那我再跟你打听个人，黄一公你认识吗？"

黄晓阳说："那是我父亲。"

莫九霄老头儿呵了一声，脸色立刻变得苍白了。

（2010 年 10 月 27 日完稿；2011 年 3 月 14 日修改）

六　姨

一

我们村叫栗树沟，这里也是我姥爷和姥姥的家。

从我记事的时候开始，一年到头，我有一多半的时间都是在姥姥家度过的。在姥姥家时，我粘的最多的人就是我的六姨，用我母亲的话说，我是在六姨的背上长大的。

儿时的往事慢慢地走进记忆。那时我该是四五岁吧，六姨大概在上初中，每天放学以后，或者是节假日的时候，只要她把书包往家里一扔，我就尾随着她出发了。六姨高兴的时候，会主动地拉起我的手，说一声："走，外甥，跟六姨玩去。"她不高兴的时候，会突然转过身来，把脚一跺说："站住，你这个小跟屁虫儿！"我哇的一声哭了，她愣一下，随即蹲下身来，一边帮我擦眼泪，一边哄我说："好外甥不哭，不哭，你再哭，你妈又该说我没良心了，来吧，六姨背着你。"说着她掉转了身子，于是，我止住哭声，慢慢地爬上了她的后背。

我的六姨，天生的一个美人，高挑的个头，白皙的皮肤，乌黑的如瀑布一般的长发，柳眉杏眼，高鼻梁，尖下颔，虽然那时她的年纪还不大，可已经是亭亭玉立了。

不管在我的眼里还是在街坊们的眼里，六姨都是他们兄妹中最漂亮的一个。六姨是瓜子形脸，白皙的皮肤，我母亲她们却是方正的脸膛，麦色的肌肤，仿佛姥爷和姥姥把所有的优点都给了六姨一样。

随着岁月的前行，这奇异的表象在我的头脑里晃出来了一个大大的问号。

有一天，不知想起了什么事情，我冒冒失失地问我的姥姥，我说："姥姥，六姨是您生的吗？"

姥姥被我问得一愣，下意识地往门外看了一眼，然后回过身来，正色地问我："你听谁说什么了？"我茫然地摇摇头。姥姥松口气，用她那又粗又硬的手指点了一下我的脑门儿，说："你这孩子你这孩子，瞅你再瞎说，一母生九子，九子各别，六丫她不是我生的，会从石头缝儿里蹦出来呵？！"我又问姥姥："可六姨排行在五，我为什么要管她叫六姨呢？"姥姥又是一愣，用打量大人的眼光看了看我，说："她脚儿上边还有一个小子，出疹子死了，瞅你这刨根问底的样子！去去，找你六姨玩去吧！"

我得到了一种被人尊重的满足感，以为六姨放学回来了，兴奋地转身就向门外跑。姥姥看着我，长长地出了一口气。

可外面的街道上空空的，一个人也没有，地上被踩得光滑的石板，一块挨着一块地向远处铺去。转回来时，我脑子里已经没有了刚才的问题，心里只想着六姨，六姨……

后来，姥姥和母亲都跟我说起过当时我对六姨的迷恋。一个孩子，怎么会有那种表现呢？我仔细地想一想当时的心境，那可能是爱美的天性使然。那种淡淡的意识似乎一直游荡在我的脑海里。

六姨从小学读到初中，成绩一直不好，用我姥姥常挂在嘴边的一句话说，叫作一忽儿没一忽儿。我母亲跟我说："你六姨这学

习呀，就是不开窍，长大了你可不能这个样子。"

有一天早晨，六姨忽然把书包摔在了炕上，拉长了脸跟我姥姥说："我不去啦，进了那教室我就脑袋疼。"姥姥看着自己的闺女，急也不是，恼也不是，只得无奈地叹了一口气。我的姥爷，曾去朝鲜打过仗，与枪炮为伍的日子，让他养成了炮筒子一样的脾气，可是他却从不嚷我六姨。姥爷对六姨特别地娇惯。我当时的年纪还小，并不知道姥爷心里真实的想法。

遇到了眼前这种情况，姥爷的态度依旧，他看一眼被六姨丢在炕上的书包，尽量压低了声音说："现在咱家有这个条件，多读点书省得将来受累，那都是为你好。"姥爷虽然不嚷，但他的声音里仍带着一种威严，一位老军人特有的威严。六姨不吭声，犹豫一阵儿，还是拎上书包走了。姥姥看着已经走出了院子的六姨，说："走吧走吧，身在曹营心在汉，去了也省心。"

那时，我还不知道姥姥说的"身在曹营心在汉"的意思，一个老太太又怎么会说出如此的典故呢？可是不久之后，我跟着我母亲去学校找我的六姨，我就对姥姥说的话有所感悟了。

我跟着母亲走进校园时，校园里安安静静的，有的教室里传来了高高低低的读书声，母亲正在茫然四顾时，一间教室的后门忽然打开了，六姨远远地冲我们招手，我跟着母亲走过去，她就跟母亲小声地说话，说完了，六姨从她的书包里摸出一块水果糖，举到了我的眼前："外甥，六姨给你糖吃。"然后一把捏住我的手，把糖块塞到了我的手里。我母亲说："你好好听课，我们走啦。"六姨扭头看了看前面正在讲课的老师，说我才懒得听呢！她的眼神儿忽地飘向了远方的天空。

二

六姨的学习一忽儿没一忽儿有，大概是因为她有这样的资本，她长得漂亮，我跟着六姨到街上去玩儿，谁从她的身边走过，都会禁不住要多看她两眼，六姨瞥见了那样的目光，常常把头扬起来，做出目不斜视的样子。也许正是这先天的资本影响了她后来的命运。

上到高中的时候，六姨对待学习的态度依旧懈怠，但她对我却还是老样子。

那段时间，一到周六周日，六姨就带着我到栗树沟里边去玩，不是我粘她，而是她主动来叫我，好像我从一个跟屁虫，一下子变成了一个有用的小东西（小东西是六姨有时候对我的称呼）。那是我朦胧中的一种感觉，其间具体有没有事情，有什么事情我却一点都不知道。

沿着我们村子中间那条被踩得光滑的石板街往西，出了村口就进了沟口，再沿着沟底的山道往里走，两边的山坡上长满了板栗树，有的树要两个人合抱那么粗，听老人们讲，那样的树已经有三四百年了，是我们这条沟里的活化石，我们的村子之所以取名栗树沟，也正是缘于这些老栗树。

我喜欢在那些老栗树开花的时候跟着六姨往沟里去，那时是六月的上旬，满沟的栗花飘香，谷底里流淌着哗啦啦的溪水。六姨挎着个篮子走在前面，嘴巴里哼着好听的歌："泉水叮咚泉水叮咚泉水叮咚响，泉水叮咚泉水叮咚流向远方……"

那时六姨往山里去的理由有两个，一是带我玩儿，二是要捡些栗花，回来给姥姥拧火绳，那是夏天在院子里乘凉时驱蚊的好东西。六姨秉持着这样的理由往山里去时，每次都会得到姥姥的绝对支持：去吧去吧，记住早点回来！

往山沟里走大约二三里远，还有五六户人家，青石板的房子，高高低低地散布在山坡上，墙是用泥和石头垒的，那是我们栗树沟的一个自然村，名叫菊儿坡，那里有六姨的一个同学，叫秋菊，跟六姨特别地要好，六姨带我进山来的目的地就是秋菊的家，一个真正的目的就是找秋菊玩耍，这事她不让我跟姥姥说，每次回家之前，她都会郑重地嘱咐我一遍："不要跟你姥姥说，知道吗？"我说："记住啦！"她看我回答得还算认真，就会轻轻地摸一下我的头，说一句"好外甥"，算是对我的奖赏。

可是，六姨的做法确实让我感到委屈。刚一走到秋菊家的门口，六姨就把她的篮子递到了我的手上，然后指一指旁边的山坡，说："晓冬，你先去那边捡些栗花，一会六姨去找你。"我提着篮子，脚下一动没动。六姨说："好外甥，算六姨求你了行吗？"我扭头看看那一树一树雪白的栗花，心动了一下。六姨立刻说："真是六姨的好外甥。"随后，她就一头扎进院子里去了。

我挎着捡满了栗花的篮子回来时，六姨正和秋菊在院子里炒（chua，三声）石子，那是一种简单的游戏，先把一个石子抛起来，腾出手去抓地上的石子，然后再把空中的石子接住。我叫一声六姨，她只扭头看我一眼，就又去忙她的事情了。

秋菊长得胖乎乎的，但眉目清秀，有时候她倒比六姨对我还好，见我挎着篮子进来，她就进屋去给我拿来一块切好的萝卜，说吃吧，又脆又甜。

有时候，她们也带我玩，玩得最多的就是捉迷藏，旁边的山坡，秋菊家的院子，都是我们捉迷藏的场地，这时候也是我最快乐的时候。但如果赶上六姨心情不好，碰巧我又给她暴露了目标，六姨就会显出很生气的样子，在栗树下面的地上画个圈儿，让我站着不许出来，然后她和秋菊继续捉迷藏。

只有等到秋菊的二哥背着柴禾回来，六姨迎上去说话，之后气氛才缓和了。

这时，每次都是秋菊把我从圈子里拉出来。我张望一下远处的六姨，秋菊就说："没事有我呢，你六姨不敢把你怎样。"然后她就牵着我的手，一直往山坡上走去，有时捉蝴蝶，有时只是漫无目的地瞎走。

在我看来，秋菊的脾气比六姨好，本来我也该喊她姨，可有时我直呼她的名字，她也不急不恼。在一定程度上，我喜欢她甚至胜过我的六姨。只是有一样，山坡上那些小道我已经跟着秋菊走过几遍了，她却还说再走走再走走，我拗不过她，只能不情愿地跟着她走，因而她的形象在我的心里悄悄地打了个折扣。

还有更厉害的一件事，有一次捉迷藏，秋菊和六姨竟然都把我给忘记了。

我待在一棵栗树下，太阳已经偏西，天色渐渐地暗了。

我不停地往四下里张望，以为六姨和秋菊她们还躲藏在什么地方，然而左瞧右看，却一直不见六姨和秋菊的影子。

四周静得怕人，一种莫名的恐惧感一阵阵地向我袭来，一只乌鸦在远处的树上呱呱一叫，我被吓得哇的一声哭了。秋菊听见了哭声，很快从她家里奔了出来，她说："晓冬，你怎么还在这儿呵？"我的心里委屈，只是呜呜地哭。秋菊说："这个六丫，真是太粗心了，走吧晓冬，姨送你回家去。"然后她拉起我的手，匆匆忙忙地往我姥姥家的路上走。

我跟着秋菊走到一半路程的时候，六姨风风火火地赶来了。

我见了六姨，又哇的一声哭了，六姨赶忙给我擦眼泪，说："都是六姨不好，晓冬不哭了，来，让六姨背着吧。"她果真就蹲下了身子，可我趴伏到她的背上，六姨才撑起来往前走了几步，就又嚷嚷着把我挣脱了，说："不行不行，你快把我压死了，还是自己走吧！"我不情愿地垂着手，脚下一动不动。六姨扯起我的一只手，说："六姨给你讲个故事还不行吗？"我看看她带了几分央求的神情，只好跟着她走了。

六姨给我讲的是小山羊和大灰狼的故事。山羊妈妈出去捕食了，一只大灰狼披了一只羊皮来骗小山羊开门，说小羊儿乖乖，把门儿开开，妈妈回来了，给你来喂奶……这故事六姨都给我讲过好几遍了，可奇怪的是，她每次讲，我都有第一次听到时那种美妙的感觉，那感觉似乎不是由故事本身引起的，而是六姨的一颦一笑在我心里激起来的一点涟漪。

六姨后来还给我讲过一个故事，是藏在我们栗树沟里的故事。

站在菊儿坡秋菊家的院地里，沿着栗树沟往里边看，可以看到天边尽头的一座山峰。

那天六姨的心情好，她用手指了指那座山峰，说："晓冬你看见那山峰了吗？"她不等我回答，就接着说，"那座山峰叫揽月峰，山峰上有一个月牙形的洞，是两边通透的洞，从远处看去，就像挂在山上的一弯月亮，另外，那山下还有一个大水潭，咱村人叫它月亮湖，是半月形的，当天上的月亮升起，并且升到西边的天空时，那山上就会现出来一个月亮，水中还会现出来一个月亮，三个月亮连成一串，形成一道绝妙的景色。每到春天干旱的时候，咱们村的人都要到那里去求雨，要杀猪宰羊，天不亮就得起来，敲锣打鼓地走上大半天，到了水边，一炷香烧到一半的时候，那月亮湖的水面上就会浮出来一条青蛇，看着像蛇，实际是一条青龙，有擀面棍大小，它昂着头，半个身子直立在水面上，一圈一圈地游走，这时，所有的人都要跪拜那条青龙，等拜完了，那水面上的龙也不见了，然而这时再看西北方向，那天空中已经有大块的云朵冒了出来，往家走，不容走进家门，春雨就会哗啦啦地下起来，可灵呢！"

六姨给我讲这个故事时，她眼睛里有一种朦胧的东西，我说不清。

我听了她的讲述，急忙跑出秋菊家的院子，爬上一块山石，踮着脚往沟里面张望。可是，一道山梁搭着一道山梁，山峰也不只一座。我茫然地望望六姨，她心不在焉地抬手指了指，说："你自己看呵，最远的就是了。"

六姨向沟里面张望着，她望不多久，就看见秋菊的二哥背着柴禾从山道上走来。他的个子不是很高，却蛮有力气，一背柴草小山一样地在山道上移动。

我从山石上溜下来，问六姨："后面——后面的故事呢？"

六姨说："没了！"立刻撇下我，向秋菊的二哥迎去。

那段时间，六姨每次都是这样，她名义上是带我玩，是来找秋菊，可是只要秋菊的二哥一回来，我和秋菊便退到了次要的位置。我对其中的奥秘一点也不知道。但是秋菊知道，我每次问她，她都会故意板起脸说，小孩子不该问的不要问，大了你就知道了。

我吃了闭门羹，心里会好长时间不痛快。

但是，六姨却不一样，一离开秋菊的家，她就又唱又跳，"泉水叮咚泉水叮咚泉水叮咚响……"那会儿，她似乎忘记了我的存在，直到我慢慢地落远了，她才会突然停下来，等我走近了，伸手摸一下我的头，说："怎么了小东西，不舒服呵？"我说："没有，六姨。"

说来也奇怪，六姨就那么一摸，我的心情立刻开朗了，脑子里的疑问也消散了。于是六姨又开始唱她的歌，一会儿是"泉水叮咚响"，一会儿是"走在乡间的小路上"。六姨的嗓音亮而不尖，听起来有一种甜甜的感觉。在我母亲他们几个兄妹中，六姨的歌唱得最好听，也可以说她是唯一会唱歌的人，因为我从没听我母亲她们唱过歌，甚至哼都没有哼过。曾经有那么一瞬，关于六姨的那个特别的问题在我的脑海里闪现了一下，但很快就又飘散了。

于是，六姨接着唱她的歌，我则开始遥想那座揽月峰，遥想那山峰下的月亮湖。

我们两个一前一后地走。

三

六姨和秋菊二哥之间的事情，我是从姥姥和姥爷的谈话中听出来的。另外，我还知道了秋菊二哥的名字，他叫谢海亮，小名叫二亮。

那天晚上，我睡在姥姥的身边，姥爷睡在姥姥的另一边，姥爷关了灯，屋子里立刻黑了，柜子上的一架座钟——那是姥姥的父亲陪送给姥姥的嫁妆，嘀嗒嘀嗒地走，走了好长时间，我就听姥爷正儿八经地说：“月萍她妈，我跟你说点事儿。”我姥姥说："什么事儿你说呗！"姥爷说："你没看出六丫这几天有什么不对劲儿的地方吗？"姥姥说："你指哪当子事呵？"姥爷说："我总觉得不对劲儿，这几天六丫总往菊儿坡跑，心里跟长了草儿一样，你说她都是去学习？"姥姥说："学习不学习，等秋菊来了，我问问就知道了。"姥爷说："我估摸着，六丫十有八九是搞对象了。"姥姥似乎想起来了什么，忽然提高了声音：“你是说跟那个二亮？"姥爷说："你小点声，别把晓冬弄醒了。"姥姥就探过头来看看。我则紧闭着眼，装作睡得香甜的样子。姥姥说："没事儿，睡得香着呢！"姥爷说："你是当妈的，这事儿你得跟闺女好好说说。"姥姥"嗯"一声。姥爷说："一是这高中还没上完，学习是正当紧的事情，这其二呢，咱这个闺女——我不说你也明白，真到了找人家的时候，咱也得给她找个像样点的人家，菊儿坡的谢家——自己还吃了上顿没下顿呢？咱先不说二亮那孩子有没有出息！"姥姥说："得啦，甭说了，你的这点心思，等瞅个空我就跟六丫好好说说。"姥爷"嗯"一声。屋子里又是座钟嘀嘀嗒嗒的声音。姥姥说：“我倒忘了问了，这事你是怎么看出茬巴来的呢？"姥爷说："行啦睡觉吧，你想着跟六丫说就是了。"接着又是座钟嘀嘀嗒嗒的声音，我的脑海里慢慢地变得一片朦胧了。

过了几天，姥姥忽然问我说：“晓冬姥姥问你个事儿，你可要跟我说实话。”我看见姥姥那正儿八经的样子，心里咚咚地打了一通鼓。姥姥说：“你跟你六姨去菊儿坡，她都干什么事呵？是去做作业，还是去玩了呵？你跟姥姥说实话。”我想起了六姨嘱咐过我的话，咬着嘴唇，脸憋得通红。姥姥噘了嘴，佯装出生气的样子，说：“你这孩子，你这孩子，人小鬼大，你不说我也知道，等着我跟六丫算账吧！”

姥姥说过了算账的话，我就在心里替六姨着急，可那时我毕竟年纪还小，一跑到街上，所有的事情便被抛到脑后去了。

等我再想起姥姥的话时已经晚了，那天我看见六姨规规矩矩地坐在姥姥的对面，低着头，好像犯了错误一样。姥姥说：“人往高处走水往低处流，这个理儿你应该懂，菊儿坡的谢家，早先的时候就给人家扛活，吃了上顿没下顿。”六姨说：“现在不是早先了。”姥姥沉一下脸说：“现在也没好哪儿去，你以为那山坡上能长出金子来呵？！”

六姨不吭声了。姥姥也不说话了。姥姥掏出手绢，轻轻地擦了擦眼睛。屋子里的空气仿佛凝固了一般。

从那以后，六姨蔫了很长一段时间。她把我当成了小内奸，我心里委屈，可她不管，六姨说：“小东西，反正我不带你去菊儿坡了。”

六姨真的就不带我去菊儿坡了，我只能追着她在村子里玩儿，有时候也到我们家去玩一会儿。

在我们家时，一般只有我母亲我们三个人，六姨的神情放松了，点了几样好吃的东西，让我母亲做，我母亲做完了，端上了桌子，六姨又忽然说没胃口了，手里拿着筷子，现出懒洋洋的神态，她的思绪慢慢地飘飞起来。

　　我母亲看着六姨的样子，到嘴边的责备的话又咽了回去。

　　六姨是在我母亲的背上长大的，就像我在六姨的背上长大的一样，我不止一次地听母亲说过，六姨小的时候只粘着她，姥姥都在其次，所以她也特别地疼爱六姨。六姨跟那个二亮的事情，姥姥已经跟我母亲说过了，我母亲也知道六姨的心思，只是她不知道该支持姥姥还是该顺从六姨，看着六姨手里攥着筷子心不在焉的样子，她一脸焦急和无奈，然而直到最后，母亲也没说六姨一个不字。

　　姥姥有时跟我唠叨起我的母亲，说："晓冬，你那个妈呀，整个就是一个和事佬儿，护着你那六姨，就跟护着一贴老膏药似的，你瞧着吧，有她后悔的时候。"

　　我仰头看着姥姥，没有作声，一则她是长辈，又是我母亲的母亲，没有什么好争辩的；二则我觉得姥姥说的也有她的道理。

　　那时我年纪虽然还不大，可我对家庭成员间张弛之中的亲情已经有所感悟了。

四

　　那样不温不火，但又心照不宣的日子过了有两年的时间，这期间我上学了，有了自己的事情，追随六姨的时间明显地少了。

　　然而我有感觉，六姨和那个二亮的关系还没有断，六姨有时候说到秋菊，不小心提到了二亮，她的脸上会倏地飘过一片红晕。姥姥和我母亲偶尔聊起六姨，也总是先叹口气，然后才说："你爸爸的意见，还有我的意见，反正该说的话我都跟她说了，脑袋长在她的脖子上，听进去听不进去那是她的事了。"我母亲说："反正也没人来提婚，到时候还不一定会怎样呢?!"姥姥就又叹口气，说："你这就不像个姐姐说的话，算啦还是听你爸爸的，睁只眼闭只眼吧!"

那样的谈话，给人留下的总是一片惆怅。

殊不知，这个时候变得越来越惆怅的还是我的六姨。

六姨和那个二亮是上下届的同学，因为有秋菊的关系，六姨才在众多的追求者中慢慢地选择了二亮。六姨到秋菊家去玩儿，看到二亮背着柴禾从山道上走来时的样子，沉稳而有力，于是六姨偷偷地想，他的肩膀一定又结实又可靠。二亮跟六姨聊天儿，六姨又惊喜地发现，这个二亮的脑袋还很灵光，说不定，他将来真的能有点出息呢！至于学习，自己不也是一般般吗？于是，六姨的心慢慢地靠近了那个谢海亮，虽然他们之间还有一层窗纸没被捅破，但彼此已经做出了选择，并把这一选择的信息传递给了周围的人，后来，虽然姥姥和姥爷表示反对，六姨也为难了好久，但那时她的选择却依然没有改变。

这些事是很多年以后六姨亲口对我说的，她说因为是第一次搞对象，所以当时的一些事情，包括头脑里的一些想法都记得清清楚楚。

后来，让六姨变得惆怅的不是栗树沟里的月亮，而是那山坡上的土地，月亮美丽但很遥远，而土地就在她的脚下。

六姨高中毕业后，勉强拿到了一张毕业证，但她毕业就失业了，自家地里的农活儿，姥爷不用她做，她也做不来。

这时候，六姨就经常到菊儿坡去。到了菊儿坡，她又跟着二亮到地里去，帮着二亮打草耧地。开始的时候，六姨还觉得新鲜，可几天之后，除了苦和累，除了腰酸背痛，她就再没有别的感觉了。

六姨问二亮："以后都要这么干吗？"

二亮说："反正现在得这么干。"

六姨无语，丢掉手里的锄头坐在了地边的石坝上，她不干了，默默地开始了一个人的罢工。

二亮看一眼六姨，以为六姨在耍小姐脾气，又以为她或许真的是累了，于是，二亮在心里默默地发誓，以后绝不让她再干一点农活儿，而且还要让她过上城里人一样的日子。

二亮这样默默地发誓的时候，那誓言还只停留在他的心里，他并没有停止挥动手里的锄头，也没有把他心底里的誓言明白地告诉给六姨。这或许是我们栗树沟男人的一种秉性，实在得就像脚下的土地。

当然，二亮这时也不知道六姨的心里已经有了一种微妙的变化。

这些事，也是很多年以后，六姨想起来，断断续续地讲给我听的，那时，她的语气里带着留恋和淡淡的忧伤。

但在当时，六姨是不可能有这些感受的，她也不知道心里的微妙变化正在慢慢改变着她的生活轨迹。

六姨和二亮有过那次简单的对话之后，大概过了两个多月的时间，姥爷利用他的人脉，帮助六姨在村里找到了一个差事，六姨到大队当了一名广播员。

广播员的工作简单，但是拴人，每天早晨要按时放广播，晚上要读报纸读文件，再有就是播报通知和取信件。

在这些事情当中，六姨最爱做的就是读报，她有唱歌的嗓子，读起报来，声音抑扬顿挫，又脆又甜，当她读报的声音第一次在村子里响起时，街上的人都听呆了，很多人问我，"这是谁家的闺女？声音真好呵！"

六姨关了广播回家去，在街上听到这样的评价，心里甜滋滋的。到了家里，姥爷也说："真没想到，我们六丫头还有这样的本事。"六姨不言语，把披肩的长发轻轻地向后甩了甩。

那以后很长一段时间，六姨一直被幸福簇拥着。她做事认真又充满了热情，受到了干部们的表扬，也受到了村民们的夸奖。

由于这样的工作，六姨几乎没有时间到菊儿坡去了，开始的时候，这种客观的制约弄得她的心里痒痒的，那心上好像有一棵草在轻轻地拂动，慢慢地，一种优越幸福的感觉挤占了她心里原来的位置，就像清水漫过了沙滩，让原来沙滩里的热量一点点地消散了。

六姨不去菊儿坡，二亮便到六姨的广播室来了。来了两次，六姨便说："你别再来这儿了，我这里是正经事儿，让人看见了不好。"二亮梗着脖子，上下打量六姨，见六姨认真的样子，他眼里的火才慢慢地熄了。六姨说："等有空了我去找你。"二亮又看了一眼六姨，说"一言为定"，然后便走了。

此后，六姨果真去找过二亮几次，但每次都隔了好长时间，而且见面时的热度已明显地降低了。

五

就在六姨和二亮之间交往的热度慢慢降低的时候，我们栗树沟里来了位修表匠，他在大队旁边租了一户人家的房子，开了一家钟表店，卖表，也修表，但以修表为主。他自我介绍说，他姓黄，原来在县城一家国营的钟表店里上班，因为有了停薪留职的政策，他便出来自己干了，他是我们县城里第一批下海的人。

在我们栗树沟附近一带的村子里，人们把有一技之长的手艺人都称作师傅，比如木匠师傅、瓦匠师傅等，修表也是一种手艺，所以村里人都把这位不请自来的修表匠称作黄师傅。

在我固有的印象里，被叫作师傅的人，都是留着胡子上了年纪的人，但这个黄师傅却不是，他中等的个头，一张白净的娃娃脸，他的面相完全掩盖了他的年龄，有人说他三十岁，有人说他四十岁，面对这些猜测，黄师傅总是乐呵呵地赔着一张笑脸，不肯定也不否定，由此他便在村民中落了个好人缘儿。

黄师傅初到村子里修表，第一件要做的事情，就是用喇叭播一个广告，因此他便结识了我的六姨。六姨生活的轨迹，也因为这个黄师傅的到来悄然发生了变化。

当黄师傅第一次走进我们大队的院子时，六姨正在读报，黄师傅刚说出一个"请"字，六姨拿开了报纸，黄师傅一见，后面的话立刻被憋了回去，他被六姨清纯美丽的容貌惊呆了，半天愣愣地没有说话。

六姨问："你找谁？有事吗？"

黄师傅这才回过神儿来，说："我——我要播个通知。"

六姨说："现在不行，要等到晚上。"

黄师傅问："怎么不给播吗？"

六姨说："要等到晚上！"

黄师傅立刻明白了，说："那好，我晚上再来吧！"他冲六姨笑一笑，转身走了，走出大队的广播室，再走到街上时，他忽然心慌意乱了。

那一刻，六姨并没有太多的感触，只是到了晚上，黄师傅再次来到大队时，六姨才认真地把他打量了一番，并问清了他要播送通知的内容，她淡淡的思绪在栗树沟的夜色里轻轻地游荡着。

这时的黄师傅，其实已经是两个孩子的爸爸了，但自他见到六姨的那一刻开始，他便隐瞒下了这一情况。他借故到六姨的广播室去，凭着一张乖巧的嘴巴，推销他的见识和才干，六姨很快便跟着他走进了一个语言构筑成的世界。

当街上的行人把六姨和黄师傅交往的信息传递给菊儿坡的谢海亮时，远处城市生活的图画已经塞满了六姨的大脑。此时此刻，在六姨心里的天平上，一边是谢海亮，一边是黄师傅，一边是栗树沟里的土地和庄稼，一边是城里宽阔的马路和楼房，虽然六姨嘴上不说，但她心里的那架天平已经微微地倾斜了。向往美好生活是每一个人骨子里都存有着的一种天性。

六姨后来跟我说："那事在我的肚子里转过十几个来回呢！一辈子的事，落到谁头上，不揉肠子呵！"

二亮来找六姨，问起她跟黄师傅之间的事情时，六姨没有认可，几句搪塞的话，使他们之间的关系很快进入了冷战状态，一晃就是半年多的时间。

半年多以后，六姨戴上了一只女式的上海牌手表，并且拥有了这件奢侈品，这时她已经不得不面对这棘手的现实了。

那天，我看见六姨的眼圈儿微红，表情还算沉静，我以为她在生气了，就想悄悄地离开，但六姨把我叫住了，她说："晓冬跟六姨去玩吧！"她说这话的时候，已经好长时间没有带我去玩了，而且我也早不用她带了，所以我听了六姨的话，感到了几分诧异，半天没有应声。六姨又说："跟六姨去办件事，你有空吗？"

这次六姨用的是商量的口气，而且还把我当成了大人，我更感到了诧异，忙着点了点头。

我跟随着六姨往栗树沟里边走，六姨一路上都沉默着。

我以为她又要带我到菊儿坡去了，可是，刚走到一半路程的地方，六姨忽然放慢了脚步。

我们眼前的沟底里斜卧着一块巨石，有三层楼那么高，上面长满了蒿草，从远处看去，它就像一条蹦上岸来的鲇鱼，所以，我们村里人都叫它鲇鱼石。

鲇鱼石和山坡之间是往菊儿坡去的山道，另一边是哗啦啦流淌着的河水，周围是一棵棵栗树，撑着绿色的伞盖，里面传来了鸟儿叽叽喳喳的叫声。

走到离鲇鱼石几步远的地方，六姨站住了，目光缠绕着那鲇鱼石，前后左右地打量。

我叫了一声六姨。

这时，从鲇鱼石下边走出来一个人，是菊儿坡那个二亮。

六姨说："晓冬，你等会儿六姨，我说两句话就回来。"

我答应着六姨，却没站在原地，而是跟着她往二亮站着的河边走了过去。

六姨问二亮："你叫我来这里有事吗？"

二亮说："我就是想告诉你，我要到外面去做工了。"

六姨说："就这事吗？"说着做出了转身要走的姿势。

二亮说："你能等我回来吗？挣了钱我就回来。"

六姨问："多长时间，一年还是两年？"

二亮咬着嘴唇，默默地摇了摇头。

六姨说："没别的事儿我先回去了，一会儿该放广播了。"她踌躇一下，二亮闷着头，然后六姨就转回身，往来时的山道上走了。

我也要跟着六姨走，二亮忽然把我叫住了，他从衣袋里掏出一只木雕的绵羊（六姨属羊），有拳头般大小，他说："晓冬你帮我个忙，等过了这会儿，把这个给你六姨。"

我去秋菊家的时候，二亮给我做过一把弹弓，六道木的弓把儿，牛皮筋儿的拉线，每天上学我都塞在书包里，所以我不好回绝他的请求。我接过木雕的绵羊，说："好吧。"就装进了兜儿里，可我不知道六姨能不能接受，心里咚咚地打鼓，一点谱儿也没有。

出乎我的意料，当我把木雕的绵羊举给六姨时，她只说："扔柜子上吧！"其余的话一句都没再问。

我把绵羊放在柜子上，看一看，那样子还挺像，四蹄蹬开了，脖子梗着，一副要顶架的姿势，可看看它的头上，犄角刚拱出个包包。

有那么一刹那，我忽然想把它重新装回自己的兜儿里，据为己有，可再一想，话都跟六姨说了，不好！于是，我毅然地离开了。

六

最初的时候，关于六姨和黄师傅之间的事情，我姥姥听到过一些风言风语，但她没当作一回事，甚至都没跟我姥爷提过，用我姥姥的话说，老鸹跟喜鹊，它不是一类鸟，飞不到一块儿去。

但当二亮离开村子，六姨和黄师傅之间的事情渐渐明朗的时候，姥姥和姥爷一下子就蒙了。

姥姥拍着大腿，一会儿自言自语，一会指着鼻子问我六姨："鬼迷心窍呵！鬼迷心窍呵！你也不睁眼看看，他是有家业的人了，你不知道吗？"

六姨说："我知道，他已经离了。"

我姥爷牙疼得钻心，半边脸已经肿了，他含一口凉水，咽了，然后冲我六姨大吼，又脱下脚上的一只鞋子，猛地向六姨摔了过去，六姨一闪身，鞋子摔在了柜子上。

在我的记忆里，我姥爷是第一次冲六姨发那么大脾气，而且也是唯一的一次。

六姨哭着走了，二十多天没再回家，一直住在广播室里。

我的姥爷和姥姥，整日长吁短叹，既叹我六姨的年幼无知，干了这么一当子糊涂事儿，又后悔他们不该对六姨那么粗暴。

我姥爷说："大意了，真是大意了，佯攻大王庄，她实际却是要取县城，战术，这是我们当年用过的战术，我怎么就给忘了呢！"

我姥姥说："再怎么着你也不该用鞋子甩她呵！丑话我跟你说前头，六丫头要是有个三长两短，我可跟你没完！"

姥爷受了这样的前后夹击，又一股火顶上来，嗓子也跟着疼了，但他闷着头，不去看医生，也不吃药，依旧一口一口地含凉水，用他自己的土办法止疼。

又过了两天，到底还是姥爷坐不住了，他让姥姥去找我六姨，姥姥嘴上推脱，可还是硬着头皮去了。六姨见了姥姥，娘俩流了一通眼泪。临走，姥姥一脚门里一脚门外，扭回头跟六姨说："你爸爸牙疼，嗓子也疼了。"六姨说："您先回去吧，我知道了。"

姥姥听出了六姨的语气，以为当头的大事儿也有了缓和的余地，待六姨第二天回家吃饭时，姥姥试探着问了一句："六丫，那件事儿咱再思忖思忖行吗？"

六姨没吭声，脸色唰地一下阴沉了，直到吃完了饭，她也没再说一句话，然后起身就走了。

六姨走后，姥爷和姥姥愣了半晌，接着姥爷就开始埋怨姥姥："我说你这个人，有什么话等吃完了饭再说不行呵？"我姥姥说："我说什么啦？我又没说别的。"

姥爷不吭声了，闷着头，吭哧吭哧地喘粗气。

姥姥又抹了把泪，然后尾随着六姨就出去了。

但是，姥姥没去找六姨，而是找了几个能跟六姨说进话的人，让他们帮助做六姨的工作，这其中就有我的母亲。

在此之前，我母亲其实已经跟六姨谈过了，这次只不过是按照姥姥的吩咐，把以前的话又重复了一遍，又加了一些注解和补充说明。虽然她把该说的和不该说的话都说了，虽然她的眼睛也变得湿润了，但她还是没能改变六姨固执的想法。

我母亲把结果告诉了姥姥和姥爷。我姥爷闷着头，又叹了一口气。我姥姥说，我早知道会这样，我早知道会这样，她欲哭无泪，一脸的茫然。

但是，我姥姥并没有放弃，不知怎的，她猛然想起了菊儿坡的秋菊。上学的时候两个人还一块儿玩呢，好得跟一个人似的，姥姥说："晓冬呵，你陪着姥姥去一趟菊儿坡吧！"

不等我应声，姥姥就拉着我的手走进了栗树沟，姥姥嘟嘟囔囔地跟我说："我还是刚过门那年跟着你姥爷到这沟里来过呢，那是到月亮湖去求雨，天不亮就得起来，要走好远的路，后来有了你妈他们，我就再没往沟里边来过，想起来该有四十多年了。"

走到鲇鱼石的地方，姥姥把我叫住，在路边坐下来，呼哧呼哧地喘气，半天才起来，又接着走。

走到菊儿坡，秋菊家的门却锁着，姥姥一屁股坐在院子外面的那块石头上（我曾站在这块石头上往沟里眺望过揽月峰）。姥姥说："没人呵？没人我也得歇会儿再走了，你瞧我这瞎道跑的。"

我爬上石头的最高处，往远处的山道上张望，忽然看见山道上走来一个人，手里拎着把锄头，正是秋菊。

我说："来啦，来啦！"

姥姥如释重负，双手撑着石头站起来，迎着秋菊说："六丫的事儿，我想求求你，你们是自小玩到大的伙伴儿，你去跟她说说，她跟那个修表的师傅，那种事——唉！"

秋菊沉默着，半天没有言语。

姥姥说："以前的事儿是我们对不住你们家，大妈我给你赔不是了。"

秋菊说："不是大妈，我劝过六丫了，没用！所以我真的不能答应您什么。"

"是这样呵——"姥姥的最后一点希望被秋菊的一句话浇灭了。她呆呆地愣着，好半天才又说："那什么，你二哥他去哪了？做什么活呢？"

秋菊说："去县城了，在工地上做小工呢！"

姥姥的嘴巴动了动，欲言又止，然后就拖着沉重的脚步往回走了。

七

我六姨的名字叫韩月萍。

我姥爷给她取的名字是韩月平，平静的平，上学时，六姨自己把平字改成了萍字，就成了浮萍的萍。我姥姥说，那名字是根据生辰八字来的，你怎么能说改就改呢？可她拗不过六姨，只好听之任了。这个萍字也成了她一生命运的注脚。

还是因为没拗过六姨，六姨的婚事被拖了好长时间，结果却没能改变。

有一天，姥爷跟我姥姥说："儿大不由爹，就让六丫走吧！总这样在村子里晃荡，我丢不起这张老脸，我这里只一个条件，我的闺女，一定要明媒正娶，剩下的事儿，你跟月琴商量，瞧着办吧！"

月琴是我母亲的名字。

我姥姥把事情跟我母亲说了，我母亲就去找到了她本家的一位嫂子，求人家来做这个媒人。六姨又把家里的意思跟那个黄师傅讲了，黄师傅说："行，怎么都行，我没意见。"于是这位媒人就算定下了。

接下来的事情就是走过场，相亲，也叫对象，下聘礼，确定结婚的日期。

六姨的命就在那个晚上最后地决定了，那是一个冬天的晚上，天很早就黑了，姥姥家的院子里，只见人出出进进，却几乎听不到笑声。

按照我姥爷的意思，六姨结婚的事不告诉外人，只要我们家里人参加，当然也包括姥爷他们的本家，用我姥爷的话说，"我这老脸早给丢光了，再敲锣打鼓地闹动静，我就只有找个地缝儿钻进去了。"

可是，陪送的嫁妆，婚礼的环节，姥爷却一样都不让少，他说："这是礼数，我不能让外人说我们不懂事。"

姥爷跟在姥姥的身后，把那些嫁妆一件一件地过目，姥姥翻看一件，姥爷点一点头。当姥姥的手伸进一床簇新的棉被时，她停住了，眼泪吧嗒吧嗒地掉了下来。姥爷也愣了半晌，说一声："行啦！"转身回他的屋子里去了。

夜色笼罩的院子里亮着一盏昏黄的灯，月亮慢慢地升起来了。

我看着出出进进的人，已经有了几分困意，再看看几个屋子，只有六姨的屋子里静静的，似乎没有人。

我慢慢地走到六姨的门口，听一听，里面没有一点声音，于是我撩起门帘儿，一头撞了进去。

这时，我一下子被惊呆了！

昏黄的灯光下，六姨侧身对着我，赤裸地站着，她那白灿灿的胴体仿佛凝脂做成的雕像，优美的曲线，还有身后如瀑布一般流淌的长发……六姨慢慢地扭过头……

我还没回过神儿，一条胳臂已被重重地抓住，嗖地被拉到了门外。

我一看，是母亲，她呼哧呼哧地喘着气，说："你这孩子，你六姨在换衣服，你怎么不吭一声就进去呢?!"

我说："我困了。"母亲说："困了到你姥姥那屋睡去。"

我走进姥姥的屋里时，姥姥和姥爷正在说话，这种时候，一般都是姥姥说，姥爷听。

我没有上炕，我坐到了靠墙的一个矮柜上，我想听听他们都说些什么，是不是还像我小时候听到的那样甜美。

这时，我看到了旁边柜子上的一个本子，是那种硬纸皮的户口簿，我抓起来，才翻开一页，就被姥姥看见了，她忽然提高了声音说："放下！你这孩子，怎么什么都翻呵！"然后又径直地奔过来，抓过我手里的户口本，放到了远离我的地方。姥姥说："这是要给你六姨带走的，要办户口，你给抓丢了，我到哪儿去找呵？"

我被姥姥喊得脑袋发蒙，一个户口本，就一个户口本，里面能有什么秘密吗？姥姥还从没这样吼过我，我心里觉得委屈，又不好跟姥姥抢白，睡意一下子没了。

于是，我从姥姥的屋子里出来，再去找六姨。

我在六姨的门外喊了一声"六姨"，六姨听见了，说："进来吧！"

我掀开门帘时，看见六姨穿着一件红色的棉袄，静静地坐在炕上，好像刚才什么都没发生一样。

我叫了一声六姨，六姨答应一声，随即看了一眼照射在窗子上的月光。

我说："六姨，您要走吗？"

六姨点了点头："嗯，六姨要走了。"

我说："六姨您不再回来了吗？"

六姨说："傻外甥，这儿是六姨的家，六姨怎么会不回来呢？"可是刚说完这话，六姨一下子沉默了，她的目光又落在了窗户上。

好半天，六姨的目光和着月光，轻轻地闪了一下，她似乎想起了什么，忽然对我说："还记得六姨跟你说过的月亮湖吗？"

我说："记得，您还说要带我去呢？什么时候去呵？"

六姨不理会我的问话，而是说："六姨给你讲个故事吧！还是关于那个月亮湖的故事。"

我脱了鞋上炕，默默地坐到了六姨的身边，心里第一次感受到了一种离别的情绪

六姨又说："六姨还想去呢，可是现在去不成了——听说很早

以前，那里有过一户人家，一个老头和他的闺女，那山下的湖边有他们住过的石屋，我跟你姥爷去的时候，岁数还小，现在没有一点的印象了……后来又来了一个逃难的小伙子，父母被财主害死了，为了活命才逃进了山里，他们在山里一起种地打柴，一起生活，有时候也到我们村里来，用他们的山货换一些针线和盐巴，时间一长，姑娘和小伙子有了感情，老头就想让他们结为夫妻，可小伙子说，他得先下山去报仇，如果不死，一定回来。老头和他闺女都知道，那是一直装在小伙子心里的事儿，不能不答应，强扭的瓜不甜。小伙子下山了，姑娘一直把他送出了山。他们说好了，顶多三个月，小伙子报完了仇就回来。可是，三个月过去了，半年过去了，老头儿和他闺女等呵等，小伙子却一直没有回来。姑娘背着她爸爸，哭了一次又一次，老头也整天唉声叹气，可是没用。时间又过去了半年，有人上山来给姑娘提亲，几次都被姑娘拒绝了。老头劝说不了闺女，心里着急，不知怎么就得了一种怪病，身上不疼不痒，只是吃不下饭，去找郎中，抓药吃了，可是不管用，人很快一天天瘦了，不久就离开了人世。姑娘把她爸爸埋在了湖边的山坡上，本想扎进湖里，一死了之……"

六姨讲到这里时，我迷迷糊糊地睡着了。

睡梦中，忽然听见母亲喊我的名字："晓冬快起来，你六姨要走了。"

我坐起来，揉揉眼，发现身上盖着一件六姨的衣服，旁边已经不见了六姨。听一听窗外，是一阵杂乱的脚步声，还有人们的说话声。

"车来了吗？"

"来啦！"

"来了就往外搬东西吧！小心一点！"

我急忙穿好鞋，追着母亲出去，看见外面的天还黑着，天边的一弯月亮，洒下来一片淡淡的月光。

门外的街上停着一辆双排座汽车，人们正在往上装六姨的嫁妆，一个酒柜，两床被子，还有脸盆、暖壶等等。

六姨和姥姥站在车旁，两个人的手紧紧地攥在一起，谁也不说话，慢慢地，泪水从两个人的脸上流了下来。

这时，那个黄师傅从车子的另一边走过来，对六姨说："月萍，该走了。"然后他拉开车门，就要让六姨上车。

六姨叫了一声"妈"。

姥姥没有答应，她摸索着从兜儿里掏出来一块手绢，费力地抬起胳膊，擦着脸上的泪。

六姨又说："妈，我走了。"

姥姥摆一摆手，把头扭向了一边。

六姨低垂下头，刚往前走一步，我母亲忽然把她叫住了："月萍，你等等。"六姨抬起头，疑惑地看了一眼我母亲。我母亲说："咱爸还在屋里，你去说句话吧！"

六姨的身子猛地颤了一下，她先看了一眼旁边的黄师傅，然后默默地往院子里走去。黄师傅跟在她的身后。

六姨走进屋里时，看见姥爷靠着被摞坐在炕上，一脸的木然，见六姨进来，他欠欠身子，往起坐了坐。

六姨站在地下，跟姥爷说："爸爸，我要走了！"

我姥爷的喉头蠕动一下，一句话没说，脸色变得更加阴郁了。

六姨又说："爸爸，我要走了。"

姥爷费力地抬起手，向外挥了挥："你自个儿选的道儿，走吧，你走吧！"

六姨慢慢地转过身，再次从屋子里走了出来。

一家人送着六姨往院外走，刚出了大门，就听见屋里传来了姥爷的哭声，那种低沉的呜咽声。

六姨下意识地站了一下。

八

六姨就在那样一个冬天的早晨离开了栗树沟，嫁到县城那边去了。我不知道那是一种选择，还是一种巧合，因为从那个时候开始，一个本意要追求幸福的人，从此便与寒冷相伴了。

那时候，六姨当然还不知道这一点，那时的六姨还沉浸在新婚的甜蜜里，但接下来的事情，很快就让她有所体会了。

按照我们当地的习俗，闺女出嫁后的第一年，要回娘家住正月，还要走亲戚。

正月初二，六姨回来了，那个黄师傅也跟着回来了，但他只待了半天，就撇下六姨，坐上下午的班车返回县城去了，他只说有事，可谁也不知道有什么事。

六姨先到姥爷姥姥家，再到我们家，来我们家时，我母亲问："他呢？没跟你来？"六姨的脸红一下，说："他还有点事，忙着回去了。"我母亲便不再问了。

然而，走在栗树沟的街上，六姨碰见了和自己一样回娘家的新婚夫妻，都是成双成对地出入，她的心里立刻感到了酸涩，本来要住过正月十五，这时却只住到第三天，就急急慌慌地走了。

我跟母亲到车站去送六姨，六姨小声地对我母亲说："大姐你跟咱妈说吧，家里要是没事儿，我就先不回来了。"说完她苦笑一下，匆匆忙忙地登上了班车。

果然，那以后大概有三年多时间，我几乎再没有见到六姨，她来看姥爷和姥姥，每次都是匆匆地来匆匆地走，关于六姨的消息，我也都是从姥姥和母亲的聊天中听到的。

六姨嫁给那个黄师傅之前，黄师傅已经有两个孩子了，因此，黄师傅一直不和六姨要他们自己的孩子，六姨提了一次又一次，

黄师傅找了一个理由又一个理由，每次都给搪塞过去了。

这事一晃就是三年，三年呵，按我姥姥的话说，要是结了婚就要孩子，现在都满地跑了。

可是没有，连孩子的影子都没有，三年里，六姨就像个廉价的保姆，每天给一家人做着三顿饭，累得腰酸背疼不说，枯燥无味的日子已经快把六姨逼疯了（这是我姥姥说的，六姨从没说过，她跟姥姥说的始终都是挺好）。

当初那个黄师傅用语言给六姨构筑的梦幻大厦轰然倒塌了。

六姨的心凉了，但她不说，她把所有的话和泪都憋在了肚子里，更多的时候只是对着镜子里的自己长长地叹气。

因为没有工作，也就没有经济来源，六姨每花一分钱，都要向那个黄师傅伸手。有一次为了给姥爷买一瓶酒，两个人意见发生了分歧，六姨已经买回来的酒，被那个黄师傅给摔碎了，六姨实在没办法，一气之下，哭着回了我姥姥家。

六姨也想过去找一份工作，可几次都被那个黄师傅拦下了，他的理由是不让六姨到外面去受苦受累，但真实的想法是六姨年轻漂亮，怕她跟别人跑了。

我姥姥说："他那一点心思，黄鼠狼给鸡拜年，我一眼就能看出来。"

姥姥说这话时，六姨有时会默默地走开，有时候也为那个黄师傅争辩几句，说："瞧您说的，他没那些心思。"六姨不想就这样简单地否定自己当初的选择。可是，六姨的生活却一直没有改变，她一直生活在那种压抑的环境中，她能够说话的对象，只有夜空中的月亮。

就在这期间，六姨居然还给我绣了一个枕套，上面有一枝梅花，还有一只喜鹊，取意喜鹊登梅，是六姨亲手绣的，她跟姥姥说："晓冬学习好，将来要到外面上学，这个肯定用得着，您记住给他吧!"

母亲把那枕套从姥姥家给我带回来时,我更想念我的六姨了。

九

我被六姨的预言说中,我果真要到外面去上学了。

我去的地方是县城里的一所重点中学,因为名额所限,学校不安排住宿,我父亲又不愿意让我放弃这难得的机会,他便要我母亲去跟六姨商量,商量的结果,我寄宿到了六姨的家里,我成了六姨家的房客了。

当时因为年纪还小,离开家时,心里虽有几分忐忑,但更多的是兴奋,兴奋的是我又可以见到六姨了。虽然我也听姥姥说起过六姨家一些不和谐的事情,但是我还并不知道,因为我的到来,又给六姨那本来沉重的心,压上了一块石头。

六姨见到我时,显得很高兴,她拍着我的肩膀,说六姨没看错,我外甥真的是出息了。说完了,她就忙着去为我收拾床铺。

因为我的阅历所限,当时我还不可能再想到寄宿之外的事情。

这个时候,我眼中的六姨还是那样年轻漂亮,还是白皙的皮肤,瓜子形的脸,柳眉杏眼,高鼻梁,尖下颏,只是她的长发变成了短发,话也明显地少了。另外我还朦胧地感到,六姨的笑似乎只挂在了脸上,心里其实很沉重,冲我笑过之后,她的目光中慢慢地现出来几分忧郁,就像清澈的潭水中搅起来一片浑浊。

不过,那种感觉是很多年以后,我有了一点生活的阅历,才慢慢地回味并渐渐地清晰起来的。

六姨帮我安排好住处之后,我就开始想一些上学的事情了。

六姨的家其实不在县城,而是在县城的边上,一个半旧的三合院,当年被那个黄师傅说成了天堂一样的地方。

住在这里,我每天早晨要骑车去上学,在路上吃早饭,在学

校里吃午饭和晚饭,晚上下了晚自习后才回来。

我回来时,六姨他们差不多已经睡下了。

但这时还有一个人没睡,是一个瞎了一只眼睛的老太婆。

六姨让我叫她姥姥,但我一句也没叫过,我的姥姥才不是她那样子呢!甚至我的姥姥都没有说起过她。她的个子不高,瘪脸上一个瞎眼窝儿,旁边的一只好眼常常冒着凶巴巴的光。我回来时本来已经插好了街门,她却每天都要再去检查一次,一边在院子里走,一边大声地咳嗽,故意制造出响动,还要说一些风凉话。

我听不出她话里的意思,可六姨听出来了,但六姨又不能明白地跟我说,而且还要尽力地去粉饰太平,说些违心的好话,她怕我因为这些闲事影响了学习。六姨把一大堆的委屈都憋在了自己的肚子里,待憋得实在难受了,她就跟那个黄师傅讲一讲。可那个黄师傅,在栗树沟时一张略带了些和善的脸,现在已换成了一张冷冰冰的脸,每次,他都是不等六姨讲完,就给六姨堵了回来。他说:"老太太爱唠叨,你愿听就听,不愿听就不听。再说了,老太太说得也不是没有一点道理。"六姨就像进了风箱里的耗子——两头受气。

有一天,我回家早了,院子里只有六姨一个人在做饭。

我往老太婆的屋子里看了看,六姨说:"你甭看,串门子去了。"

于是,我放下心,陪着六姨在灶台前蹲下来。我先叫了声"六姨"。六姨看看我,说:"今天回来这么早,有事吗?"

我没有回答六姨的话,而是冷不丁地说:"六姨您在这里幸福吗?"(这是我想了好久又憋了好久的一句话。)

六姨被我问得愣住了,灶膛里的火光照在她的脸上,她一脸的诧异与茫然,她的眼里似乎还闪着一点泪花。

好半天,六姨才回过神儿来,她慌忙地把灶膛口的柴草往里捅了捅,摆出一副轻松的神态,她说:"晓冬,你怎么想起问这个呢？这儿是六姨的家，你都瞧见了，六姨不愁吃不愁穿，这不是挺好吗？你说这叫不叫幸福呢？"说完她又冲我努力地笑了笑。

我则冲六姨使劲地摇了摇头。

六姨说："算啦不说这个，说说你们学校里的事吧！"

我没有接六姨的话茬儿，而是硬邦邦地说："六姨要是有人欺负您，我肯定收拾他们，您瞧着吧！"

六姨忽然沉下脸，说："晓冬，你说的什么话？我的事儿不用你管。"

我一下子被噎住了，仿佛有根鱼刺卡住了喉咙，少顷，我便默默地离开六姨，回到了自己的屋里。

那一夜，我半宿没睡，我觉得六姨变了，她已经不是从前带我去捡栗花捉迷藏时的六姨了，这想法缠在我的心头，一连几天，苦苦地折磨着我，懵懂中我忽然有了一种寄人篱下的感觉，那感觉仿佛一根钉子，永远地钉在了我的生命中。

这天夜里，我忽然被一阵吵闹声惊醒了，侧耳细听，声音是从六姨的上房里传出来的，有那个黄师傅的吼声，似乎还有六姨低低的哭声，接着又传来了瓷器的碎裂声。

我从床上坐起来，想推门出去，看看到底发生了什么事情，可再听一听，一切都恢复了平静，透过窗户上的一块玻璃，我只看到了洒在院子里的冰冷的月光。

六姨居住的上房里一片漆黑，一点声音都没有了。

那以后有半个月时间吧，我母亲忽然来了，她说你爸爸跟校长说好了，收拾一下东西，到学校去住吧！

我跟着母亲离开时，六姨来送我们，一直默默地跟在后面，原本要好的姐妹俩，这时却没有一句话。

十

自那次搬离六姨家之后，我就再没有回去过，我不想再见到那个表面伪善骨子里冷硬的黄师傅，更不想再见到那个瞎眼的老太婆，当然了，我也没再见到过六姨，有时我甚至还在心里埋怨过她。

现在想起来，我真的有些后悔了，不为别的，就为六姨因我而受的那些委屈，我也该回去看看她呵！一个人肚子里装满苦涩，脸上却要挂满微笑，那她心里该是怎样的一种滋味儿呵？！

可是，我没有回去，一直都没有回去。

几年的时间里，我在外面上学，只有放假时才到姥姥家去，六姨则只在平时去看姥爷和姥姥，她好像是有意那么做的，有意躲避着我们，她不定什么时间来一次，每次都是上午来下午走，她听姥姥和姥爷说话，却很少提及自己的事情。

这些事情，我依旧是从姥姥和母亲那里听到的，虽然我母亲嘴巴上常说一些狠话，但她显然比姥姥更了解，也更理解六姨的境况和难处，一点小小的过结，早已冰消雪释了，她的心里时刻挂念着六姨。

姐妹的情义，不是一件小事就能够抹掉的。

姥姥跟我说："别怪你六姨，遇上了那么一户人家，她能有什么办法呢？！"我说："我压根儿也没怪过六姨。"姥姥用怀疑的眼神看看我，长长地叹了一口气。

在姥姥的叹息中，六姨一直过了八年。八年压抑的生活，耗掉了六姨生命中最美好的一段时光，也让六姨患上了轻度的抑郁症。

有一次母亲跟我说："你六姨老是一个人自言自语，还傻乐，你说她不会有病吧？"我说："不正常，该让六姨去看看医生。"

六姨没有去看医生，而是选择了离婚。

六姨决定离婚时，依然没有同任何人商量。

她向那个黄师傅提出离婚，黄师傅说什么都不同意，甚至还流着泪跪在了六姨的面前，他那张冷冰冰的脸上，甚至还第一次带了些凄楚的表情。

六姨说："你起来吧，我可受用不起你这样的大礼，我说出口的话，不可能再收回来。"她说这话时，想到了在我们栗树沟村广播室第一次见到那个黄师傅时的情景，感觉有一只猫在抓挠着自己的心，心稍一动，防线立刻就会垮掉。

但是，六姨挺住了，她骨子里一种特质的东西，仿佛一根钢筋支撑住了她的躯体。

六姨跟那个黄师傅说："你不同意是吧？那好我们法庭上见吧！"她真的将一纸诉状递上了法庭。法庭来调解，六姨第一次在外人面前流了泪，她的泪水打动了法官，法官说："既然这样，离就离吧！"

离婚之后，六姨仿佛从身上卸下去了一块磨盘，真正地轻松了。

可是，六姨也真正地一无所有了。因为是在法庭调解下的协议离婚，六姨又想快点离开，不愿意没完没了地纠缠，所以她什么都没有得到，用我姥姥的话说，叫干出身。

在我们栗树沟，有这样一种风俗，出嫁后的闺女不能再回来和父母一起生活，若回来了，娘家的日子会过不起来，甚至会一点点地败落，嫁出去的闺女泼出去的水，这是一辈辈人留下来的规矩。

六姨知道这规矩，她没有回姥姥家去，虽然她当时很想回去，想回到栗树沟去种一块地，再养些鸡鸭，一个人安安静静地过日子。"我好想栗树沟，好想那沟里的月亮呵！"六姨后来跟我说，这是她当时真实的想法。

可是，那只是一种想法，六姨没法回去，六姨说："人有脸，树有皮，我要是回去，不但给老人们添堵，还让人戳脊梁骨呵！

我就是要饭，也绝不回栗树沟去要。"

所以，离婚后的六姨没有回栗树沟。这时她已是孑然一身，没有了栖身的屋舍，但日子却还要继续。

迫于生计，六姨在城边的地方租了一间屋子，然后就推着车子到县城里卖冰棍了，她本意不想干这事儿，她说："推着车子在街上走，要是碰到个熟人，脸皮臊得通红，我恨不能找个地缝儿钻进去。"

六姨也想找个厂子，安安静静体体面面地去上班，可是她找不到那样的营生，嫁给黄师傅的那几年，六姨一直蜗居在家里，她没有关系，更不认识什么人，当然了，她认识秋菊，那时秋菊也已嫁到了县城附近的一个村子，可秋菊和六姨一样没有关系，进门认识床，出门认识郎。

六姨和秋菊只是儿时的伙伴，现在时髦的名词叫闺蜜，她们无话不说，却不能彼此帮忙。

出于某种考虑，六姨要秋菊为她保守秘密，不向人提起自己离婚和租房的事儿，当然也包括我的姥姥和我母亲。六姨说，混到这个地步，丢死人了，因而差不多有两年的时间，除了秋菊，再没有人知道六姨生活的这种变故。

六姨还回去看姥姥和姥爷，那时候我姥爷得了一种怪病，身上不疼不痒，只是不停地打嗝，饭量还越来越少，因而这段时间，六姨比以前回去得更勤了一些，她跟姥姥和姥爷说话，神情上有了一些微妙的变化，姥爷和姥姥没看出来，我母亲看出来了，我母亲问六姨："月萍你家里有事吧？"六姨说："大姐，你怎么问这话，我这不挺好嘛，能有什么事呵？"六姨不说，我母亲也就不便再问了。

那段时间里，我已经在县城里工作，并娶妻生子了。

我结婚时，六姨让我母亲带给我一百块钱。母亲告诉我说：

"你六姨说她到厂子里上班了，活儿忙，不让请假，你六姨的一点心意，你就拿着吧。"

我接过钱时，真的以为六姨去工厂上班了，心里还曾为她走出了家门而暗暗地高兴，根本不知道那是她卖冰棍挣来的一百元钱。即便如此，六姨的一百元钱，在当时也算是一份大礼了，因而我对六姨特别地感激，也特别地想念六姨。

本来，收了六姨的贺礼，我就应该请六姨吃饭，还应该带上媳妇去看望六姨，可是我不想再走进那个家庭（我以为她还和那个黄师傅在一起），这事就被搁置了，因而我也就一直没能再见到六姨。

十一

我们的县城不大，但要碰见个熟人也不是件容易的事情。

可是，我却碰见六姨了。

那是夏天的一个晚上，我带着媳妇和孩子到街上去，不知怎么就走到了六姨待的地方，嘈杂的人声中，我听见一个叫卖冰棍的声音特别高，还有几分耳熟，寻声望去，我看见六姨正弯下腰去取冰棍，直起身来时，六姨也看到了我。

六姨穿着一件半旧的中式褂子，头发有点散乱，她没想到会在这种时候碰到我，呆呆地愣在那里，看上去，就像一个刚刚做完坏事儿的孩子，想逃离现场，却怎么也迈不开腿，脸色立刻变得通红了。

我叫了一声六姨，六姨半天才回过神儿来，她说："晓冬呵，这是外甥媳妇吧，我听你妈说了，你瞧瞧，我都当姨奶奶了。"说着她从箱子里抓出两根冰棍，就要给我的女儿，我说："孩子小呢，不用给她。"六姨立刻转过身，把冰棍塞给了我媳妇，说："你们吃吧!"说完了，她的脸上又现出来几分难为情的样子。

我问六姨："您怎么来卖冰棍呵?"

六姨的脸又倏地红一下,说:"我一个大活人,总不能老在家闲着呵!"她一字没提离婚的事儿,因而我就以为,卖冰棍只是卖冰棍了。

第二天,我媳妇说:"你买些东西,去看看你那个六姨吧!你毕竟在人家里住过。"

同样的时间同样的地点,我买了东西过去时,却没有见到六姨。我回来时,媳妇说:"谁没有个事儿呵,你明天再去呗。"可是,我一连去了三天,都没有再见到六姨。

后来我才知道,六姨不愿意碰到熟人,换到别的地方去了。

我把这事儿跟母亲说了,母亲恍然大悟,她说:"你看看,我猜得没错儿吧?这个六丫,这个六丫,我问她家里有没有事儿,她铁嘴钢牙,一口咬定没事儿,你瞧瞧,天大的事儿了,这叫没事儿吗?"

在母亲之后,姥爷和姥姥也得到了信儿,他们把六姨唤回去,前后的事情问了个究竟。

这个时候,六姨不再隐瞒了,一副好汉做事好汉当的模样,她跟姥姥说:"您甭问了,肯定是晓冬和大姐说的,没错儿,早离了,我做的事儿,我不后悔。"

六姨说这话时,声音有些沉重,调门儿也低了,没一点根由儿,也不知怎么回事儿,她忽儿地想起了菊儿坡,想起了那个谢海亮,想起了她跟谢海亮去地里拔草时的一些场景,想过这些时,六姨的心头一阵酸楚。

但六姨紧咬着牙关,眼前的境况如何,生活中有什么难处,她一个字都没跟姥爷和姥姥讲。

姥爷沉默着,半天无语,脸色一阵儿青一阵儿红,姥姥则开始一声接一声地叹息。

十二

六姨第一次感到了生活的艰难。

那段日子也该是六姨最困难的日子，不管是在感情上还是在经济上，她都感到了拮据。头脑中理想的爱情变成了失败的婚姻，这巨大的反差让她感到了一阵阵寒意，栗树沟那熟悉而温暖的地方，她不能回去了，随之而来的还有挣钱和吃饭这样现实的问题。

六姨在街上卖冰棍儿，用她自己的话说，那是赶鸭子上架呵，开始的时候，既迈不开腿，也张不开嘴，更怕碰见熟人。天气越热，还越要往太阳底下去，炎炎的烈日，皮肤被晒得生疼，回到租住的屋子时，面对的又是光秃秃的墙壁，不知道明天会怎样，后天又该做些什么，想到这些事情时，六姨的眼前一片茫然。

后来，六姨挣到了一些钱，有了一点生活费，可是她白皙的皮肤黑了，她好看的眸子里飘出了沧桑。

就在这个时候，我姥爷的病又一天天重了，他吃不下饭，甚至喝一口水都会立刻吐出来，到医院里检查，医生说是胃癌晚期，建议带一些止疼的药，回家去静养。

我陪母亲去看姥爷时，姥爷躺在炕上，已经瘦得脱了相。我母亲叫了一声爸爸，我叫了一声姥爷。姥爷费力地睁开眼睛，说一声：“你们来啦？”然后又闭上了眼，目光中流露出来一丝失望的神情。

我姥姥说：“挨过枪子儿的人，年轻的时候不知道什么叫疼，现在半宿半宿地叫唤，他心里想六丫，可六丫连个人影也找不见了。”

我母亲问：“月萍没回来吗？”

我姥姥叹口气，半天才又说：“你爸爸要不是等着她，恐怕早咽这口气了。”

　　我母亲本想说两句埋怨的话，可话到嘴边又停住了，她对我说："晓冬你去找你六姨吧，要是找不到，就去问一问秋菊，一定要快点回来，知道吗?"

　　母亲又跟我说了秋菊家的地址，随后我就出发了。

　　我按照母亲给我的地址，径直地去找秋菊，七拐八拐，好不容易才找到了。四目相对时，我竟然蒙住了，这女的还是菊儿坡那个秋菊吗? 她体态臃肿，脸上添了赘肉，仔细地看看，眉眼却没怎么改变。

　　我调整了自己的判断，先叫了声姨，又说明了来意。

　　秋菊感到很惊讶，她说："这个六丫这个六丫，太个性了。"然后到里屋去，麻利地换上了一件褂子，一个男孩儿跟着她钻了出来，秋菊说："你在家看家，我一会儿就回来。"男孩儿怏怏地答应了一声。秋菊又回身跟我说："我儿子，今年三年级，走吧，我带你去。"然后到了院子里，推起来一辆自行车，一抬腿儿，跨了上去。

　　二十多分钟后，我们到了县城六姨租住的地方，一间屋子，一面放着床，挨床立着把椅子，一面放着张桌子，桌子上放着锅碗瓢盆儿。

　　六姨先用疑惑的眼神看了看我和秋菊，说："你们怎么一块来了?"

　　秋菊说："你呀你呀，叫我说你什么好呢!"

　　我不等秋菊再往下说，就忙着把姥爷病重的事情告诉了六姨。

　　六姨一屁股坐在了椅子上，呆呆地看着我，半晌，泪水从她的眼里默默地流了出来。

　　秋菊说："得啦你们还是赶紧走吧，再晚该没车了。"

　　六姨怔一下，先抹了一把泪水，又慌忙地收拾了几样东西，然后拉上我就往车站跑。

可是，当天的最后一趟班车已经走了。

从长途车站里出来的那一刻，六姨的神情木然，她和我站在路边，嘴里不停地嘟囔着："怎么办呢？晓冬，我们该怎么办呢？"

这时，从远处开来一辆一三零汽车，应该是向我们栗树沟方向开去的，眼看就到近前了，忽然，六姨猛地冲向了路中。"停车停车！"她张开手臂，疯了一样地叫喊着。

汽车颤抖着停下了，一个五十多岁的司机师傅从车窗里伸出头来，满脸涨红地呵斥六姨："你怎么回事，不要命啦？"

六姨说："师傅您行行好，让我们搭一下车吧！"

我追着六姨到了司机师傅的近前，先赔了不是，又做了一番解释。

司机师傅的言语慢慢地缓和了。

我和六姨走进姥姥家时，天已经黑了，屋里昏黄的灯光打在窗纸上，又散射到了院子里，院子里的空气就仿佛凝滞了一般。

我叫了一声"姥姥"，说，"六姨回来了。"

我的声音还没落，六姨"哇"的一声哭了，她一边叫着"爸爸，爸爸"，一边向屋子里奔去。

一家人围在姥爷的身边，姥爷闭着眼，静静地躺着，似乎已经没有了呼吸。

六姨伏倒在姥爷的身边，流着泪，说："爸爸，爸爸，我回来了，我是月萍，您的六丫，您睁开眼，看看我呵！"

姥爷的手动了一下，六姨立刻抓起来，紧紧地握着，嘴里仍不停地喊着"爸爸，爸爸……"

姥爷仿佛从睡梦中醒来一样，忽然睁开了眼睛，目光直直地看着六姨。

六姨说："爸爸，我是六丫，我来看您啦！"

姥爷的喉头动了一下，两行泪水默默地流了出来。

他肯定还有话想对六姨说，可是他没有说出来。

姥爷走了。

六姨因为没能早点回来照看姥爷，没能听姥爷说上最后一句话，她的心情十分地沉重。

六姨留下来陪伴姥姥，母亲也因此留了下来。

母亲说，那段日子，她的心里像打翻了一只五味瓶，但毕竟是姐妹，还能说什么呢？共同的苦痛好似一剂疗伤的良药，慢慢地，因为我寄宿而埋藏在母亲心底的怨气彻底地消散了。

十三

时间赶跑了痛苦，日子又慢慢地步入了正轨。

夏天时，六姨依旧卖她的冰棍儿，入秋后，她改卖气球和一种漂亮的塑料花，气球卖给孩子，塑料花卖给妇女老人。

六姨说，多一条路总比少一条路好，再说啦，闲着也是闲着，每天早出去一会儿，多跑一点路，怎么着也能把房租挣出来。

这个时候，六姨对自己从事的小买卖有了一种惯性的考量，对命运给她安排的生活和所处的环境有了一定程度的认同，她不再有意地躲避熟人，也不再像以前那样，扎在一个地方，不管有人还是没人，闷头待上一天了。

每天早晨，六姨蹬着一辆三轮车，老早就进了居民小区。塑料花放在车厢里，红红绿绿的气球飘在车子的上空，仿佛一面面彩旗，她蹬着车子跑，人们很远就能看见，那些老头老太太，甚至还给她起了一个绰号：气球女。六姨刚一进入小区，他们就互相转告，气球女来啦，三三两两的人立刻围了上来。

在小区里卖完了塑料花，六姨又要赶到学校门口去，把气球卖给那些刚刚放学的孩子。

晚上回到家，算算一天的收获，心收紧了，脑袋一阵阵地发木。但这就是日子，虽然无奈，却还要一天天地去重复，一天天地往下走。

　　每到这时，六姨就会一个人坐在屋子里，肚子里空空的，却什么也不想吃，她望着窗子，望着窗外的月光，呆呆地发愣。她会不知不觉地想起栗树沟，想起栗树沟里那些快乐的日子。有时候，在模模糊糊的视线里，她还会看到一个熟悉的身影，背着柴禾从山道上走来。没错儿，那就是谢海亮，菊儿坡的那个二亮。自从离开了栗树沟，六姨再也没见到过他，他说他到外面去做工了，挣了钱就回来。可是，这么多年了，他挣到钱了吗？人又在哪里呢？

　　有那么几次，六姨和秋菊闲聊时，有意却是显得很自然地把话题引到了二亮的身上，秋菊一点儿没有察觉，而是顺着六姨的话题说：“我二哥现在可能耐了，在原来的公司干得好好的，人家经理对他也不赖，给的钱也不少，可他偏不干了，非要自个儿去开公司，前些日子，听说揽到一个建筑的活儿，可挣不挣钱还不知道呢！”

　　又有一次，六姨照方抓药，秋菊依然快人快语：“我二哥呵，到外边去包工程了，别的都好，就是不知道犟的哪门子劲，人家给介绍对象，他见也不见，这么多年了，还是光棍一个，你猜人家都叫他什么？王老五！这是个什么意思呢？”

　　六姨听了，心里一阵酸涩，她发誓今后绝不再招惹这样的话题。

　　可是过了一段时间，尤其是一个人回到家里的时候，她的心里又空落落的了。

　　这天，六姨的三轮车前忽然来了一位小伙子，看上去有二十多岁，身上披了件军大衣。他问六姨：“你这些东西总共要多少钱？”六姨说：“一百五十块钱。”小伙子说：“好啦，我全要了。”

说完，他把钱塞给六姨，一手抱起塑料花，一手拎起气球，扭头走了。

六姨心里一阵窃喜，怎么会有这样的事儿呢？顶着呼呼的西北风往家走，她没有感到一点寒冷。

第二天，六姨取了货，又到了街上，没过一个小时，那个穿军大衣的小伙子又出现了。

六姨说："我这些玩意儿都是给老人和孩子准备的，你买它做什么用呵？"小伙子愣愣地看了六姨一眼，对这样的问题似乎毫无准备，他说："我买……当然有用……我给你钱，你给我东西，这就结了，别的……"

六姨说："你买一两个还行，要是都买，我不卖了！"

小伙子再怎么说，六姨还是没有再卖给他，她感到这事情有些蹊跷，心里没了底儿。

就在那天晚上，六姨到我们家来了，手里还提着一兜子水果。

我母亲说："月萍，你这是干什么呵？你来就来，还拿什么东西呵？"

六姨说："东西是给孩子的，大姐你甭管，我来是想问晓冬一件事情。"随后她就把穿军大衣的小伙子的事情说了。

我听了，帮六姨分析了一番，说："肯定不是讹人，他给您钱，您给他东西，两清了。"

我母亲在旁边听着，这时似乎听出了一些端倪，她微笑着对六姨说："月萍呵，依我看，你是遇到贵人了。"

六姨喃喃地说："贵人，我会遇到什么贵人呢？"

我母亲说："你刚三十多岁，还这么年轻，怎就不会遇见贵人呢？"

六姨说："大姐，我跟你说正经事儿呢！"

我母亲说："我跟你说的就是正经事儿。"

六姨不言语了，脸上泛起来一片红晕。

十四

十几年了，除了长发变成了短发，六姨的体型和容颜似乎没有太大的改变，她还是高挑的身材，瓜子形的脸，还是柳眉杏眼，高鼻梁，尖下颏，皮肤还一样地细腻，只是微微地黑了，目光里没有了当年的纯真。

六姨很清楚这一点，她还保存着最后的一点资本，所以当我母亲说到正事儿时，她心里悄悄地泛起来一片涟漪，她开始在头脑里搜寻那位贵人，搜了一圈儿又一圈儿，没有，还是没有，至少没有一个人会把钱白白丢给自己。

突然，六姨真的想起来一个人，她的心突突地跳了一阵，这些年了，听说他的确已经成了一个有钱人，可是，他买那些塑料花和气球做什么？他跟那个穿军大衣的小伙子又是什么关系呢？还有呵，这些年来，自己从圈外跳进圈内，又从圈内跳到了圈外，生活的轨迹整整打了个来回，他真的会没有一点别的想法吗？

想到这里，六姨的头脑慢慢地冷静了。

六姨心里盼着再见到那个穿军大衣的小伙子，可那个小伙子从此再也没有出现。

然而就在这时，却又有人来给六姨介绍对象了。

六姨管她叫佟姐，她是在去秋菊的家里时和佟姐认识的。

佟姐是个热心人，她说："都在一个地方住着，有事互相帮衬一下呗，这不嘛，你看你，还这么年轻，正好有人让我给介绍个对象，我就想到了你，人家还是个老板呢！"

六姨的心里一阵翻腾，继而一沉，她默默地低着头，一言不发。

佟姐似乎看出了六姨的心思，说："对方的年龄也不算小了，

人家说离过婚的也没大关系，你看呢，考虑一下吗？"

六姨抬起头来，说："佟姐你看好的就行了，我这情况，还能要求什么呢？！"

佟姐说："那好呵，我安排你们见面。"

六姨没再言语。

这之后没几天，母亲和六姨一起去看我姥姥，姥姥问起了六姨的事情，六姨却没有提起要见对象的事，姥姥长长地叹了口气。

那个佟姐说过了安排见面的事情，却也一下子不见了踪影。

一转眼，快到年底了。

这一天，佟姐忽然来了，她说："月萍你赶紧捯饬捯饬，晚上我带你去见一个人。"六姨问："见什么人呵？"佟姐说："嘿嘿，先前咱不是说好了嘛，那个老板呵！"六姨的心一动，说："那也不用捯饬呵，反正我就是这个样子。"佟姐顿了顿，说："不捯饬就不捯饬吧，也是，这样更本色。"

然而，六姨还是梳了一下头发，换上了一件干净的衣服。

天黑了，月亮升起来了。

六姨跟随着佟姐，每人骑了一辆自行车，七扭八拐地往前走。六姨平常的时候就没有方向感，这个时候就更不知道东南西北了。她问佟姐："我们这是去哪里呵？"佟姐说："快到了，到了你就知道了。"

六姨跟着佟姐停下了，头上的月亮也停下了，六姨翻身下车，借着天上的月光，她辨别一下周围的屋舍，一下子醒过神来，前面不就是秋菊家嘛！

佟姐说："是呵，有什么不对吗？"

六姨问："你不会是要我见她哥哥谢海亮吧？"

佟姐说："没错儿，是她哥哥，可是人家现在叫谢亮，有自己的公司，确实是老板，韩月萍，我说错了吗？"

六姨往秋菊家望了望，心里像被压上了一块沉重的石头，她说："不好意思佟姐，我不想见了，你去跟人家说一声吧！"

佟姐说："为什么呵韩月萍？你给我个理由呵！"

六姨说："对不起佟姐，我先回去了。"说完，六姨就掉转了车把往回走了，任凭佟姐再说什么，她一直都没有回头。

六姨推着自行车，抬头望了望月亮，低下头时，感觉有两行冰冷的泪默默地流下了脸颊。

十五

自那以后，六姨再没提起过成家的事情，她还是夏天卖冰棍儿，入秋后卖气球和塑料花。

就是在这个时候，六姨生病了。

可是六姨却不知道自己生病，她跟我母亲说，整宿整宿地睡不着觉，躺着不行，坐着也不行，满脑子跑马，想什么自己却不知道。白天坐在路边，人家来买东西，一遍一遍地喊她，她却不知道应声。

母亲说："怎么会这样呢？月萍你得去医院看看医生。"

六姨不吭声，她感觉到了问题的严重，可她舍不得花钱，她自己买了药吃，吃了半个月，情况一点不见好转。

六姨害怕了，一个人去了医院，到了医院医生就让她住下了。

我和母亲去看她，六姨在床上呆呆地坐着，神情木讷，性格似乎也有些改变了，我们跟她说话，她一声不吭，也不理会。

忽然间，六姨的眼睛里闪现出来一丝光亮，兴奋而且激动，她说："你是晓冬，晓冬呵，你快把六姨接走吧，我要回家，回栗树沟，我想去看看月亮湖，快，你快带我回去吧！"

我说："六姨您还记得月亮湖呵？"

六姨猛怔一下，变得更加清醒了，正常人一样，六姨说："瞧你这外甥，那里是我的家，我怎么会不记得呢？沿着栗树沟一直往里走，最远最远的地方，那儿有一座山，山下面就是月亮湖。"

我说："您给我讲的月亮湖的故事，还没讲完呵！"

六姨又愣住了，直直地看着我，她好像在记忆的深处苦苦地寻找着什么，半晌，六姨问："我给你讲过吗？讲过月亮湖？"

我说："讲过呵，您说月亮湖边住着父女二人，后来又来了个逃难的小伙子，那父亲得了一种怪病死了，小伙子下山报仇去了，只有姑娘一个人在湖边住着，小伙子说，他报完了仇就回来找那个姑娘，可是，后来怎样，那小伙子回来了吗？"

六姨听我叙述着，短路的记忆似乎被接通了，她的眼睛又闪亮一下，脸颊微微泛红，仿佛初恋一般，显得娇羞而甜蜜。

六姨说："难为你还记得，你问后来吗？回来了，不过，小伙子比他答应姑娘的时间晚回来三年，三年你知道吗，姑娘几乎绝望了，可她还是把小伙子等回来了，他们在月亮湖边，搂土为炉，插草为香，拜过天地后就结为了夫妻，他们一共生了两个儿子，两个儿子后来都离开了月亮湖，至于去了什么地方，老人们没讲，我也就不知道了。"

六姨讲过这些，眼睛里飘过一丝忧伤。忽然她又对我母亲说："你是大姐，大姐你来干什么呵？我没事，你回去吧！"

我母亲叹口气，坐在了六姨身边，她抓起六姨的一只手，轻轻地，一下一下地捏着。六姨斜靠着我母亲，微微闭上眼，慢慢地睡着了。

母亲小心地放六姨躺下，示意我轻手轻脚地退出了房间。

我跟着母亲走出医院时，母亲说："你有空就过来看看你六姨。"我说："我知道了。"

第二天我就又来了，我进门时，看见六姨的床头柜子上摆放着一个果篮，六姨正对着那果篮出神地望着。

她抬头看我一眼，像对我，又像自言自语地说："他来了！"

我问："谁呵？"

六姨说："二亮，还有一个小伙子，那小伙子怎么看怎么有几分眼熟，可就是想不起来了。"

说到这儿，六姨慢慢地埋下头去，不再理我了。

我看着那只果篮，目光又被果篮下面的一个信封吸引了，抽出来看看，沉甸甸的，里面是一沓子钱，上面有"天宇公司"的字样。

我把信封举到六姨面前晃了晃。

六姨难为情地说："我说不要，可他非要给。"

我不好再说什么，安慰六姨几句便准备离开了，可刚一转身，六姨又把我叫住了，叫住了她却不说话，愣愣的眼神一直盯着我。

我说："您还有事吗六姨？"

六姨回过神来，她说："我想回栗树沟，想去看看月亮湖，还有，我想去看看你姥姥，可是晓冬，你看我这个样子，怎么回去呢？要不晓冬，你帮我去看看你姥姥吧，别说我的事情。"

我点点头，答应下来。六姨似乎放下了一件心事，这才冲我摆摆手，示意我离开。

十六

几天后，我想着六姨的吩咐，一个人回到了栗树沟。

姥姥真的老了，神情迟重，话也少了，她看着我进屋，看着我在炕上坐下来，我叫了声姥姥，她没有应声，半天才问："就你一个人？"

我说："就我一个，别人都有事呢！"姥姥又不说话了，这会儿，我猜她心里一定在想六姨。

我把给她买的蛋糕拿到她的面前，说："这蛋糕软乎，想着

吃啊!"

姥姥答非所问地说："你姥爷呵，他想什么，我怎能不知道呢!"

我不知道该怎么接她的话，一个人到院子里转了一圈，回来时，姥姥还一动不动地坐着。看着我在她旁边坐下，姥姥混浊的目光里闪过一丝明亮，她说："晓冬呵，姥姥跟你说件事儿，正经事儿。"姥姥认真的神情让我心头一震，我说："您说吧姥姥，我听着呢!"

姥姥说："你六姨没回来，没回来也好，你也甭说了，说了也是让人操心的事，唉! 你姥爷走的时候呵，放心不下的就是六丫，她呵，不是我和你姥爷亲生的，她是你姥爷他们班长的孩子。"

我一听，头嗡的一声，原来一些朦胧的思绪立刻铺展开来，勾勒出来了一张因果关系的图画。

姥姥接着说："你这个机灵鬼儿，你不是套我话，早就想知道这事儿嘛，现在我告诉你。那年你姥爷当兵回来，也就过了半年，他说要去看看他们的班长，他去了，回来时就带回来了这个丫头，你姥爷说，爹妈都没了，那会儿，六丫头话还说不全呢! 你姥爷疼这个闺女，比我那几个亲生的加一个更字，唉! 你姥爷走的时候呵，放心不下的就是六丫头。"

我听明白了，很多的疑惑也解开了。

我问姥姥："六姨她自己知道吗?"

姥姥说："没跟她说过，可都老大不小的人了，她不能一点影儿都不知道，话又说回来了，知道了又能怎样呢? 你看看她，这日子，这叫日子吗? 唉——就这个命呵!"

姥姥又叹了口气，脸色有几分阴郁，她是想起了姥爷，想起了六姨那些不顺心的日子。

我知道姥姥为什么在这个时候跟我讲出了六姨的身世，但我不知道怎么安慰她，我给姥姥倒了杯水，端到了她的面前。我说："姥姥，我明白您的意思。"

姥姥说："明白就好呵，趁我还没糊涂，我不能让这些事呵，烂在我肚子里，你小的时候，你六姨她天天背着你，哄你，你现在出息了，可你六姨她——她没有别人，唉！这些日子，我这心里老是闹得慌，六丫她不会有什么事吧？"说着，姥姥下意识地望了望门外。

姥姥的话让我的心里一阵酸楚。她的潜意识里仿佛感觉到了什么，可我又不能把六姨的事情明白地告诉她，姥姥的年纪大了，告诉了，也只能让她徒增一些担忧。

姥姥讲了六姨的身世，我知道她是想让我照顾六姨，可是，六姨的脾气，她能接受我的照顾吗？这事儿仿佛一块磐石压在了我的心上。我的六姨，曾经漂亮的六姨，她真的不是姥姥亲生的孩子吗？

一路带着复杂的心情，我再到医院里去看六姨，可是护士说："韩月萍吗？出院了。"

六姨果真出院了，我在她的住处见到她时，六姨正在收拾屋子，她好像什么事都没发生过一样，她说："你的工作忙，不用常过来看我，我没事，晓冬。"看她的神情，确实比前一段时间好了，我的心稍稍轻松了一些。

我不常去，我母亲却常去，因为心里记着姥姥说过的事，我并没有阻止母亲。母亲每次回来，总能带回来一些关于六姨的消息。母亲说："你六姨又去卖冰棍儿了，晓冬你说说，这也不是个长法（fa 二声）子呵！"一段时间后，母亲又说："这下好了，人家帮你六姨在医院找了份工作，打扫卫生。打扫卫生怕什么呵，有个事儿就好。"

然而，带回来两次好消息之后，第三次回来，母亲的情绪明

显地低落了，进了屋，她嘴里磨磨叨叨："这个六丫这个六丫，干什么都这样自以为是，自作主张。"

我猜测事情不妙，赶忙问："六姨怎么了？"

母亲气呼呼地说："嫁人啦!"

我吃惊地看着母亲。

母亲的火气稍稍平息了一点，这才又说："我去了几次都没见到人，又不是上班的时间，你说怪不怪？总算碰到了秋菊，我这才知道了，六丫她跟着一个老头儿走了，退休的老头，听说是挺有钱，可她连个结婚证都没领，那边的孩子又不赞成，你说这叫怎么一回事呢!去了什么地方，连个影儿也没有了，连个地址也没有留下。"

第二天一早，母亲说还要去看看，盼望着能找到六姨新的住址，可回来时，母亲还是一脸的愁容，她又失望了。

从那以后，母亲一个多月没有出门，我们也就此同六姨失去了联系。

半年多之后的一天，姥姥托人捎信儿，让母亲、六姨和我一起回去。

那会儿，栗树沟里正是栗花开放的时节，空气中飘散着浓浓的花香，想当初，这正是六姨带我去秋菊家玩耍的时候，是她给我讲述月亮湖的时候，可是眼下，六姨在哪里呢？

快要迈进姥姥家门时，我停下了脚步。我的心里空落落的。

到现在，没有六姨的消息，已经有三年的时间了。

（2014 年 4 月 27 日完稿；2014 年 5 月 18 日修改；2021 年 8 月 15 日再改）

踩 河 工

一

一场大雨过后，报社的林主任让我到一个叫河湾村的地方去采访，他说那地方的小流域治理比较成功，你去吧，一定要把他们的经验好好地总结出来。

我先坐班车，坐到了一个叫崖口的地方，下了车，又步行，走了十几里的山路，远远地，我已经望见那个叫河湾的村子了，可脚下却被一条大河拦住了去路。

天色已近黄昏，河水在我的眼前浩浩地流着，河面上一座木桥，被河水冲断了，一头栽进了水里。

近怕鬼，远怕水，面对这不知深浅的河水，看看远处已经升起了炊烟的村庄，我的心里一片茫然。

"嘿！要过河吗？"

一个声音夹杂在哗啦啦的流水声中隐隐地传过来，我的眼前一亮，循声望去，就在下游离我百十米远的岸边，一棵柳树下系着一只小船，一个人跷着二郎腿，躺在岸边的沙滩上。

我三步并作两步地奔了过去。

躺在沙滩上的是一个小伙子，只穿了一件短裤，黑红的脸膛，

古铜色的皮肤，跷着的二郎腿在潇洒地抖动着。见我到了身边，他直起身，盘腿端坐，面对着我。

我说："问一下，对面的村子是河湾村吗？"

"是！"他又黑又重的眉毛抖动一下，一双明亮的眼睛把我从头看到脚。

我说："那——那你能把我渡过河去吗？"

他说："行，十块钱！"

"什么？十块钱？！"我心里暗暗地叫苦，要知道，当时我一月的工资才八十多块钱，这不是宰人吗？

他又把我上下打量了一番，显然看出了我的心思，然后双手抱头，一辘辘，再次躺在了沙滩上，悠悠地闭上了眼睛。

我踩着岸边的沙滩往回走，举目往四下里寻找着，希望能找到第三个人，找到第二种过河的办法。

可是，太阳下山了，河水依然在哗啦啦地流着，四下里却再没有一个人。我像泄了气的皮球，一屁股坐到了沙滩上。

这时，那小伙子从地上站起来，看也不看我，从树上解下系着船的绳子，拉起小船，一步一步地往河里走。

眼看着他已经走出去十几米远了，我不由自主地喊了一声："喂！你等一等。"

听到了我的喊声，他停住脚步，半转了身子，扭过头来望着我。

僵持了约有十秒，我一咬牙说："好吧，十块就十块。"

他听到了我的应承，转回身，拉着小船，又一步一步地返了回来。到了水边，还搬起船头，将船往岸上放了放。

我上了船，他猫下腰，猛地把船推进了河水里，我心里一惊："喂，你不上来呵？"

他抓着绳子，蹚着水，一步一步地靠近了小船，然后双手抓紧了船帮，推着船和我，慢悠悠地往河中走，他说："我坐上去，到了水浅的地方，船就拖底了。"

我不言语了。

他也不言语了，目光扎进了水里，古铜色的肌肉着力在了船上。

河水越来越深，水流越来越急，没过了他的膝盖，没过了他的腰部，我的心慢慢地悬了起来。

忽然，小伙子身子一歪，哗地扑倒在了水里，整个人瞬间不见了踪影。我的心一凉，心说完啦完啦！可刹那间，他又从水里跃了起来，一只手紧紧地攥着绳子，一只手抹了把脸上的水，站稳了，定了定神，又推起了船往前走。

终于到了对面的岸边，我迈步下去，他则一屁股坐到了沙滩上。

我掏出十元钱，递给他，他接过去，搓成个卷，攥在手里。我转身要走，他说："你等等，我也回去，一块走吧！"

我站在原地等他。

他又猫下腰，用力把小船拖上了岸，说一声："走吧！"就晃着膀子在前面走了。

看看天色，已经暗了，我紧走几步，到了他的身后。

"我知道你是城里人，城里人工作挣钱，总比我这工作容易。"他头也不回地说。

我说："怎么，你也有工作？"

他说："你不是都看见了嘛，踩河呵，我就是踩河工。"

"踩河工……踩河工……"我嘴里喃喃着，虽然是第一次听见，却觉得这个名字还是挺贴切的。

到了村口，他停住脚，转身问我："你找谁？"

我说："找书记吧！村长也行。"

于是，他又径直地往前走了，拐过一弯，又拐过一个弯，到了一户人家的门口，他说："书记的家，你去吧，我走了。"

我说："喂喂，你姓什么呵？"

他说："姓冯，书记也姓冯，我们这村里一半人都姓冯。"说完头也不回地走了。

二

我在冯书记家住了一宿，跟他讲明了我此行的目的。

冯书记是个热情而直爽的人，五十多岁，我跟他说话时，他始终面带微笑。

待我说完了，他说："吕记者，你看这样好不好，我安排个人，先带你到山上去看一看，等有了感性认识，回来咱们再聊。"

我说："可以，冯书记你安排吧。"

于是，他乐呵呵地出去了，工夫不大，就返了回来，身后跟着个小伙子。

冯书记说："来来，秋生我给你介绍一下，这是吕记者，来我们村报道小流域治理的。"转过身来又给我介绍，"秋生，我的侄子，这周围的沟沟叉叉他都熟悉。"

我一看，正是昨天渡我过河的小伙子，只是短裤换成了长裤，一件上衣横搭在肩膀上，黑红的脸膛，现在看上去有几分消瘦，却依然是棱角分明。

见我有几分惊异的样子，冯书记问："你们认识呵？"我就把前一天过河的事情跟他简单说了说，只是没有提到那十块钱，他说："那更好，你们去转吧，回来咱们再聊。"

听了这样的吩咐，冯秋生把上衣从左肩换到了右肩，迈步就往外面走，我则紧走几步，跟着他出了村子。

我们又来到了昨天的河边，他脱掉了长裤，连同上衣一起放到了船上，先拖船入水，然后示意我上船。

我上了船，他却并不急着走，手里攥着绳子，问我说："你真是记者？"

我说："你看不像吗？昨天我给冯书记看了证件。"

他说："我不是那个意思，我是想——"他的眼睛亮一下，到嘴边的话又咽了回去，然后就不再言语，慢慢地推着船往河里走。

我问他："你有事吗？"

他说："没有，哦——不，我还没有想好呢！"

船过了中流，这次他特别地小心，没有摔倒，我的心却一直提着。

我问："你不是踩河工吗？怎么又让你带我上山？"

他说："这是兼职，带你上山，一天的活儿，村里给记工。"

我哦了一声，又问："这条河叫什么河？我们非要到对面去吗？"

他说："白河，白河你都不知道呵？！"

我不好意思地笑了。

他又说："你不是要看山吗？我们村大部分的山场都在河对面。"

我点点头，表示赞同。

到了河边，他又把小船系在了柳树下，换好了衣服，说一声走吧，就在前面带着我往河边的大山里走了。

两侧是青山，山路沿着河谷慢慢地抬高，一道溪水沿着河谷哗啦啦地流下来。我们俩踩着河里的石头，一会儿跳到那边，一会儿又跳到了这边，不多一会儿，他就把我拉下了一段距离，于是他就坐在一块石头上等我。

等我走近了，他看着我气喘吁吁的样子，说："看你的岁数，也没多大呵？"那意思，嫌我走得慢了。

我说："三十多了，你呢？"

他又把我上下打量了一番，说："你们城里人就是显得年轻，我二十三，人家都说我三十二。"说完他微微地笑了一下，这是两天来我第一次看到他微笑。

随后，他的话慢慢地多起来。

他把我带上了一处平缓的谷地，两边是林木茂盛的青山，眼前迎面有一块巨石，巨石和左右的山峰相连，它其实已经成了山体的一部分，需仰视才见，光滑的岩石在太阳下反着白光，一道瀑布从上面飞挂下来，仿佛一条白龙在空中舞动着。

我看得惊呆了，问旁边的冯秋生："这是什么地方呵？"

他说："书记让你来这里，他没告诉你呵？"

我说："没有。"

他说："我们这一带的山叫云梦山，属于燕山山脉，具体到这个地方，这地方叫鬼谷庐。"

他说出来的名字听起来怪怪的，于是我问："鬼谷庐，怎么叫鬼谷庐呢？"

他看我一眼，说："你跟我来。"就沿着光滑山岩下的一道石缝，猴子一样往上面攀去。

我跟在他后面，费力地爬上了一处平台，平台的后面是一处石洞。

冯秋生在石洞前站下来，他说："你听说过王禅老祖吗？"

我摇了摇头。

他又说："鬼谷子，鬼谷子你听说过吗？"

我说："嗯，这个我听说过。"

他说："你看这石洞，我爷爷跟我说，这里就是鬼谷子当年隐居的地方，所以人们把这地方叫鬼谷庐，下面，下面还有一处石洞，是鬼谷子给他的那些学生讲课的地方，走吧，我带你去看看。"说完，他又猴子一样攀下了山岩。

下面不远的地方，果然又有一处石洞，比刚才看到的还要大，几块方正的条石在洞里摆放着，俨然就是几张学生的课桌，但仔细观察，那些条石却是从地下长出来的，是自然形成的，没有一点刀劈斧凿的痕迹，这就着实让我感到惊讶了。

冯秋生在一块条石上坐下来，往四下里看了看，他说："吕记者你都看到了，不是我在吹牛吧？"

我说："可是……可是，你们怎么能确定，这里就是鬼谷子待过的地方呢？有文字的记载吗？"

他说："嗐，还要什么记载呵，爷爷告诉孙子，孙子再告诉孙子，一辈辈地传下来，这不比记载强呵?!"

他振振有词的自信，一时让我无语了。

随后，冯秋生从条石上站起来，一边往外走，一边跟我说："我不吹牛吕记者，这儿就是鬼谷子给他的学生讲课的地方，孙膑和庞涓你知道吧？他们都是在这地方学成后下山去的，后来都成了大事，做了军师。你感觉感觉，我们这里的山和水真的有灵气呢！"说着他已经到了洞外，目光望着眼前的山岭，若有所思的样子。

我也从石洞里走出来了，望着眼前的森林和溪流，大脑猛醒了一下，怎么回事？我跟着他冯秋生跑什么呢？他又讲鬼谷子，又讲鬼谷庐，怎么就没讲小流域治理呢？在我以往的记忆里，治理后的小流域应该有一道道的石坝，一道道的梯田，可这里却没有，什么都没有，难道我被他冯秋生给忽悠了？被他带到偏道上来了？想到前一天过河挨宰的那一幕，我的心往下一沉。

再看看冯秋生，他依然木桩子一样站立着，目光望着眼前的山岭，好像要在那里看出一眼泉水来。

不用说，他肯定在想别的事情，把我的事情忘到脑后去了，于是我问："喂，你们治理的小流域在哪里呵？"

冯秋生从他的冥想中回过神来，说："咱不一直在看吗？眼前这山这沟，这不都是吗？"

我说："可是，可是……"

冯秋生说："吕记者你甬说了，我知道你想说什么，在你眼里，我们这些小流域没有治理对吗？"

我说："我没有这么说呵！"

他说："在我们村里，连小孩子都知道，不破坏就是最好的治理。我爷爷跟我说，从他年轻那会儿开始，就没有人动过这山上的一草一木，吕记者你说说，这不算治理吗？"

我说："当然……当然……"其实此时此刻，我是无言以对了，道理就摆在眼前，我还在四处去寻找。

我对眼前这小伙子的看法稍稍地有所改变了。

可是冯秋生并没有理会我，他的道理讲完了，说一声走吧，抬脚就往山下走了，这一路上再没和我说一句话。

一直走到山脚，他才又一次站住了，他回望着我们刚刚走过的山岭，目光飘移着。

我问："你还有事呵？"

他说："没，没有呵！"

但是他紧接着又问我说："吕记者你是文化人，我问你个问题，我们这一座座的大山是不是财富呢？"

我被他问了个猝不及防，只得含含糊糊地说："也是，也不是。"

连我自己都不满意的答案，没想到冯秋生却特别地认同，他说："好呵，不愧是文化人。"

我不知道他是在挖苦我，还是真的在赞同我，因为接下来我们俩再没有什么交流。

他又充当了一次踩河工，把我送过白河，送到了冯书记的家，然后他就回自己的家去了。

三

我跟冯书记讲了在山上看到的情况，没想到他的观点和冯秋生完全一致，他说："秋生讲的这一点完全属实，他确实没骗你，多少年了，我们一直在向村民们灌输这样的思想，不破坏就是最好的治理，这也是我们的经验。"

听了冯书记这样的介绍，我头脑里的思路渐渐地清晰了，回到报社，我就用他们的这句话做了文章的标题：《不破坏就是最好的治理！》

我在文章中写道，顺应自然，保护自然，这本身就是一种治理，为什么要垒坝造田？垒坝造田的过程就是对自然的破坏过程，况且还要投入大量的人力物力，得不偿失，这种治理的方式应该改变了。

文章见报后，让人耳目一新，连林主任都来夸奖我，说小吕你看看，真知灼见就藏在群众中间，如果不深入群众中，不去实地采访，这些经验不可能从天上掉下来。

由此，我也沾沾自喜了好一阵子，吃点苦受点累，值了！

然而，此次采访带来的荣耀和喜悦还是随着时间的流逝一点点淡化了，那条浩浩流淌着的白河，那座绿色葱茏的云梦山，还有那位自称踩河工的冯秋生，也在我的记忆中慢慢地远去了。

我又投入到了其他的工作中。

时间大约过去了三个多月，秋末的一天，我正在办公室里写稿子，门卫忽然打来电话说，有个乡下的小伙子来找我，问我让不让他进去。乡下的小伙子？我也不认识谁呵！我迟疑一下，但

还是跟门卫说："既然是来找我的，就让他进来吧！"

工夫不大，我就听到了一阵噔噔噔上楼的脚步声，开门一看，是冯秋生，一身蓝布的裤褂，手里提着只尼龙包。

我说："冯秋生，你怎么来了？"

冯秋生进了门，把尼龙包放到地上，说："冯书记让我来谢谢你。"他一边说，一边弯下腰，拉开了尼龙包，又说，"没别的，都是一些山货，大扁、核桃，吕记者你别笑话就是了。"

我说："我有什么好谢的，快坐快坐。"一边忙着沏了一杯茶。

冯秋生在我对面坐下来，先环视了一下我的屋子，然后说："当然要谢了，你写了那篇文章后，别人都知道了我们云梦山，知道了我们河湾村，这还不要谢吗？"

我说："那都是我分内的事情，冯书记你们太客气了。"

听了我的话，冯秋生认真起来，一脸正经的神态，他说："不是客气吕记者，你没处在我们的位置，还不好理解我们的心情，我们真的是发自内心的。你给我们报道以后，已经有十几拨人到我们村子里去了，说是去取经，实际上就是去玩玩，也有人让我带着到山上去转的，去转的时候，我就把给你说过的那些事也给他们讲了，他们也挺感兴趣呢！我琢磨着，事情已经不简单了，你想想，要是将来人再多，几百人，上千人，就算是玩吧，那该会怎样呢？我想呵，兴许就会玩出点名堂来。"

我说："我的作用真有那么大呵？"这时候，我还没有完全听出他话里的意思。

他说："我不骗你吕记者，我们就是放在喇叭里喊十天，也比不上你那一篇文章，我们河湾村现在是隔着门缝吹喇叭——名声在外了，这些当然要感谢你，冯书记说，过了这阵子，他也来看你。"

我说："可别那样，你回去跟冯书记说吧，等有空了我去看他。"

听我这样说，冯秋生没再推辞，但脸上显出了一副难为情的样子。

我说："秋生你有什么事吗？"

他说："不瞒你说吕记者，我还真想请你再回去一趟，但不是公事儿，是我自己的事情，私事儿。"说到这里，他忽然顿住了。

我说："没事你说吧，只要能帮忙的我肯定去。"

他说："吕记者，你还记得我问过你的那个问题吗？"

我不好意思地笑一笑："真不记得了，你说吧！"

他说："当时我问你，我们那一座座的大山是不是财富，你说是，也不是。没错儿，如果利用起来，它就是财富；如果不利用，它就不是财富，至少不是我们的财富。"

我点点头："嗯，有道理！"真没想到，我那模棱两可的回答，让他做了这样的解释。

他又说："我想请你回去，就是想让你帮我策划一下，怎么样把这山山岭岭利用起来，不瞒你说吕记者，这事我已经想了好长时间了，你那次采访以后，这想法变得更加清晰了，我一定要把这事做起来，让更多的人去我们云梦山，去我们河湾村，把我们的绿水青山变成实实在在的财富。"说到这里，他的眼睛唰地亮了，他头脑里构思着的事情仿佛一团火燃烧起来。

我也被他的情绪感染了，我说："好，好呵，我一定去，另外，我还有个朋友在旅游部门工作，他是内行，到时候我带他一起去，帮你策划设计，肯定没有问题。"

冯秋生说："那太谢谢你了吕记者，我——我走了，我回去等你吧！"说完了，他抬脚就往外走，可刚走到门口，又停住，返身走了回来，他从兜儿里掏出来五元钱，放到了桌子上。

我说："秋生你这是干什么呵？"

他说："不好意思吕记者，第一次过河的船钱，我就该收五块。"说完就毅然地下楼去了。

我送他到门外，想留他吃饭，他怎么也不肯，说来的时候，一下车就先吃了个煎饼，现在还不饿。

然后，他和我告别，匆匆地登上了路边的一辆巴士。

送冯秋生回来，我的思绪被他彻底搅乱了，一个生在大山里的青年，身上还带着几分大山的野性，他能有如此的想法，并且他正在把这想法慢慢地变成一张蓝图，看来绝不是个简单的踩河工。

想到这里，我觉得确实应该帮他一把，关键是怎么帮？

我把事情跟我那位朋友说了，他说："好呵，我跟你去看看，某种意义上说，这是我分内的事情。"然而临行前一天的晚上，他家里突然有了点急事，于是我又只好自己先去河湾村了。

再一次来到白河边时，树上的叶子正在随秋风一片片地飘落，那只小船还在柳树上系着，冯秋生却不在旁边的沙滩上。不过，这时的河水清了，也缓了，尤其那座被水冲断的木桥也已经修好了。

我踏着木桥过了白河，我还是先到了冯书记的家。

冯书记说："你找秋生呵，他不在家，早走了。"

我说："怎么可能呢？是他约我来的，这才半个多月呵！"

冯书记说："我不骗你吕记者，不信我带你到他家里去看看吧！"

我跟着冯书记到了冯秋生的家，一个年轻的女子抱着个孩子从屋子里迎了出来。

冯书记问："秋生呢？"

女子说："走了，说是去打工去挣钱了，叔呵，您找他有事儿？"

冯书记说："这位吕记者找他，说是和秋生约好的。"

女子说："没听他说，他什么都没说就走了，什么时候回来，还不知道呢！"

回来的路上，冯书记说："他媳妇的话，这回你相信了吧？这孩子的脾气，可怪呢！前些时候还跟我说，要干什么什么大事儿，这可好，人影都不见了，你说说，应人家的事儿，怎么也该吱一声呵！"

我说："怎么会这样呢？说好了策划的事情，莫非他退缩了？"我的头脑里又出现了第一次推着我过河的冯秋生，那个带了几分野性的踩河工。

就这样，我第二次离开了河湾村，离开了云梦山，一晃就是二十多年。

四

二十年，再深刻的记忆也已经淡漠了，可命运，命运又一次把我带回了云梦山。

一个周末，媳妇说："你看电视没有呵？有一个叫什么云梦仙境的旅游景区，正在做广告，我的同事去过了，说可好玩呢，青山绿水，还能漂流，怎么样？你也带我去转转吧！"

我经不住诱惑，当天就带着媳妇驾车前往了。

一条盘山公路把我引领进了云梦仙境，我先把汽车停放在景区门外，又坐着他们的电瓶车往沟谷里走，颠簸了约有十分钟，电瓶车冲出山谷，停在了一条大河的河边。

还是那个季节，还是浩浩流淌着的河水，我的记忆瞬间被打开了，对，这地方我来过，只是那座木桥变成了钢筋水泥的大桥，那棵柳树还是当年的样子，树下的小船却换成了一只只橘黄色的橡皮筏子，这条河——这条河就是白河呵！可是那个踩河工，那

个冯秋生他在哪里呢？我嘴里喃喃着，一种故地重游的亲切感塞满了我的胸腔。

"一个人嘟哝什么呢？快，去漂流啦！"媳妇说一声，拉着我就往那棵柳树下面走。

我穿上救生衣，和媳妇一起，在景区工作人员的指导下，艰难地爬上了一只皮筏子，然后就顺流而下了。

这时的白河，不怒自威，河水翻卷着浪花，一会儿把我们抛起来，一会儿又给摔了下去，我们坐在皮筏子里，目光瞅着水流，心缩作了一团，双手握着一支短浆，这边划两下，那边划两下，可就是改变不了皮筏子的方向。

前面，河水随着山转，拐了个大大的弯儿，游走出弯道时，我们却偏离了航道，冲进了河叉，皮筏子拖了底，停住了，随后，又有几个皮筏子跟着我们冲进了河叉。

"喂，等在那里，别乱动！"一个声音从对面的河岸上传来。

循声望去，我看见三个人上身光着扑进了河水里，然后踩着齐腰深的水往我们这边奔来。

来到我面前的是位中等身材的小伙子，略显消瘦的脸庞，浓眉皓目，黝黑的皮肤，只穿了件短裤，浑身上下淌着水。

不知为什么，看到这小伙子的第一眼，我就有一种似曾相识的感觉，可是，我显然没有见过他。

小伙子问："你们是第一次来我们这里漂流吧？"

我说："第一次漂流，但不是第一次来。"

"噢！"他噢一声，顺势看了我一眼，却并不接我的话茬儿，而是说，"你们坐好别动，我拖你们过去。"说着他拉起皮筏子，一步一步地往河道的中流方向走，他那行走的身形，猛地让我想起了当年的冯秋生。

和他同来的两个人，也是一身黝黑的皮肤，也是每人拖起了一只皮筏子，踩着河水，一步一步地往激流的地方走。

这时，我禁不住地问："小伙子我跟你打听个人，冯秋生你认识吗？"

小伙子说："那是我爸爸。"他扭头看了我一眼，"你们认识呵？"依然拖着皮筏子，一步一步地走。没错儿了，他那身形那神态和当年的冯秋生几乎一模一样，只是野性不足，而知性有余了。

这时，旁边一位年纪稍长的汉子搭话说："他是我们经理，他爸爸是董事长，我们都是给他们打工的。"

我说："真是这样吗？"

我想问的是冯秋生，他爸爸，现在可是真的做了董事长？但小伙子没有明白我的意思，他说："就算是吧，今天客人多，我是临时过来帮忙的。"

到了河对岸，我和媳妇小心翼翼地爬下了橡皮筏子。

小伙子说："欢迎你们再来漂流呵！"

我说："我还不想走呢，我想见见你爸爸。"我就把和冯秋生相识的事情跟他简单说了说。我猜想，这小伙子肯定就是当年那女子怀里抱着的孩子。

果然，小伙子的脸上显出来几分惊讶，他说："您就是吕伯伯？我叫冯超，搞这景区之前，我就听爸爸说起过您。"

我问："他今天在吗？"

冯超说："他到南方考察去了，要过几天回来。"

我说："这么巧呵！"

冯超说："这样吧吕伯伯，你们先在宾馆里住下，一会儿我给我爸爸打个电话，看他能不能早点回来。"

我说："好呵，就这样吧！二十年了，我还真想快点见到他呢！"

这天晚上我和媳妇就在云梦仙境度假村里住下了。

吃过晚饭的时候，冯超急匆匆地赶了过来，在白河上的短裤换成了一身红色的 T 恤，他面露难色地说："不好意思吕伯伯，我给爸爸打过电话了，他一听说您来了，恨不能立刻飞回来，可是他的行程都是提前安排好的，实在没办法，他说最快也要三天后回来。"

我说："没关系，我等他吧！我都等他二十年了，还多这三天嘛！"

冯超疑惑地看了我一眼，但立刻微笑着说："这最好了吕伯伯，我爸爸也说，让您一定等他，他还有一肚子的话要跟您说呢！这样，你们早点休息，明天一早我带你们去看云海和日出。"

"看云海和日出？"我问。

冯超说："对呵，我们这两年新开发的一处景点，特别好看。"说完他礼貌地拉上门，撤步退了出去。

第二天早上，外面的天刚麻麻亮，我床头的电话就响了，我和媳妇赶紧起床，推门出去，冯超已经在院子里等候了。

十多分钟之后，我们就随冯超来到了一座山峰下，迎面立着的一块巨石上写着"云雾峰"三个红色的大字。

攀上一百零八级台阶，登上峰顶，我的眼前豁然开朗了，一座座翠绿的山峦铺展在眼前，一条大河绕过脚下的大山，奔腾东去。一团团的白雾缓缓地从河面上生成，交织到一起，慢慢地爬上了山坡。

冯超凭栏远望，语气里带了几分骄傲地说："吕伯伯您看到下面的峡谷了吗？"

我说："看到了，好壮观呵！"

冯超说："我给它取的名字，太极大峡谷，您猜怎么着，我把这名字一说出来，跟我爸爸的想法完全吻合。"

我把目光投向了远方，又拉回到了峡谷，我说："我怎么看它有点像雅鲁藏布江的峡谷呢?"

冯超说:"您好有眼力吕伯伯,不瞒您说,这正是我们的卖点。几年前,一位摄影师向我爸爸建议了这个地方,我们过来一看,当即拍板,开辟出了这处景点。"

这时,浓雾爬上山坡,弥漫了我们眼前的世界,太阳升起的地方,一片白雾渐渐被涂抹成了红色。

冯超说:"雾太大了吕伯伯,一会儿半会儿不会散,我们先回去吧!反正您也不走,咱们明天再来。"

我不舍地环视了一下周围的群山,说:"看来也只能这样了,走吧,过几天让你爸爸再陪我过来。"

于是,我们跟随着冯超一步一挪地走下云雾峰,又回到了宾馆。

五

第二天,按照冯超的安排,他还要带我再上鬼谷庐。他说他爸爸当年带我去过,可是现在完全不一样了,他们在那里建起了庙宇,还修起了十多处的景点;他说他爸爸当年从外面回来,一抄手就是从那里开始建设的,那地方一直是他们向游人重点推荐的景点。

我被他的话说得心动了,可是,还没等我吃过早饭,报社里就打来了电话,说下午有一个重要的活动,要我立刻回去。

我跟冯超说明了情况,他的脸上立刻现出了几分为难的神色。

我问:"怎么,你有事吗?"

冯超说:"吕伯伯,我还真有件事,我跟您直说行吗?"

我说:"行呵,你说吧!"我说这话时,一段带着亮光的影像在我的头脑里忽悠闪现了一下,就像冥冥之中的一种告白,让我感到眼前的事情曾经发生过,可是想一把抓住它,它又渐渐变得

模糊了。

我拍了一下自己的脑门儿，让思绪快速地回到了眼前。

冯超说："是这样的吕伯伯，听我爸爸说，您是文化大家，所以从昨天到现在，我一直在琢磨一件事，想请您帮个忙。"

他说完了这几句话，我头脑里的影像又立刻变得清晰了，我说："你说吧，能帮忙的事情我肯定帮忙，只是有一点，你不能像你爸爸那样，让我再猜二十年的哑谜。"

冯超微微一笑说："不会的吕伯伯，话说回来了，我爸爸也没想让您猜哑谜。听我母亲说，我爸爸去找过您两次，可是你们单位搬家了，没有找到，后来他忙着建这个景区，就把找您的事情搁下了。"

我噢了一声："你说的还确有其事，哦——这个我还真没想到，算啦算啦，说你的事情吧！"

冯超说："我的事情是这样的吕伯伯，我们景区的面积现在是五十平方公里，有大小景点一百多个，我想从中选出十到二十个有名的景点，包装出一点文化的东西来，当游客们来到我们云梦山的时候，不但能欣赏到山水之美，还能受到文化的熏陶，您明白我说的意思吗？"

我说："我明白你说的意思，不过——"我略有所思地打住了话题。

冯超以为我要拒绝他，赶忙说："您放心吕伯伯，钱不是问题，虽然我爸爸回来那会儿，我们一分钱要掰成两半花，可是现在不同了，我答应您的事情，一分钱不会少。"

我说："我不是那个意思冯超，我怕自己没有那么多的精力，耽误你们的事情。"

冯超说："这个没有问题吕伯伯，您可以找人，钱我们照付，但事情只对您一个人说。"

这个年轻人，似乎更有一种不达目的不罢休的劲头儿，我被他逼进了死角，只好答应了。我说："好吧，我答应你就是了。"

听了我的话，冯超一下子蹦了起来，然后又跑上前来，紧紧地握了一下我的手，他说："二十多年了，我爸爸一有空就念叨您，看来他的眼力没有错。"

吃过了早饭，要走了，冯超又匆匆地赶来送我，他说："吕伯伯，您能晚一天走吗？"

我说："怎么你还有事吗？"

他说："我爸爸为了赶回来见您，他又跟接待方商量，推掉了一些事情，提前结束了行程，现在——再过两个小时，他就坐上飞机回来了。"

我犹豫了一下，但又一想，报社的事情也是个急活儿，不能不回去，好在我和这云梦山又续上了缘分，过些天再来就是了。于是我说："这没关系冯超，等我忙完了报社的事情，马上就赶回来。"

他说："吕伯伯，您说话可要算数呵！"他那充满期待的眼神，我又好像在什么地方见到过。

我说："你放心吧，我和你爸爸还有没说完的事情呢！"

我冲站在路边的冯超摆摆手。我的汽车启动了。一座座山峰从车窗外闪过。这时，我仿佛又看到了当年的鬼谷庐，一个以鬼谷子文化为核心的构想图慢慢地从我的脑海里浮现了出来。还有冯秋生，当年的那个踩河工，也在我的眼前晃来晃去，那么他现在……他现在是什么样子了呢？

我的人还没离开云梦山，心又迫不及待地往回赶了，看来我和这云梦山的缘分还远没有结束呢！

（2016 年 8 月 17 日完稿；2016 年 9 月 5 日修改）

红枫乡往事

序

我从林学院一毕业就到红枫乡工作了。

那是我们林远县最边远的一个乡。一座大院，五排老旧的瓦房。瓦垄里长着草，院门前长着一棵高大的枫树，树冠像把巨伞，占地足有半亩。一到秋天，树叶红了，从远处看去，就像一团燃烧的晚霞。

离我们乡机关三里，有个红枫村。村子周围的山上，包括我们乡机关后面的山上，都长满了枫树。我是学林业的，知道它叫五角枫，也叫元宝枫。经了秋霜的浸染，火红一片，猛然看上去，整座山岭仿佛都在燃烧。

红枫村就是因为这满山的红枫而得名的，这事我跟村里的乔雅仕书记求证过。红枫乡则是因为有了红枫村，它管辖着周围十六个村子，而红枫村是最大的一个。

我在红枫乡待了五年三个月，到现在已经过去近三十年了。但那里的人，那里的事，包括乡机关门前那棵高大的枫树，却还时常浮现在我的眼前，出现在我的梦里，我怎么也忘不了。

212 吉普

那是我到红枫乡的第二年，年底前，经县长同意，县民政局把他们淘汰下来的一辆212吉普车送给了我们红枫乡。

就在乡机关大门外的枫树下，双方举行了一个隆重的交接仪式。

阳光暖暖的……

212吉普车停在中间，车身上披着大朵的红花。

县民政局的李局长带着一行人站在车子的一边，我们韩梦歧乡长带着几名机关干部站在另一边。

李局长先传达了县长的指示，然后又从口袋里掏出两张纸，正儿八经地做了一番致辞。中心意思其实就一个，红枫乡是最边远的山区乡，村多路远，有了这辆212吉普，希望它能发挥更大的作用，为山区百姓服务。

我们韩乡长没有准备稿子，早先在肚子里编排好的词儿，一高兴又都给忘记了。他说："看到了这辆212吉普车，就让自己想起了当年参军入伍时的场景，这身上呵，劲头儿滋滋地往外冒。没说的，就两句话，感谢上级领导的支持，我们一定把工作做好，把红枫乡建设好。没说的，我让伙房杀了一只羊，晚上大伙都不要走，我们要用实际行动表示感谢。"

仪式结束了，韩乡长刚把客人们送进院子，自己又转身跑了出来。他围绕着212吉普，一边摸一边看，眼角眉梢儿都挂着笑。看完了，他又一头钻进了驾驶室，摸摸这儿摸摸那儿，就像欣赏着自己单传的婴儿。然后他又冲我喊："小卢快上来!"我听见了，心里一阵惊喜，忙拉开另一边的车门，坐进了副驾驶的位置。韩乡长说："怎么样小卢，没坐过吧?!"我说："没有。"韩乡长说："我就知道你没坐过，这是专车，除了县长和几位局长，在乡里我们是第一份。"说着他用拳头砸了砸座椅和靠背，又将屁股使劲地往起颠了颠。他说："你瞧瞧，多有弹性，就跟坐在家里的沙发上一个样子。"韩乡长的个子不高，人长得挺胖，往起来颠时，动作笨拙却有几分可爱。我想发笑，心里痒痒的，好在他说话时，目光始终也没看我一眼。

那天晚上，韩乡长陪着李局长他们一直喝到了将近十点，话题却始终也没有离开212吉普。

那个晚上，该是这辆212吉普车最幸福的一个晚上，后来……

在这辆212吉普没来之前，我们机关里所有的人，包括韩梦歧乡长在内，都是骑着自行车下乡的。近的村子当天返回，远的村子就住上一宿或两宿，这已经是很自然的事情了。

有了这辆212吉普之后，情况不同了，远一点的村子也可以不用住宿了。

那个时候，我一直跟着韩乡长下乡，自然也就沾了点光。

还是在我刚报到那会儿，韩乡长就跟我说："你先跟着我练练吧，不叫秘书，我可用不起秘书，但你要干秘书的事情。起草文件，下发通知，组织会议，尤其我下乡到村子里去安排的事情，你要盯着去落实。丢了洒了的事情，最好别让我看见。"

从那时开始，我就跟着他跑了。

大概用了一个多月的时间，我跟着韩乡长跑遍了全乡的十六个村子。让我感到惊讶的是，每到一个村子，韩乡长都像到家了一样。他盘腿坐在人家的炕头上，一边卷他手里的旱烟，喝着茶，一边询问村里的情况，布置工作，那样子就像家长跟孩子们说着家事。闻声赶来的干部们，或坐或站，围绕在他的周围，聆听他说话，一脸的虔诚。有时候，我们走在路上，遇到了熟识的干部或村民，韩乡长会立刻翻身下车，与人寒暄问候。

我不知不觉地就从他身上学到了一些与村民们相处的方法，那时候我也没觉得骑自行车有什么不好。

可是这时，韩乡长有了212吉普，看他那高兴的样子，想必比自行车要好上千倍万倍了。

第二天，民政局李局长他们一走，韩乡长就让我叫上司机往各村去转了。他说："走吧小卢，我们也去尝尝现代化的滋味儿。"

我不知道韩乡长什么时候懂得了那些坐车的规矩，一上车他就坐在了司机右后边的位置上，让我坐在了副驾驶的位置上。然后，有板有眼地给我讲述起了那些规矩。他说："有些领导专爱坐前面，以为那有多风光，其实怎么样呢，在部队上，那是警卫人员坐的位子，要负责首长安全的。"

后来我才知道，韩乡长当兵时，和汽车打过交道，所以他就把部队上的规矩搬了过来。

有一天，我跟韩乡长去的是最远的驼岭村，一个只有三十几户人家的小村子。车子在那种搓板路上颠簸了足有两个小时。开始的时候，韩乡长还兴致很高，讲他在部队上与车有关的事情，说他差一点就当上志愿兵，给首长去开车了。后来他就不吭声了，他说腰酸了，腿也窝得不舒服。

我们下乡之前，办公室给驼岭村里打了电话，说韩乡长要到村里来，所以村里的沈向前主任和一名村委早早地就来村头迎候了。

因为我坐在前面副驾驶的位置上，下了车正好迎着干部们。他们就先来与我握手，把韩乡长挡在了后面。韩乡长脸色有点阴，但一跟干部们说起工作的事情，脸色就晴了，嘻嘻哈哈的大嗓门，还和往常一样。

在村里吃了饭，说完了工作上的事情，我跟着韩乡长往外走。

站到车门前时，沈向前主任握着韩乡长的手，半开玩笑半认真地说："韩乡长，什么时候也给我们配一辆这吉普车呵。"韩乡长听了，嘴巴咧开了，抬手拍了拍自己的脑门儿，说："快了，我这辆淘汰下来就给你们。县长是先给最远的乡，我就先给你们最远的村，怎么样？"沈主任听了，乐得合不拢嘴，说："乡长我先谢谢您啦！"韩乡长也乐得合不拢嘴，一边笑着一边钻进了吉普车，沈主任在后面小心地帮他把门关上了。

一上了车，韩乡长的笑容立刻收敛了，他仰靠在座位上闭上了眼，很快打起了呼噜。司机见状，渐渐地让车慢了下来。

那天，我们本来还要去一个村子，可从村外经过时，韩乡长说不去了，直接回机关。

第二天。韩乡长还是乐呵呵的样子，围绕着212吉普，左瞧瞧右看看，说："走吧小卢，我们去红枫村。"

这一天，我跟着韩乡长转了五个村子，那些干部们看着韩乡长的212吉普，羡慕得不得了，韩乡长的心情也就一直挺好。

回来的路上，韩乡长说："怎么样小卢，高效率吧？有了这212吉普，我们就是'神行太保'喽！"

这一点当然不能否认，提高效率是显而易见的事情。不过有一点变化，我当时还说不出来，后来才有了一点点感悟。那就是，我们骑车进村时，碰到的村民们还抬手打声招呼，后来开车进村，村民就只是闪到一边，默不作声了。表面上看好像是怕被汽车撞到，在给汽车让路，但他们的眼神里却多了一层不能用语言表达的意思。

韩乡长似乎也觉察出了这种变化，或者他还听到了更多的事情。有一天他跟人聊天时，不知怎么就冒出来了这么一句话："不就是一辆车嘛，是县长配的，又不是我自己买的，爱说让他们说去吧！"脸上一脸的阴云。

我们再到村里去，说起212吉普的话题，干部们都避而不答，这就让韩乡长更挂不住了。有一天喝过了酒，坐在车上，他终于憋不住了，愤愤地跟我说："小卢你说说，我这辆212有什么毛病？它充其量是个工具，我就不信了，我坐个车子就成官僚了吗？我跟你说，这车我还坐定了。"他的脸色通红，额头上青筋暴涨。

我不知道韩乡长这样一番话的由来，但看他义愤填膺的样子，想必他听到过更为激烈的言辞。可此时此刻，我又能说什么呢？好在他发泄一通之后就闭上了眼，一会儿便打起了呼噜。

那事之后，韩乡长再没提起过212吉普的事情。他还坐着车子到各村去，但已没有了当初那种幸福的感觉。

到了这一年的秋天，乡里召开乡村二级干部会，韩乡长还坐他的212吉普，两辆130汽车拉着村里的干部。

上午看完了样板田，回到乡机关时已经过晌午了，韩乡长说："大家辛苦一点，不休息了，吃完饭就集中开会吧！"

吃过了饭，韩乡长连办公室也没回，急匆匆地往后面的礼堂走。快走到门口时，他忽然停住脚步，转过身对我说："小卢你去我办公室，把我的茶缸子给我拿来。"

我答应一声，就去他办公室，很快拿来了那只白色的茶缸子，放到了韩乡长的面前。他打开盖子看了一眼，脸上没有任何的表情。

会议开始了，屋子里渐渐安静下来。几位村干部上台发言，说得慷慨激昂。待到韩乡长讲话时，他也是满脸笑意，他说："今年的秋粮丰收已成定局，天作美人努力，下面我讲三点意见。"

意见讲完了，但不是三点，也不是四点，凡是他能想到的，都一股脑儿地倒了出来。哪个村子做得好，他会大声地表扬；哪个村子做得不好，他会指着鼻子批评，甚至骂人。言辞激烈，一点不留情面，这就是他的风格，村干部们早都领教过了。

说到最后，韩乡长的额头上沁出了汗水。他抹一把汗，端起缸子喝了一口，又喝了一口，脸便涨得更红了。

这时会场里出现了片刻的宁静，仿佛大家都屏住了呼吸。

韩乡长抬头看了大家一眼，把呼吸往下压了压，然后继续说："关于秋收工作的意见我讲完了，今天借这个机会，我跟大家说点题外话，什么题外话呢？"

会场里的人都瞪大了眼睛伸长了脖子，因为所有的人都不知道乡长要说什么题外话。

韩乡长说："其实也没什么大惊小怪的事情，我要说的是我乘坐的那辆 212 吉普车，有人说一辆汽车有什么好说的呢？有！这辆车是县里配的，我坐着它到村里去，听到了一些议论，什么议论呢？说我坐上这车心就飞了，离百姓越来越远了，在这里我可以明确地告诉大家。"

韩乡长又端起茶缸子喝了一口，又抹了一把汗。然后接着说："我可以明确地告诉大家，我的心没有飞，我的心就在这山岭上，就在这枫树下，它始终和百姓们在一起。"

干部们都瞪眼听着，但那目光里有赞许也有疑问。

韩乡长又喝了一口，说："我知道你们不相信我这样的表白。但我今天可以肯定地向大家宣布一件事情，这辆 212 吉普车还属于我们红枫乡政府。从今后作为机关的公务用车，不属于我，也不属于任何人。除非有重要而紧急的事情，谁也不动。我向大家保证，这件事我说到做到。"说着韩乡长站起身，向大家深深地鞠了一躬。

礼堂里顿时响起了掌声，有的人还站了起来，冲着韩乡长鼓掌。

韩乡长则扭过头去，对主持会议的领导说："好了，散会吧！"

从那以后，再下乡时，韩乡长真的不坐那辆 212 吉普了。我依旧跟着他下乡，他还骑他那辆半旧的永久自行车，扭动着肥胖的身躯，在前面嘎悠嘎悠地走。我则骑着自己的那辆飞鸽自行车，紧紧地跟在他的后面。

那件事后来被写进了我们红枫乡的乡志，写进了历史。事情虽然不大，却永远地留在了人们的记忆里。

标准田

就在韩梦歧乡长宣布不再坐 212 吉普车的那年秋天，我们红枫乡的秋粮丰收了。到了年底，县政府给我们乡下达第二年的粮食产量指标，比上一年增加了五分之一。

这是一个什么样的概念呢？韩梦歧乡长说，抽筋扒皮也完不成，就是这么一个概念！

从县里领回任务之后，一连几天，韩乡长都是愁眉紧锁心事重重的样子。他召开全体机关干部会议，说："怎么办呢？大家议一议吧！"那些包村的干部，还真就七嘴八舌地议论了好一阵子。什么精耕细作，改良品种，什么改造旱地为水浇地，等等。最后韩乡长把手一挥，说："你们说的这些办法我都想过了，增加一点产量可以，要达到县里的要求，增加几十万斤，那还差得远呢！怎么办呢？唯一的办法就是增加播种面积，最好是增加水浇地的面积，这是最直接的立竿见影的办法——话说回来了，咱们乡十六个村子，哪个村有多少地，种了多少地，都在我这脑子里装着呢，硬往下压，潜力也不大。所以我这些天一直在琢磨这件事，那就是造地。利用这个冬天，我们再造出它五百亩地来，这是完全可以办到的事情，那么，一亩地打八百斤，五百亩地就是四十万斤，足够了。"

韩乡长的话说到这里，下面的干部们又议论开了。

韩乡长听了听，又冲大家摆了摆手，说："下面大家不用再议了，这项工作我们已经上了党委会，已经决定了，困难是有。可话又说回来了，没有困难，还要我们这些人干什么呢？政府发给你们工资，不是让你们白吃干饭的，有困难自己去克服吧！下面我把各村的任务具体分一下。会后，你们包村的干部要立即与村里去沟通。三天后，我们要召开全体村干部的会议，布置这项工作，你们都听清楚了吗？"

他的话带着一种威严，或者说是一股杀气，整个会场立刻变得鸦雀无声了。

接着韩乡长掏出一张纸，把十六个村子一个一个地念了一遍。念完了，他把那张纸举在手里，说："我再强调一句，这件事不是我韩梦歧头脑发热想出来的，这是政治任务。粮食安全关系到我们社会的稳定，上级把这件事情交给我们，就一定有交给我们的道理。大家脑子里要时刻绷紧这个弦，粮食不单单是粮食，这是政治任务，大家都听明白了吧？！"

会场里依旧是鸦雀无声，没有人应声，但所有的人都已经默默地接受了。

三天后，我们红枫乡冬季造田动员大会如期召开了。

还是在后面的机关礼堂，村干部和所有乡机关里的人员都参加了。奇怪的是，村干部们对这件事情的反应基本平静，这一点有些出乎韩乡长的预料。他说："乖乖，派了这么重的活儿没有人骂娘，好，好好，我知足了！"

第二天开始，所有包村的机关干部就都一头扎进了村里。他们白天和村干部一起组织劳动，晚上回机关来汇报整地造田的进度，一连七天，形势一片大好。

可是，不好的情况还是来了，问题出在了任务最重的红枫村。

乡里包红枫村的干部是农业站的于水青站长。几次汇报，他的言辞都有些含糊。韩乡长听出了问题，脸色立刻变得阴沉了。他说："于水青你把话说清楚一点，村里的进度到底怎样？出动了多少人员，男劳力多少，女劳力多少，动用了多少车辆，几套马车，多少辆手推车。你作为包村干部，天天往村里跑，这些情况该掌握吧？"

于水青站长一直低着头，这时被乡长点了名，才勉强地抬起头来，他说："乡长我能下面跟您汇报吗？"

韩乡长说："就在这里说，什么大不了的事儿，你怎么还婆婆妈妈了？说吧！"他的话语里仍透着一股威严。

于站长说："是这样乡长，我在红枫村里遇到点阻力，主要是乔雅仕书记，他有一些想法，这几天我们正做工作呢！"

韩乡长把手一挥，说："行啦你甭说了，我全明白了。这个乔老爷呵，我真不知道，他又哪根筋短路了？好啦你甭说了，明天我去找他。"

韩乡长去红枫村找乔书记时，我和于水青站长紧跟在他身后，一人一辆自行车。

这一路上，于站长不停地跟我诉苦。他说："小卢你是不知道，会上好多话我还没敢说呢，乔老爷他何止是想不通呵，他根本不想干，差一点，差一点他就骂娘了，他说什么？他说咱这事是祸国殃民。你说，我这不是耗子进风箱，两头受气吗？"

我抬头看他一眼，并不理解他内心的焦虑。心想有韩乡长呢，说不定几句话就给乔书记摆平了。

可是，现在想起来，我真的是头脑太简单了。

我们跟随着韩乡长到了红枫村，根本没有找见乔雅仕书记。副书记乔焕然说："有什么事乡长您就跟我说吧，我们乔书记去县城看病了。"

韩乡长的脸色一阵红一阵白，他把手摆了摆，说："行啦行啦，你告诉我，他什么时候回来?"

乔焕然说："什么时候回来我也不知道，乡长你们先进屋坐坐，喝碗水吧!"

韩乡长说："你现在就是给我一瓶茅台，我也喝不下去了。好啦，我明天再来吧!"说完他掉转了车把，抬腿迈上自行车，头也不回地往村外走了。

我和于站长紧跟在他后面，大气没敢出，一直进了乡机关大院。

第二天，韩乡长让于站长先去摸情况，看乔老爷回来没有。于站长回来报告，说一天都没见到乔老爷的影子。第三天，第四天，还是没有找见乔雅仕书记。这下韩乡长真的坐不住了。于站长说："乡长我们找其他的干部谈谈吧!"韩乡长说："红枫村的事情我比你清楚，一个村有半个村的人都姓乔。你说说，这事他乔老爷要是不点头，能干得下去吗? 二百多亩的造田任务，重中之重呵。你瞧瞧，眼看着半个月的时间就这样过去了，这个乔雅仕，不懂政治任务重要性呵!"

又过了两天，于水青站长带回来消息：乔老爷病了!

于站长跟韩乡长说："这回老头儿是真的病了，他一个人去了趟山里，回来就躺倒了。"

韩乡长说："好，好好!"然后又叫我，"小卢你去买点东西，水果鸡蛋，病人吃的，随便买点什么，我这就去看他。我就不信，他还有功劳了!"

我很快买了东西，我们三个人，又立刻出发了。

这次于站长的信息完全准确。

乔雅仕书记，一个干瘦的老头，半躺半坐地窝在炕上。见到前面进屋的韩乡长，他抖掉身上盖着的衣服，往起坐了坐。

韩乡长说："听说乔书记病了，我们来看看你。"

乔书记说："哎哟，我先谢谢乡长了。"然后就要穿鞋下地。

韩乡长说："你坐着吧，都是熟人了，你不用客气。"

乔书记就又把腿收了回去，他说："那我就不客气了乡长，我有话可要直说了。"

韩乡长说："你说吧！我这个人呵，就怕人跟我玩闷葫芦。"

乔书记说："韩乡长我知道你们来村里找过我了。咱明人不做暗事，不瞒您说，我还就是在躲着你们。造田这事吧，不瞒您说，我也琢磨好几天了，可是呢，我还是那个意见，不同意——不过有一点，乡长您别误会，我得先向您声明，我这么做不是冲您，也不是冲咱乡里哪位领导，我是对事不对人……"

韩乡长说："这个不用说了，说说你的理由吧！"

乔书记说："理由呢简单，就一个，砍了树造田，祸国殃民，我不同意！乡里选定的那片河滩，你们肯定也去看过了。您瞧瞧，除了中间一道河水，两边的河滩上都是树呵，枫树柳树榆树，大一点的都碗口粗了。你们说说，那能说砍就砍吗？"

韩乡长说："你说的树我知道，没有那么多。至于粗的嘛，我们可以保留下来，你看怎么样老乔？"

乔书记把脸往起扬了扬，眼睛里闪过了一丝亮光，但很快又暗淡了下去，他说："不怎么样——但是，这样吧乡长，您再让我考虑考虑，考虑好了我立刻动手。磨刀不误砍柴工，这个道理您比我懂。"

韩乡长说："好吧，不过你可要快一点，人家有的村子已经快完工了。"他一边说一边已经往外走了。

回来的路上，韩乡长仍是闷闷不乐。进了机关大院，他忽然停住脚步，问于水青站长："于水青你看呢，你包的这个红枫村，明天会有结果吗？"

于站长说："有，有呵，乡长您亲自出马，我想乔老爷他肯定

应该同意了。"

韩乡长说："这位乔老爷，我可知道，他认定了的事情，十头牛都不能把他拉回来。这样吧，小卢！"

韩乡长叫了我一声，我立刻往前凑了凑。他说："小卢你去发个通知，通知所有的机关干部——这样，包村的每村留一个人，其余的，明天早晨八点，不，七点，七点钟到礼堂集中，我有事情安排。"

我答应着离开了。接着，韩乡长又跟于水青站长交代了些什么。

第二天早晨七点，机关里的四十多人，齐刷刷地在礼堂里坐好了。韩乡长端着他那白色的搪瓷茶缸子，独自坐到了主席台上。然后，揭开缸子盖，咕咚咕咚喝了两口，他的脸立刻涨红了。

这时，韩乡长抬起头来，表情持重。他说："今天开这个会，内容就一个，我们要去造一块标准田——有些事情不说你们也都知道了。政府安排的工作在红枫村卡壳了，没办法，我只有拜托各位了。主将无能累死三军，有什么怨气你们可以往我身上撒，但撒完了气，谁也不许给我装熊。我个人丢脸是小事，政府粮食生产的任务是大事。在这里我还要强调一句，这是政治任务，谁也不要把这事当儿戏。"

韩乡长说完这句话时，大家的表情立刻变得肃穆了，会场里能听到人们怦怦的心跳。

随后，韩乡长又说："具体的事情，散会后由于站长安排。另外我还有一件事，你们包村干部都在，我要你们每个村子给我派一辆马车，明天早晨，必须赶到红枫村的南河滩。有困难，你们自己去想办法，散会！"

散了会，我和韩乡长、于站长一起，径直奔向红枫村的南河滩。

　　这地方距红枫村三里，距我们乡机关也不过五里。一条清亮的小河从河滩中流过，河边结了冰，河岸上散布着柳树枫树榆树。风从树梢儿上吹过，刮在脸上，耳朵被冻得生疼。

　　于站长搓着手，给韩乡长比画着说："乡长你看呵，就眼前这片河滩，平缓的这一块，沿河长六百多米，宽有将近二百五十米，二百亩足够了，不用怎么平整。我们要干的事情是垒一条坝，把这条河改到一边，清理石头和树木，然后垫上土，你听我说起来简单，可是——"

　　韩乡长说："我知道你要说什么，你放心，我正想活动活动这筋骨呢！我就不信，离开鸡蛋还不做槽子糕了！"

　　他们的话还没说完，机关干部们已陆续到了。

　　第二天，十五个村的十五辆马车也到了。人数虽然还不多，但人喊马嘶，声势已经出来了。

　　韩乡长加入到了垒坝的队伍。他说："当兵之前这些活儿都干过，只是现在的肚子有点大了，不过呢，豁出去了！"

　　我原以为韩乡长只是象征性地干一干，带一带头，没想到他还真的一板一眼地干上了。

　　他这么一干，机关的人员也不敢含糊，个个甩开了膀子。食堂管理员吴得才还把一口大锅支到了地头，烧水做饭，热气腾腾。

　　干到第三天下午的时候，新的情况出现了。有几个人，从红枫村的方向，急匆匆地往我们这边赶来，径直到了韩乡长的跟前。

　　我和于站长看见了，领头的正是红枫村的乔雅仕书记，跟随着他的是乔焕然副书记和几位村干部。

　　韩乡长似乎没有发现有人到了跟前，依旧在石坝上摆放着一块块的石头。乔书记叫了声"韩乡长"，韩乡长没有抬头。于站长上前拉了一把韩乡长，说："乡长，乔书记他们来了。"韩乡长这才放下手里的石头，慢慢地站起身来。他打量了一下乔雅仕书记，说："老乔呵，你到底还是来了，好呵！"乔书记消瘦的脸上没有任何表情。他说："乡长你这是将我一军呵！"韩乡长说："是你乔老爷先将了我一军，我这是前有堵截后有追兵，没办法才想出了这样的下策呵！"乔书记说："我们开过干部会了，我们下级服从上级，明天我就把全村的人调过来。"

韩乡长说："好呵！我就说嘛，你乔老爷是老书记了，这样的事情你比我看得更明白。小卢！"他忽然叫了我一声，我一时没有反应过来。他见我瞪眼看着他，说："你去把我的茶缸子拿来，再拿一个杯子，我要跟咱乔老书记喝一杯。"

我去旁边临时搭建的窝棚里拿来了茶缸和杯子，交到了韩乡长的手上。韩乡长右手端着他那写有"为人民服务"的搪瓷缸子，往左手的杯子里倒了一点酒，然后将杯子举到了乔书记的面前。乔雅仕书记说："乡长你瞧瞧，我这病还没好呢！"韩乡长说："我知道你的病，喝吧，这是药引子，你喝下去，病就好了。"乔书记又看了看杯子里的酒，确实也不多，于是跟韩乡长碰了一下杯，一仰脖儿把酒喝了下去。韩乡长面露微笑，咕咚咕咚地喝了两大口。一边喝一边用眼瞄着旁边的乔雅仕书记。寒风呼呼地吹来，两个人的脸都变得红了。

第二天，红枫村的男女劳力果然来到了南河滩。后来，乡里又安排其他村子的劳力前来支援。整地造田的现场，红旗招展，人欢马叫，一片热闹的景象。

那之后，除了寒冷和劳累，再没有过其他别腿的事情。乔雅仕书记后来也真正地认识到了整地造田的重要性，他还私下里跟韩乡长进行了交流。韩乡长还请乔雅仕书记喝了酒，正儿八经地喝了酒，他说这叫不打不成交。再之后，乔雅仕书记就每天带着村干部们到南河滩去，同村民们一起劳动了。

经过了那样一个冬天，二百多亩的土地终于造出来了。于站长和红枫村的几个干部，用测绳拉了又用皮尺拉，一共是二百一十二亩——212。这个数字正好合上了我们乡里吉普车的代号，两个毫无关联的事，就这样被偶然地连结到了一起。

站在地头望去，几棵大的枫树和榆树还被保留着，中间的河流被一道石坝顺到了一边，河水被引到了田里，这二百多亩的土地安安静静地成了水浇地。

春天的时候，韩乡长带着全乡的村干部来这里参观。一伙人观望着眼前大片的土地，韩乡长忽然心生感慨，他叫于站长，说："于站长，于站长呢？"

于站长急忙绕过人群到了韩乡长的面前，说："乡长我在这呢！"

韩乡长说："你们都看到了，去年冬天，我们全乡整地造田，而这块地是最大最标准的一块，又全部是水浇地。我看这样，我们就把这块地叫作标准田，红枫标准田。今后再有这样的工程，这就是样板——于站长！"

于水青站长又往前跨了一步，说："乡长我听着呢！"

韩乡长说："这样吧，你在这地头立一块石碑，正面写'标准田'，背面记述一下这个冬天我们整地造田的事情，好吧？"

于站长说："乡长你放心，最多十天，我就把石碑立在这儿。"

韩乡长说："另外还有一项重要的任务我要交给你，标准田要长出标准的庄稼来，到了年底，这事我直接冲你说。"

于站长说："乡长你放心，这是分内的事儿，你就是不说我也得把它做好。"

这一年的秋天，标准田里的粮食获得了丰收，比韩乡长估计的产量整整多出了二成。

红枫酒

我在红枫乡的几年，经常遇到的事情就是喝酒。

当然了，能喝上好酒的时候不多。大多时候人们喝的都是当地人自己酿的一种烧酒，叫红枫酒。好一点的红枫酒就产自红枫村的一家酒坊，我们机关里平常喝的都是这种烧酒，味道醇而烈。

还是在我来机关报到的第一个晚上，食堂晚饭的时间已经过了，我看见里面的灯还亮着。工夫不大，食堂管理员吴得才来叫我，说："小卢，韩乡长叫你去喝酒呢。"我说："我不会喝酒呵。"他说："小卢，你太实在了，领导叫你，能只为喝酒吗？"

我想，不只为喝酒，那肯定还有别的事情。于是我急忙跟着吴得才走进了食堂里面的一个单间。

一张圆桌，围坐着韩梦歧乡长和秦鸣河主任他们五六个人。大师傅马力勇正在往桌子上端菜，下面一个空位，前面的桌子上放了满满一茶碗的白酒。韩乡长说："小卢，你坐下吧，初来乍到，今天借这个机会，也算是给你接风了。咱们这儿比不了城里，条件艰苦，得慢慢地习惯。"我坐下了，眼睛一直盯着面前的那碗白酒，我说："韩乡长我不会喝酒。"韩乡长说："到了红枫乡怎能说不会喝酒呢？来，喝吧！"说这话时，他胖乎乎的脸上没有任何表情，语气也不容我再分辩。于是我只得跟随着把酒碗怯怯地端了起来，接着所有的酒碗叮叮当当地撞到了一起。

我喝下了来到红枫乡后的第一口白酒，又苦又辣，眼泪差一点出来了。

我放下了酒碗，韩乡长立刻说："好，好好！酒品如人品。不错，喝了红枫酒，平道山道一起走，从此往后，你就是真正的红枫人了。"

　　我不知道，为什么喝了一碗酒就成了真正的红枫人？但那酒确实有力量，一碗还没喝完，我就已经头重脚轻了。后来是怎么回到的宿舍，我一点印象也没有。

　　第二天，在院子里见到韩乡长时，他不说话，只是微笑着看着我。我则从他那胖乎乎的微笑里看出了一种朋友式的友好与亲切。心想，看来这酒真的没有白喝，它起到的微妙的作用像一点亮光，在我的脑海里突然闪烁了一下。

　　那之后没几天，韩乡长就让我跟随着他一起下乡了。"你先跟着我练练吧，不叫秘书，我可用不起秘书，但你要干秘书的事情。"这番话就是他当时说给我的。

　　最初跟着韩乡长下乡，我们的交通工具就是自行车，后来才有了那辆从县民政局淘汰下来的212吉普。那时不管去的村子远近，他总是骑一辆半旧的"永久"自行车。我骑一辆新的"飞鸽"自行车。他在前面骑，肥胖的身躯一拧一拧的，可并不显得特别笨拙。

　　每到一个村子，或中午，或晚上，饭总是要吃的。韩乡长说："谁下乡来也不能背一口锅。不过呢，咱有规定，两菜一汤。酒嘛，想都不要想了。"

　　我们不想，可到吃饭的时候，村干部就把酒拿上来了。韩乡长见了，把脸一沉，说："怎么着，你想让我犯错误呵？"干部立刻正色地解释："乡长您误会了，这酒是我自己的。今天坐在这儿，我没把您当乡长，您也别把我当主任，我们是兄弟。兄弟俩坐下来喝一杯自己的酒，您说这事儿，犯规矩吗？"韩乡长沉默一会儿，把杯子往前一推，说："满上吧，哪天赶到了乡里，我请你喝酒。"

　　往回走的路上，赶上心情好的时候，韩乡长会翻身从自行车上下来，推着车子走，然后问我说："小卢这事你怎么看呵？"我

看着他，不知道该怎么回答。说这酒不该喝吧，乡长已经喝了，说该喝吧，组织上又有规定。

这个时候，韩乡长其实也没想让我回答什么，他只是想借此一问，来发表一下他的观点。他不等我回答，就接着说："你以为我真不知道怎么回事吗？我什么都知道。可是，问题的关键不在那么一瓶酒上，人都是要脸面的。他把酒拿上来了，你非要说这酒不是他自己的，给他戳穿了，让他下不来台，那我们也就把自己的路子堵死了。你给他留巴掌大的一点颜面，他给你留一片广阔的天空，这是一种文化，至少是我们红枫乡的文化，以后慢慢地你就明白了。"

说实话，当时我真的不太明白，喝不喝酒，能关联到那么多的事情吗？后来我慢慢地体味出了其中的奥妙，老人们不是有那么一句话嘛，"酒越喝越厚，钱越耍越薄"。酒是感情的纽带，两个初次相识的人，共同一举杯，就是朋友了。意见不一，心里别劲的时候，一杯酒下肚，气立刻顺了。

我这么说，总感觉没说到位。

韩乡长说："这事呵，你得一件件地经过，沟沟坎坎，你得一道道地自己爬过来，那时候你就能真正品出这酒的味道了。"

在这方面，韩乡长确实有他独到的见解，凡事他也拿捏得恰到好处。当然了，品酒也好，喝酒也罢，前提是自身也需要有一点酒量。

韩乡长当过兵，性情直爽。个子虽不算高，块头却不小，因而先天的条件基本具备。

村干部们来乡里开会的时候，韩乡长也请他们喝酒。这时候喝的就是红枫村小酒坊里自制的那种红枫酒。大伙在桌前坐定了，秦鸣河主任就会提来两个盛满酒的大可乐瓶子，戳在桌子上，然后一人一玻璃杯，谁也不许打把。

这时韩乡长就会说："喝了酒说话不算数，所以我要把这丑话先说前边。我这酒可不能白喝，会上说的事情，你们瞧着办，谁要是拉胯了，可别怪我打板子。"干部们立刻会说："乡长您放心，您一句话，您没把我们当外人，您瞧好吧!"一连串的表态，听完了，韩乡长心里也有了谱儿，他哈哈一笑，说："好啦喝酒吧!"就第一个端起了酒杯，喝了一大口。

酒过三杯，话就多了。有人说："乡长一看您就是个豪爽的人，有事儿您吱个声，我们保证没二话。"韩乡长说："当兵的人就这么直，你不是在骂我傻吧?"干部说："是骡子是马，溜溜您不就知道了吗?"韩乡长咧嘴笑笑，便不再言语了。他要的就是这个效果，这是会场上不可能得到的效果。干部们心底里的一股激情被他的一杯酒点燃了，韩乡长知道，那是真情，一点不掺假。

接下来的事情很快就证实了韩乡长对这一真情的判断，他在会议上布置的工作，大伙不折不扣地完成了。

当然了，红枫村的标准田，乔雅仕书记那次是个例外。韩乡长说："那是观点不同，看问题的高度不一样，他是站在红枫村里看问题，我是站在红枫乡里看问题，但最后怎么样? 还不是河滩上一杯酒，所有的事情都迎风而解了。"

时间稍长，我慢慢地对韩乡长的观点表示了认同。酒是情感的黏合剂，酒是工作的催化剂。不仅如此，我发现，韩乡长对酒还有一种特殊的偏好。在他的办公桌上，平日里总放着一只白色的搪瓷缸子，里面是半缸子的红枫酒。一到开大会的时候，他就让我把缸子带上，别人以为他端的是水，其实里面是酒。讲话讲到紧要时，他会习惯地端起缸子，轻轻地抿上一口。之后他的声音会更洪亮，言辞会更激烈。

第一次看到他这样的举动，是在一次乡村二级的干部会上。会议开始前，他招手让我到他近前，然后伏在我耳边说："你去我

办公室，给我把办公桌上的缸子拿来。"

我走进他的办公室，一眼就看见了桌儿上的搪瓷缸，白色，上面写着"为人民服务"五个红色的字，一根线将缸子盖和把手连在了一起。端起来，沉甸甸的，我以为是泡好的茶。打开盖子看看，忽地散出来一股酒气，于是我就知道了他这缸子里的秘密。

我把缸子端给他时，他也打开盖子看了一眼，然后开始讲话。讲到要紧处时，就停下来，端起缸子，轻轻地抿了一口。随后脸红了，说话的声音也更加高亢起来。

后来，这样的场景又多次地出现过。包括他在宣布停止使用212吉普车那次的会议上，他缸子里盛的也是酒。要不他怎么喝一口脸就红了呢？

然而，就是这样一位对酒有着特殊偏好，就是这样一位对酒文化无比认同的人，韩乡长，不，韩书记，那会儿他已经是书记了，因为发生在机关大院里的广播室事件，他戒酒了。

那是在事件之后，在一次内部人员小范围聚餐时，韩书记把放到他眼前的酒杯倒扣在了桌子上，说："都是这酒惹的祸，高副书记要是不喝酒，也许就不会有这种事情，从今往后，这酒我不喝了。"

从那天开始，韩书记真的不再喝酒了。

他的行为如同一辆奔跑的马车咔嚓停了下来，给了我不小的震动。

后来，我认真地思考过我们红枫乡一带的这种酒风。可能是因为山高天寒，农事劳苦，加之文化娱乐生活匮乏，从而慢慢形成了这样一种习惯。酒不仅仅是感情的纽带，它还可以缓解疲劳，而且还可以使黑夜不再漫长。

广播室事件

那是我在红枫乡经历的最难以忘怀的一件事情，至今想来，个中的滋味儿，也不知是苦是涩。

我前面已经介绍过了，我们红枫乡机关有五排老旧的瓦房，广播室就在最后一排最东边的一间。广播员叫薛梅，她同时也是电话的接线员，大伙都叫她小薛，中等个儿，清秀的脸庞，平时不怎么爱说话，见了人总是微微地笑一笑。

那一年，薛梅二十六岁，还没有结婚。那在当时的农村，已经算是大龄了。由此，她给周围的人带来了不少的猜测和遐想。

那一年，因为整地造田成绩突出，韩乡长已经由乡长升任为我们红枫乡党委书记，成了一把手。

韩乡长空出来的位子，当时有两名竞争者，一位是当时的副书记高晓松，另一位是常务副乡长朱振友。两个人各有优势，以至于组织部门也拿捏不准，就决定先放一段时间。

广播室事件就是在这段时间里发生的。

那个时候，乡机关里没有电视，也没有任何的娱乐活动。下班时间一到，家在周围村里的机关干部们，就都骑上车回家去了，空落落的机关大院里，就只剩下了为数不多的几个人。这其中就有高晓松副书记。他家在县城，当时三十五六岁的样子，是个不甘寂寞的人。每天晚饭之后，高副书记都会端上一杯水，抑或是一杯酒，到广播室里去转一圈儿，因为广播的事情在他的职权范围之内，所以当时也没有人过分地在意这事儿。

但是，职位之争一拉开序幕，事情立刻变得不同了。

一天在食堂里吃饭，朱副乡长跟我们周围的几个人说："你们发现没有呵，这些天，咱高副书记添了新的娱乐项目了，好，好

呵！真是人算不如天算。"

我没有听出他话里的意思，但也就是从那会儿开始，一个一剑封喉的计划已经开始在他的头脑里形成了。

接下来的一些日子，本来已经回家去的朱副乡长，晚饭后却又返了回来，每天住在自己的宿舍里。这事让我好生迷惑，问他，他只是嘿嘿地笑笑。

秋末，夜变长了，天也变凉了。

一天晚上吃过了饭，我正在看书，忽听有人敲门。"谁呵？"我冲门外问。

"小卢你没睡吧？一会儿我有事找你。"

我听出了朱副乡长的声音，忙起身拉开了屋门。

朱副乡长站在夜色里，没有要进屋的意思，他说："你先别睡小卢，一会儿还有点事儿，等忙完了再睡。"

我说："行，一会儿你喊我吧！"

他"嗯"一声，转身走了。我看书看到了十点，眼睛打架了，却没敢睡。到了十一点，朱副乡长还没来，我想肯定是没事了，这么晚了还能有什么事情呢？睡觉！

我刚决定要睡觉，就听见远处传来了一阵脚步声，径直到了我的门前。

"小卢，没睡吧？走走，跟我去办件事！"

我拉开门出去，看见朱副乡长披了件夹衣，手里握着一支长长的电筒，站在漆黑的夜里。

我跟在他的身后，小声地问："什么事呵，朱乡长？"

朱副乡长说："具体也没有要你做的事情，只是让你看看，做个见证，走吧！"

我跟着他往后走。到了后边倒数第二排房山墙的地方，前面已经站着三个人了。因为天太黑，一时没有辨认出来，听一听说话的声音，我才知道了，其中一位是食堂的管理员吴得才，还有一位是大师傅马力勇，第三位是秦鸣河主任。除了朱副乡长，我们几个都是常住机关的人员。

这个时候，从我们站立的地方，可以清楚地望见后边的广播室，此时灯还亮着。

朱副乡长问："人还在里面吗？"吴得才说："在呢乡长，你走这会儿，我眼都没眨一下，你放心，他进去后就没再出来，肯定在里面。"马力勇说："走吧，乡长，我们现在冲进去，立刻把人给你拿下。"朱副乡长说："慢着，这事可不能着急，捉贼捉赃，捉奸捉双，我们这会儿进去，人家要是坐在椅子上聊天，我们说什么呢？大家辛苦辛苦，再等会儿吧！"

众人再不急着冒进了，但还小声地嘀咕着，从他们的嘀咕声里，我能听出一种特殊的心声。

吴得才说："你们猜猜，高副书记他们俩现在在干什么？"马力勇说："要我说早上床了，那还用猜吗？粘在一块了。"秦主任说："你们别瞎猜了，要我看，高副书记他不会干那种事儿，他的媳妇我见过，人不赖呢！"朱副乡长说："老秦你这个人，不是我说你，你就是心肠太好。过一会儿看看吧，咱们让事实说话，到时候，我可告诉你，黑就是黑，白就是白，原则的问题，你可不能含糊。"秦主任"嗯"一声，不言语了。

这个时候，我已经完全明白了马上要做的事情，捉奸呵！这种事——说实话，那会儿，我心里已经打起了退堂鼓。可我又张不开嘴，没法跟朱副乡长讲，他晚上已经去找过我两次了，又不让我干什么，我怎好说走就走呢！于是，我只好愣愣地站在一边，一会儿望一望亮着灯光的广播室，一会儿抬头望一望天空。

幽蓝的天空中，已是满天的繁星，一下一下地眨着眼睛，仿佛在窥探着我们。

"几点了呢?"吴得才问朱副乡长。朱副乡长就抬起手腕,看了看表,看不太清,于是又打开手电晃了一下,看清了。"十二点一刻。"朱副乡长说。"差不多了乡长,我们冲进去吧?"马力勇急不可耐地说。

正在这时,广播室里的灯忽地灭了,周围没有了一点亮光,伸手不见五指。

马力勇说:"乡长呵,灯灭了,我们冲吧!"

朱副乡长说:"大家听好了,我们现在就过去。得才,你先上前去敲门,如果里面没有应声,那肯定就是有鬼,我们就砸门冲进去,走!"朱副乡长说了声"走",大伙就跟着他迅速地往广播室摸去。

一行人站定了,吴得才上前去敲门,"当当当……当当当……"里面没有人应声,我们所有人的耳朵都直直地竖了起来。

吴得才又用力地敲了几下,同时说:"高副书记你在里面吗?我们找你有事呵!"

"你找谁呵?高书记不在这儿。"屋子里的薛梅搭话了。

"我们看见他进屋里去了,你快开门!"

薛梅又沉默了,但似乎有人从床上下到了地上,在轻轻地走动,等了一会儿,却没有人来开门。

朱副乡长立刻警觉地说:"不好,快,把门推开。"

马力勇听到了命令,抬腿就是一脚。门"呱嗒"一声开了,随后第一个冲了进去,我们也跟着冲了进去。

屋子里一股好大的酒气。

秦主任拉开了灯。

这时我看见薛梅床头的一张桌子上歪倒着一只酒瓶,散乱着一堆花生米。薛梅缩在床上,窝在墙角儿里。她双手死命地拉扯着被子,遮盖着自己的身体,两只惊恐的眼睛死死地盯视着我们。

吴得才厉声问："高晓松呢？你快说！"

薛梅缓过点神来了，她大声地嚷道："滚！你们给我滚出去！"

这个时候，朱副乡长已经有几分诧异了，他明明看着高晓松进来了，可是又怎么不见人呢？他的目光沿着屋子的角落一点一点地寻找着……窗子，屋子后墙上的一扇小窗子敞开着，那是夏天的时候专为通风用的，要伸手才能拉到。

朱副乡长说："不好，老秦你留下，让她穿上衣服，其余的人跟我走。"

我们就跟随着朱副乡长出了门，转过房子，到了屋后的窗下，打开手电照一照，果然有人刚刚留下的足迹。足迹从我们脚下往前延伸，越过机关后面一段倒塌的围墙，爬上了黑夜里的山坡。

朱副乡长说："走，这巴掌大的地方，他跑不远！"一边举着电筒，搜索着往后面的山坡上爬去。

后面的山坡不是很高，两百多米远的地方，有一座机井房，是给我们机关供水用的。要在白天，我眨眼的工夫就能爬到它的跟前。可在这样的夜里，深一脚浅一脚的，一边走，我们还一边往四下里瞧着。一块石头，看上去像个猫着腰的人，上去摸一摸，冰凉的。又看到一块，又去摸一摸，好不容易我们才摸到了井房的跟前。

朱副乡长举着手电筒，往门上照了照，门锁着，根本进不去人。再往四下里照照，还是没有人。

这就怪了，朱副乡长说："这屁大的工夫，他能跑到哪儿去呢？快，你们再到周围去找，我就不信，他还能上天呵！"

他的话音还没落，几步之外的马力勇忽然大喊了一声："来呵，你们快来呵！人在这儿呢！"

我的心一震，跟着朱副乡长往马力勇的近前走去。

就在机井房的后面，紧挨着一棵枫树，高晓松高副书记穿着一件短裤，猫腰蹲在地上，浑身瑟瑟地抖着，朱副乡长手电的亮光把他照了个明明白白。

吴得才走上前去，说："高书记呵，一个人在这儿凉快呢？站起来吧！"

高晓松脸色煞白，慢慢地站起身，声音颤抖着问："朱乡长，朱乡长，你们……你们要把我怎样？"

朱副乡长说："有什么话回去说吧，高副书记，酒也喝了，事也办了，在这里聊你不冷呵？走吧！还是回屋聊吧！"

朱副乡长说着，冲马力勇做了个手势，马力勇立刻拎起高晓松的一只胳膊，拉着他就往下面走了。

高晓松一边走，一边"唉哟唉哟"地叫，走路的姿势也变得一瘸一拐了。

"怎么了怎么了？"朱副乡长不耐烦地回头看了看，同时用手电上下扫了扫。这一扫他才发现，高晓松穿着一只鞋，光着一只脚，刚才就是光脚被山石和树枝扎疼了，所以才"唉哟唉哟"地叫。

朱副乡长说："还叫还叫，你怕别人不知道呵？"

高晓松果然不叫了，跟着我们翻过那道断墙，重新回到了机关的院子里。

这时，薛梅已经穿好了衣服，坐在床头，一边抹泪一边低声地哭泣着。

秦主任站立在门口，冲着薛梅说："哭、哭，你还有脸哭呵？他是有媳妇的人了，你不知道呵？"

朱副乡长说："老秦你去屋里看看，把他衣服拿来让他穿上。"秦主任就进屋去，经了薛梅的指点，从床下扯出来了几件衣服。高晓松高副书记顺从地穿上了。

这时，朱副乡长又吩咐吴得才说："你们俩在这守着，可不能出现什么差错。老秦呵，咱俩陪着高书记去小会议室吧！还有小卢你，你去拿信纸和笔来，一会儿要认真地做记录。"

我去拿了纸和笔，返回到小会议室时，朱副乡长他们三个人已经坐好了。屋子里是昏黄的灯光。高晓松坐在一把凳子上，低垂着头，脸色一阵红一阵白，身体还在瑟瑟地抖。朱副乡长和秦主任坐在高晓松的对面。朱副乡长说："怎么样高书记，介绍介绍体会吧！今天晚上是不是舒服呵？"

高晓松抬头看了一眼他对面的人，紧紧地咬着嘴唇，好半天，一言不发。

朱副乡长又说："想好了吗？说说吧，介绍介绍事情的经过，完了咱回去睡觉，怎么样呵？"

忽然，高晓松高副书记从凳子上溜下来，扑通一声跪在了地上，他带着哭腔哀求说："朱乡长，秦主任，你们放过我吧！喝了两杯酒，是我昏了头，我认栽了，也不争了，什么都不争了，你们放过我吧！求求你们了。"

秦主任看了一眼朱副乡长。朱副乡长脸上没有任何表情，他冲高晓松挥了挥手，说："你起来，这是干什么呵，我们又没说要把你怎样。碰巧了，今天是我值班，值班就得对咱院子里发生的事情负责。你说说，说清楚了，明天我好向韩书记汇报。"

高晓松还在不停地哀求，朱副乡长猛地拍了一下旁边的桌子，说："高晓松，你还算个爷们儿吗？自己做过的事情想赖账呵？"

高晓松激灵一下，抬头看了看，站起身又坐回到了凳子上。他说："赖账？我只是过去喝了两杯酒，聊了一会儿天儿，我赖什么账呵？"

朱副乡长冷笑了一下，说："呵呵，聊天儿？看看你酒气熏天的样子，你跟人家聊天儿都是脱光了衣服聊天儿呵？"

高晓松嘎登一下不言语了，然后双手抱头，沉默着，再不说一句话。朱副乡长又说了几句难听的话，他还是紧咬牙关，沉默着。

时间在一分一秒地过去，也不知是电压的原因，还是从门缝里吹进来了风，屋子里的灯光忽明忽暗，那气氛紧张而压抑。

忽然，朱副乡长不耐烦地挥了挥手，说："好啦好啦，你先去吧，我们再找薛梅聊聊，我就不信了，她会什么都不怕，你去吧！"扭过头他又对秦主任说，"老秦你去让马力勇他俩再陪陪高书记，然后把薛梅叫过来。"

高晓松挺身站起来，犹疑地迈动着脚步，眼睛瞪视着朱副乡长，硬邦邦地从牙缝里挤出来几个字："朱振友，算你狠！"然后就迈步出门去了。

不一会儿，薛梅跟着秦主任进来了，朱副乡长让她坐在了刚才高晓松坐过的凳子上。薛梅低垂着头，身子缩作了一团，不停地抖着。朱副乡长问："高晓松高书记是怎么到你屋里去的？"他连问了两遍，薛梅仍旧低着头，一言不发。

朱副乡长轻轻地拍了一下桌子，说："你抬起头来。"薛梅真的就轻轻地抬了一下头。朱副乡长说："我可跟你说，你不说话就是抗拒组织，抗拒组织就是错上加错，后果我不说你也明白——不过呢，你要是态度好，如实地向组织反映问题，组织是宽容的，我们的原则是治病救人，我甚至还可以向你保证，不影响你的转正，你看怎样？说说吧！"

薛梅又轻轻地抬了一下头，眼睛里闪过了一丝亮光，她嗫嚅地问："你说的是真的吗？"

朱副乡长说："当然了，我代表咱们政府，能跟你说假话吗？怎么样，说说吧？高晓松他是不是在你屋里喝酒了？"

薛梅微微点了一下头。

朱副乡长又说："还有呢，喝完了酒，他是不是爬到你床上去了？"

薛梅又抬了一下头，又低下了头，目光里现出来一缕决然的神情。然后就闷着，再不说话了，身体仍旧在瑟瑟地抖。

屋子里的灯光又开始忽明忽暗，我的心一下一下地缩紧了。

过了五分钟，又过了五分钟，朱副乡长不耐烦了。他嗖地站起身，指着薛梅说："我可跟你说，你们干的好事，高晓松他都已经说了。你要是顽抗到底，那好，只有死路一条。我们不但要严肃处理，甚至可以说你勾引领导，直接把你交给公安部门，判你个三年五年，也不是不可能，你好好想想吧！不知好歹！"

朱副乡长说到这儿，薛梅忽然捂住脸，又低声地哭了起来。

秦主任说："别哭啦，你就是哭到天亮，也解决不了问题呵！"

薛梅不听，依旧嘤嘤地哭，嘴巴里喃喃地说着："转正……他答应过我的……"

朱副乡长立刻显出来几分兴奋，说："好啦，有这一点就可以了，小卢，你记下来。"

我抬头望了望朱副乡长，心想："薛梅她也没说什么呵！你让我记什么呢？"

朱副乡长似乎看出了我的心思，说："转正呵，记下来，有这一条就足够了。"

我还是不明白，但也不好再问，只得硬着头皮把"转正"两个字写到了纸上。

时间在一分一秒地流逝。

灯光昏黄的屋子里出现一阵难挨的寂静。

朱副乡长踱着步子，目光一直围绕着薛梅，他打了个哈欠，兴奋的劲头没了，脸上现出来几分疲惫，他问秦主任："老秦你看呢？"秦主任立刻说："回去歇着，明天再说吧！"

朱副乡长就对薛梅说："你起来，先回去吧！回去好好想想，你记着，不说肯定过不去。"

薛梅目光呆滞，一声没吭，起身就走了。

秦主任望着薛梅远去的背影，说："朱乡长，不会出事吧？"朱副乡长往外面的夜色中看了一眼，轻轻地哼了一声。

第二天早晨，朱副乡长及时将夜里发生的事情向韩书记做了汇报。随后，韩书记又分别同相关的人员谈了话。他叫我过去时，黑着脸，但没问我别的，他说："小卢你的记录呢？"我说："在这儿，我带着呢！"他说："好了给我吧！"我就把记录递到了韩书记的手上，他看也没看，打开办公桌下的一只抽屉，塞进去，又咔嚓一下给锁上了。然后嘱咐我说："小卢，在外面不要提起这事儿，跟任何人都不要提，这件事由我来处理。"我说："您放心，我和谁都不说。"

可是，我虽然没说，这件事还是很快在机关里悄悄地传开了，并被冠以"广播室事件"的名字，而且添油加醋，生出来了许多生动撩情的细节。

那以后没多久，在我们机关内部人员一次小范围聚餐时，韩书记就宣布戒酒了。

接着，高晓松高副书记就离开了我们红枫乡。他去了哪里，只有韩书记一个人知道，但肯定不是组织调动。又过了半个多月，薛梅也离开了，听说她又回到了村里，转正的事完全泡汤了。不久之后她便同邻村的一个小伙子结了婚。

让我感到不解的是，朱振友副乡长并没有当上乡长，县里又从其他乡给我们调来了一名乡长。而且，我也没听说对高晓松副书记做怎样的组织处理。秦主任说："高副书记呵，多亏遇到了韩书记，要不然，他这辈子就别想再抬起头来了。"

一年多以后，我到韩书记的办公室去报告事情。完了，韩书记从抽屉里拿出来几页信纸，递到了我的手上，说："给你吧，你做的记录，你看看，当事人的签字都没有，起什么作用呵？拿回去撕了吧！"我就把那些记录拿回来，撕碎丢进了纸篓。

这个曾经轰动我们机关的事件，也似乎就此画上了句号。

毛驴访

在乡机关工作过的人，谁没接待过上访呢！

我在红枫乡时，村里来上访的百姓还并不多，偶有来访的，也都是一些鸡毛蒜皮的事，很容易地就解决了。

然而虎峪村有那么一位，却是个例外，他三五天就来一次，每次来时，都骑着一头毛驴。到了机关门前，他从驴背上溜下来，把驴拴到大门外那棵红枫树上，然后一瘸一拐地往里走，嘴巴里还念念有词："你们当官的住大院住好房，吃香的喝辣的，还有人给钱，有我靳五长在，我偏不让你们消停。"

那会儿，乡里没有专门的信访部门，也没有专门接待上访的人员，负责这种上访接待的是办公室的秦鸣河主任。每次这位上访者一来，总有人先向秦主任通报："老秦，秦主任，毛驴访来啦！"

因为他每次都骑着毛驴来上访，时间长了，大家便喊他"毛驴访"了。

秦主任听到了通报，心里就会一紧，不为别的，他不愿意跟这位"毛驴访"白白地耗费时间。这人的基本情况，秦主任早都背熟了。虎峪村靳五长，六十多岁，有个女儿，远嫁到了外地，现在是独自一人在村里生活。不过身体还算硬朗，只是年轻时打架，左腿被人打瘸了。

至于他上访的事情，严格地说没有一件能成为问题。一些东拉西扯的事情，好多跟他都不沾边儿。但是秦主任还是要耐心地接待他。耐心到了极限，秦主任也会劈头盖脸地对他吼上一通。这时，靳五长会立刻变得温顺一些，他说："领导你看都这点儿了，就让我吃了饭再走呗！"秦主任就会去食堂，扎来两个馒头给他。待他吃完了，果真就拉上毛驴走了。

可是过不了几天，靳五长又牵着毛驴来了。连着几次下来，秦主任被搞得头昏脑涨，不但牵扯了精力，还占用了大量的时间。

有时候韩梦歧乡长问他要办的事情，他一拍脑门儿，说："唉哟，对不起了乡长，我这就去办，这就去办。"有时候韩乡长到办公室来找人，同事说秦主任去接待"毛驴访"了。韩乡长听了，一皱眉，说："我这儿有事儿找他呢。"但也只好转身先走了。

这样的事情遇到过三次，韩乡长便把秦主任和我叫到了他的办公室。他说："这样不成呵秦主任，你的岗位在办公室，主要的职责是为领导服务，关键的时候我们总找不到你，这怎么行呢？你说说吧，'毛驴访'是怎么回事？"

秦主任就把靳五长上访的事一件件地向韩乡长做了汇报。

韩乡长说："这个靳五长我也碰到过两次，他拉着我说，说起来没完。可能还不知道我是乡长，所以才没跟我死磨硬泡，但是秦主任——"

秦主任答应一声，说："乡长您说吧，我听着呢！"

韩乡长说："总这样下去也不行呵老秦，你这办公室主任要是不在岗，我们这整个机关都不转了，不行呵！"

秦主任听出来韩乡长有些虚张声势的意思，但也确是事实，他无奈地低下了头。

韩乡长说："老秦我知道你也很累。这样吧，最近一段时间，我让小卢跟着你处理这件事情，集中时间和精力，找他本人，再找一找靳永来他们几个村干部，把情况摸清，一次性解决了，该是我们的责任，我们承担，不要推，总之就一点，别让他再到机关来，怎么样呵？"

秦主任抬头看了一眼韩乡长，说："我尽力吧！"

韩乡长说："不是尽力，是必须。老秦、小卢你们看看，每天门口拴一头毛驴，人家知道的说我们是乡政府机关，不知道的还以为我们这里是大车店呢！这样不行，你们去办吧！"

我和秦主任异口同声，就把这件事情应承了下来。

但那之后一连几天，秦主任在忙着安排一个全乡的生产会议，一直没时间。

这天早晨，我就听院子里有人喊："秦主任，'毛驴访'来啦，快出来接访吧！"

我巡着声音跑出来，正看见那个靳五长把毛驴拴在了一棵枫树上，然后一瘸一拐地往机关里走，嘴巴里嘟囔着："我叫你们消停，门儿也没有，你们吃香的喝辣的，还捞钱，你们拿两个馒头糊弄我，不给我个说法，我今天还不走了。"

我先到了办公室，跟秦主任说："真的又来了，秦主任要不你先躲一躲吧！"

秦主任黑着脸，说："我躲了他去找乡长，不是更麻烦嘛，算啦让他进来吧！"就一动不动地在椅子里坐着。

虚掩着的门被哐当一声推开了，靳五长侧着身子撞进来，侧侧歪歪地站到了秦主任的面前。他的头发脏得打了卷，刀瘦的长脸上，两只小眼闪着狡谲的光，浸透了油泥的衣服散发着一种糊腥味儿，让我禁不住往后连退了两步。

秦主任皱了一下眉头，说："不是跟你说过了嘛，我这几天有事儿，忙不开，过两天我就到你们村里去，专门解决你的问题。"

靳五长把脖子梗了梗，一只手在空中挥舞着，说："你有事儿，我们老百姓这事儿就不叫事儿呵？我问问你们，这一拖再拖，你们准备给我拖到什么时候去？你们倒是给我说说，你们还国家干部呢？当官不为民做主，不如回家种红薯。"

秦主任的脸色一阵红一阵白。

我往前跨了一步，我说："主任不是跟你说了嘛，我们很快就去村里，解决你的问题。"

靳五长又把黑瘦的大手一挥，一股糊腥味儿忽地飘了过来。他说："你靠边站吧，你是谁呵，我不认识你，我只跟当官的说话。"一边说，一边高一下低一下地拐动着双腿，脸上飘过了一丝得意。

我来红枫乡以后，还没有遇到过这样的百姓，也没遇到过这样的事情，真的不知道该如何应对了。

这时，秦主任"啪"地一拍桌子，挺身站立起来，随即大喊了一声："靳五长！"

靳五长激灵一下，眼睛里得意的光亮忽地变得昏暗了。

秦主任涨红着脸，说："我跟你说靳五长，道理我跟你讲了，事情要一点点去解决。你今天如果非要就地剜坑，我就让魏所长来请你，请你到派出所去说。"说着，秦主任立刻抄起了电话。

靳五长见状，嘻嘻地笑一下，说："领导领导，你打吧，不就是那个魏阎王嘛，我又没犯法，我还怕他不成？你打吧，我正愁没地方去吃饭呢！你打吧！"

秦主任举着电话，停滞在了半空中。他知道，这靳五长到派出所里用餐也不是一次两次了，但又一想，我也不能叫他唬住呵，于是毅然地拨起了电话。

靳五长见状，三步并作两步地奔过去，将一只黑瘦的大手按在了电话机上，神情紧张地说："领导领导，你还真拨呵，好商量，你有事儿，我先回去不就结了嘛。"靳五长心里明白，见了魏阎王，绝不是吃几顿饭那么简单，最好还是不去。

秦主任见状，正色地说："既然这样，那你就先回去吧！等忙过了这阵儿，我到村里去。"

"唉！"靳五长答应一声，转过身去，高一脚低一脚地出了屋门。

秦主任长出一口气。

谁知，门又吱的一声开了，靳五长那张又脏又瘦的长脸再次从门缝处探了进来。他说："领导领导，说好了哪天去，你让永来书记跟我说一声，我好在家里等你。"

秦主任冲着靳五长摆了摆手，说："行啦行啦，这事我知道，你先走吧！"

靳五长缩回头去，悄悄地把门掩上了。

秦主任坐在椅子上，半天没有吭声。我叫了声秦主任，他才慢慢地抬起头来。秦主任说："看来我们真得再去一趟虎峪了。"

几天以后，我便跟随着秦主任去了虎峪村。

但是，我们这次没有见到靳五长，只见到了靳永来书记。靳书记说："靳五长他出去几天了，只有毛驴在院子里拴着。按照您秦主任的吩咐，我也找过他的闺女，但是不管用，他是茅坑的石头，又臭又硬。"

这一次，我们又是无功而返了。

然而很长一段时间，靳五长却没有再来，我以为他从此就不再来了，连秦主任也感到了几分意外。

可是，有一天早晨，靳五长又骑着毛驴来了。

他依旧把毛驴拴在门外的枫树上，侧侧歪歪地往里走，径直地就奔了秦主任的办公室，一屁股坐在了秦主任的位子上，嘴巴里还念念有词："人民的政府，人民坐，你们吃香的喝辣的，哼，看你们把我怎么着？"

秦主任闻声赶来，推开门时就皱了一下眉，他说："靳五长，

不是让你等一等嘛，你怎么又来了？"

秦五长扭头看秦主任一眼，嘴里"哼"一声，又把头扭了过去。

秦主任苦笑一下，说："小卢你先在这里待会儿，韩书记找我有事呢!"我答应一声，他就逃也似的走了。

我拉了一把椅子，坐到了旁边，一边看着报纸，一边看着靳五长。

这时的靳五长，就像占领了空无一人的地方，扬着头，得意而张狂。他不跟我说话，但嘴巴里还是念念有词。一会儿坐到椅子上，用拳头捶打眼前的办公桌。一会儿又站起身来，在屋子里侧侧歪歪地走，走到窗子前，推开，伸出头去，东瞧一眼，西瞧一眼。完了，缩回头来，嘭地一下带上窗子，依然在屋子里侧侧歪歪地走。

大概是他知道到了中午吃饭的时候，抑或是他的肚子真的饿了，靳五长也不跟我打招呼，抬脚踢开屋门，愤愤地喘着气，侧侧歪歪地往后边的机关食堂走去。

那个时候，已经有人打了饭从食堂里出来了。靳五长侧着身撞进去，如入无人之境一般，径直地到了打饭的窗口。然后他把一只黑手往里一伸，眼睛往上翻了翻，嘴里说："馒头!"

这个时候，在窗口里打饭的是大师傅马力勇。他看见了靳五长伸进来的黑手，先是愣了一下，随后就用筷子扎起一个馒头，给靳五长递了出来。

靳五长抓过了馒头，又往里边望了望，说："要两个!"

马力勇不吭声，两只眼睛刀子一样地瞪视着靳五长。靳五长抬头看见了，像老鼠见了猫一样，大气没出一口，蔫蔫地躲到一边去了。

没过两分钟，马力勇从厨间里走出来，他用手指了指靳五长，说："你跟我来，我这儿还有好吃的呢！"

靳五长举着刚刚吃了两口的馒头，眼睛里飘过一丝惊喜，真的就跟着马力勇往外走去。

马力勇带着靳五长进了旁边的一间宿舍，把门嘭地关上了。约有十几分钟，马力勇若无其事地从宿舍里走了出来，走回了食堂里边的窗口。靳五长跟随着出来，灰头土脸地低着头，悄没声地走出我们的机关大院，然后拉上他那头毛驴离开了。

那之后有半年多的时间，我们机关门前的枫树下再没出现过毛驴的影子，也再没听见过毛驴的嚎叫。

这期间，韩乡长已经成为韩书记了。

有一天，马力勇在院子里碰见了秦主任，说："主任您得请客呵。"秦主任说："我为什么要请客呢？"马力勇说："这些日子您没感到清静吗？我帮了您一个大忙，您真的不知道？"

秦主任是个实在人，听说人家帮了忙自己还不知道，立刻感到了几分汗颜，嘴里嗫嗫着："这怎么会呢？"

马力勇说："主任您是领导，我可不敢跟您开玩笑。实话跟您说吧，那个'毛驴访'，我帮您解决啦。从这儿往后，我保证，他再不敢踏进咱这机关大院了。"

秦主任猛醒一下，说："还真是呵！确实有些日子没来了，好吧，只要他今后不再来，我连请你三天，怎么样？"

马力勇说："不用，主任，一顿，痛痛快快地喝一顿就行。"

可是还没过一个礼拜，那"毛驴访"又来了，又侧侧歪歪地进了秦主任的办公室。而且，这次他还学得乖巧起来，见了生人都是一副提防的神态。除了秦主任的办公室，别的地方，一概不去。

马力勇先在院子里撞见了秦主任，说："主任我栽了，明天开始，我连请您三天。"

秦主任摇了摇头，什么话也没说，苦着一张脸，急匆匆地往自己的办公室走。

我从他旁边经过，跟他打招呼，他似乎什么都没听见。

这会儿，韩书记正好从一间屋子里出来，手里端着个杯子，他望见了秦主任心事重重的样子，立刻冲我招了招手。

我到了近前，韩书记问："怎么了？什么情况呵？"

我说那个"毛驴访"又来了，估计秦主任的头又得大了。

韩书记皱了一下眉，说："老秦呵老秦，打蛇打七寸，对付这样的村民，你得有办法，这种事不能总让我教呵！怎么能让他天天追着跑呢？这样小卢——"他扬了扬没有端着杯子的手，示意我再靠近一点，然后他几乎伏到了我的耳边，小声地告诉了我一件事情。

我听了，半信半疑地问："这能行吗？"

韩书记说："你听我的吧，没错儿。"说完，他的目光里飘过一丝得意，然后就扭动着略显肥胖的身躯，若无其事地回自己的办公室去了。

我往四下里看看，这时大院里没有人，秦主任办公室的门也紧闭着。我往机关院外走，脚步比以往任何时候都更加轻盈，似乎一眨眼就到了门外的枫树下。

那头毛驴见我到了跟前，捣动四蹄，扬起头，扑啦啦地甩了甩两只长耳朵，那意思好像要与我进行交流。

我可没那份闲心。再往四下里看看，大院里还是安安静静的，没有一个人走动，而我的心却突突地跳起来，仿佛做贼一般。我从树上解下拴着驴的绳子，拉起毛驴，绕过我们的机关大院，快步地往山后走。毛驴打着响鼻儿，哒哒哒地跟着我。

翻过机关后面的一道山梁，再下去是一条沟谷，中间有一小块平地，地上长满了草。虽说已经黄了，但驴吃肯定没有问题。

我拉着毛驴下去，迅速地把它拴在了草地旁边一棵碗口粗的枫树上。

回到机关时，我的心还怦怦地跳着。可看看秦主任的办公室，屋门依然紧闭着，显然靳五长还没有离开，这时我的心才稍稍平静了。但没过多久，大院外面就传来了靳五长的骂声，高一阵儿，低一阵儿，直到那声音渐渐远去……

从那以后，我们机关里的常客，这位"毛驴访"，就再也不来了。

后　记

我在红枫乡工作到第六个年头的时候，有一天，韩书记把我叫到了他的办公室，他说："小卢今后有什么打算呵？"我说："没有。"韩书记说："跟我说实话。"我便闷了头，不再言语了。韩书记说："你瞧瞧，有就是有，还是我替你说吧！"他说："林业局的白局长想找个本科生，还要有点实践经验，我就推荐了你。人往高处走，水往低处流，你也来咱红枫乡五六年了，总不能在这里待一辈子，走吧，明天你就去报到。"

就这样，我离开了红枫乡。

临走时，秦鸣河主任把我送到了长途车站，还把一瓶酒塞进了我的包里。他说："韩书记个人给你的，他不喝酒了，让我拿给你，地道的红枫酒，什么时候想咱红枫乡了，就回来走一走。"

那时候，我的喉头哽咽了，举目往四周看去，满山的枫叶正红，红得如一团团燃烧的火。

一年多以后，韩梦歧书记从红枫乡调走，做了民政局的局长。秦鸣河主任随后也跟着他到了民政局，还是办公室主任。

再后来，于水青站长调到了农业局。还有一些我熟悉的人也

都陆续离开了红枫乡。那座机关大院还在，满山的枫树还在，但大院里面的脸孔已经完全改变了模样。

我当上我们林远县林业局的局长之后，睡梦里总是梦见红枫乡，梦见满山的枫树，梦见弯弯曲曲的山道。

于是，我就想约几个熟人，一起坐一坐，喝一杯我一直珍藏着的红枫酒。电话打过之后，秦鸣河主任，于水青站长，包括吴得才和马力勇，几位都到了，唯一没有到场的就是韩梦歧书记。秦鸣河主任说，韩书记一退休，就很少再参加这样的活动，至于他在忙些什么，就更没有人知道了。

那会儿，我的心里空落落的……

（2017 年 2 月 26 日完稿；2017 年 9 月 15 日修改）

奶奶的后花园

一

我八岁那年，学校放暑假。因为爸妈要上班，没人照看我，我便被爸妈送到乡下的奶奶家来了。

奶奶家偌大的一个院子，只有奶奶一个人居住着，显得空荡荡的。在我的记忆里，那是我第一次和奶奶长时间地相处。

那时候我爷爷早已经过世了。

我爸爸他们弟兄三个，姊妹三个，一共六个，都是我奶奶一把屎一把尿拉扯大的。

到了我们这辈，堂兄堂姐表兄表妹十多个，奶奶一个都不看了，她跟爸妈他们说："我把你们几个拉扯大还不够受呵，谁的孩子谁养，不管，一个也不管了！"

这次我跟着爸妈走进奶奶的院子，总感觉有几分陌生，心里还莫名地有一丝惶恐。

奶奶生得瘦高，背微驼，脸上的皮肉松弛，眼角儿下垂，显得很苍老。她手里托着一杆长烟袋，玉石的烟嘴儿含在少牙的嘴巴里，吧嗒一口，吧嗒一口，总是那样不紧不慢地抽。

听我妈妈说，做母亲的疼孩子，那是天性，有几个疼几个。

可是我从奶奶的脸上一点也看不出来。我爸爸还是她的老儿子，按理说十分上面还应该加一分，应该更加地疼爱。可是，看看奶奶脸上那表情，就像冻肉刚刚化开，比几分钟前稍稍软和了一点。

我爸爸说："妈，我们回来了。"奶奶抬头看我们一眼，浑浊的目光里没有一点的兴奋，她说："锅里有剩饭，要饿你们就先吃一点。"然后又瞟我一眼，说，"这妞子长高了呵!"我叫了声"奶奶"，她"嗯"了一声。爸爸坐下来跟她说话，她依然安安静静地听，偶尔才插上一句话，但她的眼神里慢慢地透出来一种平和。

将近晚上的时候，我妈妈在外面转呵转，要忙着做晚饭。奶奶说："你找不着茬口儿，歇着吧，一会儿我就做了。"然后她就拎着烟袋，出了院子，到外面街上去了。

工夫不大，奶奶提着个袋子回来了，买了青菜，还买了熟食，脸上依然没有任何的表情，她说村里的小卖部，就有这些了。

吃饭的时候，爸爸打开了一瓶特意给奶奶买来的酒——剑南春。奶奶看一眼，说："净乱花钱，我这一口酒，你也知道，买瓶二锅头就挺好。"爸爸嘿嘿一笑。奶奶就端起酒杯，轻轻地抿了一口，放下酒杯，她对我说："我这都是你爷爷惯的，小孩子家，可不兴学这个。"

吃过了饭，妈妈要去收拾碗筷，奶奶又说："你找不到茬口儿，歇着吧，明儿早晨起来我就收拾了。"

她不去收拾碗筷，却一件一件地往外抱被子，放到了她的大炕上，一边跟我爸妈说："你们要是吱一声，说今儿个回来，我就把被子给你们晒晒了。"

我爸爸说："也是临时的想法，妞儿放暑假，中午饭没着落，只能先跟您这儿住些天了。"

奶奶看着我，虎着脸说："你可要听话，看见没有，"她扬了扬手里攥着的烟袋,"我可不像你爸爸妈妈,顶在头上怕吓着,含在嘴里怕化了,你要是不听话,我可就用这个敲你了。"

我爸爸说:"您放心吧,比您那几个孙子好多着呢!"

奶奶瞪我爸爸一眼,说:"就你,就你就是个护犊子!"

然后,奶奶就爬上炕去,躺下了。她一边调整着姿势,一边跟我爸妈说:"上岁数了,熬不了夜,到这个点我就得躺,没事儿,你们看电视吧!"

二

第二天一大早,爸妈就留下我,赶回城里去上班了。

我跟着奶奶,把爸妈送到了门前的大路上。往回走时,奶奶一把抓住了我的手腕儿,一口气把我拉回到了屋里,看她那神情,好像怕我跑了一样。坐到炕沿儿上,她依旧挥舞着烟袋,把昨天呵斥的话又重复了一遍。她说:"你都看见了,出门就是车,可不许乱跑,就在这院子里玩儿,知道吗?"

我顺从地点了点头。奶奶的语气就缓和了一些,说:"七岁看小,八岁看老,妞儿八岁了,应该懂事了,你给奶奶看家,我去给你买烧饼。"说完她就带上门走了。

奶奶回来时,看见我还在原处一动不动地坐着。她伸手摸了一下我的头,说:"没事,没事就吃饭吧。"同时把两个烧饼摊在了我眼前。

我拿起个烧饼塞进嘴里,香喷喷的,咬两口,却又干又难下咽,于是把烧饼放到柜子上。

奶奶看见了,说:"不吃就是不饿,你爸爸他们小的时候,别说烧饼,连窝头都吃不上,能按顿吃上个菜团子,那就是好的了。"说完了,她不再理我,一会儿干点这个,一会儿干点那个,好像总有干不完的事情。

　　我因为听了她的训导，又摸不到她的脾气，只好就那样老老实实地待着。时间稍长，奶奶似乎想起了什么，她打开电视，对我说："妞儿呵，你在家看电视，我去串个门儿，一会儿就回来，记住，不许乱跑，更不许到马路上去，你也瞧见了，马路上的车都不长眼睛，记住啦？"我说："记住了。"她就带上门走了。

　　有了电视，我就像有了一大堆的伙伴儿，什么都不想了，整天扎在电视里，一个台一个台地选，看了这个看那个。

　　过了三四天，我忽然觉得腻烦了，想我妈妈了，就关了电视，跑到了院子里。四处看看，奶奶不在，她又去串门儿了。我想到街上去，拉一拉街门，门被奶奶从外面锁上了。

　　怎么办呢？我在奶奶的院子里转呵转呵，这儿瞧瞧那儿看看，又踩着一个破篓子，扒着墙头儿往外面看。外面的马路上，一会儿跑过去一辆汽车，一会儿跑过去一辆汽车，我的心都跟着飞了。

　　可是奶奶不回来，我爬不出去。

　　汽车看腻了，我从篓子上滑下来，找了根棍子，在地上画出一道道的格子，在格子里面蹦呵跳呵。又累了，奶奶还没有回来。

　　我拖着鞋底，一下一下，把画在地上的格子抹掉了。

　　抬头看看天空，一朵朵的白云，像一群绵羊，从远处飘飘地走过来，把一片片的阴影投射在奶奶的院子里。我追着阴影走，一头撞到了墙上。顺着墙再往前，我的眼前一亮。在奶奶房屋的侧面，墙上有一道篱笆门，严严实实地关着，不到近前看，我还以为是立在墙边的柴禾呢！

　　篱笆门的后面是个什么地方呢？

三

　　奶奶家篱笆门的后面应该还是一处院子。

　　我爸爸跟我妈妈聊天时，我好像听他说过，说爷爷盖这处老房子时，地基的面积大，如果房子靠后边盖，前边就会有人再来盖房子。爷爷把房子盖在了中间，前后的院子就都归我们家使用了。

我站在篱笆门前时，想起了爸爸说过的话，于是我就断定，篱笆门的后边，一定是爸爸说过的那个后院。

可是，我怎么进去呢？

篱笆门没有锁，但篱笆门很重，需要一边搬一边推，然后才能打开。我没有那么大力气，推一下，篱笆门只是晃了晃，闪出来的一点缝隙根本钻不进去。

奶奶还没有回来。

我在前边的院子里转呵转，好半天也想不出打开篱笆门的办法。那看不见的后院，好像有磁石一样吸引着我。

忽然，我想起了电视动画片中的一幕，一个大力神娃娃，用铁棍撬开了妖怪的石门。我在院子里转呵转，找到了一根奶奶用过的烧火棍。我攥着烧火棍，把篱笆门撬开了一道缝，然后用力地挤了进去。

呀！这是什么地方？好漂亮呵！

当我挤进篱笆门，抬起头时，我被眼前的景色惊呆了。

满园的鲜花，热烈地开放着，有红的白的紫的粉的，有大朵的有小朵的，有高的有矮的，还有不高不矮的。可是，这些花呵，我一样也叫不上名字来。

我蹲下身，把脸凑到一朵花前。然后眯上眼，一下一下地吸吮着花香。那花香就顺着我的嘴巴流进了我的身体，慢慢地，我感觉那花香又从我的皮肤里流了出来。我浑身透出来一股香气。

我看完了这朵，又去看那朵，用嘴巴亲，用手去摸。有那么一会儿，我的心里忽然有了一种冲动，我好想把这所有的花都掐下来，弄回到我的屋子里去。可是又一想，不行呵，花掐下来，

很快就会变蔫，就不再好看了。

我在这园子里转呵转，不知不觉，太阳已经落山了，也不知道奶奶回来了没有。

我恋恋不舍地走向篱笆门，准备离开了。

可是，我却打不开篱笆门了。奶奶的那根烧火棍，被我丢在了院子里。我在园子里走一圈，又走一圈，一根草棍儿都没有找到。我感到了恐惧，冲外面叫了声奶奶，又叫了一声。没有听到奶奶的回声。

我哇的一声哭了，一边用力地摇晃着篱笆门。

过了好一会儿，我听到了脚步声由远及近地向我这边走来。

篱笆门被挪开了，我看到了一脸怒气的奶奶。我立刻擦了把眼泪，乖乖地站立着。

奶奶走进来，一把抓住了我的一只胳膊，用另一只手在我的脑门儿上点了点。她说："你这孩子你这孩子，我在街上找你三圈儿了，连个影子都没找到。你说说，这小门关得好好的，你是怎么进来的？啊？你真是要把我气死了！"

奶奶拉着我往外走，走到了正屋里。她坐在了炕沿儿上，让我在她面前直直地站立着，然后继续训斥我。她说："妞儿呵妞儿呵！七岁看小八岁看老，你都八岁了，这点事你该知道呵！那后边的园子是你去的地方吗？别说你呵，你爸爸他们我都没让进去过——倒也是，他们也不稀罕我那些玩意儿。我可跟你说，你再到处乱跑，我就叫你爸爸把你接回去，我可不管你了。记住啦？"

我说："记住了，奶奶。"

奶奶使劲地瞪我一眼，长长地喘了口气："唉——"

随后，她装了袋烟，点燃了，吧嗒吧嗒地抽，一边说："我快让你给累死了，你这丫头，不做饭了，你看看，有什么吃的，自个儿凑合着吃点吧。"

四

从那以后，奶奶很少长时间把我一个人放在家里了。她出去串门带着我，去小卖部买菜也带着我。但我对那样的事情一点都不感兴趣。一伙老太太，有时候也有老头，在一块儿说啊说啊，但他们说的什么我一点也听不懂，只好一个人在一旁玩。还有去小卖部，奶奶也不问我吃什么，买了就走。如果在半路上碰到了熟人，好了，回家的时间没准是什么时候了。

所以呵，我不喜欢跟着奶奶到街上去。

我最喜欢的是跟着奶奶到后边的园子里去。因为里面开满了鲜花，我便叫它后花园了。那是奶奶的后花园。

奶奶最喜欢的事情，也是到后边的花园去侍弄那些鲜花。有时候她早晨去，有时候她傍晚去。

她早晨去的时候，我还在睡觉，所以几次都错过了。当我站在院子里时，那篱笆门已经严严实实地关闭了，奶奶正在忙着准备早饭。

这时候奶奶脸上的神情特别愉悦，跟我说话的语气也和蔼。因而我就知道，奶奶刚从她的花园里出来。

傍晚的时候，奶奶到后边的花园里去，按她本来的想法，也不叫我进去。她进去的时候，总是把篱笆门带上，严严实实的，搬也搬不开。我在外面喊奶奶，她在里面吱一声，却并不来开门。

但有一次，奶奶没有把门关严，还留下了一道缝。我就沿着缝隙，挤开篱笆门钻了进去。

那时候，奶奶正忙呢！我一边看花，一边看着奶奶。她一会儿帮这株花拔棵草，一会儿又把那株花往起直一直。她干每一件活计时，都是慢慢腾腾小心翼翼，不知道她是怕碰坏了花，还是在一边干活，一边看花。

过了好半天，奶奶也没有发现我。当然了，听爸爸说，奶奶的耳朵已经不好使了。这可能也是她没有立刻发现我的原因。

我正在暗暗庆幸，奶奶一转身，还是看到了我。她直起身，虎着脸对我说："你这丫头，谁让你进来的，啊？"我不言语。她过来提起我的一只胳膊，说："走吧，到外面的院子里玩去，啊！"

我不走，打着坠儿蹲到了地上，眼泪儿几乎要下来了。

奶奶看我一眼，到底还是先让了步。她松开手，依然虎着脸对我说："我可跟你说，你在这里边也行，只准看不准碰，记住了吗？"

我含着泪点了点头。

奶奶哼一声，半信半疑。她说："反正话我跟你说前头了，你要是不听，以后我就再也不让你进来，记住啦？"我"嗯"了一声。奶奶这才又去继续干她的活计了。

五

奶奶的后花园对我开放了。

奶奶再进园子去侍弄那些花儿时，也不再把篱笆门关闭了。

这时候我就像她的影子一样，她刚进了门，我也就跟着飞进了花园，有时甚至比她还快上一步。

这时候，奶奶的神情显得特别紧张，她说："妞儿啊，小姑奶奶，你可给我慢着点，不许跑，你听见啦？"

我在一株花前蹲下来，安安静静地看。奶奶这才松一口气，去忙她的活计了，但她的目光总是时不时地向我这边扫过来。

奶奶的花园不大，用她自己的话说，不足二分地。二分地多大？我没有概念。但我知道，在奶奶这不足二分地的花园里，我无处藏身。我想离开她的视线，根本做不到。

我才一低下头，奶奶立刻就问："妞儿呵你干什么呢？"我说："一棵草，这儿有一棵草，奶奶。"奶奶说："不用你。"她一边说一边奔过来，把我手里举着的一棵草掠过去，认真地审看着，确认是草了，这才丢在了地上。她说："我不是跟你说了嘛，不让你动，你看着这是草，兴许还是一棵刚出来的花呢！两个东西差不多，要是薅错了，你说怎么办？"

我不知道，薅了一棵草，还会招来一顿呵斥。有那么一会儿，我想立刻离开奶奶，离得越远越好。

可是，奶奶的花园实在是太漂亮了，我挣脱不了。我自己进去吧，又搬不开那篱笆门，还只好跟着奶奶一起进去。

其实，我也知道，那些花不能碰，一碰一折就会蔫，就不漂亮了。奶奶没有呵斥我的时候，我甚至比她还要小心。

可是，奶奶一呵斥，我的心里突然就放松了，继而痒痒的有了一种逆反的冲动。我再看那些花时，好像每一朵都是奶奶张着的嘴巴，在冲我絮絮叨叨地说着。于是我就想把它们揪下来，看它们还冲我说什么。

有了这种想法，我的神情莫名其妙地紧张起来，越紧张那种想法就越强烈。再跟着奶奶到花园里去，不是奶奶盯着我，而是我开始盯着她了。我要趁她不注意的时候，掐下一朵花来。

这种机会很快就来了。

奶奶在稍远一点的地方弯下了腰，正在把一株花往一根棍子上绑，目光完全背离了我。于是，我迅疾地摘下了一朵喇叭状的红色的花，又蹲下身去，把花举到了眼前。我闻到了一股甜滋滋的花香，几乎让我沉醉了。

我闻呵闻呵，就把一切都忘记了。

奶奶来到我的身后时，我全然不知。

奶奶说："妞儿呵你干什么呢？"我一下子站起身，顺势把那朵花藏到了身后。但这一切早已被奶奶看在眼里了。

　　奶奶的脸色唰地沉了下来，眼睛里冒了火一样。她抬起手，啪地一巴掌打在了我的手背上。那朵花随之被打落到了地上。我哇的一声哭了。奶奶也不理会，抓住我的一只胳膊，拉起我就往园子外面走。

　　奶奶把我拉回到了屋子里，她坐在了炕沿儿上，手里挥舞着她那杆烟袋。我一边哭一边抹着眼泪。奶奶说："你还哭？你这丫头！你这丫头！你是胆子越来越大了，你还掐花了。我怎么跟你说的了？啊？只能看不能碰，我也看明白了，我要是不管你，再有两天，这园子里的花就该叫你掐光了。我弄不了你，你还是找你爸爸妈妈去吧！"

　　奶奶一提到了我的爸妈，我心里一阵委屈，"哇"的一声，调门儿更高了。

　　奶奶呼哧呼哧地喘着气，两眼瞪视着我，不再言语了。

　　我仍在一把一把地抹泪，哭声一点不减。

　　终于，奶奶叹了口气，说："行啦我的小姑奶奶，你还委屈了。我也看明白了，我管不了你，明天我就给你爸爸打电话，把你接走。"

　　我以为奶奶只是说说，没想到她真的去打了电话。第三天的时候，我爸妈就匆匆忙忙地赶来了。

　　奶奶见了我爸爸，说："你们家这小丫头儿，我可是管不了了，趁早儿，你们接回去吧！"

　　爸爸说："一个孩子，不就是一朵花嘛！您还真生气呵？"

　　奶奶说："就你就是个护犊子！一朵花？你说得轻巧，照她这样掐，一园子的花几天就光了。趁早儿，你们接回去吧！"

　　看看没有回旋的余地，爸妈只好把我接走了。

　　为了这事儿，妈妈还和爸爸生了气，当然主要是冲奶奶。妈妈说："不想给看（孩子）了就直说，一朵花，纯粹就是个借口。"

爸爸闷着头，一声不吭。

六

第二年的暑假，我没有去奶奶家。第三年也没有去。

慢慢地，奶奶的身形，奶奶的后花园，都在我的记忆中变得淡漠了。

但我还是想念奶奶，也想念奶奶的后花园。

我的年龄稍大，对身边的事情有了一些思考，我就又想起了奶奶和她的花园的事情。奶奶为什么要那样精心地侍候她的花园呢？我问爸爸，他说人上了岁数，没有别的嗜好，捣鼓捣鼓那些花，解闷儿，也算是个营生。我听了他的解释，似乎有一点道理，却又觉得理由不太充分。因为在我看来，那些花简直就是奶奶的命根子，绝不是随便捣鼓捣鼓那么简单。

然而若是还有其他的原因，我猜不出，就只有问奶奶了。

但自那个暑假之后，我就很少到奶奶家去了。一年里唯一一回去的一次是在春节。可春节的时候，我的伯父伯母堂兄堂姐们都回去了，一大家子的人，平日里也是很少见面，见了面之后说啊聊啊，唠叨起来没完。奶奶累了，就独自地去睡觉了。

一连几天都是这样。再加上那会儿正是冬季，后边的花园里光秃秃的。所以那个时候，关于花的问题，我一直也没有想起来。

这样的时光，一晃就是几年过去了。

这年春末夏初的时候，一个周末，爸爸忽然跟妈妈说，妞儿她奶奶住院了。我妈问："怎么回事呵？"我爸爸说："妞儿她大伯回去，看她奶奶神色不对，就给带医院来检查，结果还没完全出来，医生就让住院了，血压高，血糖也高。"

我妈妈说："那你还愣着干什么，快去看看吧！"

我在一旁听了，心悬起来老高。我说："你们先等等，我出去一会儿，等会儿我跟你们一起去。"

<h2 style="text-align:center">七</h2>

我提着一只花篮，跟在爸妈的身后，往医院里边走。

我妈扭头看我一眼，说："你这孩子，又不当吃又不当喝，你花好多钱买这个干什么？"

我没有言语。爸爸也没有言语。

进了病房，屋子里已经有很多人了。

那是一个三人间的病房，奶奶躺在最里边靠窗子的一张床上，闭着眼，显得更加苍老了。

伯伯和姑姑他们站在床的周围，见我们进来，忙往旁边闪了闪。

我爸爸问："怎么样呵？"大伯说："刚输完液，应该是睡着了。"

"我没睡呢！"奶奶听到我们的说话声，睁开了眼。

这个时候，奶奶看到了我抱在胸前的花篮，她的眼睛立刻变得明亮了。奶奶问："妞儿呵，这是你给奶奶买的？"我答应一声，又点了点头。奶奶说："这么多的花，要花多少钱呵？"我说："我用零花钱买的。"奶奶啧啧地感叹着，说："妞儿呵，你不该买呵，你把它们都掐下来，现在是好看呵，可过几天都蔫了，多可惜呵！"

我爸爸在一旁说："给您买了您就看呗，这叫插花，就是用来做花篮的，哪里像您养的那些花，碰也不让碰。"

奶奶听了，沉了一下脸，说："就你，你那可是亲闺女。"

然后，奶奶就不跟爸爸纠缠了。她撑了一下身子，想坐起来。大伯见了，立刻蹲下身，把床往起摇了摇。

奶奶顺势坐直了身子。她转过头，望着我放在了旁边柜子上的花篮，脸上的皱纹一点点舒展了。

奶奶问："妞儿呵，这叫个啥子花呢？"我说："叫百合。""这个呢？"我说："叫康乃馨，还有这个，叫满天星。"

奶奶听了，突然做了个怪脸儿，她啧啧地咂着嘴，说："听听，你们倒是城里人了，给这些花儿都起了些洋名字，哪儿像我那些花儿，不是白薯花儿就是棒子花，要不就是指甲草儿。"

没有人接她的话茬儿。

奶奶往花篮前凑了凑，瘪着嘴，深深地吸了口气。她说："妞儿呵，嗯，真香！"说完，她打了个哈欠，跟着冲大伯摆了摆手，说，"你们都走吧，我没事儿，走吧，我心里有谱儿。"

爸爸跟大伯说："奶奶肯定是累了，想静一静，我们走吧！"

于是，我们只留下了姑姑和奶奶做伴儿，其余的人一一地离开了。

这时，我的一只脚刚跨出病房的门槛儿，奶奶忽然在后面喊了我一声："妞儿呵！"我转回身去，叫了一声奶奶。奶奶说："妞儿你有空就过来，过来陪陪奶奶，啊？"

我诧异地看了一眼奶奶，随即答应一声，这才离开了奶奶的病房。

八

我还没有单独到医院里去陪奶奶，奶奶就出院了，是她自己吵着闹着要出院的。她说："我没事儿，我的身子我知道，又花钱又憋得慌，我老是在这地方干什么呵？你们快弄我出去，要不我就自己走了。"

大伯给她闹得没有办法，只好给她办了出院手续，然后接到大伯的家里去了。

奶奶在大伯的家里待了十几天，又闹着要走。我爸爸就跟我妈妈商量，说趁这个机会，让咱妈来家里住几天吧！我妈说："来就来呗！我又没说不让来。"

于是，奶奶就住到我们家来了。奶奶来的那天，刚进门工夫不大，她就跟我说："妞儿呵，奶奶跟你商量件事儿。"奶奶这样好的态度，让我很是吃惊。我说："什么事儿呵，您说吧！"奶奶说："奶奶跟你换间屋子，我住你这小屋，你去住后边的大屋，行吗？"我不解地看着奶奶。她就又解释说："奶奶岁数大了，腿脚不好，这眼神也不好，夜里起夜离这厕所近一点，不为别的。"我一听，就这事儿呵！我说："行！"我痛快地答应了。奶奶满意地笑了笑。

我爸爸当然全力支持，他很快地搬走了我的被子，又给奶奶铺好了一套新被子。

奶奶住下了，一连几天都没再提走的事。但我看得出，奶奶有点闷得慌。她不能出去串门了，因为楼房里家家户户的门都锁着。没有好看的电视的时候，她就那么兀自地坐着，有时候在客厅里的沙发上，有时候就在她睡觉的床上。她的目光望着窗外，透着一种安静与慈祥。那目光是我在乡下的老家的时候不曾看到过的。一个老人，才几年的时间，性情会有这么大的变化吗？我不知道，也说不清。

但是，我觉得该为奶奶做点什么。一天放学回家的路上，我又买了一束百合，插在花瓶里，小心翼翼地举到了奶奶的面前。

奶奶果然像个孩子似的笑了。她说："妞儿呵，你又给奶奶买这个花儿干什么？又花钱！"

我说："给您看呵！您高兴就好了，高兴了就不再想家了。"

奶奶瞪我一眼，说："你这孩子，这儿就是家，我还想什么家啊？！"

我说:"您不想乡下了?不想您那个后花园了?"

奶奶打了个愣,那个花园好像在她的眼里忽地闪现了一下。奶奶说:"你这丫头,就你知道奶奶,这辈子没有别的喜好,就爱摆弄个花儿。没出息的事情,你可别学奶奶。"

我说:"这是爱好,怎么是没出息呢?"

奶奶不言语了,得到了我的肯定,心里有了一种满足的感觉,目光里飘过了一丝欣慰。

这时,奶奶该是想起了什么事情吧?过了好半天,她自言自语似的跟我说:"要说你爷爷,那驴脾气,我这辈子跟他没少遭罪,唉!可就这一样好,我爱鼓捣花儿吧,他不反对,还把房子后边的二分地都给了我,菜也不种了,让我种花儿。"说到这儿,奶奶"扑哧"笑了一下,笑得我没有一点的心理准备。

我说:"奶奶,您小时候就喜欢花儿吗?"

奶奶说:"那还咋的,有几个女人不喜欢花儿的?跟你爷爷搞对象那会儿,他问我要什么。我说要花儿。那时候不像现在,街上有卖花儿的,那时候没有,又不是春天,到哪儿去找花儿呵?我也是要得稀罕。你爷爷就说:'没有!'我说:'要是没有,咱俩就吹。'这下他可急眼了,他说:'一枝花儿一捧花儿算什么,到时候我送你一个花园。'我就这样给他骗到了手。说心里话,那时候我也没太当真,他有这样的心思,我就知足了。可是谁承想呢,家里盖房的时候,他还真在后边留出来二分地,给我当花园了。你爷爷那驴脾气,我这辈子跟他没少遭罪。可就这一样好,说给我一个花园,还真就给了。就这一样好!"

奶奶絮絮叨叨地说,我也插不上嘴。我就又捧着那束百合在她的眼前晃了晃。奶奶说:"你这丫头!嗯,真香!这叫什么花儿来着?"我说:"叫百合。"奶奶说:"百合——你瞧我这记性。"我说:"就是百年和好的意思。"她说:"你甭说了,这下我记

161

住了。"

奶奶不让我说了，她也不说了，她浑浊的眼里似乎闪过了一片泪花。

九

奶奶在我们家里住了一个多月，她说还要到二伯家里去住几天。爸爸拗不过她，就给她送到二伯家里去了。

春节过后，天气刚一暖和，有一天，爸爸说奶奶不在二伯家了，又让二伯送回乡下老家去了。这次又是奶奶自己要回去的，谁也说服不了她。

爸爸说，回去就回去吧，保姆她又不要，我们常回去看看就是了。

果然，一到了周末，爸爸和妈妈就回老家去看奶奶了。有时候住一晚，有时候住两晚。回来的时候，我问奶奶的情况，爸爸说没什么的，还是老样了。

然而到了春末夏初的一天，爸爸他们才从奶奶家回来，他就跟我说："奶奶问你呢，说让妞儿下次一块儿回来。"

我说："奶奶想我啦？"我心里受宠若惊。我说："好好，下次我一定跟你们回去。"

再次踏进奶奶家的院子的时候，进门我就闻到了一股花香。不用说，奶奶的后花园里肯定又开满鲜花了。搬开篱笆门（现在可以搬动了）往里看看，果然如此。那些高高矮矮姹紫嫣红的花呵，正在争奇斗艳。

可是奶奶不在园子里，她在屋子里的炕上躺着。

我问奶奶："您不舒服啦？"奶奶说："没有，我好着呢，就是想躺着。"

然后，奶奶坐起来，又端起她的长烟袋，装烟，点燃了，吧嗒吧嗒地抽。她的眉宇间，并没有我想象中的她想见到我的那种兴奋。奶奶还和过去的时候一样淡然，但目光似乎有些迟钝了。

我跟奶奶说话，她就也跟我说话，脸色和语气那样地平和，以前好像从没有过。

到了晚上，奶奶忙着去做饭。她说："你们都待着，我不用你们。"可是她忙了近一个小时，一样菜还没做出来。我妈妈只好又去给她帮忙了。

吃过了晚饭，奶奶很早就躺下了。我还在看电视时，她已经打起了呼噜。

第二天早晨，我睡得正香，忽听妈妈在旁边唤我："妞儿呵快起来，看你奶奶给你拿什么来了。"

我一轱辘爬起来，忽地闻到了一股花香。然后就看见了奶奶，她抱着一大抱的花，高一脚低一脚地走了进来。

我匆忙下地，把花儿从奶奶的手里接过来。我说："奶奶您这是干什么呵？好好的花怎么都掐了呵？"

奶奶说："我不看了给妞儿看呵！怎么啦？你不说要做插花吗？这个不好啊？"

我说："好好，可是这样掐下来，几天不就蔫了吗？多可惜呵！"

奶奶说："不可惜，妞儿喜欢就不可惜，走的时候呵，你都带上。我知道妞儿也喜欢这些花儿。你都带上，啊？"

奶奶说完了，又转身出去了。工夫不大，她又掐来了一抱的花儿，又放到了旁边的桌子上。

我惶恐得不知如何是好。我说："奶奶，我不要了，我做插花也用不了这么多呵！您别掐了！"

奶奶说："不可惜，我知道妞儿喜欢这些花儿，走的时候呵，都带上，啊！"

　　我的心里又急又感激，慌忙出屋，跑向了奶奶的后花园。花园里最好的几株花都被奶奶掐了，光秃秃的花枝不知道在向我诉说着什么。我心里说："这还是那个揪一片草叶都要呵斥我一顿的奶奶吗？"

　　可是，奶奶似乎并没有感到什么，她没有去做早饭，她托着烟袋，吧嗒吧嗒地抽着，脸上似有一种淡然而又超脱的感觉。

　　我和爸妈离开奶奶家的时候，奶奶依然把我们送到了门前的大路上。然后她站在那里，不说话，远远地向我们招手。

　　一切都正常，没有什么异样。

　　然而还不到一个星期，一天下午，我放学刚进家门，爸妈都在屋子里站着，神情严肃。爸爸说："快走吧妞儿，回奶奶家去。"我说："怎么这么急呵？明天不行吗？"妈妈说："你奶奶不在了。"

　　我的头嗡地大了。严格地说我还没有完全明白妈妈话里的意思，只是有了一种不祥的感觉，就跟着爸爸钻进汽车，晕晕乎乎地往乡下的奶奶家走了。

　　奶奶真的不在了，她躺在一块门板上，身上穿着寿衣，脸上盖着块白布，手边放着她那杆大烟袋。

　　站在一旁的大伯眼睛红红的，他跟爸爸说："就等你们了，看一眼吧，看一眼就送走了。"

　　我说："不！你们等一等。"

　　说完了，我慌忙地跑向奶奶的后花园，掐了一抱的花，抱回来，恭恭敬敬地放在了奶奶的身边。

　　我说："也不知道奶奶还能不能闻到这些花香了。"说完，我哇的一声哭了。

　　周围的人跟着也哭了。妈妈上来抚摸着我的头。

　　大伯抹着眼泪，跟爸爸说："妞儿要不去掐这些花，我差点给忘了，前些时候我回来，咱妈跟我说，等她走的时候，给她带上一捧后边花园里的土。当时我还想，好好的说这个干什么，现在看来，她当时已经有预感了。你去给准备吧，回来带上就是了。"

爸爸答应一声，找了个袋子，进了奶奶的后花园。

我也跟着爸爸进去，在奶奶最喜欢的一株白薯花下，捧起来一捧土，又捧起来一捧土……

我想，奶奶闻到了这花园里的土香味儿，就肯定能看见她这后花园里满园盛开着的鲜花了。

（2017 年 9 月 1 日完稿）

太 阳 石

序

　　在我的老家金皮岭一带的山村里，几乎每家的院中都栽着一块漂亮的河光石，或青或白，或圆或方，一半埋藏在地下，一半凸兀在地上，那是男人们从河边挑选后背回家来，又小心地在院中栽下的，在没有钟表计时的年月里，妇女们就是根据阳光投下的周围房屋的影子距离这块石头的远近来掐算生火做饭的时间，来操持家务，从而使人们的生活有序地进行的，因而金皮岭人都称它为太阳石。它是金皮岭人心中的石头。

上篇

一

　　听父亲讲，我们家是从我爷爷的太爷那辈儿来到这金皮岭，定居在这大柳屯的，之前四代了，我们家一直是单传，直到我父亲他们这辈儿，我爷爷先后生下了大伯孙孝先、二伯孙孝勇和我父亲孙孝廉，另外还有两个姑姑，人丁一下子兴旺起来。

我的大姑儿在他们姐弟中排行最大，接下来是大伯和二伯，二伯的出生，第一次让我们家走出了单传的怪圈儿。那年，我爷爷特别高兴，认为是祖上积下了德，因而就在我们家位于牤牛山下的坟地里栽下了许许多多的松树，随后便又有了我的小姑儿，不过，我父亲却是奶奶生下小姑儿四年后才来到这个世界上的，用现在的话说，他是爷爷和奶奶计划外生育的孩子，他们本意并不想要这个孩子。

这些都是后来父亲告诉我的，当我跟随着父亲第一次走进位于金皮岭下的牤牛山，到那里祭祀我的先人时，那山上新栽的松树都已经郁郁葱葱了。

不过，这时我的爷爷也已经躺在那里的一丘土堆里了，而这时更让爷爷想不到的，正是他这个计划外生育的孩子才又使我们家的香火延续了下来。

这是后话，当时我的爷爷可是为他能有这样一排的儿女，为他能壮大我们孙家的门庭特别地自豪呢！

在他的这些儿女中，应该特别书写一笔的是我的二伯孙孝勇。

二伯高个子，长脸形，长相特像我的爷爷，但据说要比我的爷爷高出半头，尤其两道浓眉、略微凹陷的眼窝儿和高挺的鼻梁儿，更具有我们家族的特征，这从我们家至今还挂着的我爷爷的那张相片上一眼就能看出来。

在我们那一带的乡村里有这样一句俗话："大的疼，老的娇，挨打受气在当腰。"二伯因为排行居中，性格内向，从小就认为没有人会娇惯自己，所以凡事都要强，能吃苦，又特别有主见，同村里的伙伴儿们一起玩耍时，他从不随波逐流。

所以，当抗日的烽火燃遍我们金皮岭时，二伯似乎想也没想，就毅然站了出来。

二伯离开我们大柳屯的时候是一九四一年的秋天，那时日本人已经占领了我们的金平县城，闯进了我们大柳屯下边的雁鸣镇，村里的大人小孩儿每天都处在惊恐和荒乱中。

那天夜里，村子里响起了一阵杂乱的脚步声，爷爷和奶奶都以为是日本人来了，吓得一阵阵心慌。第二天早晨爬起来一看，村中的大柳树下果然挤满了荷枪实弹的士兵，然而却是八路军，是宋时轮将军的队伍。

就在我们家院子里的那块太阳石上，二伯给爷爷奶奶磕了头，叫了一声爸妈，说自古忠孝不能两全，您二老要多多保重，然后就跟上宋将军的队伍走了，往西一直翻过了高高的金皮岭。

这一年，二伯十九岁。

从那天开始，奶奶就在我们家的堂屋里供奉了菩萨，每天烧香，为二伯祈祷，可几个月过去了，一直没有二伯的消息。

一九四二年的秋天，日本人在下面的雁鸣镇建起了炮楼，随后又抓走了我们大柳屯村全部的男人，一共是一百二十一名，说是送到东北去做劳工，走到我们金平县城北边的辛王庄时，爷爷带着我父亲逃了回来，一起逃回来的还有另外的五个人，我大伯和其他的人从此就再没有音讯了。

转过年，又从西边传来了关于二伯的消息，说他们的队伍和日本鬼子遭遇了。在一个叫盘石山的地方，所有的人都牺牲了，连一名炊事员都没有剩下。

听到这个消息，我的爷爷一夜之间就变得苍老了，我的奶奶一连哭了三天三夜。

然而，我的二伯却没有死。

二

二伯的命运从那次的盘石山阻击战之后完全地改变了。

二伯本来可以成为一名烈士载入史册，从而很简单地走完他的人生之路的，可是他却没有死，他的肋部被子弹穿了个洞，流了很多的血，但是，他真的没有死。

和二伯一同参军的喜鹊洼的藏春喜死了，二伯揣好藏春喜身上一封没有写完的信和信里包着的三块银圆，然后就离开了那条躺满了死尸的山谷。

那会儿，春天的天空中飘洒着小雨，身后传来了一阵阵野狼的嚎叫。

接下来，就像电影里演的一样，在那渺无人烟的山里，二伯遇到了被他称作恩人的卢凤山。卢凤山一家四口人，他和他的媳妇，十六岁的大女儿卢萍，十二岁的小女儿卢英。

二伯是在昏迷中被卢凤山背回家里的。他和这一家人相处了一个多月时间，养好伤临走时，他流了泪，卢萍和卢英也流了泪，尤其卢萍泪眼中那依恋的目光，永远地留在了二伯年轻的记忆里。

二伯去找部队，连个影子也没找到，于是他只好一边问路，偷偷地打听部队的消息，一边往家里走。

二伯走下我们金皮岭西边的小砣梁时，就在浓荫蔽日的山道上，偶然遇见了我们金皮岭游击队的队长秦钟岳。

金皮岭游击队属于我们金平县游击大队的一个支队，秦钟岳这时就是刚从县大队上开会回来，面对鬼子烧光、杀光、抢光的"三光政策"，他正一边走一边思考着下一步对敌斗争的事情，这时猛然地撞上个人，着实地把他吓了一跳，但他很快就镇静了，因为他和二伯有过一面之交，头脑中还存留着一些印象。

秦队长中等的身材，一身山民打扮，眉宇间透着一股英气。他问二伯为什么会走到了这里，二伯就把阻击战后和部队失散的事情向秦队长讲了。这时，二伯也想起了自己参军那天曾在村中大柳树下的报名现场见到过的这位游击队长，不过，那天秦钟岳穿的是军装。

秦钟岳把二伯上下打量一番，头脑里忽然冒出来一个主意，他说："你先别回家了，我有个特殊的任务交给你。"

二伯说："我得回家一趟，我想我爸我妈。"

秦钟岳把脸沉下来，说："你是咱队伍上的人了，你应该知道服从纪律。"

二伯就低下了头。

随后，二伯就按照秦钟岳的安排径直奔往下面的雁鸣镇。

三

雁鸣镇是我们金皮岭下的第一大镇，又处在通往金平县城的咽喉要道上，战略地位相当重要，因而日本人一进金皮岭，首先就占据了雁鸣镇，随后又在这里修建起来了两座炮楼，东北边的一座大炮楼，远离镇了，孤零零的，四周是一片开阔地，三百米以外密密匝匝地拉着一圈的铁丝网，炮楼上密布着火力，由日本渡边小队长带了一个小队的日本兵驻守。西南边的一座小炮楼，和旁边的镇子相连，而且居于一座大院的一角儿，院子的其他三个角儿上还设有角楼，由中队长张仲友带了一个中队的警备队驻守。两座炮楼遥相呼应，就像一把硕大的老虎钳，张开了嘴巴，把个雁鸣镇紧紧地夹在了中间。

我有个舅爷，也就是我二伯的舅舅，姓白，被人们尊称为白先生，是个远近闻名的郎中，当时就住在雁鸣镇的街里。

二伯从金皮岭上下来，趁着夜色摸到了我舅爷家的门前。他们家是个二进院儿，前院儿是诊所和药房，后院则是居室。因为时局混乱，前院儿的门早早地就关上了。二伯上前敲门，把我舅爷吓了一跳。舅爷一把把我的二伯拽进来，关了门，又慌慌张张地把二伯拽向了后院。

舅爷问："二勇，你不是跟上队伍走了吗？这深更半夜的，你从哪儿来呵？"

二伯说："舅舅，您先别问这个，先给我舀瓢水喝吧！"

舅爷就出去舀来了一瓢水，二伯一边喝水一边把他自盘石山阻击战后死里逃生的事情一五一十地讲了，只是没说在金皮岭上遇到秦钟岳这一细节。

舅爷问："那你现在准备干什么？没回家去吗？"

二伯低下头，想了想说："我想到镇上的警备队里干一阵子，我这个样子回来，您说我能回家去吗？再说，拿惯了枪杆子，地里的活儿我也干不下去了。"

舅爷就不言语了。

二伯则倒在舅舅家的炕上，呼呼地睡了。

舅爷可是几乎一宿没睡，他对警备队队长张仲友有过救命之恩，一张秘方硬是把张仲友从死神的手里夺了回来，现在求他收下自己的外甥，这事应该不成问题，可一进了那种地方，再怎么着也得听人家使唤，也要帮日本人做事，让谁去评说，这都不是一件太好的事。他翻来覆去地想，天刚一放亮就爬了起来。

吃早饭时，舅爷又问："二勇，你可想好了？"

二伯嘴里塞着饭，坚决地点了点头。

四

二伯跟着他的舅舅我的舅爷往警备队的炮楼走，心里悄悄地打了一通鼓，他想如果进不了警备队，秦队长交代的一切事情都得落空，但他很快就镇定了，他毕竟当过八路军，是一名经过生死考验的战士了。

他们来到炮楼前，还没有打招呼吊桥就放了下来，原来那里边的人差不多都认识白先生。

二伯和舅爷在炮楼下等着，有人上去通报，一会儿就听到楼梯上响起了一阵嘎嘎的声音，一位身穿黄色军装，足蹬马靴，身材笔挺的军人微笑着走了下来。

二伯当时就想，这人肯定就是中队长张仲友了。

果然不错，双方打过招呼之后，我的舅爷直截了当地说明了来意。

张仲友也真是一个爽直的人，他说："白先生你放心，咱都在一个镇子上住着，这点事不成问题，只是有时候身不由己的事情，我可就保不准了。"

往外送我的舅爷时，他还说："白先生，有什么事你打一声招呼，我过去就是了。"

这时二伯就对眼前的这位中队长有三分的好感了，但他当时还不知道舅爷对张仲友曾有过救命之恩。

张仲友返回身来，拍了拍我二伯的肩膀，"嗯"一声，说："你就先在我身边，跑跑腿吧！"

二伯就这样很顺利地进入了雁鸣镇上的警备队。

五

我二伯这个人平常不怎么爱讲话，可心里有一把算盘，什么人只要他多看几眼，很快就能断个八九不离十。秦钟岳之所以选中二伯，也正是看上了他这一点。

二伯又是当过兵的人，对队伍上常识性的事情有一定的了解，因此只几天时间，他就和周围的人混熟了，尤其和中队长张仲友，因为有我舅爷在中间，关系就更近了一层。

张仲友的身边还有个卫兵叫童小琪，是山西人，比二伯还小了两岁，人机灵，心眼儿也比二伯灵活，他是跟着自己的叔叔一起逃荒落到这镇子上的。那是三年前冬天的一个下午，他和叔叔走到镇子外面的土地庙时，他的叔叔病倒了，很快又断了气。他一个人站在庙外面哭，正好被骑着马带着卫兵从县城那边回来的张仲友撞见，张仲友问明了原因，帮他埋藏了他的叔叔，然后又将他收下了。

另外，二伯还结识了几个普通士兵，其中一个叫曾大虎，因为个子矮小，面带苦相，人送绰号"矮人儿"。

这之后——大概就在二伯进入警备队后二十多天的时候吧，第一个任务突然就落到了他的头上。

那是一天傍晚，他和中队长张仲友一起去了趟日本人的东炮楼，第一次见到了日本小队长渡边，此人中等个头儿，挎着一柄军刀。他们在屋里谈事，二伯在门口站立着，什么话也没有听见。

回来的路上，张仲友一脸的怒气，说："一准又是'董瞎子'去日本人那里放的臭屁，还要去讨伐，牛角沟那地方也不是没去过呵，不是扑空就是挨打，还要去……"

"董瞎子"名叫董俊武，是二小队的队长，渡边手下的一个铁杆儿汉奸，因为经常扮成瞎子四处探听我们游击队的情报，所以人们送给了他这样的一个绰号。

二伯闻听，心立刻悬了起来，他下山时听秦钟岳队长讲过，这段时间里，牛角沟那一带正是游击队经常活动的地方。快走到他们的西炮楼时，二伯忽然对张仲友说："队长，我想去我舅舅家一趟。"

张仲友打量他一眼，说："去吧！快去快回来，渡边说了，今天晚上谁都不许外出。"

二伯答应一声，就匆匆忙忙地奔向我的舅爷家。可是，快走到舅爷家门口时，二伯的脚步又慢了下来，他知道自己的舅舅平日里是个小心谨慎的人，送这样的信他能去吗？自己去吧，牛角沟那地方在金皮岭的中部，离雁鸣镇有四五十里的路程，一时半会赶不回来，那样肯定要引起别人的怀疑。怎么办呢？二伯没想到自己要做的第一件事就遇到了这样的难题。他在舅舅家的门前转了个来回，忽然记起了在金皮岭上秦队长临分手时曾向他提到过的一个人。

"镇子的后街有家铁匠铺，铁匠姓陈，人靠得住，有什么磨不开的事，你可以去找他。"这是不是就叫急中生智呢？二伯的大脑一下子变得无比地清醒了。

他来到后街的那家铁匠铺时，天已经黑了，铁匠铺的门半开着，一个人正在封着打铁的炉子，见他两手空空地进来，对方就有几分疑惑地问："你不打家什儿呵？"

"不打，你是姓陈吧？"

"这还用问吗？镇子上有谁不知道我陈铁匠呵！"

二伯的心里一喜，忙说："是老秦叫我来找你的。"

陈铁匠听了，立刻放下手里的活儿，上前关了门，返回身来，仔细地把我二伯打量了一番，说："你是白先生的外甥，认出来了，还是小时候我在白先生家见过你呢！"

二伯说"是"，然后就把第二天渡边要讨伐牛角沟的事向陈铁匠讲了，陈铁匠说："你放心，我这就去给老秦他们送个信儿，这几天他们八成还就在那一带活动呢！"

陈铁匠是个四十多岁的人，显得稳重，又很警觉，他当时就关了门，从后院儿出了镇子。

六

渡边在牛角沟扑了空，二伯说那天他心里特别地爽，往回走，走到牛角沟下边的一条大沟里时，他忽然紧走几步到了张仲友的马前，小声地对张仲友说："队长，我想到梁那边去看个亲戚。"

那会儿，张仲友端坐在马上，锃亮的马靴在夏日的阳光下一闪一闪的。也不知道他听没听见我二伯说的话，反正眼睛一直平视着前面，连吭都没吭一声。

走出去大约二里地了，张仲友忽然说："你这小子，什么都好，就是事儿太多了。记住，明天必须回来。"

二伯答应一声，趁着人不注意，一闪身就溜进了旁边丛林中的一条小道。

其实，二伯说去看个亲戚，那只不过是个借口，他是要到喜鹊洼藏春喜的家里去，他要去送还那封没有写完的信和那三块银圆，自打遇见秦钟岳走下金皮岭那天开始，这事就一直在他心里悬着。

喜鹊洼在牛角沟的东边，要爬过两道山梁，走上十五六里的山路。二伯赶到这个十几户人家的小村时，太阳已经坠下了西边的山坡，只留下了一抹余晖在黛青色的山顶上。

村前的谷底里，一条小溪哗啦啦地流着，一个哑巴坐在村口的一座碾盘上。二伯上前询问藏春喜的家，哑巴哇哇啦啦地冲身后指了指，二伯再往前走，就看见了一户户烟熏火燎过的房子，只是再也看不见一个人影了。

二伯再返身回来，那个哑巴也不见了。

好不容易来一次，难道就这样回去？二伯倚在刚才哑巴坐过的碾盘上，抬头望了望下山的路，眼前忽然幻想出来了藏春喜离开这里时的情景，他和他的媳妇，一前一后地走，接着又是藏春喜卧倒在血泊中的惨状，心头就酸了。他摸一摸装在衣袋里的银圆，硬硬的还在。

"我该怎么办呢？"二伯暗暗地问着自己，就慢慢地站起来，凭着藏春喜聊天儿时说起过的一点模糊的印象，再次走进了一户人家的院子。

可是抬头看看，屋门依然锁着，残破的窗洞仿佛一个个无言张开着的嘴巴。

二伯在院子里走了三个来回儿，无奈地摇摇头，只得往外走了。

"喂，你等等!"这时二伯听见身后传来了一个女人的声音。他回头看去，只见一个妇女从房后边一处断墙的地方走了过来，目光警觉地打量着二伯。她中等个头，头上绾着发髻，身上穿了件粗布兰花的褂子。

这个人便是藏春喜的媳妇沈云芝。

二伯随她进了屋，在土炕上坐下来，他摸着怀里的信和银圆，心里七上八下，不知道话该从何处开口。

这时，沈云芝似乎感到了几分异样，她慢慢地看定了二伯，问："你是大柳屯的? 春喜那天报名回来，好像提到过你，他让你来找我呵?"

二伯努力地点点头。

屋子里就沉默了，半晌，还是二伯说："嫂子，我也不拐弯子了，这是春喜大哥让我带给你的。"说着他便掏出信和银圆递到了沈云芝的手上。

沈云芝立刻明白了，她只看了一眼手中的信，泪水就扑簌簌地流了下来。她急忙背转身，然后又奔向了屋外。

二伯接着便听到了一阵撕心裂肺的哭声，他的心也跟着颤了。

这时，外面的天空中炸响了一串惊雷，随后雨便哗啦啦地下了下来。

我们金皮岭岭前有一种特殊的小气候，夏天随便飘来一块云彩都会形成一场降雨，从我记事的时候开始，我就知道我们这里夏天的雨水来得特别方便。

沈云芝的哭声被外面的雨声淹没了。

过了好一会儿，她终于止住了哭声，又不知从哪里摸来了一块玉米饼子，塞到了二伯的手里，说："就是硬了点，你吃吧！"

二伯的肚子里咕噜噜地叫了一声，咬一口那饼子，挺香的，接着三口两口便吞了下去，吃完了，又默默地坐着。

外面的天黑了，雨却还时紧时慢地下着。

沈云芝依然沉浸在失去亲人的悲痛中，这从她那沉重的喘息中二伯能够听出来，可二伯却没有办法，他还是第一次遇到这样的情况，又面对的是位并不熟悉的妇女，劝慰好还是不劝慰好呢？他拿不定主意。想一想，也难为了二伯，他那时才是二十多岁呵！

时间就在雨声中嘀嘀嗒嗒地逝去了，过了好一会儿，沈云芝似自言自语地说："他走那天，我一直把他送到了山下，我们一路走一路说，总觉得还有好多的话没有说完，可到你们村外时他却不让我进村去了，他说让人看见多不好意思呵！我说依你吧，我就回来了，回来的路上，我的心里空落落的，你知道吗？算上他当兵走的那天，我们结婚才刚刚十八天。我还盼着他回来呢，可是他却撇下我走了。这兵荒马乱的日子，让我一个人可怎么过呵！"

二伯听着，泪水又禁不住地流了下来，慢慢地，他竟歪在炕上睡着了。

二伯醒来时，外面的雨似乎停了，屋子里一地的月光。他揉一揉眼，发现沈云芝却还在炕的另一边呆呆地坐着。

七

我们村子的中间有一棵百年的柳树，据说是最早在这里定居的先人栽下的，夕阳西下时，它浸浴在太阳的余晖中，伟岸而壮美，由此，后来的人们便把我们的村子叫作大柳屯了。

从喜鹊洼到雁鸣镇，中间就要经过我们大柳屯，自打二伯从岭上的小砣梁直接去了雁鸣镇，爷爷和奶奶的身影就时常在他的眼前晃来晃去。

这天早晨，二伯不知道是什么时候从沈云芝的家里出来的，他出来的时候，天还没有亮，走到我们大柳屯村外时，他远远地就望见了村中的那棵柳树，望见村子的上空有炊烟慢慢地升起来，薄薄的，如纱一样飘荡着，他的心里滚过一股热流，几乎要从嗓子眼儿里涌出来。

二伯走进家门时，我的奶奶正抱着柴禾要去做早饭，这时便丢了柴禾，呆呆地望着我的二伯说："我的妈呀！我这不是在做梦吧？"

二伯叫了一声"妈"，说："不是，我真的是二勇，是我回来了。"

我奶奶颤抖着走上前，摸了一把二伯的头，泪水跟着就淌了下来。这时我二伯还不知道他离家以后，我大伯被日本人抓了壮丁的事情。这会儿我奶奶见了自己的儿子，又想起了一年来全家人受的苦和难，泪水就淌了下来。

二伯见过了我爷爷和我父亲之后，简单讲了讲他自盘石山阻击战后死里逃生的经过。随后，一家人便在一起吃了顿早饭。听我父亲后来讲，那天早晨我爷爷的话几乎比往日多了一倍，目光总在二伯的身上，上上下下地打量。

那会儿，我的两个姑姑都已经出嫁了，大姑儿去了金平县城东边的王左庄，小姑儿去了西边八里之外的胡桃峪。平日里，小姑还常到娘家来走一走，大姑却一年半载也不来一趟，而等到日本人进了金皮岭，小姑儿也很少来了，所以家里总显得很冷清。

吃过了早饭，二伯在院子里转了转，着重看了看他曾经跪过的依然栽在院中的那块太阳石，然后他回来对我的爷爷奶奶说："我得走了，我得到下边的雁鸣镇去。"爷爷奶奶一听，脸上的笑容立刻没了，说："你这孩子，怎么刚回来又走，这兵荒马乱的你去那镇子上干吗呵？"二伯说："我去找我舅舅，随便找点什么事情干。"终究也没有说出要去警备队的事。

我的奶奶又抹了两把泪水，爷爷仍旧一言不发。二伯就这样又一次离开了我们大柳屯。

当然了，他那样快离开的一个重要原因，就是张仲友给他限定了归队的时间，他不能拖得太长，以免带来不必要的麻烦。

不过，二伯远远地离开大柳屯，再回头向村子里张望时，他的胸中还是又涌起了一股热流，泪水在他的眼眶里转，差点就落了下来。这是后来他亲自向我讲起的。

八

渡边到牛角沟围剿扑空后，受到了驻守在金平县城里的铃木大佐的严厉训斥，接着便被调离了雁鸣镇，据说后来被派往南洋去了。

来雁鸣镇接替渡边的是龟田一郎。他的年岁比渡边大，还戴了副眼镜，他的心肠比渡边还要狠毒，手段更加阴险。

随龟田一起来的还有一个铁杆儿汉奸顾白尘，人送绰号"白眼儿狼"，铃木让他做了张仲友的副官。

张仲友后来对我二伯说："妈个巴子，我知道日本人也和我摽上心眼儿了。"

这个"白眼儿狼"除了略懂一些军事，还特别熟悉我们金皮岭一带的风土人情，他曾在金平县城东面帮助日本人伏击过我们的县大队，险些使我们的队伍全军覆没，铃木把他和龟田一起派来，也是颇费了一番心思的，铃木认为金皮岭地区山高林密，像渡边那样头脑简单的军人根本无法与我们的游击队周旋，就更不用说牵制和消灭了。

另外，为了达到一举歼灭我们金皮岭游击队的目的，铃木还

给龟田补充了兵力，将日本人的一个小队扩充成了一个中队，把张仲友的一个中队扩编成了一个警备大队。

二伯得知了敌人增兵的情况，心里像油煎一般。

正在这时，秦钟岳派人来找他了。

那天，当童小琪告诉他家里有人在外面等他时，二伯以为是父亲从舅舅那里得到了消息，找上门来了，他的心怦怦地跳。可当二伯走到门口时，却发现外面吊桥那边站着的是后街的陈铁匠，二伯当即明白了八九分，回身跟童小琪打了声招呼，然后快步出门走过了吊桥。

陈铁匠抬头往二伯的身后望了望，低声地说："秦队长从山上下来了，叫你过去一趟。"说完就在前面走了，二伯紧跟在他的后面。

陈铁匠的家二伯已经去过了，穿过临街那间打铁的屋子，后面是一处不大的院落，院了的后边靠墙长着一棵枣树，屋前长着一棵柿子树。柿子树那浓密的枝叶遮住了屋里透出来的微弱的光线。

陈铁匠推门进去，让过二伯，又返身插上了门。

这时二伯便看见了坐在灯影里的秦钟岳，另外还有他的警卫员罗挺，一个看上去比二伯还要小的小伙子。

自从金皮岭上分别之后，二伯这还是第一次见到队长秦钟岳。

秦钟岳神色严峻，跟二伯寒暄了两句，立刻转入正题说："我刚从县里开会回来，顺便跟你交代一件事情。根据上级指示，敌人可能正在酝酿大的扫荡，你的处境也会越来越危险。从现在开始，你要密切注意敌人的动向，同时也要注意隐蔽。有情报由陈化成同志转送上山，不要轻易离开雁鸣镇。"

"陈化成？"二伯不解地问。

秦钟岳就拍了拍陈铁匠的肩膀说："喏，就是他！"

"行呵！我们已经合作过了。"二伯立刻说。

罗挺这时在门旁站立着，全神贯注地听着街上的动静。

前后大约十分钟，秦钟岳一边说还一边喝了碗陈铁匠端来的玉米粥，粥喝完了，事也说完了，然后他就提上枪从院子后边长着枣树的院墙的地方翻身跳了出去，罗挺跟着也跳了过去。

二伯随后从正门出来，大摇大摆地回了警备队。

九

出警备队大门，绕过院子往村里走，大约二百米的样子，有这雁鸣镇上唯一的一家杂货铺。铺子再往前，还有一家小饭馆，镇子上的人买盐打醋，警备队的人出来买烟买茶，甚至没事出来寻个乐子转个弯儿都到这边的铺子和饭馆来，这地方是平日里这镇子上最热闹的地方。

在杂货铺和饭馆之间有一棵千年的古槐，要两个人合抱那么粗，树干有一半已经空了，下雨的时候，那洞里常有猫去避雨。槐树的后面，也就是在杂货铺和饭馆的后墙之间有一处茅房，是为来这里遇到内急的人们准备的，因而出出进进，来来往往的人特别多。

二伯在陈铁匠家见过秦钟岳后，他就同陈铁匠建立了固定的联系。两个人确定的情报转接地点就在这里的槐树洞内，如果不是特别急的情报，二伯总是用写了情报的纸包上一块石头，把胳臂伸进树洞，然后反转向上，放在树洞的内壁处。有了那样一块石头，不但可以防止情报被风吹跑，也便于取情报的人触摸。这样直到二伯离开警备队，大约半年多的时间，始终也没有第三个人发现他们的秘密，后来二伯说起这事时还显得十分得意。

二伯小时候在他的舅舅我的舅爷家读过一年多的私塾，参军后又在队伍上学过文化，因而所有的情报他基本都能表述清晰并

写出来。这也是当初秦钟岳选他进入警备队的另一个原因。

陈铁匠就不同了，他不识字，拿到了情报，他只知道马不停蹄地往山上送，连纸带石头一块交到游击队领导人的手上。那石头是我们岭上特有的又是河谷里随处可见的一种石头，浑圆的，且上面多带有细细的金线。时间长了，游击队里的几位领导都知道了雁鸣镇里的这种石头。在日寇围困最紧迫的日子里，有一次秦仲岳和他身边的几个人说："一想到这种石头，我的心里就豁然一亮，龟田的情况在我们的掌握之中，这仗该怎么打，由我们说了算。"

在金皮岭上，除了队长秦钟岳，没有人知道二伯孙孝勇的名字，大家谈起相关的事情时都不约而同地使用了一个绰号，听说是一个响亮的绰号，但直到二伯去世，他也没把这个绰号告诉我。

这事也就成了一个谜，始终埋藏在我的心底，让我一有空就钻到二伯的屋里去，听他讲过去的故事，因而也就知道了后来的事情。

也就是在这个时候，我爷爷奶奶带着我父亲经常往山里跑，他们管这种躲避战争的事情叫作"跑返"，鬼子来了，我们跑了，鬼子撤了，我们又返回来了，可不就是跑返吗？仔细想一想，真是挺形象的。

由于战乱，很长一段时间二伯也没有回家去，爷爷奶奶也不知道二伯去了哪里，去做什么事情了，只是在心里还时时地牵挂着。一有空闲，奶奶还要为二伯烧香，求菩萨保佑。

十

龟田来到雁鸣镇后，"董瞎子"立刻献上了一个"关口前移"的计策，就是派出一个小队，驻防到岭下的胡桃峪去，用这种方法，一点点地挤压金皮岭游击队活动的地盘，竭水捕鱼，瞄准了机会，再将游击队一网打尽。

龟田同"白眼儿狼"和"董瞎子"一起商量这一计策时，他的眼镜后面飘过了一丝狡猾而得意的亮光，嘴里咕噜了一通日本话。随后，董瞎子就带上一个小队的人往胡桃峪进发了。

走出雁鸣镇时，"董瞎子"懊恼得不行，万万没有想到，自己划的道道却要自己走，有心不去，可一想起龟田那道阴冷的目光，他就不寒而栗，后背嗖嗖地冒凉气，他暗地里骂了一通"白眼儿狼"，脚底下却一会儿也不敢停步。

比"董瞎子"更窝火更气愤的还有大队长张仲友，二伯就是从他的骂声里得知了"董瞎子"去胡桃峪的事情的。

"妈了个巴子，调走了我三十多人，我还连个影儿都不知道呢！"

正在这节骨眼儿上，"白眼儿狼"顾白尘推门进来了，听见了张仲友骂娘的声音，他的脸一阵红一阵白，可张仲友却没有掩饰，反而把刚才的话又重复了一遍，然后就坐在那里呼哧呼哧地生气。

看到这样的场景，童小琪悄悄地退了出来，二伯也跟着退了出来。

二伯退出来以后，第一个念头就是赶快把这个情报送出去，在"董瞎子"还立足未稳的时候，让游击队一举把他吃掉。

可是，当时的情况，二伯无法离开警备队的大院，他心里急得如油烹火烤一般，脸上却仍显得若无其事，直到将近傍晚了，童小琪说要到杂货铺去买点东西，他才搭帮溜了出来，然后又找机会，把包着石头的情报塞进了槐树的洞里。

大概在夜里十一点多钟的时候，秦钟岳收到了陈化成陈铁匠转送来的情报。他仔细分析了"董瞎子"初到胡桃峪的情况，认为二伯写在纸上的判断十拿九稳，"董瞎子"必在村子的大庙里，

除此没有更好的可以暂时安身的地方，于是他带人连夜下山，后半夜两点多钟时来到了胡桃峪。

这时天空中飘浮着云彩，云彩后躲藏着一弯月亮，朦胧的月光洒在地上，影影绰绰地可以看见前面的树木和房屋。

走到距离大庙还有几十米远时，队员们已经看见了庙门外背着枪来来回回地走动着的岗哨儿，秦钟岳冲后面一招手，罗挺立刻带着两名战士迅速地扑了上去，悄无声息地就将一明一暗两个岗哨儿拿下了。随后，庙里正在睡觉的士兵稀里糊涂地就成了游击队的俘虏。

可是在清点遣散俘虏时，秦钟岳却没有发现"董瞎子"，他的心往下一沉，一把揪过来一名俘虏，把雪亮的匕首在他眼前晃了晃，俘虏立刻颤抖着用手指了指大庙里一尊油漆剥落的佛像。秦钟岳示意几名战士包抄过去，很快便听到了佛像后面传来的轻轻的鼾声，那会儿，"董瞎子"还正做着美梦呢！

当秦钟岳和队员们押着神情沮丧的"董瞎子"走到牛角沟西北一条叫作小南沟儿的地方时，天刚刚放亮，眼前陡峭的悬崖嶙峋的怪石仿佛一个个龇牙咧嘴的魔鬼。

秦钟岳示意大家停下来。

"董瞎子"也跟着停了下来，他环顾四周，立刻有了一种不祥的预感，脸唰地白了，扑通一声跪在了地上，一边磕头一边不停地求饶："八路大爷，饶命，饶命呵！"

罗挺上前踹了"董瞎子"一脚，说："给日本人干事，你个吃人饭不拉人屎的东西！"说着已经把枪举了起来。

可还没等罗挺扣动扳机，一个战士已经举起一块枕头大的石头，照准"董瞎子"的脑袋"叭"地砸了下去，顿时，鲜血四溅，"董瞎子"像半截装了稻谷的破麻袋，一头栽到了地上。

游击队在小南沟的地方杀死了"董瞎子"，随后就往金皮岭深处走了。

这件事是后来罗挺对二伯讲的。

十一

就在"董瞎子"带人去胡桃峪的这天夜里，"白眼儿狼"顾白尘做了一个梦，梦见"董瞎子"穿了一身的白，剃了个光头，冲着自己一个劲儿地蹦，可却一句话也不说。顾白尘一轱辘爬起来，天还黑着，他似乎看到眼前有个白色的影子在晃动。他摸了摸自己的脖子，摸了一把的冷汗，知道自己的脑袋还在，但却怎么也睡不着了。

等到天刚一放亮，他和张仲友简单地说了两句，就匆匆忙忙地跑到龟田一郎那里去了。

龟田听了"白眼儿狼"顾白尘的讲述，半信半疑，但从胡桃峪跑回来的俘虏很快就证实了"白眼儿狼"顾白尘的猜测。龟田一郎听到这个消息时，脸色立刻变了，一屁股坐在了旁边的一把椅子上。

几分钟后，一个恶毒的计划就从龟田的心里钻了出来。

他没有动用警备队的一兵一卒，只带了"白眼儿狼"和一名翻译官，然后命令驻守在炮楼里的日军倾巢出动，迅速地扑向了胡桃峪。

龟田一郎也明白，这时候去肯定连个游击队的影子都抓不到，但他要的不是游击队，而是牵着游击队的那根线。"董瞎子"刚到胡桃峪就被吃掉了，如果不是村子里有人给游击队送信，金皮岭上的游击队不会来得那么快，那么，只要找到了村里的这根线，也就等于找到了金皮岭游击队。

胡桃峪的村民就这样遭了殃，全被鬼子圈到了大庙前的一片空地上。除了十几个腿脚灵便的年轻人从村后上了岭，钻进了林

子，村子里一百多口，无一人幸免。

龟田命人在四周架起了机关枪，让翻译官在前，一个鬼子兵牵着条狼狗同"白眼儿狼"顾白尘一起紧跟在他的后面，一个人一个人地问话。

村民们或面面相觑，或怒目而视，所有的人都一言不发。

龟田见此情景，冲着人群恶狠狠地叫了一通。

接着，日本兵命人抱来了圪针儿，逼迫着村里所有的成年男人手脚着地，撑卧在圪针儿堆上，说："什么时候有人承认了，就什么时候放人。"

我敢说，这样的刑罚您在什么电影或电视里都没有见过，甚至都没有听说过，因为这事就发生在我们金皮岭，独一无二。

这时候正是夏天呵，虽说是末伏，可却是金皮岭一年中最热的时候，人们大多只穿了件单褂儿，有的还光着个肚皮。火辣辣的太阳从东方慢悠悠地升起来，一点一点地往当空中转，越转温度越高，渐渐地已像火一样灼在了人们的脊背上，腿脚稍一松劲儿，下面圪针儿的针刺便深深地刺进了皮肉，血水混合着汗水嘀嗒嘀嗒地落在了地上。

可是，所有的人都一声不吭地坚持着。

几个日本兵在趴伏着的人中间来来回回地走，两条东洋狼狗伸长了猩红的舌头狂吠着……

也就是在这件事情发生的同时，村里跑出去的十几个人中有个叫老蔫儿的人匆匆忙忙地来到了雁鸣镇，心急火燎地找到了我的舅爷。

老蔫儿见到我舅爷时，舅爷正在给人看病。老蔫儿站在一旁，汗吧嗒吧嗒地往下滴，脸色通红，稍倾，他一把抓住了舅爷的手说："白先生，到后边吧！我有点要紧的事。"

舅爷见了老蔫儿的神色，二话没说就领他到了后院。

老蔫儿结结巴巴地向我舅爷讲述了胡桃峪发生的事情。舅爷听了，皱了眉，想了又想说："这事我也没有好的办法，要是能行的话，也只有去找张仲友试一试了。"

然后我舅爷就独自来到了警备队。

二伯在警备队的院子里见到了自己的舅舅，感到很惊讶，以为家里我爷爷奶奶那边出了什么事情，上前一问，才知道了胡桃峪发生的事。他的心顿时往下一沉，半晌才回过神来，然后带着自己的舅舅去见张仲友。

张仲友听了我舅爷的一番话，半天才说："这可真是件扎手的事！"然后他一边慢慢地披衣服系皮带，一边给我二伯下达命令，"孙孝勇，去，集合队伍。"

我舅爷听了，缓缓地松了口气。

一个多小时之后，张仲友带领着他的警备队来到了胡桃峪，此时，火辣辣的太阳晒得地皮冒烟，已经有四五个人晕倒，被圪针儿刺了满身的血，抬到了一边。

张仲友让队伍成扇形在日本人的外围展开，做出警戒的样子，又留下二伯和董小琪，然后，一个人往大庙里走去，笔直的腰杆儿，闪亮的马刺顿时引来了一道道目光。

龟田一郎这会儿就待在"董瞎子"那天夜里睡觉的大殿里。

二伯望着张仲友的背影，望着不远处一村的男女老幼，心里围绕着自己送出的那份情报，七上八下地嘀咕着，说不清是对是错。二伯说，这个时候他的心里难受极了。

这时，被围的人有人往这边张望着，那里边就有二伯的妹妹和妹夫，也就是我的小姑儿和姑夫。顿时，二伯只觉得那些圪针儿的针刺仿佛全部刺进了自己的皮肉，身上疼，心里也疼。

可是，二伯没有办法，更不知道张仲友在大庙里会和龟田讲些什么。

约莫过了一个多时辰，张仲友终于从大庙里出来了，他一边带了几分歉疚地向着胡桃峪的人寒暄，一边往二伯和童小琪他们这边走来。

随后，龟田一郎也出来了，他冲日本兵咕噜了一通什么，那些日本兵就连踢带打地把趴着的人赶了起来，同时有十几个人被圈在了一处，像是要带走的样子。

张仲友走到二伯和童小琪他们跟前，又回过头去看了看，无可奈何地说："我只能做到这样了。"随后，他冲队伍一招手，跨上马就往回走了。

二伯他们回到雁鸣镇后不久，也就是在天刚刚擦黑儿的时候，胡桃峪那边传来消息说："被日本人带回来的十三个人，才走出胡桃峪二里多路，在一个山弯儿的地方，有人试图上山逃跑，结果日本人的机枪一通扫射，都给打死了。"我的小姑儿和姑父也在其中，尸体横七竖八地躺倒了一片，这就是让人难以忘却的"胡桃峪惨案"，中华人民共和国成立后被写进了档案。

十二

"胡桃峪惨案"的第三天，我父亲一大早就来警备队找我二伯。二伯没有一点思想准备，因为除了舅爷，家里还没有人知道他在警备队里干事。

二伯问我父亲："三弟你来这儿干什么？"

"爸爸叫我来找你回去。"我父亲沉着脸回答。

"你怎么知道我在这儿？"

"你应该知道，胡桃峪姐姐姐夫都没了，那村里有人看见你了，骑着个大马。"

"我没骑马。"

"我没看见。你是回还是不回？"

"我不能回去，有些事情你们还不明白。"

"我不管。"

……

"你不回去，会把爸爸气死的，他听了姐姐和你的事情，又急又气，咳得吐了血，现在还在炕上躺着呢!"我父亲说，泪水汪汪地在眼圈儿里转了。

二伯默默地望着我父亲，好半天没有言语，可最后还是说："你跟爸爸说吧，我也是身不由己，他会明白的。"

"我都不明白，他明白个屁呵!"我父亲一甩手，转身走了，眼泪吧嗒吧嗒地落了下来。

二伯顿时心如刀绞，泪水也无声地溢出了眼眶。

回到屋里时，童小琪看他的脸色特别难看，问他怎么了，他硬撑着，家里的事一个字也没有提起。

然后，二伯便来找张仲友，说要到镇子里去一趟。

张仲友现出几分为难的样子，半天才拍了拍二伯的肩膀说："下次恐怕就不用跟我请假了，去吧!快去快回来。"

二伯没有听出张仲友话里的意思，他心里着急，应允一声，就匆匆忙忙地往外走了。

二伯到镇子里来找我的舅爷，一进门，我舅爷就暗暗地吃惊，因为二伯阴沉着脸，心事重重的样子。

舅爷问："二勇，你这是怎么了?"

二伯就把我父亲来找他，爷爷有病的事一五一十地向舅爷讲了。

舅爷也沉默了半天没开口，最后才说："没事，明天我去看看，开导开导他，你爸爸那脾气我知道，顺便我再给他弄两服药，没事，你回去吧!离开久了，别再让那个'白眼儿狼'起疑心。"

二伯得到了一点安慰，可心里还总是忽悠着，没有个底儿，

但又不能总在那里待下去，只得惆惆地离开了舅爷的家。

第三天的时候，张仲友忽然把二伯叫了过去，说："我要走了，怎么样，你愿意跟我走呢？还是愿意留下？"

"走？到哪儿去？"二伯吃惊地问，因为前天张仲友的话外音他一点也没听进去。

张仲友开始收拾自己的东西，一边长叹了口气说："日本人早就看着我碍事了，调我到金平城里去，当副大队长，明摆着的事情，明升暗降。"

我二伯的头轰地大了。跟张仲友走，秦钟岳队长没有命令，秦队长给自己指定的位置就在这雁鸣镇，不跟张仲友走，引起了人家的怀疑怎么办？自己有什么正当的理由呢？

好半天，屋子里的空气仿佛凝固了一般。

张仲友似乎已看出了二伯的心思，走过来拍了拍他的肩膀说："没事，人各有志，不愿走你就留下吧！"

二伯说："本来不想跟您说的，前大我三弟来找我，说我爸病了，病得挺厉害，所以我不想走得太远。"

"噢——"张仲友噢一声，扭头又看了二伯一眼，头脑里固有的看法被重重地拨动了一下。

二伯当即就明白了，自己的理由得到了张仲友的认可，他的心里豁地亮了。

晌午过后，张仲友走了，他骑马在前，童小琪步行在后，形单影只地向金平县城的方向走去。

二伯说，那一幕直到几十年后他都清清楚楚地印在脑海里，一想起来，心里就有一种酸溜溜的感觉。

十三

张仲友走后，"白眼儿狼"顾白尘接任了雁鸣镇警备队大队长的职务。前面已经介绍了，顾白尘和日本人穿一条连裆裤，是个铁杆汉奸。从此，二伯感到了一种无形的压力，他说他总觉得有一双眼睛在盯着自己，做每一件事情，他更加地小心了。

一段时间里，金皮岭游击队就一直用游击战牵制着龟田的队伍，你来我走，你疲我打。有时候，游击队员们前半夜在一个村子里住宿，后半夜又会匆匆忙忙地转移到另一个村子，弄得龟田始终摸不到游击队的影子。有时候龟田还让金平县城里的铃木派兵来增援，合围游击队，但又每次都是徒劳，金皮岭游击队一直活跃在崇山峻岭之中，金皮岭上的枪声从来也没有停息过。

一转眼，已经到了一九四四年的春天。这时二伯已经很久没有接到秦钟岳队长的指示了。他心里焦急，又无法对周围的人讲，还有他也一直没有家里的消息，不知道我爷爷的病情怎样，虽然跟着"白眼儿狼"进山时从大柳屯经过了两次，但村里人那时"跑返"的消息特灵，二伯连个人影也没有看见，也没有再见到过我舅爷白先生。二伯说那时候他心里就别提多难受了，还不如像盘石山那样再打上两回，死了也就痛快了，可是，他却没有权利去死。

就是在这样的心境中，有一天，二伯忽然听见炮楼上的士兵在冲着外面的什么人喊话。他也没有多想，就急匆匆地爬了上去，往外面一看，远处的人是我父亲。二伯想搭话，话到了嗓子眼儿又咽了回去。

他看着我父亲在吊桥那边转了两个弯儿，然后就走了。

从楼顶子上下来，二伯的心里忽然漾起来了一种忧伤的情绪，他猜想着我父亲来此的目的，想着想着就想不下去了，一股儿泪水无端地从眼里流了出来。他环顾一下四围，急忙把泪水擦干了。

到了这年夏天，有一天天刚擦黑儿，陈化成陈铁匠忽然又来找二伯了。二伯犹豫一下，知道肯定有重要的事情，就私下里跟站岗的说一声，悄悄地溜了出来。

他跟着陈铁匠，来到了后街陈铁匠的家。守在门口的罗挺把他们让进院子，返身关了院门。进入北面的正房时，秦钟岳正在屋子中间焦急地来回走着。

"你可来了，差点把我给急死了。"秦钟岳劈头说，这才一屁股在土炕上坐下了。

"秦队长，什么事呵？"二伯问。

"是这样，宋时轮的队伍今天夜里从咱们这地方经过，我已经和他们取得了联系，让他们帮一把，拔掉龟田这颗钉子。叫你过来，就是要了解一下两边的火力分布情况，怎么样？说说吧！"秦钟岳说，一边示意罗挺将早准备好的纸铺在了炕上。

陈铁匠举了盏小油灯照着亮，二伯一边在纸上勾画一边讲，很快就将秦钟岳想知道的火力分布情况说清了。

然后，他们又部署攻击的兵力，研究攻击的路线。

就在这时，院子里扑通一声，有什么人从西边的墙上翻了进来。陈铁匠噗地一下吹灭了油灯，罗挺抽出枪，一闪身便到了门口。

秦钟岳轻声说："没事，可能是我们的人到了。"

他的话音刚落，外面就有人敲门，三声，二紧一慢，罗挺听出来了，这是事先约定好的敲门声。他轻轻地拉开门，一个战士迈步走了进来。

"秦队长，我们的人到了，都在村外等着呢！打吧？"

"跟咱约好的大部队呢？大部队到了吗？"

"还没有。"

这时陈铁匠已把油灯重新点燃了。

秦钟岳凑到窗前，掀开了一道缝，往外看了看夜色中的天空，回过头来又问旁边的人："这会有十一点，差不多吧？"

二伯他们表示赞同。

秦钟岳又说："我们等到十二点，然后用二到三个小时把两边的炮楼全部拿下来，那样的话，即使城里的铃木听到枪声就往这边赶，等他赶到了，我们早回到山里了。"说着，他一边掏出自己的枪，在眼前摆弄了几下，拉开枪栓，看了看里面的子弹，脸上的神情好像整个雁鸣镇已经解放了一般。

随后，二伯就跟着秦钟岳从陈铁匠家出来，翻过后边的院墙，钻进了村后的一片树林。

金皮岭游击队的队员们已经在这里集结待命了，只是，约好的正规部队还没有来。秦钟岳在树林里来来回回地走，一边焦急地向远处张望着，眼前茫茫的夜色中，十几步之外，什么都看不见了。

终于，树林外传来了一阵脚步声，接着就有人来到了秦钟岳面前，模模糊糊的，半天才看清了那一身八路军的军装，但说好的一个团却只来了一个连，连长叫王庆。

秦钟岳向王庆连长简单介绍了一下两边炮楼的情况，又分出一个班给了王庆连长，随后，两支队伍就分头行动了。

这时，秦钟岳的心里不安地打了一通鼓。

大约十二点左右的样子，王庆连长那边打响了，枪声很快像爆豆一样地响了起来。

秦钟岳也立刻下达了向警备队大院进攻的命令。游击队员们试图接近大门，但门前的一段空地立刻被敌人的火力封锁了。二伯还听到里面传来了"白眼儿狼"声嘶力竭的叫声。

秦钟岳组织火力反击，但由于武器简陋，根本压不住敌人，派人去爆破，两名游击队员很快就倒在了前面的空地上。秦钟岳急得直拍大腿，可是没有好的办法。

一转眼两个多小时就过去了。

这时，王庆连长那边一个战士过来报告说，王连长要马上把队伍撤下来，他们带来的一门小山炮坏了，另外铃木也已带着人从县城那边赶了过来。

秦钟岳回头望了望眼前的警备队大院，心有不甘地叹了口气，然后冲队伍做了个撤退的手势。

这时，二伯在一旁扯了一下秦钟岳，秦钟岳回头看见了二伯："呵——孙孝勇，你也跟我们走吧!"

"不，我还回去，炮楼子没打下来，我不走。"二伯坚定地说，他又一次在秦钟岳面前表现出来了一股拧劲儿。

秦钟岳重新打量一番二伯，说："没别的，我怕你已经暴露了，白白地搭进去。"

二伯说："他们不知道我出来干什么，就是怀疑也没有证据。"

"你说行?"

"肯定行!"

秦钟岳就拍了拍二伯的肩，深情地说一句："保重吧!"然后就带上他的队伍走了。

十四

二伯是在天刚蒙蒙亮的时候回到警备队的，他把衣服披在身上，一边揉着眼，做出刚刚睡醒从炕上爬起来的样子。这会儿的哨兵是"矮人儿"曾大虎，平常受人欺负时，二伯几次帮助过他，他见了二伯，神色紧张地说："二勇，你怎么才回来呵? 出事了，你知道吗?"

"怎么，出了什么事?"二伯故作惊讶地问。

"矮人儿"就将夜里游击队来袭击的事情简单地说了说，跟着又埋怨他几句，表示关心，然后就放二伯进去了。

天亮后不久，二伯又得知"白眼儿狼"顾白尘在我们游击队的这次袭击中被打死了，他先是惊讶，而后心里便感到了鼓舞。

但是，二伯没有想到，他的麻烦也来了。

下午的时候，"白眼儿狼"的媳妇带着儿子从金平县城赶了过来，先是趴在"白眼儿狼"的尸体上哭，继而又扯上儿子跑到了东边龟田那里，告了二伯的状，说二伯半夜三更出去，领来了八路军游击队，攻打炮楼，杀死了顾白尘队长，说那顾白尘可是你们日本人派的。

龟田一郎听了，立刻派日本兵过来拘捕二伯。

临出门时，早晨站岗的"矮人儿"诚惶诚恐地跑到二伯身边，说："二勇你心里该有谱儿，我可没说你什么。这事要是我干的，天打雷劈。"

二伯只是看了看他，心里拿不准，也就什么也没说。

但他心里对此事早有准备，所以见了龟田时，一点没有慌张。他的性格里好像天生就有那种沉稳的成分，几年战斗生活的磨炼，更使他的骨子里有了一种坚毅的品格。

龟田见了二伯，眼镜后闪过一道凶光，脸上的肉抖了抖，他向二伯说了顾白尘媳妇告发他的事情，二伯说没有，她完全是捕风捉影，然后就把早已准备好的一套话对龟田讲了。二伯讲时，龟田始终盯着二伯的眼睛，可他没有看出一点破绽，这就是二伯年轻而成熟的地方，他的心理素质极好。按二伯讲的事情，他最多是违反纪律，这点龟田比谁都清楚，这样一来龟田就没办法定二伯的罪，他不能为一个死去的人得罪了警备队的全体官兵。

龟田把顾白尘媳妇叫到一边，劝慰了几句，说毕竟没有证据，这事就这么算了吧！

可是，顾白尘媳妇不听龟田的劝说，她认准了她男人就是死在了二伯的手上，当时就带着儿子，拉上"白眼儿狼"的尸体返回金平县城去了，临走还扬言说要告到铃木那里去。

　　龟田想了想，第二天就派人把二伯押送到了金平城里的警备大队。他这么做，一是想甩掉二伯这块烫手的山芋，摆脱"白眼儿狼"媳妇的纠缠，警备队的人，警备队自己处理，顺理成章的事情；二是他也要借此事观察一下警备队的动向，看他们对"皇军"是否忠诚。

　　在去金平县城的路上，二伯渐渐地有些后悔了。他想也许该听秦钟岳的话，跟随他们上山去。那样的话，说不定自己已经投入新的战斗了，现在倒好，不但不能为游击队传递雁鸣镇里的情况，自己的命恐怕也要搭上了。

　　这时，二伯就又想起了那天我父亲去找他的事情，想起了大柳屯家里的情况，想起了我的爷爷，他的心头一颤，一种不祥的阴霾笼罩在他的心上。他的心绪越来越乱了。

　　到了金平县城，让二伯没有想到的是审讯自己的人竟是张仲友，他紧张的神经稍稍松弛了一下。此时的张仲友已经是金平警备大队的大队长了，虽然是大队长，可手底下并没有自己的人，他从雁鸣镇来上任时只带来了童小琪，他实际上被这里的中队长小队长们架空了。

　　张仲友见了二伯，表面上不得不摆出一副公事公办的样子，因为有日本人站在后面。他给二伯上了老虎凳、竹签子、铁烙铁，最后还用了电刑，二伯几次昏死过去，又几次努力地睁开了眼睛。

　　二伯看见张仲友就站在自己的面前，他的额头上沁出了汗，脸上的肉突突地抖。

　　张仲友绕到二伯的侧面，小声地说："二勇，你可要挺住！"

　　声音虽然小，可二伯还是清楚地听到了。二伯抬眼看看，目光正好碰上了张仲友的目光，一种默契立刻在那相撞的目光中沟通了。

　　接近傍晚时，所有的刑具用完了，二伯还一直重复着当初他和龟田说过的话。

这时，张仲友抹一把汗，走到日本人跟前商量了一番，那个在一旁监督的日本人不耐烦地挥了挥手，于是就把二伯放了。

二伯被摔到金平城里的街上时，正好有一辆驴车轱辘轱辘地从头前经过，他本能地一缩，撑着身体坐了起来。坐了一会儿，他又扶着墙往起站，沿着墙根儿一步步地往前走。

要不是因为躯体还流淌着一腔年轻的热血，要不是还想着大柳屯家里的父母，二伯这次差一点就站不起来了。他说，那是他自盘石山阻击战后第二次去拜访死神。

二伯拐过一处墙角儿时，天已擦黑了。这时忽然有人撑住了他的胳臂，他扭头一看，是童小琪。

"队长让我来找你的，估计你就走不远。"童小琪说，同时把二伯的大半个身子放到了自己的身上，连架带拖地把他带进了一处青砖青瓦的小院。

童小琪把二伯放到屋里的炕上，松了一口气说："这是队长来到这里后弄的一处宅子，你先躺会儿吧，他过一会儿就回来。"

二伯抬眼看了看屋子，什么也没说，只顾咬牙忍着身上的疼痛，丝丝地喘着气，沉重的眼皮不由自主地就合上了。

当二伯醒来时，张仲友和童小琪都坐在他的身边，旁边的炕上还放着一碗面条。

张仲友见二伯睁开了眼，就说："二勇你也别怪我，我是身在曹营，身不由己。"

二伯吃力地说："没事队长，那会儿你要是不说那句话，我恐怕就撑不住了，我还得谢谢你呢！"这是二伯的心里话。

张仲友说："那会儿你要是挺不住，我也就没办法了。没事就好，我回来时弄了点药，你先把面吃了，完了让小琪帮你涂上一点。"说完他就丢了鞋子，到土炕的另一头，大仰八叉地躺下了。

躺下了，他却并没有睡，睁着眼，愣愣地望着顶棚。

二伯吃了面，童小琪就洗了条毛巾来给二伯轻轻地擦拭伤口，擦完了，再把药往伤口上涂。顿时，二伯只觉得伤口火辣辣地疼，额头上的汗立刻沁了出来。

童小琪停了一下，看了一眼二伯，一咬牙，又继续涂药。

二伯坚持着，坚持着，又一次昏睡了过去……

二伯又看见了盘石山那血淋淋的场面，看见自己被压在了成堆的尸体下，远处一群野狼吐着血红的舌头，一步一步地向他走来，二伯着急地往外拽被压住的大腿，可大腿就像灌了铅一样，怎么也拽不出来。这时，一只狼已经到了近前，张着大口，口水滴到了二伯的脸上，二伯一惊，猛地坐了起来。

二伯睁开眼时，知道自己做了一个梦，身上又出了一身的冷汗，奇怪的是伤口不那么疼了。他往外看看，发现天已亮了，张仲友和童小琪起了床，这时正在外面的院子里活动着身体。

二伯叫了一声"小琪"，张仲友和童小琪都从外面走了进来。

"年轻呵！要是我这把骨头，说不定就交代喽！"张仲友说，一边又撩开二伯的衣服，仔细地看了看，看完了，又问，"雁鸣镇你是回不去了，想过吗？你打算去哪儿呢？"

二伯说："我有个姐姐，就在东边的王左庄，自从日本人一来，我几年都没去了。我想先到她家里去住几天，我这个样子，反正不能回家去。"

张仲友说："也好，只要你有地方去就行，我这里是是非之地，我就不留你了。我和小琪这就得走，你晚点走，走时把门给我带上。"

二伯答应着，张仲友就带上童小琪走了。

十五

由于用了张仲友的药，又经过了一夜的休息，虽然身上还疼，但二伯已经能够支撑着走路了。

太阳升高的时候，二伯从张仲友的小院里出来，站在街上，仔细地看了看眼前这座县城。二伯记得，他还是在送自己的姐姐，我的大姑儿出嫁的时候来过一次。几年过去了，这县城还是那个老样子。说是县城，其实也就只有一条宽敞一点的街道，街道两旁比雁鸣镇上多了几家铺子，多了几个出出进进的行人。

二伯辨别了一下方向，然后艰难地往城外走。刚刚走出县城，二伯的汗就下来了，汗水浸着伤口，火辣辣地疼，再加上头顶上无遮无拦的烈日，二伯只觉得头重脚轻，身子晃了晃，险些栽倒。

正在这时，有人从后面搀住了他的胳臂，把他扶住了。二伯定睛看了看，是个小伙子，衣服破旧，却眉目清秀，似乎在什么地方见过。他的后面还跟着个半大的姑娘，脸上有风吹的泪痕，脑后梳了两只羊角辫。二伯说了句客气的话，慢慢地把自己的胳臂抽了出来。

这时小伙子忽然说："孝勇大哥，你不认识我啦？我是卢萍呵！我爸爸把你从盘石山那边背回来，你不是在我们家养过伤吗？"

二伯经对方一提醒，猛地想起来了，再看旁边的小姑娘，也看出来了一点卢英的模样，只是卢萍那一身男人的装束，让二伯有点丈二和尚摸不着头脑。

二伯说："卢萍——你们怎么到这儿来了？"

经二伯这么一问，卢萍的眼圈就红了，旁边的卢英凑上来，拉住卢萍的胳臂，叫了一声姐姐，跟着便一把一把地抹泪。

卢萍说："俺爸俺妈都被日本人给杀了，房子也给烧了，我和英子算是捡了条命。我们没地方去，我想起大哥你说过你是这一带的人，我就和英子往这边来了，真的没想到事情会这么巧。"

"是吗？"二伯说，他忽然想起了曾经搭救过自己的卢凤山夫妇，心头一酸，泪水差一点落下来。

卢萍又问起二伯的情况，二伯就把几天来的事情跟卢萍和卢英说了。经他那么一说，两个姑娘的目光围着他身前身后地转，直转得二伯浑身上下不自在，但由于心里起了一种微妙的变化，他的伤居然不那么疼了。

卢萍和卢英没地方去，跟着二伯一起到了王左庄。

嫁到王左庄的我的大姑儿是个直爽的人，由于战乱的原因，已经三年没有回过娘家了。这时见了自己的弟弟，喜从天降一般，可没说过三句话，泪先流了下来，看过了二伯身上的伤，跟着又流了一通泪。

二伯说姐你别哭，我这不是挺好吗？大姑儿说我知道，我这是高兴的，又问二伯说爸妈咋样，二伯就把他那次回家时的情况简单说了说，再多的事情他就支支吾吾地说不上来了。自从那次见了我父亲没有搭上话，二伯也一直惦记着我爷爷奶奶，可二伯没敢多说，他也没有说出大伯和小姑儿的事。他怕大姑儿的心悬起来，过分地难受。

大姑儿果然也就没再问，那样兵荒马乱的年月，听到了一点亲人的消息，她已经十分满足了。

大姑儿要去给二伯做饭，却又把二伯叫到了一边，问他怎么还带来了两个姑娘。二伯的脸先红一下，然后就把卢萍和卢英的情况原原本本地向大姑儿讲了。大姑儿才听完，眼泪又差一点落下来。

二伯说："姐，我待个两三天就回岭上去，她俩恐怕要多住些日子。"

"住呗，人家是你的救命恩人，住上一年两年也无妨呵！只是——在哪儿也不太平，这里不像咱老家那边能往山上跑，这地方来了情况只能钻地道。"大姑儿说。

她的话刚说完，一直站在旁边吧嗒吧嗒地抽烟的姑父悄悄地扯了一下大姑儿的衣襟，两个人就转身去了外面。

二伯知道，这时我的大姑儿家里也并不宽裕，一家五口人，除了我的姑姑姑父和两个孩子，另外还有她的婆婆，已经七十多岁了。那时我的表哥刚刚五岁，表姐三岁，正是衣来伸手饭来张口的时候，一家人就靠三亩薄沙地和我姑父外出给人家帮工度日，日子一直紧巴巴的，偏偏又闹了日本兵，就更加雪上加霜了。

过了一会儿，大姑儿和姑父从外面进来，二伯还没开口，我大姑儿就说："二勇，你姐夫没别的意思，他说眼下这兵荒马乱的，怕出个差错没法向你交代。"

二伯一听，心里一块石头落了地。

十六

二伯在大姑儿家住了三天，到了第三天要走时，陈化成陈铁匠忽然风尘仆仆地找上门来了。

陈铁匠说："知道你出了事，秦队长让我打听你的消息。听说你让张仲友给放出来了，可却不见你回去，我猜你十有八九到这里来了，我听白先生说起过你这边有个姐姐。"

二伯问："秦队长说我的事情了吗？"

陈铁匠环顾了一下四周，拉着二伯到了房子的山墙下，小声地说："秦队长不让你再回警备队去了，说你的身体如果不碍事，就让你跑一趟省城，那里有人帮我们买了些山上急需的药品，让你把它取回来，再送到山上去。秦队长知道你办事稳妥，所以才这样交代了。"

二伯什么也没说，只是问了问要去的具体地方，要找的人，见面后的联系方式。陈铁匠给了他一块金皮岭上特有的带着金线的浑圆的石头，然后两个人就一起离开了我大姑儿的家。

临走时，大姑儿又流了泪，卢萍也现出了恋恋不舍的样子。二伯说，不知怎的，这次从姐姐家出来，心里似乎多了一丝牵挂。

他和陈铁匠在县城一家叫作"仙客斋"的小饭馆里一人吃了一碗老豆腐，然后，陈化成陈铁匠返回金皮岭，二伯则奔了省城。

这之前二伯没有去过省城，但他参军那年进过比金平县城更大的城市，当时只是跟着队伍走，也没有问那叫什么地方，只看见了宽敞的街道，看见了两边一排排的铺子，还有摞在一起的房子，后来才知道那叫楼房。二伯想，省城大概也就是那个样子。

二伯独自走了一个上午，后半晌到一个岔路口打听路时，恰巧碰上了一个赶着驴车的老人，车上还坐着他的孙子，看样子有十二三岁。老人说你算问对人了，我和孙子就是到省城去，去给东家拉货的，不嫌弃你就坐上来吧！

二伯就搭上了驴车，和老人边走边聊，两天之后到达了省城。

省城果然和二伯见过的那个城市没有太大的出入。他辞别了赶着驴车的老人，一个人去找陈铁匠告诉他的取药的地方——"宝善堂"。

这时省城里的太阳似乎比金皮岭上的太阳还要毒，二伯刚走过了两条街道，身上的褂子就已经被汗水浸湿了，再加上才受过刑罚，他的体力还没有完全地恢复，走着走着眼前忽然一片漆黑。

当二伯过了一会儿再抬起头来时，他看到了远处一家铺子的上方挂着的鎏金的牌匾，他认出了上面的宝字和堂字，他不认识善字，但他往门口处看时，看见有人提着大包小包的东西从里面出来，二伯当时就断定，那肯定就是"宝善堂"了。

二伯走进去，柜台后站着一老一少两个人。

二伯问："这儿是宝善堂吗？"

年轻的一位说："是，你买什么药呵？"

二伯把那块石头拿出来，递过去说："有这样的药引子吗？"

旁边的老者见了，伸手接过去说："来，让我看看。"举在眼前认真地端详了一番，然后对二伯说，"好像有，您跟我到后面看看吧！"

二伯就跟着他出了这药店的后门，进了一处宽敞的院子，又走进了一座正房的堂屋。

老者返身关了门，转回身来对二伯说："本人邢宝善，是这家药店的掌柜。如果我没有搞错，你是从山里来取药的对吧？"

二伯说："没错儿，我叫孙孝勇。"

邢掌柜把二伯打量了一番，大概看着二伯确有山里人的朴实，"噢"了一声。然后他走进里屋，提来一只箱子，打开，又从旁边桌子的抽屉里拿出一张药方，交到二伯的手上，然后说："都在这儿了，你对照着看看吧！"

二伯把药方捧到眼前，还没看上面的药名，忽觉那字迹有几分熟悉，再仔细地看，却怎么也无法把印象中的东西拉到眼前来，相距遥远的空间中仿佛有一股强大的磁力顽强地对抗着他的想象。

二伯问："邢先生，这方子是您开的吗？"

"噢，这是我师兄开的。不瞒你说，这里的药有一半我这店里没有，我也是托人才搞到的。日本人三天两头来查，要不是师兄相托，我不会去冒这样的风险。"

"那——"二伯还想问个究竟，立刻被邢掌柜拦住了。

"别的不说了，你收好了，千万别出什么差错。"

二伯猛醒一下，心里忽然想，差一点连这行的纪律也忘了。于是他拿起邢掌柜早已给他准备好的褡裢，一样一样把药装了进去。

辞别了邢掌柜，从"宝善堂"里出来，二伯的心里一直被一个谜团缠绕着。他想这药是组织上安排人备下的不错，可是那个人是谁呢？

正这样想着，迎面一队巡逻的日本兵"咔咔"地走了过来，二伯吓出了一身冷汗，赶忙钻进了旁边的一条胡同。

然而当二伯绕道来到城门里边时，他又傻眼了，日本人在城门加了岗，一一盘查着来往的行人，他看一眼肩上的褡裢，汗又下来了，不知道该如何是好。

恰在这时，又有一辆驴车从他身后的胡同里不紧不慢地走了过来，二伯仔细一看，正是把自己带进城里来的那辆驴车，车上放着些乱七八糟的东西，他的心里顿时亮堂了。

驴车到了近前，赶车的老人也显得很惊讶，说："小伙子你怎么还在这儿呵？"二伯就用手指了指肩上的褡裢，又指了指远处的城门。老人说："来来，你放在这儿吧！"就从车厢下拉出来个抽屉，把二伯的褡裢放了进去，然后用一根钉子将抽屉钉死了。完了，又对二伯说："你要是对老汉我放心，你就离远一点，别跟我们一块走，我到城外等你去。"

二伯说："我放心。"

于是，他远远地看着驴车出城去了。

二伯随后出来，在离城门一里多远的地方追上了老人的驴车。然后又搭了老人的驴车走，一直走到来时的路口，该分手了，老人取出褡裢交给二伯。二伯特别感激，说："大爷，您也知道，这是冒险的事情，我该怎么谢您呢？"老人说："千万别说谢，没猜错的话，我也知道你是干什么的，说句贴己的话，我还得谢你呢！过些年你如果还记得我老汉，你就来看看我，我和孙子就住在前边不远的知古村，你打听村西姓潘的车把式，大人小孩儿都知道，到时候，咱爷俩再好好聊聊。"二伯说："就这么说定了，到时候我一定去。"

解放几年以后，二伯真的到那个知古村去了一趟，但只见到了老人的孙子，那时他已经是个小伙子了。他说他爷爷就在解放那年去世了。二伯的心里就空落落的，他给小伙子留下了二十斤小米，但仍觉得欠下了人家的债，一笔无法偿还的债。很多年以后，一直沉甸甸地压在他的心底。

然而，如果二伯当时就知道那姓潘的车把式，其实也是组织上安排来接应他的人，他也就会感到宽慰了。

十七

二伯和潘家爷孙俩分手后，为了确保药品的安全，他白天钻到庄稼地里去睡觉，晚上出来摸着黑赶路。这样绕过了金平县城，一直到了雁鸣镇，这时该把药送到哪里去呢？秦钟岳的金皮岭游击队从来没有固定的住所，唯一的办法就是去找陈化成陈铁匠。

二伯摸到陈铁匠家的时候已经是后半夜了。陈化成拉开门栓时，也吃了一惊，他环顾了一眼远处的街巷，赶紧关了门，把二伯让进了屋里，到了屋里才说："二勇你可回来了，昨天秦队长下山来还要派人去接你呢！"

"我这不是回来了吗？秦队长他们现在在什么地方？"

"你先歇歇吧！说不定秦队长还会派人来接你呢！如果没人来，你明天就到喜鹊洼那一带去找他们，秦队长昨天走的时候说了，这几天都在那一带。"

"不会有事吧？我真的想睡会儿了。"

"都这个时辰了，没事儿，你就睡会儿吧！"

在那样动乱的年月，二伯到了这样一个地方，就像到了自己的家一样，他的头刚挨到炕席，鼾声就响起来了。

可是二伯还没有进入梦境，他忽然听到了陈铁匠急促的叫声："二勇，快起来，快起来二勇，有情况了！"

一种对危险的本能反应让二伯立刻清醒了。他一轱辘爬起来，抓过裆裤，跟着陈铁匠就往门外走，刚到了院里，院门那边就响起了一阵紧似一阵的喊声和咣咣的砸门声。陈铁匠答应着，用手指了指后边的院墙，示意二伯赶快翻墙走。二伯还想说什么，陈铁匠猛地推了他一把。二伯打了个趔趄，几步跑到了墙边。

就在二伯爬上墙头的当口，外面的门被砸开了。二伯本能地回头时，看见陈铁匠向着来人扑了上去，这时枪声响了，子弹打在墙头的石头上，溅出来一片火花，同时他听见陈铁匠说了个"快"字，声音随后闷了下去。

二伯不顾一切地从墙头跳下去，凭着对外面地形的熟悉，拔腿就跑，一种不祥的感觉同时浮上了他的心头。

又有子弹追着他打过来，从头顶和身边飞了过去，二伯感到脚下被什么东西绊了一下，险些栽倒，但后面追兵的喊声和枪声让他暂时撇开了一切。他紧抓着肩上的褡裢，只顾向着前面飞奔。

天大亮的时候，二伯已经走上了通往喜鹊洼的山路。他回头看了看身后飘着淡淡的薄雾的山谷，知道已经没有危险了，这才放慢了脚步。

原来差不多要一天才能走完的路，这时用了半宿就跑过来了。人的身体里究竟有多大的能量？不可思议，真是不可思议，二伯暗暗地想，不觉又往来路上看了一眼。

这时二伯只觉得左腿上的裤子有些拉腿，迈步时也有些沉。他扭头往下看了看，禁不住哎呀了一声，他的腿肚子靠上一点的地方被子弹打穿了一个洞，周围的血液已经凝固了，乌黑一片。

二伯咬牙坚持着，又往前走了几步，然后就怎么也走不动了。他把褡裢放在路边的一块大石头上，跟着就一屁股坐了下去。他先用手摸了摸裤腿儿上的弹洞，一股难挨的疼痛立刻从那里爬上来，钻进了他的心里，于是他赶紧放了手。

大约过了二十分钟，二伯开始发愁了，离前面的喜鹊洼还有一段的路，还不知道秦队长他们是不是就在喜鹊洼，拖着这样的一条腿，自己该怎么办呢？他看一眼旁边的褡裢，看一眼前面的山路，看一眼山路，又看了一眼褡裢。

这样思忖着的时候，二伯忽然听到了一阵嚓嚓的脚步声，他全身的神经为之一紧，抓过褡裢，一轱辘翻下去，躲藏到了石头的后面。

脚步声近了，是从山路上面传来的，二伯的神经稍稍松弛了一下，偷眼往上看去，是两个人，一前一后地走了下来。近了，二伯认出了走在后面的罗挺，他不禁脱口叫了出来："罗挺，罗挺，罗——"

二伯的第三声罗挺还没喊出来，就觉得浑身的力气完全地用尽了，身体不由自主地瘫软了下去。

不过，罗挺和同来的一名战士已经发现了他。他俩急忙奔过来，一个人把二伯背在背上，一个人挎起了褡裢，匆匆忙忙地往山上走了。

二伯醒来时，发现自己躺在一户人家的炕上，那窗子那墙竟有几分的熟悉。他往起撑了撑身体，仔细地瞧了瞧，猛地认出来了，这是自己曾经来过的喜鹊洼藏春喜的家，他的媳妇叫沈云芝，回想起来，自己已经是第二次睡在这盘土炕上了。

二伯正这样想着，沈云芝从外面进来了。她见了醒来的二伯，立刻显出来几分欣喜："你醒啦？到底是年轻，流了那么多血，还能跑那么远的路。"

"我是怎么到了这儿的？"二伯问。

沈云芝说："是罗挺把你背来的，他给你洗了伤口，上了药，看你睡着不碍事，然后就走了，他说明天再来看你。"

二伯"噢"一声，这才想起来坐在路边石头上的那一幕，看一眼自己的腿，果然已经给包扎上了，稍动一下，还揪心地疼。

沈云芝一见，赶忙说："可不能动，罗挺走的时候说了，让你

静养，要不会感染的。"

二伯果真就没有动，他不知道自己为什么在这个女人面前会那样地乖顺。他平日里是个有一定之规的人，任别人怎么说，他该怎么做还会怎么做。二伯静躺着，想起了那个雨夜躺在这个炕上的事情，不由自主地看了一眼沈云芝。

沈云芝好像从二伯的目光中看出了什么，蓦地红了脸，说我去给你弄饭吃吧，就匆忙地出去了。

二伯吃完了沈云芝端来的饭，仍在炕上躺着，腿上传来了一阵丝丝拉拉的疼痛，那疼痛刺激了他的大脑。于是他就想，自己一个大男人，要是十天半月地在这里躺着，那样让外人看了，肯定要闹闲话了。

这样想着的时候，二伯随口就向走进屋来的沈云芝说了，没想到沈云芝却异常地开通，说这兵荒马乱的年月，谁有空嚼那个舌头呵！你住这屋，我住那屋，你就只管养伤好了。二伯这才稍稍地安了心。

第三天的上午，秦钟岳带着罗挺来看他，两个人一声不响地走进屋来。

二伯看见了，欣喜地叫了一声"队长"。

秦钟岳拍了拍二伯的肩膀，又伏下身看了看他的伤口，然后才说："让你受苦了！"他的意思里包含这次受伤和在警备队里受刑，但二伯只理解成了受伤。

二伯说："没事队长，好在打在了腿上，养些日子就好了。"

秦钟岳没有往下解释，而是说："你带回来的药可是解决我的大难题了，山上的同志还让我向你问好呢！"

二伯一听，竟不由得红了脸，在此之前，他还没有受过这样的表扬呢！

这时，二伯发现旁边的罗挺一直严肃地站立着，始终没说一句话。秦钟岳的话语后面也好像暗藏着一种不可名状的沉重，他的心往下一沉，几天来的一种预感很快和眼前的现象咬合了。

二伯惴惴地问："秦队长，老陈，陈铁匠他怎么样了？"

二伯这么一问，罗挺的眼圈儿立刻红了，秦钟岳的喉头也有几分哽咽，他一字一顿地说："陈化成同志牺牲了。"

"什么？"二伯吃惊地瞪大了眼睛，他不相信秦钟岳的话是真的，他想陈铁匠最多也就是被捕，像自己一样被押往金平城里的警备队，他怎么可能牺牲呢？还有，是谁向日本人透露了自己夜宿陈家的消息？一连串的疑惑和愤懑塞满了他的胸膛，自从二伯进入雁鸣镇上的警备队，陈化成陈铁匠成了他最亲近的人，他那个小院儿，也成了二伯唯一能够轻松栖身的地方。可是，为了自己能够脱险，陈铁匠却丢掉了性命。二伯想着，泪水吧嗒吧嗒地落了下来。

秦钟岳说："要打鬼子，总会有牺牲的。在你去雁鸣镇之前，陈化成一直是我们的交通员，因为他的情报，我们打过许多的胜仗，也避免过不少的损失，后来的人们一定会记住他的。"

二伯就不吭声了，可陈铁匠的影子却一直浮现在他的脑海中，总也挥不去。

好半天，二伯才又问："鬼子怎么会知道我带着药到了陈铁匠的家呢？我进门的时候已经是后半夜了。"

"是龟田派出的探子。自从我们夜袭他的炮楼以后，鬼子的胆子似乎更小了，心情也更急迫了。不过，出了这样的事，都怪我事先没有做好安排，陈化成同志的牺牲我是有责任的。"秦钟岳说，心情又一次变得沉重了。

几个人便都不再说话，秦钟岳掏出烟荷包，装了一袋旱烟，自顾自地抽，抽完了，又狠命地在鞋底子上磕打着烟灰。

这时，沈云芝把饭端了上来，一盘玉米面饼子，一盆玉米粥，另外还有一盘老咸菜。

秦钟岳看了看，坐下来便和二伯和罗挺一起吃。吃完临走时，他让罗挺给沈云芝打了条子，连同二伯的饭钱，说等到解放了一并归还。

沈云芝就认真地把白条收了起来。

十多天之后，二伯的伤口已基本愈合，能够下地走动了，只是还不能吃太大的劲儿。

可就在这时，二伯不小心淋了雨，伤口被打湿了，又没有要换的药，渐渐地二伯就觉得伤口瘙痒，并很快地红肿化脓了。

沈云芝见了，急得像热锅上的蚂蚁，她盼望着罗挺这时候能够再到村子里来，最好还能带一点药来。可是罗挺和秦钟岳他们却始终没来，听偶尔到村子里来的人讲，游击队又要下山去打仗了。

这天早晨，沈云芝给二伯备下午饭，拎着把镐头就出门去了，直到太阳落山的时候才疲惫地回来。进屋时，她一脸的兴奋，告诉二伯说："村里的老人告诉我个方子，我去采了几样草药回来，我去捣一下，待会儿你就把它敷上。"

二伯见了，这才明白沈云芝为什么早晨就给自己准备下了午饭，他的心里热乎乎的，忽然就想起了小时候在家生病时，母亲给自己端来面条时的情景。他乖顺地把腿伸出来，小心地让沈云芝给自己敷上了捣碎的草药。

这天夜里，二伯一躺下就进入了梦乡，他梦见自己还是在当初宋时轮将军的部队里，旁边还有藏春喜。两个人正打着绑腿，打完了部队就出发了，沿着一条山路，渐渐地飞奔起来，刚到了山顶，忽然又命令原地休息。二伯刚刚在一块岩石边坐下，藏春喜已经拽着自己的一条膀子睡着了。

二伯使劲地抽了抽胳膊，没有抽动，再用力，他沉睡的意识中忽然有了一种萌动，想起来自己是睡在喜鹊洼人家的炕上，感到膀子上实实在在地压了一个人，他的心头一紧，便不敢再动了。他感觉到了沈云芝温暖而柔软的身体，他嗅到了一股气息。二伯微微睁开眼，看见沈云芝和衣睡在自己的旁边，她显然是在守护自己时入睡的，或许，梦中的沈云芝已经把自己当成了藏春喜。二伯的心里一阵感动，跟着又一阵酸楚，他轻轻地将胳膊抽了出来。

但是，沈云芝还是被惊动了，二伯赶紧闭上了眼，仍装出一副熟睡的样子。沈云芝看了看，便慢慢地起身，轻轻地走了出去。

二伯听见沈云芝去了对面的屋子，然后又进了那里面的套间。二伯第一次来的时候就发现了那个套间，但没有过多地留意，这次来养伤后，他发现沈云芝经常一个人进到里面去，一待就是个把小时，但却听不到一点做事的声响，二伯的心里纳闷，想趁沈云芝不在时进去看一看。去了两次，等走到门前才发现，那门上挂着锁。现在又听到沈云芝走了进去，她到底去做什么了呢？二伯坐起身，想悄悄地过去看一看，又觉得不妥，只得躺下了。

二伯用了沈云芝采来的草药，伤口一天天地好起来，先是不再流脓，后来红肿也消了，但伤口处却留下了一个又深又大的疤，以致走起路来都显出一点跛了。

这天，秦钟岳和罗挺来了，除了以往的装束外，罗挺还背了一个沉甸甸的包儿。见到了二伯，秦钟岳和罗挺都显得特别开心。互相打过招呼，沈云芝让人进屋。秦钟岳屁股还没粘炕沿儿，就兴奋地说："孝勇，你猜我们给你带什么来了？"

在二伯的记忆里，秦钟岳给他的印象一直是沉稳而果断的，话语不多，还没有见过他像这样兴奋而心迹外露的时候。

这时，罗挺已经憋不住了，他一下子将包儿撒在炕上，说："二勇，我们把雁鸣镇的炮楼拔了，龟田被我们击毙了，你瞧，这是给你带来的战利品。"说着他就把罐头、饼干等一堆洋货一下子捅到了炕上。

二伯和沈云芝看着这些洋玩意，就像看到了天外来客一般。沈云芝拿起一听罐头，小心地抚摸着。二伯瞪眼看着，继而又转向了秦钟岳："秦队长，这是真的呵？"

"当然是真的，都是实在的洋货，这还能有假吗？"秦钟岳说："近半年来，世界战场上的形势发生了根本性的变化，日本人已经无暇顾及我们这山沟里的事情。你虽然不在警备队了，可镇子里还有我们的人，我们也终于盼来了宋将军的队伍。"

二伯兴奋地看了看罗挺，又看了看沈云芝。

沈云芝说："这下好了，我们再不用东躲西藏了，该死的日本鬼子！"

十八

秦钟岳和罗挺离开喜鹊洼时，秦钟岳又给二伯派了一个任务，要他到金平县城去做争取张仲友的工作。

二伯接受了任务，向沈云芝辞行时，沈云芝半天也没说话，然后又走进西边的套间去，待了好一会儿才出来。

这时二伯的心里立刻塞满了一团乱糟糟的东西，临出院门时，他猛地转回身，冲着沈云芝深深地鞠了一躬，他说："嫂子，大恩不敢言谢，我走了！"

沈云芝本想说些谦辞的话，可喉咙似乎被热乎乎的东西粘住了，一句话也没说出来，二伯往外走，她也跟着走，一直走出了村子，走上了往下边去的山路，二伯终于把她拦住了："嫂子你回去吧！等打下了金平，有空我再来看你。"

"有空你可要来呵！"沈云芝终于站下来说，脸上强挂着微笑，靠在了路边的一棵树上。

二伯答应着，快步地往前走，走出几步再回头看靠在树上的沈云芝，忽然看到了她眼里晶莹的泪花。

二伯的心里涌起来一股热潮，但他没有停步，一直往前走了，边走边想着到金平去找张仲友的事情，可走出去好远，沈云芝的影子还总在他的眼前晃来晃去。

走到离我们大柳屯还有三五里的时候，二伯又想起了我的爷爷奶奶，自打他参军入伍，又到了雁鸣镇上的警备队，已经几年了，他还是从牛角沟下来那次顺路回过一次家。后来我父亲去找他，和他说了我爷爷的病情，二伯的心里就始终悬着那么一块石头，一闲下来，心里就烦乱，头脑中就浮现出爷爷和奶奶的身影。经历了这次伤病的磨难，他仿佛又从死亡线上爬过了一次，走进我们大柳屯时，不知为什么，一股伤感的情绪忽然塞满了他的胸膛，他扶着一堵石墙站下来，努力地让心情静了静。

二伯走进家门时，空荡荡的院子里只有那块突兀着的太阳石，他想起了当初跪倒在我爷爷奶奶面前时的情景，胸中一阵怅然，他对着虚掩着的屋门叫了一声"妈"，屋子里没有回声，更没有动静，他推开门，一步跨了进去。

那会儿，我的奶奶就在炕上端坐着，目不转睛地望着北面的墙壁，一年多不见，她的头发已经白了一多半，人也仿佛突然间苍老了。二伯走到她的眼前，又叫了一声"妈"，我奶奶的眼珠儿稍稍动了动，呆滞的目光仿佛看着一个完全陌生的人，然而不一会儿，她的眼睛便湿润了。

这时，二伯仿佛被人一把推下了悬崖，头立刻蒙了，喉头也哽咽了："妈，我爸爸和三弟呢？孝廉他们哪儿去了？"

我的奶奶仍不答，泪水已经顺着她的脸颊流了下来。

二伯转身到别的屋去找，又到院子里去找，仍没有一个人，他再回到屋里时，奶奶忽然说："三儿呵，别找啦！你爸爸让我告诉你，没事儿别去找他，他想一个人待着。"

二伯顿时觉得毛骨悚然，他知道奶奶错把他当成了我的父亲，我的父亲在他们兄弟中排行老三。可是，眼前的事情到底是怎么回事呢？一种惨淡的阴云笼罩在他的心头，他刚往那方面想了想，急忙又把思绪收住了，他的目光就那么茫然地在屋子里游动着，游动着……

就在二伯急得快要发疯的时候，他忽然听到外面传来了一阵脚步声，接着我父亲便走了进来。父亲说那天他去村外拾柴了，他没想到二伯会回来。

二伯见了我父亲，急忙问："三弟，你去哪儿啦？咱爸呢？"

我父亲没有回答二伯的话，泪水先淌了下来。严格地说，我父亲那时还是个大孩子，他一个人承担着家庭的苦难和不幸，已经是满肚子苦水了，这时见到了自己的哥哥，终于能够倾诉了。

二伯再问一句，我父亲就忍不住，"哇"的一声扑在了二伯的怀里，他说："二哥，咱爸没了！"

二伯一听，如五雷轰顶一般，好似一截木桩一样钉在了那里，随后，他便和我父亲抱在一起，放声痛哭了。当初爬出盘石山战场上的死人堆时他没那么哭过，在金平遭受酷刑毒打时他也没那么哭过，可这时，二伯再也坚持不住了。

过了好久，他和我父亲才平静下来。

二伯问我父亲："咱爸得的什么病呵？"

我父亲说："舅舅说是肺病。那次我去找你，他本想能够把你找回来，你却没回来。我回来跟他说了，他脸色铁青，一句话不说，只管一声接一声地干咳。倒是吃了舅舅拿来的药，可病就是不见好，胡桃峪的姐姐姐夫没了，他两天水米没打牙，他硬是让一堆的事情窝憋死了。"

二伯听了，就闷头坐在了炕上，一声不吭了。

我父亲又说:"咱妈眼睁睁地看着爸爸没了,却没有一点办法,那天一口气憋住,就成了现在这个样子。我去找舅舅,舅舅来看了两次,也拿了药,现在还吃着。舅舅第二次来时,妈让我向舅舅问起你,舅舅说你已经不在镇子上了,但去了哪里,他却没有说。不过那天我看妈的神色,还是平静了许多。二哥,你别走了,我真的好害怕,二哥。"

这时,我的奶奶也转过脸来看着二伯,怔怔地看着。

二伯忽然背过脸去,又一串眼泪扑簌簌地落了下来,他赶紧擦干了,硬撑着跟我父亲说:"三弟,二哥还有要紧的事情,必须得走,以后我会告诉你的,你都十七了,还怕什么呵!"

我父亲便不再言语了。

二伯这时就走到奶奶的面前去,跟她说话告别,奶奶仍是将目光停留在二伯的脸上,忽然闪过了一丝明亮,有了些许的流动,眼前的这张脸似乎拨动了她被苦难尘封着的记忆,但她到底也没有说话。

二伯的心好像被刀子剜了一下,他不敢再看奶奶,急忙走出了屋子。

我父亲追着二伯到了街上,说二哥我给你弄点吃的再走吧,二伯冲我父亲摆摆手,然后就匆匆地出村了。

十九

我们家的祖坟在村北五里之外的一座山下,那山叫牤牛山,是金皮岭无数山峰中的一座,去喜鹊洼的路就从山口前经过,二伯每次走过这里时,总要停下来向着里面望一望,那狭窄的山口处立着一块巨石,没有人知道它是被洪水冲来的,还是从天上掉下来的,它好像守护在那里的一尊天神,几乎把整个山口堵塞了,只在靠南边的山坡上有一条路,经过了后人的开掘,勉强可以抬

着棺材通过。

许多年以后，我听一位懂得些风水的老先生讲，我们家之所以人丁不能兴旺，是和这山口及这块巨石有很大关系的，它挡住了我们通往仕途的路。这话有多大的可信度，我没有去追究，我爷爷是否知道这一情况，我也没有去询问，然而当我第一次走到这山口，仰望那块巨石时，我的心还是突然受到震撼了。

沿着旁边的山路往里，走不多远地势就开阔了，四面山上的雨水冲刷下来，在谷底淤积起来了一片面积不大的土地，我们家的祖坟就位于北面的山脚下，后面的山坡上是松树、栎树和杏树混生的树林，坟旁是几株高大的松树，松枝上缠绕着云彩，里面常传来啁啾的鸟鸣。

那天二伯离开我父亲，没有奔下面的雁鸣镇，也没有去金平县城，而是沿着他刚刚走过的通往喜鹊洼的路又走了回来，他绕过山口的巨石，一直来到了我爷爷的坟前。

新土叠起的坟头儿经过了雨水的浇洒已经长出了小草儿，但也辨得出和后面的老坟明显不同。二伯看了一眼，最后一次和爷爷分别时的情景立刻浮现在他的眼前，他扑通跪倒，放声大哭，泪水唰唰地流了下来。

那会儿，山上的风吹下来，在松树的枝头卷起来一阵阵松涛，二伯的哭声飘起来时，就和那松涛融和了。如果从远处听，就好像整个松林在哭，整座的山峰在哭，那就是男人的哭声呵！

二伯哭了一通，又哭一通，终于哭得累了。

连日的伤病已使他的体质虚弱了，天色也渐渐地晚了，二伯知道自己还有要做的事情，也怕天黑前走不出山谷，这才努力地镇静下来。

他用手捧了两捧土，绕着圈洒在我爷爷的坟上，又再次跪下来，给我爷爷磕了头，然后才心情沉痛地离开了牤牛山。

从牤牛山上下来，二伯没有再进我们大柳屯，而是一直地往下走了，走到雁鸣镇时，他的伤腿酸得不成，加上天也已经大黑了，于是他就想住下来，进了村就往陈铁匠家的方向走，走过了一条胡同，猛地想起来，陈铁匠已经不在了。他的心往下一沉，靠在旁边的墙上待了足有五分钟，然后才往他的舅舅我的舅爷家去。

这时的雁鸣镇已经没有了盘踞的鬼子，秦钟岳拔掉鬼子的炮楼，随后就建立了我们自己的政权，但力量还很薄弱，国民党原来任命的伪政府不久也出来活动了。另外人们还怕金平城里的铃木突然杀过来，所以许多事情仍处在半隐蔽状态，天一黑，镇子里的街上仍是一片寂静。

二伯来到他的舅舅我的舅爷家时，舅爷出诊去了，他让舅奶奶给他端来晚上家里吃剩下的饭菜，呼噜呼噜地吃了下去，舅奶奶又给他煮了一碗面，他也狼吞虎咽地吃了。

一个多小时以后，舅爷才从外面出诊回来，见了二伯，舅爷也很惊讶："二勇，这些日子你到哪儿去了？"

"舅舅，我爸他——"二伯见了自己的亲人，又是可以依靠的长辈，一句话没说完，泪花就在眼眶里转了。

舅爷赶紧安慰二伯，又给他讲了我爷爷去世前后的一些事情，说到最后，也不由得长叹一声："唉——你爸爸如果地下有知，他迟早会明白你的。"

听了舅舅这话，二伯的心忽然动了一下："明白？"明白什么呵？自己在警备队里的事情，除了秦钟岳和陈铁匠，现在顶多再加一个罗挺，别人也没有人知道呵！虽说是舅舅把自己送进的警备队，可那时也只是说进去混口饭吃，难道——二伯又一想，舅舅大概说的是自己的一片孝心，如果真是这个意思，也就没什么了。

随后，二伯跟舅爷讲了他被"白眼儿狼"的媳妇陷害，又给抓进了金平城里的事情，讲了他到王左庄的姐姐家养伤，还有到省城去帮朋友抓药的事情。他跟舅爷讲的只是帮朋友抓药，并没有觉出自己的话有什么不妥，那样兵荒马乱的年月，有什么药需要到省城去抓，省城里又能抓到什么药呢？作为山村郎中的舅爷应该最明白了，可是他没有打断二伯的话，二伯讲到这里时，他全神贯注地听着，眼睛里飘过了熠熠的光，仿佛那"宝善堂"里的每一个人每一样物件都勾起了他的回忆。这是二伯后来的感觉，当时他只顾侃侃地讲了，尤其讲到在路上碰到的知古村姓潘的爷孙俩时，他说那真是运气呵，省了好大的劲儿，这时他也渐渐地从开始时的沉痛中走了出来。

这天晚上，二伯跟舅爷聊了很久，直到他说早晨还要到金平城去，舅爷才让舅奶奶给二伯找铺盖，然后让他躺下了。

第二天吃过了早饭，二伯揣上舅奶奶给他预备的干粮，又一次离开了雁鸣镇，舅爷把他送到村外，　·直送上了去往金平县城的路。

二十

二伯来到金平城里张仲友的住处的时候是下午五点左右，自打他从这里离开到现在回来，季节已悄悄地转换了，头顶上没有了灼人的骄阳，取而代之的是秋天习习的风。经过了与自己舅舅的交谈，二伯感觉心里畅快了许多。他忽然发现，自己的舅舅不但能抓药治病，好像还有一种特殊的本领，能治人的心病，可具体是什么本领，他却说不清楚。

二伯这样想着，来到了张仲友和童小琪住处的院门外。他抬头看时，门上却挂着锁。他知道张仲友和童小琪还得过些时候回来，就在门前的台阶上坐了下来，一边掏出舅奶奶给他带的干粮，慢慢地吃。

天完全黑下来的时候，张仲友和童小琪终于回来了。

二伯跟随着他们走进屋里，张仲友在炕沿儿上坐下来，点燃了一支烟，一口一口地抽，半晌才说："孝勇，找我有事吧？"

"没事队长，伤养好了，就是想过来看看你们。"二伯说，话一出口，心里总觉得有一点别扭。

张仲友便没了话，二伯也不知该再说些什么，童小琪在一旁扯些闲话，却没有人附和，因为张仲友和二伯都想着各自的心事。

最后憋不住的当然还是我二伯孙孝勇，他终于鼓足勇气，把想好了的一堆话一股脑儿地倒了出来。

张仲友静静地听着，最后才问："这是你的意思？"

二伯说："是！也不是。"

张仲友微微一笑说："我早就知道你是山上的人，看来我猜的没错儿。"

二伯说："这么说你同意了？"

张仲友沉思片刻，随后毅然地摇了摇头。

二伯一看，急得脸色通红，他原以为不会费什么周折就能说服张仲友，一是迫于眼下的形势，二是自己跟着张仲友一起干过，毕竟还有那么一点情分，所以秦钟岳交给他这个任务时，他什么要求也没提就痛快地接受了，可是万万没有想到，刚打了一个照面就碰了一鼻子灰。

夜已经很深了，二伯躺在张仲友的土炕上，久久不能入睡。他听见旁边的童小琪已打起了鼾声，他听见隔过去的张仲友也在翻来覆去地变换着睡觉的姿势。可是，他想不出一点好的办法，要讲道理，张仲友恐怕比自己知道得还多，不然的话，他怎么能去胡桃峪搭救受难的乡亲呢？他怎么能告诉自己挺一挺，又把自己救出了警备队呢？张仲友的顾虑到底是什么呢？

　　第二天早晨起来，张仲友的眼里挂着血丝，他和童小琪跟二伯打一声招呼就走了。

　　二伯追到门外，只叫了一声队长就又把话收住了。

　　从张仲友的住处出来，二伯决定再到王左庄的大姑儿家去，他想出去走一走，放松一下心情，也许就能想出个办法来。刚这样一想，他的心里就像被一棵草轻轻地拂动了一下，有了一种莫名的兴奋。

　　从金平县城去往王左庄的路上，一阵阵秋天的风吹着地上的落叶，跟着二伯轻轻地走。

　　可是，快走进王左庄的时候，二伯却高兴不起来了，他忽然想到了爷爷的事情，拿不准该不该告诉自己的姐姐，不告诉吧，怕挨埋怨，告诉吧，怕大姑儿过分地伤心，或许还要风风火火地赶回我们大柳屯去。

　　二伯的心里就是这样七上八下地走进我的大姑儿家的。

　　大姑儿见到了二伯，又是异常地高兴，问起家里的情况，二伯只推说还一直没有回去，终于没有把爷爷的事对大姑儿讲，大姑儿也就不再询问，然后忙着去张罗饭菜了。

　　这当口，卢萍和卢英姐俩凑了过来，卢萍说："孝勇大哥，我和英子想走呵！"

　　我的姑父忙在一旁说："你瞧这姐俩，说几次了，总是怕给我们添麻烦。我就说，说什么也要等你回来，这兵荒马乱的，你们抬脚走了，让我们怎么交代呵！"

　　二伯说："我还有点事儿，等办完了我就来接你们，接你们到我们大柳屯去住，也省得我妈整天念叨闺女。"

　　大姑儿在外面听见了，就把二伯拉到外面说："二勇，我看那大姑娘跟你挺般配的，你要是乐意，姐姐给你做个媒，进咱家门也就名正言顺了。"

"仗还没打完呢，这事以后再说吧！"二伯心里飘过一丝春意，可还是把大姑儿的提议拒绝了，弄得大姑儿老大不高兴。不过，说归说了，大姑儿想，再怎么也还是自己的弟弟呵！

吃过了饭，二伯急着走，大姑儿也不挽留，一直把他送出了村口。

从大姑儿家里出来，二伯的心情果然好了。

他再次来到金平县城时，天已经黑了。一抬头，二伯看见了曾和陈化成陈铁匠一起吃过饭的那家叫作"仙客斋"的饭馆，于是他决定再去吃一碗老豆腐。

二伯走进"仙客斋"的时候，忽然看到里面有个正在吃饭的人，那侧影特别熟悉，仔细看看，他就认出了自己的舅舅我的舅爷白先生。

二伯走过去，叫了一声舅舅，舅爷好像早知道二伯该在这时候到来一样，头也没抬，用筷子示意二伯赶紧在对面坐下来。

二伯顺从地坐在了舅爷的对面，然后小声地问："舅舅，您怎么在这儿呵？"

舅爷说："你前脚儿走，张仲友后脚儿就托人捎信儿，让我下来给他把把脉。这大老远的，谁叫我和他有这么一点交情呢！"

"您给他看过了？"

"没有，我还不知道他住哪儿呢，想着先吃口饭再去打听。"

"正好我也有事找他，待会儿咱爷俩一块儿去吧！"

"那敢情好了。"舅爷欣然地说，就要招呼伙计为二伯添菜，二伯伸手便给拦下了，说进这里边来，就是还想吃碗这里的老豆腐。

二伯喝着老豆腐的时候，不由得又想起了同陈铁匠一起喝老豆腐的情景，心里渐渐地有了一种别样的滋味儿，不知不觉，一滴眼泪吧嗒一下掉进了碗里。那会儿，舅爷正闪眼看着外面。

吃过了饭，二伯带着舅爷走进张仲友的小院的时候，张仲友和童小琪已经回来了，张仲友见了舅爷，显得既高兴又惊讶。

"白先生，什么风把您吹来了？"

"这还用问，秋风呗！你叫我来，我怎敢不来呵？"

"我——没有呵！"

"明明是你让人捎的信儿，说是让我来帮你把把脉嘛。"

"噢！想起来了。"张仲友猛地用手拍了一下自己的脑门儿，急忙给舅爷让座。

他们这一来一往，把站在一旁的二伯几乎搞晕了，这样明摆着的事怎能不记得呢？

这时，舅爷坐下来，先喝了口童小琪沏的茶，然后抓过张仲友的一只胳臂，认真地切脉，目光适时地停留在了张仲友的脸上，稍后，又换了只胳臂，一边开始说些心燥气虚肝火上升之类的话，说得张仲友不住地点头。

切完了脉，舅爷认真地想了想，然后拿出纸笔，伏下身来开方子，开好了，交给张仲友。张仲友双手接过药方，捧起来仔细地看，目光中豁地闪过了一丝明亮。

舅爷说："凡是要去病，三分在外因，七分在内因，到什么时候，你自己都要好自为之。"

"那是那是，这点我还明白。"张仲友说，平日在二伯眼中那么一个刚强豪横的人，在舅爷面前却服帖得像个小学生了。

舅爷起身要走，张仲友又把他拦下了，然后对二伯和童小琪说："你们先到外面等一会儿，我还想和白先生单独说几句话。"

二伯和童小琪到了外面，心里却七上八下地猜测着，他想也许自己说的事情，张仲友想让舅舅帮助他拿个主意，可侧耳谛听，已经听不见一点屋子里的声音了。

于是，二伯便和童小琪聊张仲友来到金平后的一些事情。

这时，高远的天空下有薄薄的云在急速地流动，云缝间偶尔泻下了如水的月光，洒在眼前的庭院里，让二伯依稀辨清了脚下的土地。

约莫过了半个时辰，张仲友出来喊二伯和童小琪进去，然后又让童小琪带舅爷到街上去，找客店安顿住处，童小琪答应一声就在前面走了，二伯随张仲友把舅爷送到了外面，往回走时，借着稀疏的月光，二伯发现，张仲友紧锁着的眉头已经微微地舒展了，他的心里豁地划过了一道亮光。

再次回到屋里，还没等二伯开口，张仲友就说："二勇呵，我想好了，就依你，你说吧！让我把队伍带到什么地方？"

二伯几乎不敢相信自己的耳朵，昨天毅然地回绝，今天爽快地接受，这就是张仲友吗？

张仲友再问一遍，二伯立刻回过神来说："您把队伍带到雁鸣镇，秦队长说他亲自下山来接您。"

"好吧！咱们一言为定。"张仲友说，宽大的手掌有力地拍在了二伯的肩上。

于是，二伯连夜返回金皮岭，去向秦钟岳报信儿。张仲友则开始做出走的准备。

二十一

一九四四年秋天的一个下午，金平县警备大队的大队长张仲友如期把他的队伍带到了雁鸣镇。至于他采取了怎样的办法，又怎样把那样一支队伍顺利地带了出来，张仲友从没有对人讲过，因而至今还是一个谜。

不过，队伍到达雁鸣镇后，张仲友还是遇到了一点小小的麻烦。就在镇子后面，游击队当初集结的那片树林里，张仲友刚一宣布接受游击队整编的计划，立刻有个中队长跳出来反对，并企图煽动一部分士兵哗变，张仲友把他就地正法了。随后，张仲友向在场的官兵发表了一席至今听起来还让人心潮翻滚的演讲，他说："我张仲友活了大半辈子，连个婆娘都没找，为什么？我怕生下儿女来让人戳脊梁呵！"几句肺腑之言，竟说得有人落了泪，有几个打算悄悄离开的士兵又悄悄地留了下来。

当二伯带着秦钟岳赶到这里时，士兵们的情绪已经被点燃了，秦钟岳上前和张仲友握手，张仲友双肩微微地抖动，眼里有大滴的泪水吧嗒吧嗒地落了下来。

就在秦钟岳带着张仲友和他的队伍离开雁鸣镇奔向金皮岭的时候，二伯则又一次返回金平城，到了王左庄。二伯来接卢萍和卢英，分别时，大姑儿又一次落了泪，她说："等安定一点了我就回家去。"她说："二弟抽空你也要再回来看姐姐呵！"说得二伯一阵心酸。在那样的岁月里，每一次离别都好似在亲人们的心里压上了一块沉重的石头。

卢萍和卢英到了我们大柳屯，奶奶高兴，我父亲也高兴，然而二伯却没有在家停留，简单地交代几句就走了，没想到，这一走又是三年。

二伯在岭上找到了秦钟岳，秦钟岳说："你的腿受过伤，不便跟着队伍，就到后山去做些后勤工作吧！"二伯想了想，拿上秦钟岳给他的一张二指宽的纸条，当天就往后山去了。

一九四五年，日本人离开了我们金平县城，但县城却又被国民党的部队接管了，他们还同时接管了雁鸣镇。随后，国共两党便开始了为时三年的内战，金皮岭上的枪声因此也就从没有停息过。这期间，二伯一直在金皮岭后山做粮食的储运工作，接来送往，每天都忙得不可开交，直到一九四八年五月我们金平全境解放。

那天，队里的指导员对二伯说："孙孝勇，准备一下，明天我们进城。"二伯却说："不，我要回家!"指导员用惊讶的目光看着二伯，很快从他的目光中看出来了一种不可撼动的决心，于是，指导员就伏在旁边的碾盘上，也给二伯写了一张纸条：孙孝勇同志经金皮岭秦钟岳队长介绍来粮调队工作，现离开回家。

二伯揣上这么一张纸条就走了，他想着家里我的奶奶和我的父亲，还有卢萍和卢英，走下金皮岭时，他高兴得差一点飞起来。

下篇

一

我的二伯是在我们金平解放后的那年秋天结婚的，对象就是一直在我们家寄居的卢萍。这事看起来好像自然天成，但却并不是一帆风顺。

之前一个月的时候，大姑儿带着我的表哥来我们大柳屯走娘家，知道了爷爷的事，先哭了一通，知道了小姑儿的事，又哭了一通，哭得死去活来。

第二天，大姑儿的情绪稍稍好一点，就把二伯拉到一边，问他和卢萍的事情，二伯说："没有的事，八字还没一撇呢!"大姑儿一听就急了，说："你都二十六了你以为你还小呵，咱妈没精力为你操心了你知道不?"二伯就低下头，一言不发了。

在我们大柳屯那个地方，大姑娘十八出嫁，小伙子二十结婚，这在人们的意识中已经根深蒂固了。二伯二十六了还孑然一身，大姑儿怎能不为他着急呢?

二伯理解大姑儿的心情，所以他不顶撞自己的姐姐。

其实，二伯的心里何尝不想结婚呢?卢萍几次提出带着妹妹离开我们家，都被二伯坚决地留住了，卢萍也就没再坚持，因为两个人的心里都有了那层意思，只是中间还隔着层窗纸，谁也没有去捅破。

现在经大姑儿这么一唠叨，二伯的心里早乐了，他说："姐，你说吧！"

只一句话，大姑儿就明白了二伯的意思，立刻着手张罗二伯的婚事。邻居们送来了小米、红枣、核桃，又帮着在院里搭起了喜棚，二伯和卢萍就跪在我们家院里的太阳石上拜了天地。从此，卢萍就成了我的伯母。

二伯和伯母结婚后不久，已经南下归来，在金平城里当了局长的秦钟岳托人给二伯捎来张条子，让他到县城里去做事。二伯看了条子，想也没想就给回绝了。伯母知道了，给了二伯好一通埋怨。

如果二伯这次能够再听一次秦钟岳的安排，他的命运也许又会是另一个样子，可是他没有，二伯说他不能把伯母一个人丢在乡下，那会儿她已经怀孕了。

这样说来二伯并没有错。

可是转过年来，伯母该生产了，却是难产，村里的接生婆和一家人急得团团转，竟没有一点办法。情急之下，还是二伯想到了我的舅爷，忙让我父亲到下面去请。

我父亲来到雁鸣镇时，才知道我舅爷已经到金平城里的医院做事了，还当上了院长。我父亲一口气又跑到了金平县城，见到我舅爷，他差一点就哭了，他说："舅舅您快去救救我嫂子吧！她快不行了。"

我舅爷听清了事情的原委，说："这事我去了也没有把握，正好医院里有从部队上下来的医生，有这方面的经验，我让她跟你去吧！"舅爷就派了名女医生，又找了辆马车，跟着我父亲急急慌慌地赶奔到了我们大柳屯。

那天夜里，当我父亲带着女医生赶到大柳屯，走进我们家时，孩子已经死了。伯母流了许多的血，脸色苍白，只剩下了一口气。女医生给她打了针，但已无济于事，最后，女医生只得面带愧疚地冲大家摆了摆手。

伯母感觉出了自身情况的严重，让其余的人都出去，只留下了二伯，她大口地喘着气，声音微弱地说："孝勇，我对不起你，你们家对我的恩德，我只有来世再报了。"

二伯一听，泪先流了下来，他说："你别这么说，要是没有你爸你们，我的命早丢在盘石山了。"

伯母听了，只是大口地喘气，一双含满了泪水的眼睛默默地看着二伯。那会儿，二伯的心都快碎了。

过了好半天，伯母才又声音微弱地说："孝勇……我求你一件事……行吗？"

二伯赶紧擦了擦脸上的泪水，说："还求什么，有事你就说吧！"

伯母说："我走了，我最放心不下的就是……就是英子，我们俩一块儿出来，我却把她撇下了。平日里我也和她说过，她和孝廉挺般配的，你是哥哥，你就替他们做主吧！告诉英子，就说这也是我的意思。她要是不出这个门，将来你也好替我照看照看。孝勇，你——答应我吗？"

二伯看着伯母，喉头哽咽着，这时就只是不住地点头。

伯母得到了二伯的应允，目光一下子明亮了。她撑着身子坐起来，还自己梳了头，梳完了，又躺下去，对二伯说："孝勇，我走了。"就安详地闭上眼，停止了呼吸。

二

二伯失去了伯母和孩子，身心又受到了一次重创。很长一段

时间里，他只是吃饭干活儿，整日整日不说一句话。

那时，奶奶已从失去小姑儿和爷爷的悲痛中缓过一点劲儿来，神志也较以前清醒了，这时虽然也跟着悲伤，但总比二伯要好一些。奶奶每天单独给二伯做一碗面，看着二伯吃，一边还要说些宽慰的话。

渐渐地，二伯终于走出了那段痛苦的日子，这时他便开始张罗伯母交代给他的事情。他跟我父亲说了自己的想法，又跟卢英讲了她的姐姐留给她的话。我父亲说："二哥，我听你的。"卢英也说："既然姐姐说了，我没别的想法。"二伯听了这样的话，心里特别地舒畅。

于是，二伯托了媒人，给我父亲和卢英订了婚。

一年多以后，正是乡村的晚秋时节，按照乡下的礼节，二伯又忙前忙后，风风光光地给我父亲和卢英举行了婚礼。那天，王左庄的大姑儿扮作卢英的娘家人，又一次把卢英送进了我们孙家。

从此，卢英就成了二伯的弟妹，成了我的母亲。

我的父母结婚一年后，我来到了这个世界上。

那天，二伯想着伯母的事，早早就托我的舅爷请来了医院里的那位女医生。女医生、奶奶和大姑儿守在屋里，二伯在堂屋里烧水，一大锅的水已经烧得滚开了，二伯还在不停地烧，他全部的神思都倾注在屋里，努力地听着屋里的动静。那会儿，我父亲忙乱得没有了分寸，只顾屋里屋外地走，这时他也才真正理解了二伯守护伯母时的心情。

当我向这个世界发出第一声呐喊时，二伯嗖地从灶火前站了起来。

女医生在屋里对奶奶说："大妈，恭喜您，是个男孩儿。"

奶奶当时说了什么我记不清了，二伯则立刻对我父亲说："三弟，孝廉，快，快把水端进去。"

我父亲又惊喜又忙乱地把一盆热水端进了屋子，大姑儿就用二伯烧的这盆热水给我擦了身子，完成了我来到这个世界上的第一次洗礼。

我的出生给我们家带来了无限的欢乐，尤其二伯，比我的父母和奶奶还要高兴。我刚刚会在炕上爬，二伯就迫不及待地把我举到了街上。奶奶说，娃子还小，别着了风，二伯就用他的衣襟把我遮得严严的，只露一张小脸儿。正是从他的怀里，我第一次看见了外面的世界，看见了我们村中的那棵大柳树。

直到我四五岁的时候，他还经常把我扛在肩上，有事没事地到街上到大柳树下去转悠，一边转悠他还会一边给我讲些他自己的故事："你知道吗？二伯就是从这棵柳树下当兵走了，一条命差一点没丢在外面。"另外还有些别的故事，由于当时我的年龄太小，记忆已经模糊了。

二伯平日里是一个不善言谈的人，可唯独带着我时，他的话显得特别多，不慌不忙地讲，仿佛春蚕吐丝一般，好听又耐听。

这一年，母亲又给我生了个妹妹，二伯也当上了村里的队长。他的事情忙了，带着我转悠的次数也明显地少了，但只要一有机会，他还总是把我郎当在身边，让我跟着他山上山下地跑。母亲说："你呀！简直是你二伯的小棉袄儿。"听了母亲这话，我的心里总是美滋滋的。

三

在我们金皮岭那一带的深山里，有一种好看的石头，石头上含着金星和金线，有的还组成了花鸟鱼虫的图案。它们从高山上被洪水冲下来，在沟谷里磨砺得圆滑了，就堆积在河边的沙滩上。二伯带着我转悠时，举起一个来给我看，并指着上面的金星说："这是金子，你知道吗？"我摇摇头，那时候我还不知道金子的贵

重，更不知道金子是做什么用的。二伯不理会我，他的目光溯河流而上，一直望定了远处的山岭，我猜他在打那山的主意了。

果然，在农闲的时候，二伯开始组织劳力，进山去开采矿石，并往山外去销售了。

一段时间里，胡桃峪几个邻村的队长也想学二伯的样子，进山去采矿，但收购矿石的冶炼厂只认二伯一个人，因为他们当初有约定，这让邻村的队长们干瞪眼没有办法。

一连几年，我们大柳屯靠着采卖矿石富了起来，在当时的计划经济体制下，别的村一个劳动日值八毛钱，我们大柳屯村的一个劳动日值就已经核到三元五角了。因为上级不允许分光吃净，所以实际分配的一个劳动日值是二元一角。即使这样，村里人已经乐得合不拢嘴了，二伯在村民们心中的地位达到了一个前所未有的高度，二伯在上级领导心中的地位也达到了一个前所未有的高度。

正因为如此，这年夏天，上级党委便派给了二伯一项特殊的任务，要我们大柳屯接收喜鹊洼的所有人员，一共是十六户，三十八口人。因为一场大雨毁坏了许多房屋，政府考虑到百姓的安全，认为全村搬迁是最好的办法。

二伯接到这项摊派时没有打驳回儿，大柳屯的乡亲们听到这个消息时也显得很平静，人们心中都珍藏着一种朴素的感情。

然而，事情具体筹办时却遇到了麻烦，问题还出在了喜鹊洼，总共十六户人家却有三户死活不下山。二伯拿了名单一看，其中竟有沈云芝，也就是藏春喜的媳妇。二伯看着那名字连连摇头："这不可能，她是个开通的人，我在她家里养过伤，我了解她，一个烈属，她不应该跟政府较劲儿呵！这样，她的工作我来做吧！"二伯略一思索，就把这一户的事情包揽了下来。

上喜鹊洼那天，二伯又把我带在了身边，我也就第一次走进了高高的金皮岭。

青山绿水之间蜗居着的一处处黑而矮的房屋，有的已经被山洪毁坏了，走到村口那盘碾子跟前，二伯抬头望了望，自言自语地说："还是老样子。"就又带着我往前，走进了不远处的一户人家。

那家屋里的人好像知道我们的到来一样，我和二伯刚迈进院门，她就从屋里迎了出来，是一个中年妇女，头发都已经花白了。二伯抬头看她时，也不由得愣了一下，似乎觉得她不该是这个样子。

"这不是二勇吗？是哪阵风把你给吹进山里来了？"妇女抢先搭话说，语气中明显带着几分哀怨。我猜想，她肯定就是那个名单中的沈云芝了。

"春喜嫂子，没有风我就不能来呵？这些年不是村里的事情脱不开身嘛！"二伯说。

随后，二伯拉着我的手走上屋前的台阶，又走进了屋里。

沈云芝跟着走进来，先摸了我的头，给我抓了把新鲜的杏干儿，又给二伯倒了水，然后说："大老远的，有事吧？"

二伯说："你知道我不会拐弯儿抹角儿，就为搬迁的事。"

沈云芝说："为这事你就甭费唾沫了。"

"为什么呵？"

"不为什么，你也看见了，我这房子不碍事。"

"这是政府统一要求的事情。"

"那——个人总还有个自由吧？"

二伯一下子让沈云芝给问住了。

可是，二伯是在众人面前拍了胸脯儿的，就这样退却下去，那不是二伯的性格。二伯喝着水，一边思索着对策。

这时沈云芝又说："我知道你在想什么，你也甭琢磨了，你说什么我都不会去，我离不开这喜鹊洼。"说完，她撇下二伯和我，独自去了西间的屋子，又进了里面的套间，好半天也不见出来。

我嚼着酸酸的杏干儿，没有觉出什么，二伯干巴巴地坐着，似乎已经不耐烦了，他用手摸着我的头，自言自语地说："这人怎么说变就变了呢?"然后拉起我的手就往门外走，走到堂屋时，还没忘了冲着里面的套间打招呼，那里面却没有一点动静。

二伯的第一次喜鹊洼之行就这样无功而返了。

二伯第二次去喜鹊洼时没有带我，但他回来时脸上的云似乎已经被岭上的风吹散了。

接着二伯便又去了第三次，因为我吵着闹着要跟着他，他只得又把我带上了。

再见到那个沈云芝时，她的态度已经和缓了，但还没有痛快地答应。她又给我抓了杏干儿，给二伯倒了水，然后就在我们对面坐下来，等待着二伯开导。

二伯说："嫂子，你也知道我这个人不会说话，可有一个理儿我认定了，要是春喜大哥还在，他也肯定不让你一个人住在这山上。"

上山的路上，二伯给我讲了盘石山，讲了那个关于藏春喜的故事。他说他不敢在沈云芝的面前提起，提起来了怕她伤心。现在提起来，看来二伯已经没有别的办法了。

果然，听二伯这么一说，沈云芝的眼圈儿微微地红了，她说："要不是为他，我早跟你们下山去了。"

二伯一愣："你这话怎么讲呵?"

沈云芝就站起来，往西边的屋子走。二伯跟着她，我跟着二伯，径直地到了那套间的门前。

沈云芝打开门上的锁，进去点亮了一盏油灯。这时，我看清了迎面山墙下放着的桌案，桌案上供奉着的牌位，还有牌位前摆放着的饭菜，燃烧着的香火，一股潮湿的烟火味儿扑面而来。

对于这些东西，我并不陌生，因为奶奶经常对着它们跟人默默地说话。

然而二伯见了，却一下子愣了神儿，半天才迈步走进去，他站在牌位前默念一阵儿，又上上下下地端详了一番，随后才小心地退出来。

我不知道二伯对那东西为什么那样虔诚，因为急着要撒尿，我匆忙地跑到了外面。这时，远处传来了布谷鸟的叫声，仿佛就在对面的山上。我出了院子，寻着声音去找，旁边的谷底里传来了山洪野性的咆哮声，而那布谷似乎还在更远的地方。我害怕了，急忙退了回来。

这时，二伯已经从屋里出来了，脸上带着悦色。沈云芝跟在后面，一直把我们送上了往下去的山路。

半个月后，喜鹊洼的十几户人家如期地搬进了我们大柳屯，住进了村里专门为他们搭建的新房。

四

二伯因为完成了喜鹊洼的搬迁，受到了上级的表扬，年底时还去县里开了会，戴了红花，回来时，脸上洋溢着喜悦，一连几天都沉浸在满足和幸福之中。

这时便又有人开始为二伯提亲，提了三四个，其中还有没结过婚的姑娘。二伯听了，都只是摇头，当提到喜鹊洼搬迁来的沈云芝时，二伯默许了，一种说不出的感觉攫住了他的身心。可等媒人再到对方家去说，却遭到了沈云芝的回绝，而且没留一点的余地。二伯得了回话，仿佛一下子跌入了深渊，立刻没有了精神。从此，再不许人提说亲的事情，从早到晚，只是闷头干活儿。

这样的日子过了几年，虽然碰上了饥荒的年景，可我们家里的生活倒也平静，只是奶奶常为二伯的事情唠叨，我的父母也在私下里议论，但谁都没有办法。后来，奶奶的年岁大了，家里也就再没人提起二伯的事了。

然而，这事仿佛一根暗藏着的导火索，突然间就打破了我们家平静的生活。

我不知道事情为什么来得那么突然，二伯说他也没明白事情的缘由，但矛头已经指到了他的头上，先是村里采卖矿石的事情被停止了，接着二伯又被停止了队长的工作。

这天早晨，忽然有人闯进我们家里来，不由分说就把二伯拉了出去，为首的叫孙连奎，是当初跟着我爷爷从辛王庄逃回来的五个人中的一个。我父亲说，我们两家没有什么过节儿，严格地说倒是我爷爷救过他的命，他该报恩才是。二伯就更不明白了。许多年以后，我从街上闲谈的人们口里得知，孙连奎原来一直垂涎着沈云芝的几分姿色，因为得不到手，便导演了这样一出闹剧。

他们把二伯拉到了街上，在大街小巷里来回地走，随行的人群还不时地呼喊着口号。

事情刚刚发生时，我父亲和母亲都被整晕了，但他们很快镇静下来。父亲到大队去找干部理论，母亲则拉起我的胳臂，紧跟在游行的人群后面。母亲一边走，一边说："你伯伯不是那种人，那绝对是没影儿的事情。"

我一直没弄明白是怎么一回事情，只是觉得气氛紧张，只是恐惧而慌乱地跟着母亲跑。

游行的人在村子里转了两圈儿，转到了村边一户人家的房子前。不知道什么人呼喊了一声，人群就蜂拥着挤进院去，把沈云芝从里面拉了出来，拉到了二伯的面前，脖子上还挂了一双张着嘴的鞋，脸上被人用墨水涂成了黑红混杂的颜色，人不人鬼不鬼的样子。

二伯看着面前的沈云芝，干涩地张了张嘴，一句话也没说出来。随后，他们又一起被人推拥着往前走了。

走到村子中间的那棵柳树下时，人群停下来，把二伯和沈云芝围在了当中。孙连奎上蹿下跳，一边鼓动众人，一边冲二伯和沈云芝呼喊："快把你们那些见不得人的事情说出来！我们大柳屯不要你们这样的人。"

沈云芝说："我们是清白的，我们什么也没干。"

二伯瞪视着眼前的孙连奎，忽然伏在他的耳边说："你快点让人散了，不然我饶不了你！"

孙连奎被二伯的话吓得愣了神儿，但很快又大声地嚷嚷起来，还编了一个黑夜里的故事，不依不饶地追问沈云芝，直到嚷嚷得累了，众人才怏怏地离去。

这天夜里，我刚迷迷糊糊地睡着，忽听家里一阵慌乱。父母披起衣服就往门外去了，我跟着跑到外面时，二伯和父亲已经奔到了街上。这时我清楚地听见了惊恐的喊叫声："快来人呵——出人命啦——"声音是从村边上传过来的。

我跟着人们跑到村边时，看见许多人已经围在了白天那个沈云芝家的门前，人们正私下里议论着：是那个从喜鹊洼搬来的寡妇吧？上吊啦？一点点的事，怎就想不开呢？

我跟随着父亲和二伯挤进屋里时，那个沈云芝已直挺挺地躺在了堂屋的地上，脸色干净而苍白，但在耳根处的脖子上还能看出一点墨水泼洒的痕迹。

二伯只看了一眼，身体颤一下，转身便退了出来，然后踉踉跄跄奔回了家里。

我跟着父亲回到家里时，二伯正坐在屋里呆呆地发愣，奶奶在一旁劝慰着："二勇呵，别太往心里去，人的寿命就到这儿了，今儿没这事，明天还有那事呢！"

二伯说："都是我害了她，她说不离开喜鹊洼，是我死活把她拉了下来，要不怎会有这事呢？"

我父亲攥着我的手，在一旁愤愤地站着，直攥得我小手儿生疼，他跟二伯说："这伙王八羔子，我找他们算账去！"

二伯说："三弟你别去，再惹出点事来，又把你牵进去了。天塌下来，我一个人撑着。"

随后二伯又摆了摆手，说："你们先出去吧，我想一个人待一会儿。"我和父亲奶奶就退了出来。那天夜里，二伯屋里的油灯一直燃到了天明，他想着在自己眼前死去的藏春喜，想着在沈云芝家里养伤的日子，更想着沈云芝身后的事情。

因为沈云芝是烈属，最后还是由村里出面把她安葬了。

村里按照沈云芝死前留下的一纸遗嘱，最终把她安葬在了喜鹊洼，随同她一起安葬的还有她一直供奉着的藏春喜的牌位。

那天，除了村里派出的抬棺的人，再没有一个人随行，冷清的山路上只有风的悲鸣。

然而，沈云芝下葬三天以后，有人看见她的坟前多了一捧烧化的纸钱，有一只空酒瓶歪斜地躺在旁边的草丛中。人们说那是二伯来给沈云芝圆坟儿了，可谁也没有看见，只是说说而已。

五

沈云芝的死，又一次给了二伯沉重的一击，他的话更少了，面相也显得苍老了。

然而，类似的事情似乎还并没有结束。

隔过了一年多的时间，这天村里来了两个身穿军装但没戴领章和帽徽的年轻人，他们走到村中的大柳树下时，其中一个问我大队部在什么地方。我见他脸上有一股儿恶气，本不打算告诉他，这时母亲正好赶过来说："人家问你话你怎么不说呵？你这孩子!"于是我只好给他指了大队部的方向。

这两个人来到村里的第二天晚上,有人来通知二伯到大队部去。二伯想不到会有什么事情,因为那会儿沈云芝的事情早已经过去了,所以他认为去一去就可以回来,因而又一次把我带在了身边。

我随二伯走进大队部北屋。里面已经有了三个人,其中两个就是在大柳树下向我问路的人,另一个是村里的干部,以前见过,但没有太多的记忆。我刚一进到屋里,立刻感到了一种严肃紧张的气氛,不由得往后退了退,二伯赶紧把我揽在了他的怀里。

村干部说:"这是工作组的同志,这位是田顾勘组长,他们想找你了解一点情况。"

我看那个队长,正是向我问路脸上带着恶气的人。村干部介绍完了,他便直截了当地说:"你叫孙孝勇吧?我们想跟你了解了解一九四三年前后的一些事情,你看可以吧?"听他那口气,根本不是可以不可以,而是必须要交代了。

二伯似乎没有想到来大队部会是这一类的事情,他低头看了看我说:"去,你先回家去吧!"

我看一眼门外,固执地扭了扭身体,二伯也就没再坚持。

这时,旁边那个工作组的人说:"那会儿你在哪儿呵?肯定不在村里吧?"

二伯说:"我参加了宋时轮将军的队伍,就从村里的大柳树下走的,打日本去了,怎么,有问题吗?"他被对方的态度激怒了,语气立刻变得生硬起来。

"这些我们知道,后来呢?"那个队长问。

"后来,后来就回来种地了。"

屋子里的空气凝滞了,双方僵持着,谁都不再说话。

正在这时,门开了一道缝儿,我父亲探进头来,冲我招着手。

二伯扭头看见了，就势把我从他的怀里拉出来，又推向了门外。

到了外面，父亲问我："他们找你伯伯说什么？"我冲父亲摇了摇头，因为我还没听明白他们说的到底是什么。于是，父亲又走到窗根儿下，侧耳去谛听。

过了好长时间，父亲从窗根儿下走出来，一声不吭地拉起我的手回家了。

当我在家里热乎乎的土炕上躺下睡觉时，父亲却还在院子里站立着，等待着没有归来的二伯。

第二天，二伯又去了大队部。晚上回来时，他的脸色阴沉着，说："我去找秦钟岳，他知道我在雁鸣镇的事情。"

当时，家里人还不完全清楚二伯去大队部谈话的具体内容，以为他只是随便说说，可早晨起来去叫二伯吃饭时，他人已经不见了。

这时又有个本家的婶子推门进来，说："你们快去看看吧，大柳树底下贴了一街的大字报，都是给你们家贴的。"

我父亲一听立刻奔了出去，我紧跟在他的后面，很快便到了村中的大柳树下。那里有几个学生模样的年轻人正在前前后后地忙乎着，墙上树干上贴满了写着黑字的大纸，一张挨着一张，铺天盖地。父亲说："你快看看都写了些什么。"这时我读小学三年级，已经是我们家里的学问人了，我看了那些纸上的字，但认不完全，只知道上面说了些二伯的坏话。我把意思跟父亲说了，他立刻显得很焦急，就要往大队部去。

这会儿，大字报前已经聚起了许多人，有个人突然扯着嗓子向大伙儿喊起来："你们都看看，这上面写得明白，孙孝勇是什么人？不错，他是参加了八路军，可他还参加了日本人的警备队，他是叛徒，是打进我们人民内部的特务。"

我看那个喊话的人，正是那个工作组的组长。他的旁边，孙连奎和另外的几个人也跳着脚，呜啦啦地喊叫着。

人们的情绪立刻被点燃了，这时不知谁喊了一声："把他抓起来！"众人当即掉转方向，向我们家扑来。父亲站在前面阻拦，被人流一下子冲到了一边。我跟在父亲的身边，几乎被吓傻了。

人们闯进我家，四处搜寻二伯，没能找到。奶奶母亲和妹妹都不知道出了什么事，惊恐得不能自已，尤其妹妹，年龄还小，躲在母亲的身后，大瞪着一双眼睛。有人问奶奶二伯的下落，奶奶说一早就出去了。

这时那个叫田顾勖的工作组组长煽动说："他跑了，他害怕我们，他害怕人民，他肯定是跑了，追！"

众人立刻炸了锅，蜂拥着往外走，到了院门外，田顾勖又对大家说："大家注意，由于孙孝勇特殊的身份，他的身上很可能带着枪，所以我要求你们，千万不要乱跑，要配合我们的民兵，统一行动。"

经他这么一说，众人立刻安静下来。那一张张脸孔顿时呈现出了紧张、惊恐、愤怒和仇恨。

有人带着村里的民兵荷枪实弹地赶来了，那个叫田顾勖的组长当即就派人封了我们的家门。所有的人，包括奶奶和妹妹在内，在没有抓获二伯之前，绝对不许再跨出家门了。

二伯去了哪里呢？我们一家人处在了惊恐和茫然之中。

六

二伯遭到粗暴无理的盘问之后，心里窝火，又无从分辩，于是他便想到了秦钟岳。几年前，他曾托人捎信儿，让二伯到县城去工作，二伯没有去。由此二伯就想，秦钟岳肯定还在县城，自己眼下遇到的事情，也只有秦钟岳可以替自己说清楚。那时虽然自己身在警备队，可干的却是游击队的事情呵！找他去，他不能不管。

二伯的性格里天生就有一种坚韧和执着，夜里他睡不着觉，翻来覆去地想，暗暗地拿定了主意。早晨早早地起来，他谁也没有惊动，一声不吭地踏上了通往县城的路。

二伯赶到金平县城时已经是下午了，他在秦钟岳可能工作的机关里找了一圈儿，问了差不多一个排的人，可都说没有秦钟岳这个人，二伯立马傻了眼。这时天色已经渐渐地暗了，他在马路上茫然地走，心里着急，却不知道该再去找谁。一抬头，他猛然看见了"金平县人民医院"的牌子，二伯一拍大腿，想起了在这里当院长的舅舅，我的舅爷白先生。这个时候，或许该叫他白院长。

二伯找到院长室，舅爷不在，里面却坐着个陌生人，正在看一张报纸，年纪五十多岁的样子。二伯猛地抬头看见了，只觉得记忆深处的某根神经被轻轻地拨动了一下，眼前这人似乎在什么地方见过。他上前询问白院长，那人说："你进来等一等吧！白院长出去看个病人，马上就回来。"

二伯走进屋里，在旁边的一把椅子上坐下来，仍侧目看着眼前的陌生人，但还是没有看出什么眉目。

几分钟后，舅爷果然回来了，二伯叫了一声舅舅，陌生人这才放下报纸，认真地看了看二伯，跟舅爷说："是你外甥呵，我还以为是院里的工作人员呢！"

舅爷说："二勇你该认识呵，这是省城宝善堂的邢掌柜，我的师弟，你到他那里取过药的。"

经舅爷这么一说，二伯立刻想起来了，赶忙再向邢掌柜行礼，说："过了这么多年，这几天又碰上了烦心的事情，所以一时没有想起来。"

二伯又问邢掌柜怎么会到了这里，邢掌柜说政府要他到公家的医院去，因为拿不准，所以过来向我的舅爷请教，师兄弟嘛，也让舅爷给拿个意见。

舅爷说："我不比你，我早就是组织上的人，到这里完全是组织的安排，你还可以想一想，不过，大趋势早晚也要走这一步，我的意见，晚走倒不如早走。"

邢掌柜说："听你这么一说我心里就有底了。"

随后，两个人又聊医院里的事情，又聊过去小时候的事情。二伯在一旁听着，听不出所以，心里却一阵阵地烦乱。好半天，舅爷才想起二伯，问："二勇，你村里的事情不是挺忙吗？怎么有空到我这儿来呵？"

二伯说："不忙了，这几天倒是有点麻烦事。我想找找秦钟岳秦队长，只有他才能帮我说清楚，可是转了一圈儿也没找到。"

舅爷说："秦钟岳去年就调回他们老家那边工作了，你到哪儿去找呵？怎么，别人不行？"

二伯说"不行"，接着就当着邢掌柜的面，把田顾勘一行人进入村里后的一些事情原原本本地说了。

舅爷和邢掌柜在一旁听着，不约而同地皱起了眉头。

邢掌柜说："这可不是件小事。我倒是可以去做个说明，可人家相信吗？"

舅爷说："你去找罗挺吧！他现在是副县长了，那会儿的事情他应该能说清楚一些。"

二伯听了，心里稍稍得到了一丝宽慰。由于走了一天的路，又困又乏，他进到舅爷的里屋就睡下了。舅爷和邢掌柜一直聊到了深夜。

第二天早晨起来，二伯跟舅爷和邢掌柜告别，早早地就到了县政府，去找罗挺罗副县长。一个脸膛黑红的看门的老头儿拦住他说："罗副县长不在，下乡去了，要过两天才能回来。"二伯不信，心想哪有这么巧的事情，肯定是官儿当大了，不愿见人，就硬往里走。老头儿见二伯的气头挺冲，没再阻拦，而是气呼呼地说："你以为自己是哪路的神仙，去吧去吧！"不过，他的话二伯没有听见。

二伯到了办公室，一个眉目清秀的女同志说："罗副县长真的下乡去了，昨天上午走的，去了金皮岭，他说岭上的几个村子打游击时为我们做了不少的贡献，可现在有的地方连吃水都困难了，他去做个调查，要两三天才能回来，门卫师傅说得没错。"

二伯一听，这才相信了，出来走到门口时，他想跟门卫的老头儿打个招呼，表示歉意，可老头儿早早地就别过脸去，看也没有看他。

二伯抬头瞥见了，没有在意，因为他想着去找罗挺，出了门便匆匆地往回返了。

七

田顾勖带人到我们家抓二伯没有抓到，随后他就派人把整个村子严密地控制了。另外还分出几个小组到周围的山上去搜寻，他们以为二伯一定是畏罪躲藏了起来，但由于走得仓促，身上没带钱也没有多少干粮，所以肯定走不远，然而搜了一天，他们连二伯的影子都没看见。傍晚时，他们只好把人撤了下来，村子却仍派人监控着。

二伯从我们金平县城往回走时，并不知道村里发生的事情，但以前从事情报工作的经验让他多了一分小心。他没有走我们大柳屯，而是从另一条道直接奔了胡桃峪。

胡桃峪的人说，罗副县长昨天是到过我们这里，待了一天，一大早又往上边去了。

二伯向人家要了一瓢水，喝了，接着又往岭上走，走到牛角沟时，终于找见了副县长罗挺。

此时的罗挺已是一个体态微胖的中年人了，一身蓝布的裤褂儿，倒也看不出多少领导的派头。二伯见到他时，他正和几位村干部站在村头的一棵老槐树下交谈着。随行的一个年轻的小伙子，大概是他的秘书吧，牵了一匹白马，跟在他的后面。

二伯上前搭话，罗挺立刻迎了过来说："孙孝勇，你怎么找到这儿来了？"

二伯说："我有点要紧的事，就得找你。"

罗挺见二伯的神情严肃，就把他拉到一边问："说吧，什么事呵？不会是龟田又要进山扫荡吧？"

二伯说："你还别说，还就跟那会儿的事有关系。"接着他就把田顾勘带着工作组进村，要自己如何如何交代等一系列的事情说了。

罗挺听了，说："派工作组的事情我知道，一些重点的村子都派了，不过，要你交代——胡闹，简直是胡闹。这样，你先回去，我还要在岭上转两天，下去时我顺路去给他们说一声，没大事，你放心好了。"

二伯听了罗挺的话，还真的放了心，当时就往回走了。一边走他还一边想，副县长的话，他们不能不听。

可是，二伯的估计错了。

二伯刚走到我们大柳屯村边，早早地就被瞭望的人看见了。那些人如临大敌一般，这时又正赶上田顾勘带人巡查到这里，他一挥手，随行的人便蜂拥而上，不容分说，几下就将二伯捆绑了起来。

他们先把二伯带到了大队部，把先前问过的话又重复了一遍。二伯咬着牙，一声不吭，心想，日本人都没有从我嘴里得到什么，你们几个，休想！

田顾勘看看，知道暂时不会有什么结果，就和村干部，还有那个孙连奎小声地嘀咕了几句，完了，愤愤地说："先带下去，好好地看起来，这次可千万别让他再跑了。"

孙连奎立刻喊来两个民兵，把二伯押出了大队部。

二伯听见他们说话时，才知道这时的孙连奎已经是民兵连长了。

<h2 style="text-align:center">八</h2>

在我们大柳屯村子的东北，大概半里路远的地方，有一处凸起的土台子，上面有一座九神庙，村里人提起时都叫它东庙。里面供奉的是哪九位神仙我不知道，但我知道那里面的神像已经残破了，或歪或倒，不成个样子，因而也早就断绝了供奉的香火。然而，那庙宇的梁柱还依然完好，那油漆剥落的门窗还依然结实。

从我们村子里出来，先走一段土路，再走一段干巴巴的河道，然后，几步就攀上了那座土台子。土台子的四周长满了树木，多是栎树和槲树，中间一片空地，空地的后面就是那座斑驳的东庙。听老人们说，早先的时候，东庙的两边还曾有配殿和厢房，军阀混战时被当兵的拆掉了。夏天，在地里干活的村民们常来东庙里躲避风雨，到了夜晚，这地方就成了蛇和鼠的天堂。

孙连奎把二伯从大队部里押出来，径直就来到了这座东庙。到了门口，两个民兵给二伯松了绑，一把推进去，哐啷一声落了锁。二伯愤怒地冲他们吼，啪啪地拍门，可是没有人理他。孙连奎坐在石阶下抽烟，不时地往门口望一望。那两个民兵则背着枪，警惕地在门口守护着。

对于这一连串的变故，我们家里没有听到一点消息。父亲和母亲互相谈论时，还只说二伯已远走他乡了，虽说也担心，可并不显得十分焦急。

　　奶奶这时又焚着了香，像当初二伯当兵走了以后那样，不停地为他祷告。

　　到了第二天下午，罗挺从金皮岭上下来，走到我们村口时，忽然想起了二伯找他的事情，急忙掉转马头，进了我们大柳屯。

　　那会儿，守在我们家的民兵已经撤了，街上也变得平静了。罗挺罗副县长走到村里的大柳树下时，看到了墙上和树上的大字报。他一边看一边皱眉，看到最后，他的嘴里骂了一句什么，但没有让在旁边牵着马的秘书听见，然后他就愤愤地走进了大队部。

　　这时，工作组长田顾勘和几个村干部正在屋子里研究着事情，田顾勘认识罗副县长，但罗挺不认识田顾勘。田顾勘见了走进院来的副县长，急忙迎出来。后面的村干部和孙连奎还不知道怎么回事，罗挺已经走进了屋子。他在一把椅子上坐下来，努力地压抑着胸中的怒气，表情严肃。随行的秘书说："这是县里的罗副县长，来村里了解点情况。"

　　村干部和孙连奎立刻显出吃惊的样子。

　　罗挺问："你们外面墙上贴的，情况核实过吗？"

　　田顾勘一听，努力地笑笑说："罗副县长，我是咱们县里派来的工作组长，我向您保证，孙孝勇在雁鸣镇上的警备队里给日本人干过事情，千真万确。"

　　"你只知其一，不知其二，他那时是在替我们岭上的游击队做事，你知道吗？"罗挺严厉地说。

　　田顾勘惊讶地张了张嘴巴，但没有说出话来，其他人相互看看，也没再言语。

　　沉默了一会儿，罗挺又问："孙孝勇他人呢？"

　　田顾勘忙说："大字报一贴出来，他就畏罪逃跑了。"

　　罗挺皱了皱眉，但终于没有发火，顿了顿，又问："他真的还没回来？"

"没有，他走了就没回来，要是回来了，我们都能看见，您说是不?"田顾勘说。

罗副县长就信以为真了，他想，孙孝勇也许半路上有了别的事情。他想，眼前这些人还没有跟他这位副县长信口雌黄的胆量。

之后，罗挺罗副县长又向田顾勘交代了几句，就骑上马走了，干部们诚意地留他到家里去吃饭，他没有一点心情。

九

我父亲是在罗挺罗副县长离开我们大柳屯的那天晚上才得到二伯被关押在东庙里的消息的。

那时天已经黑了，我那个本家婶子推门进来，神情紧张地把我父亲拉到一边，说："三哥你们还不知道呵，你家二哥被关进东庙，已经一天多了，可能连一口饭还没吃呢!"

我父亲一听，立刻跳了起来，说："不行，我找他们说理去。"

母亲一把拉住了父亲，用几近哀求的口气说："你别再去惹事了，有这工夫，去给他二伯送点饭吧，别把人给饿坏了。"

父亲看一眼母亲，垂头坐在了炕上。

这时，母亲出去盛了碗我们晚上吃剩下的饭菜，用蓝布的书包提了，塞在了父亲的手里。

父亲接过书包，起身就往外走。我一声不响地跟在他的后面。母亲把我们送到门口，小声地嘱咐说："遇到了看守的人，好好跟人家说话。"

父亲"哼"一声，我就跟着他摸黑出了村子。

走到村外通往东庙的那段土路上时，四周静悄悄的，漆黑一片。我越走越觉得发毛，汗毛都竖起来了。我叫了一声"爸爸"，父亲就拉住了我的一只手，领着我往前走。

爬上东庙前的土台子时，幽幽的树林中不时传来了夜游的鸟的鸣叫声，听起来竟有几分凄惨。

穿过树林，我就看见了那座"九神庙"，黑夜里，幽灵一样在那里踞守着。门前两个持枪的人，一个坐在石阶上，一个在下面的院子里来回地走着。

我和父亲刚一靠近，他俩立刻警觉了，坐在石阶上的一位也小心地站了起来。父亲上前搭话，按照母亲的嘱咐，好言好语地说明了来意。站在下面的一位往四周看了看，回过头来对我父亲说："你们快去快回，要是让孙连奎撞见了，我们哥俩可担不起。"父亲说："我们看看就出来。"拉着我匆匆忙忙地登上了门前的台阶。

刚才坐在台阶上的那位从身上摸出把钥匙，上前打开了锁，然后就退到一边去了。

我紧跟着父亲跨进庙门，里面漆黑一片，鸦雀无声，阴森的气势令人毛骨悚然。父亲叫了一声"二哥"，我叫了声"二伯"，半天才听到黑暗中有了一点响动，接着传来了二伯答应的声音。一个身影踯躅着到了父亲和我的跟前。我一动不动，偷偷地抬眼往上看，渐渐地看清了二伯的脸庞。

二伯声音嘶哑地问："三弟，你们怎么来了？"

父亲把饭递到二伯的手里，简单地说了说我们找到这里来的经过。二伯一边听，一边开始吃饭，吃完了，把碗塞给我父亲说："你们走吧，没事就别过来了，他们不敢把我怎样。"说完，二伯无声地摸了摸我的头。

我叫了声"二伯"，跟着父亲默默地退了出来。随后，庙门又被"哐啷"一声锁上了。

之后的几天，我和父亲按时给二伯去送饭，也不赶在夜里了。有一次碰上那个叫孙连奎的民兵连长，他居然没阻拦，大概他们还需要二伯这样挨下去。

到了第七天的时候，二伯吃完了饭，忽然问我父亲说："三弟，你知道县里的罗副县长到村里来过吗？"

我父亲摇了摇头。因为罗挺罗副县长到村里来的时间不长，所以只有田顾勖和孙连奎他们几个人知道。

二伯想了想，就把自己到岭上找罗挺的事情跟我父亲说了。说到最后，二伯让我到门口察看外面的情况，又把我父亲往里拉了拉，压低了声音说："我算计时间，罗挺怎么也该从岭上下来了，他要是下来，不会不管我的事情，我猜想，中间肯定又出了岔子。这样，你明天不要来送饭了，你先到金平城里去一趟，找到罗挺，他现在是副县长，把我这里的情况告诉他。我得出去！"

父亲答应一声，就领着我往回走了。

十

这天早晨，天刚蒙蒙亮，父亲就起身奔了金平县城。到了过晌给二伯送饭的时候，母亲先看了看我，那意思好像是让我独自给二伯送去，但又觉得不妥。于是她提起饭袋，拉上我一起奔了东庙。

到了庙门外，我发现庙门开着，里面有好几个人，正怒气冲冲地瞪视着二伯，其中一个个子较矮的人，以前我从没见过。

我和母亲在门口处停了下来。

这时，那个叫田顾勖的工作组长对二伯说："孙孝勇，你以为你不开口我们就没有办法是吗？你错了，你睁眼看看，看看我们把谁给请来了。"

二伯抬头看看，立刻露出了惊讶的神色，面前站着的是"矮人儿"曾大虎。

二伯问："'矮人儿'，你怎么来了？"

曾大虎说："二勇，我这个人不会说假话，我们在一起干过就是干过，别的我真的什么都不知道。"

田顾勘不耐烦地说："得啦得啦！你也不用啰唆别的，有这一条就足够了。"说着，他挥了挥手，示意把"矮人儿"带出去。

把"矮人儿"带出来的两个民兵又让我和母亲远离了庙门。

过了好长一段时间，田顾勘才同几个人一起走出来。到了我和母亲的跟前，他挥了挥手，示意我们赶紧把饭给送进去。

我和母亲跨进庙门时，二伯正在屋地的中央呆呆地站立着，他的脚下有一张被撕碎的纸。二伯说，他们把那个"矮人儿"的话记在了纸上，让自己签字。二伯拿过来就给撕掉了，随后，他们又写了一张，几个人架着，强行让二伯按了手印。

二伯问我母亲："三弟什么时候走的？"

母亲说："一大早就走了，这工夫该到县城了。"说完，她茫然地看了一眼二伯，不知道该再说些什么劝慰的话。

二伯说："把饭放下，你们先回去吧，我这会儿吃不下去。"

母亲就放下提在手里的饭，领着我退了出来。

守在门口的人上前锁了门，仍旧神情木然地在门口站立着。

往家里走的路上，母亲一言不发，似乎也在想着什么心事。刚一进家门，她就忙着找我父亲。奶奶说："你别找了，老三他还没回来，神神秘秘的，什么事？"

母亲不告诉奶奶什么事，因为她的年岁大了，不愿让她跟着着急。

到了晚上天黑下来的时候，父亲终于回来了。他说："找到罗副县长了，真是巧呵，差一步罗副县长他就出门去了，真是好人，他听了二伯的事，气得直骂娘，说今天还有点事情，明天一早就赶过来。"

于是，我们一家人都感到了宽慰，心想明天二伯就能够从东庙里出来了。

可是，我们的想法错了。

就在我父亲从金平县城回来的这天晚上，十点多钟的时候，村子里一般的人家都睡下了。工作组长田顾勖带着孙连奎等人来到东庙，看守的人打开门，随行的人进去就把二伯五花大绑地给绑上了。二伯反抗，可无济于事，田顾勖还用一团破布塞住了二伯的嘴，随后就把二伯从东庙里带了出来。

这时，二伯已经猜想到了可能要发生的事情。从村旁经过时，他挣扎着往我们家的地方望了望，隐约看到了一点亮光。他想停下来，还想回家去看一眼，可后面的人推着他，一步都不能停留。

远离了我们大柳屯，他们带着二伯向通往喜鹊洼的沟里走。这时是秋天，山里的夜已经很凉了，夜遁的鸟忽然传来一两声悲鸣，二伯的心就随着那鸟鸣一下一下地震颤。不知怎的，他忽然想起了参军那天，自己跪倒在院中的太阳石上向父母告别时的情景。他想起了盘石山，想起了死去的藏春喜，想起了藏春喜的媳妇沈云芝，他还想起了卢凤山大妇，想起了我的伯母卢萍，二伯的泪水无声地流了下来。

二伯放慢了脚步，磨磨蹭蹭地往前走。对此，田顾勖好像并不着急。他想，今夜就是今夜了，只是早一会儿晚一会儿的事情。

渐渐地，前面的沟谷越来越幽暗了，到了路边突兀的一块大石头的地方，田顾勖忽然说："停，就在这儿吧！"然后他又吩咐两个扛了铁锹的民兵，"你们下去挖，快一点。"两个民兵就绕到了石头的下面，吭哧吭哧地开始挖坑。

田顾勖和孙连奎坐在了石头上，让二伯在一旁站立着。孙连奎卷了支烟，点燃了抽着，一边看着下面挖坑的人。田顾勖则盯着二伯，就那么盯着，过了好半天，他说："孙孝勇，知道我们带你到这儿来干什么吗？知道吗？"

二伯瞪视着田顾勖，他说不出话，只用力地点了点头。

田顾勋说："你知道也罢，不知道也罢，好好看看吧，这地方就是你的墓地。你干的事，已经有人证明了，你还有什么好说的？记住，明年的今天就是你的祭日……"

田顾勋还在往下说，一副小人得志的样子，但二伯已经不想再听他那些满嘴的屁话了。

二伯抬起头，望着对面的山，那山被夜色包裹着，黑黢黢的。在喜鹊洼养伤的时候，他曾无数次看过这样的山的剪影。那时他心中装满了对未来美好生活的憧憬，他看那山是美的，听那流水也是美的。有时，沈云芝在一旁问："看什么呢？抬头就能碰鼻子，一个山坡有什么好看的？"二伯不回答，其实，那时他的心里就已经萌生出了要在这山中淘金的想法，没想到后来还真的实现了，可是，自己还有好多的事情没有干呵，怎么就干不成了呢？扪心自问，自己也没有做过对不起组织的事情，眼前的人又为什么要这样对待自己呢？二伯越想越弄不明白，泪水又从他的眼里流了出来。

透过泪水，二伯忽然看到远处的山峰上出现了一丝亮光，那是月光，慢慢地向四周扩展着，扩展着……山已经在月光下变得朦胧了，接着，一弯月牙从山峰后飘了起来。

田顾勋似乎也发现了升起来的月亮，他感到不舒服，扭头问下面挖坑的人："喂，怎么还没挖好呵？"

"有石头，不好挖呵！"其中一个民兵回答。

田顾勋绕到下面去查看，果真如此，只得又回来等，这次他不再跟二伯唠叨了。

又过了个把小时，坑挖好了，下面的人冲着上面的人喊，田顾勋就让孙连奎拉上二伯绕了下去。

站在土坑边，田顾勋说："孙孝勇，下去吧，下去看看合不合适呵？"

100

二伯没有理会田顾勖的话，他环顾了一下四周，又看到了刚才路边的那块大石头，竟有几分眼熟，再仔细地看看，想起来了，在陈铁匠家中枪后，自己正是走到这个地方昏倒的，怎么这么巧呵！二伯又看了一眼脚下黑洞洞的土坑，心里忽地飘过了一丝悲凉。

这时，二伯忽然听到了一阵马蹄声和脚步声，是从山沟下面传来的。二伯心头一振，想扭头去看，可忽然有人在他的后背上猛地推了一把。他站立不住，一下子扑进了土坑，接着，土和着石头呼呼地飞了下来，二伯本能地躲避着，躲避着……

土没过了膝盖，没过了大腿，二伯已经觉得头开始晕眩了。

突然，远处似乎传来了一声怒吼，接着，二伯感到头上的飞沙走石慢慢地停了，又有什么人来到了土坑边。

二伯不知道是怎么被人从土坑里拽上来的，他醒过来时，看见罗挺站在他的身边，还有我的父亲，还有上次和罗挺一起到村里来的那个秘书和几个村干部。另外，罗挺骑的那匹白马也站在山道上，疑惑地向人群这边张望着。周围是清冷的月光。

罗挺让我父亲扶我二伯上马，田顾勖忽然过来说："罗副县长，你不能这么做，我这里有证明材料。"

"拿来！"罗挺把手伸到田顾勖的面前。

田顾勖就把"矮人儿"的那份材料拿了出来。罗挺接到手里，看也没看，唰唰就给撕掉了，回过头来怒视着田顾勖说："我不管你有什么材料，我只知道他为了我们的事业流过血，负过伤，就在我们脚下这个地方，他已经死过一回了。你给我记住，我下次再见到他，他要是少了一根毫毛，我先一枪崩了你。"

田顾勖被罗挺的愤怒镇住了，呆呆地站在那里，眼看着人们把二伯扶上马离开了。

往回走的路上，二伯问罗挺怎么这时候赶来了，罗挺说本来是打算第二天再来的，可晚上忙完了公事，心烦得不成，总觉得有什么不好的事情要发生，所以就赶了来。到村里转一圈儿，一打听，人果然已经被带走了。

二伯听着，默默不语。此时，他的心潮翻滚，不知道是该喜还是该悲。

十一

二伯又一次与死神擦肩而过了，之后有一个多月的时间，二伯一直把自己关在屋里，不去下地干活，也不和人说话。街上人说二伯被吓傻了，村干部们来打听，看二伯的神情确实与原来不同，因而也就不再强求他什么。只有那个田顾勖和孙连奎，提起二伯时总显得耿耿于怀。

一个多月之后，二伯忽然说要到金平县城去，去看看罗挺罗副县长，谢谢人家的救命之恩。奶奶说："去吧去吧，那可是个好人。"我母亲则给他准备了一袋子玉米面和一袋子大扁仁，都是我们金皮岭上的特产。二伯提在手里，说："好呵，这些都是罗挺他爱吃的东西，当年在岭上打游击的时候，他们没少拿这些东西当干粮。"

临出门时，我父亲要陪他去，他说不用。我要跟着他去看县城，也被他拒绝了。

二伯就这样，又一次途经雁鸣镇，赶奔了金平县城，但这次他的心情与以往历次的心情都不同。以往他都是满怀着希望，身上似乎有使不完的力量，这次他却觉得困惑而迷茫，头脑里塞满了一些乱糟糟的事情，似一团麻，理了又理，可总也理不出个头绪。

到了金平县城，二伯直接去找罗挺罗副县长，可上次接待他的那位女同志说，罗副县长被停职了，因为大柳屯村的一些事情。

二伯听了，心里非常内疚，再问罗挺的住处，对方只是摇头，不知道是不愿讲还是真的不知道。二伯不便再问，只得退了出来。

他又去找我的舅爷白先生。二伯见到舅爷时，舅爷正坐在自己的办公室里，一脸的愁容。二伯问罗挺的事，舅爷说："你别问了，有些事我也说不清楚，我只听说他一时半时还没有太大的事。"

二伯就不再问，聊了几句家里的事情后就那么闷头坐着。

二伯觉得舅爷的情绪有些异常，他试探着问："舅舅，您心里有什么事吧？"

舅爷叹口气说："本来想过一段时间再告诉你，你还记得张仲友吧？张仲友死了，就在前天夜里。尸体是昨天早晨一个起早儿捡粪的老头儿发现的，在城北五里地外的一个土岗子下面，被人用石头砸死了。"

"为什么，为什么呵？"二伯一听，如五雷轰顶一般。

舅爷说："为什么？他当过日本人的警备队长。唉！"

二伯埋下头沉默了。

"还有我呵！唉！什么也甭说了。"舅爷不停地叹息。

随后，舅爷又嘱咐二伯，说了一通话。二伯不住地应声，可一句话都没有记住，他心里还只想着张仲友的事情，说要到他的坟上去看一眼。舅爷给他大概指了路，又说不去也罢了，一堆黄土，别再招来什么麻烦。二伯不听，又一次犯起了他的犟劲儿，辞别了舅爷就往城外走了。

一路上，他想了很多，他想起了自己进入警备队，初次见到张仲友时的情景，想起了张仲友奔走胡桃峪，在炎炎烈日下解救乡亲们的事情，还有在金平城的警备队里，张仲友小声耳语时对自己鼓励的话。然而，最让二伯难忘的还是自己去策反时张仲友那困惑犹豫的目光，张仲友是一个性格刚烈、办事果敢的人，当时，他为什么会有那样的心态呢？现在，二伯似乎一下子明白了。

在城北通往我大姑儿生活的王左庄的那条大路上，大概五里左右的地方，有一条窄窄的土路通向了一道黄土岗。二伯想了想舅爷描述的样子，估计就是这个地方，于是他沿着土路走了过去。

黄土岗的下面，低洼的地方形成了一片水塘，塘边生长着苇草。在土岗与苇塘之间，二伯看见了一间草棚，草棚隔过去几十米的地方，凸现着一抔黄土——一座新坟，坟前有刚刚烧化的纸钱。他想，那大概就是张仲友的安身之地了。

二伯走到坟前，刚刚停下来，就觉得有人来到了自己的身边。他警觉地往旁边跨一步，再扭头观看，过来的人一身破旧的衣裳，面色略显苍老，细看，竟有几分眼熟。

这时，来人也正上下打量着他。

猛地，二伯认出来了，这人是童小琪。顿时，一股悲喜的情绪塞满了他的胸膛。他一把抓住童小琪的手，只叫了一声"小琪"，就喉头哽咽着说不下去了。童小琪也看着二伯，嘴角抽动着，泪水无声地流了下来。

过了好一会儿，两个人才慢慢地平静下来。二伯问起张仲友的情况，童小琪说他跟随队长一起参加了解放战争，打了几次大仗，也负了几次伤。中华人民共和国成立后，两个人到不同的单位参加了工作，也都干得挺好。可是就在今年，某些人翻旧账，说了许多难听的话，还让队长低头认罪。可队长那脾气，他是从不向人弯腰低头的，更没想到，又出现了这种不幸的事情。

二伯听着，联想起自己遭遇到的磨难，心情越来越沉重了。他打量一眼童小琪，又看了一眼那间草棚，问："那草棚是你搭的？你要——"

"我要住下来，陪着队长。他在土地庙里救了我的命，我不能让他一个人孤零零地待着。"

"你这样也不是个长法子呵？"

"是的，也许一年，也许三年，我就回老家去了。"

二伯见劝不动童小琪，就把他带着的玉米面和大扁仁给童小琪留下，又给张仲友磕了头，然后就离开了。童小琪一直把他送上了通往金平的大路。

几年以后，二伯又去过一次那道黄土岗，童小琪和那间草棚不在了，张仲友的坟也已经变成了一个低矮的土包，上面长满了苇草。

十二

那次从张仲友的墓地回来，二伯变得更加沉默了。他想，自己批也挨过了，死也死过了，应该再不会有其他的事情了，可是，他到底又被拉出去批斗了两次，先是在街上走，后是在一个土台子上批。不过，这时二伯似乎比前些时候更加泰然而且平静了。

后来几天，再没人理他。二伯觉得奇怪。这时，我父亲从外面回来说："真正的特务给揪出来了，就是村里工作组的那个组长田顾勘。"

原来，田顾勘的爸爸就是汉奸顾白尘，曾经驻扎在雁鸣镇，后来被游击队击毙的那个警备队长。日本人投降后，田顾勘开始随他妈姓田，并改用现名。一九四九年后，他们表面上拥护政府，却投机钻营，骗取了一些群众的信任。但骨子里一直仇恨着我们新生的政权，暗地里煽风点火，摧残我们的同志，破坏我们的革命和建设，他们就是隐藏在我们人民内部的反革命特务。

听到这里，二伯恍然大悟，一个人自言自语地说："看来，他们还一直惦记着我呵！"

我抬头看看他，没有明白他话里的意思，二伯也不给我解释。

十三

二伯和我们一家人的生活都变得平静了。因为二伯原来当队长时曾经带领大家淘金，把村子搞得挺红火，所以，这时村干部们就又来请他回去担任原来的职务，一连来了三次，二伯都给回绝了，终究没有答应。

从这时开始，他每天只是去参加生产队的劳动，按点上工，按点下工，渐渐地成了一个地地道道的农民。

有那么一次，大概是腊月里的一天，二伯跟生产队请了假，又到供销社去买了点心，然后到雁鸣镇去看我的舅爷。

那天正好是星期日，二伯临出门时，又把我带上了。

我不知道二伯对我为什么那样地疼爱，甚至胜过了我的父亲。他那种特殊的呵护，让我感到了幸福和温暖。后来到外面参加工作了，那种温暖的感觉还常常从我的心头流过，想了又想，我渐渐地悟出了其中的真谛，这里面当然包含着太多的骨肉亲情，然而更主要的是二伯把他对我们整个家庭的爱都倾注在了我的身上。那里面有对爷爷奶奶的歉疚，有对姥姥姥爷和伯母的怀念。二伯不善言辞，这是他最好的表达方式。

在往雁鸣镇走的路上，二伯把他的一件外衣披到了我的身上。走到舅爷家时，他的脸和耳朵都被冻红了。舅奶奶见了，急忙掏一盆炭火放在了炕上，让我和二伯围着火盆而坐。

在我的记忆里，那是我第一次到雁鸣镇，也是第一次见到二伯和父亲他们时常谈起的舅爷——一个面色严峻，说话时却让人感到和蔼的老人。

二伯和舅爷他们说话，我在一旁倾听，最初，总感觉舅爷的心情有几分沉重，慢慢地我才听出来，舅爷已经从金平县城的医院里退休了，刚刚回到雁鸣镇。二伯来看望舅爷，也正是为了

这事。

舅爷说："他们还要挽留我，可我的年岁大了。"说到此话时，我见舅爷无奈地摇了摇头。

二伯说："您也该消停地待几年，在家享享福了。"

舅爷说："还不敢说享福，不过有一点，我离不开咱这镇子。你瞧，我是越老越没出息了。"

二伯听着，似乎已被舅爷的情绪感染了，不住地点头表示赞同。

随后，他们又聊过去的事情，聊抗日时候的事情，解放时候的事情。我听不明白，又不好老插话，就离开火盆，到堂屋里去看舅奶奶做饭，舅爷和二伯的谈话断断续续地从里屋传了出来。

舅爷说，他回来后，心静了，人也闲了，偶尔有人登门求医，推不过的，就帮人家开个方子，但分文不取。

二伯说，经过了那么多的磨难，别的什么都不想了，只求家人们平安，在一起安安生生地过日子。

舅奶奶做好了饭，我们围坐在一起吃。舅奶奶给我夹菜，二伯也给我夹菜，要知道，这可是在别人家呵。我看二伯一眼，他似乎明白了我的心思，说："吃吧，这儿就跟咱家一样。"

吃完饭，又喝了水，二伯起身要走，舅爷说："孩子第一次来，你多待会儿，我带他到镇子上转转。"

我一听，心里乐得不成，看一眼二伯，他没有一点反对的意思。于是，我跟着舅爷到了街上。

这时的雁鸣镇，据舅爷说和过去没有什么太大的改变。东边日本人的炮楼和西边警备队的炮楼，解放那年被一把火给烧掉了。日本人的炮楼成了一堆废墟，警备队那地方至今还有一处破旧的院落，里面长满了荒草。

这时每走到一个地方，舅爷就给我讲述一个相关的故事，其中不止一次提到了我的二伯。

走到街里时，我特别留意着二伯和我提到过的曾经转送过情报的那棵槐树。那棵槐树果然还在。

就在槐树旁边的那个供销社里，舅爷给我买了一双蓝色的球鞋，跟着二伯往家里走时，我高兴得不行，走到半路就把鞋子穿到了脚上。

十四

一九七三年，我高中毕业，到生产队参加了劳动，每天跟着二伯早出晚归，遇到我倦怠的时候，他就给我讲述他过去的故事，以此暗暗地鞭策我。

就在这一年秋天，我奶奶去世了。

大姑儿和姑父来奔丧，临走时提起二伯的事情，大姑儿把我父亲和母亲拉到一边，絮絮叨叨地嘱咐了有一个时辰。走到村口时，大姑儿看着二伯，又一次流了泪。

一个多月后，一天晚上，我们一家人都在，二伯忽然郑重其事地跟我父亲说："三弟，从明天开始，我们分开过吧！大队给喜鹊洼人盖的房子，眼下还有闲着的，我跟他们说说，就搬过去住了。"

我一听，仿佛晴空里炸开了一道霹雳，立刻站出来反对。

父亲也说："二哥你说的什么话呵？咱妈刚走，你就说这事，你让外人怎么看我呵？"

二伯还固执地坚持，直到我母亲说了话，他的语气才缓和下来，改变了最初的想法。

过了好一会儿，我们屋子里的空气几乎凝滞了。我看见二伯抽搐着，有大滴的泪水从他的眼里流了出来，流到了腮边，二伯才发觉，急忙抬手擦掉了。

他说:"弟妹,有你们这话,我就知足了。"

从此,二伯再没有跟我们提出分家的事,但这事却似一块磐石,一直沉重地压在我的心头,尤其想起二伯那混浊的泪水,我的心里就一阵阵酸涩,很久以后才慢慢地平复了。

一九七七年,高考恢复了。那会儿,那些放在抽屉里的书本对我来说已经十分地生疏了,听到了高考的消息时,我神经麻木,没有什么反应,父亲和母亲也没有十分地强求。这时,只有二伯用命令式的口气对我和妹妹说:"你们俩都得去考,没有知识连一张纸条的情报都写不好。"

我和妹妹没有反对,因为他确实说得有理。于是,我把那些书本找出来,埋头开始复习,只两个月零十天,就匆匆地走进了考场。

让人难以想象的是我和妹妹竟双双考中了。妹妹考取了外地,后来就在那边参加了工作,我考取了省城一所大学的历史系。

离开家去上学的前一天,母亲给我收拾东西,父亲忙里忙外地给母亲打着下手,二伯则默默地坐在旁边,嘴角儿眉梢儿上挂着笑,不错眼珠儿地看着我。

临走时,二伯终于说:"你们生在了好社会,能够坐下来读书了,进了学校要好好学习,可不许把时间荒废了。"

我答应着,心头忽然一热,泪水差一点落下来。

我问二伯还有什么话要嘱咐,他想了想,果然又想起了件事情。他说:"省城里有家'宝善堂',掌柜的姓邢,人挺好的,自从在金平城里见了一面,已经几年没有消息了,抽空替我去看看他。"我满口答应,并用心记下了。

开学后的第一个星期天,我邀了个同学到了街上,一边打听一边找到了"宝善堂",它已是国营的药店了。有人说倒是听说过邢掌柜这个人,可他现在在哪里谁也不知道。

我把这结果写信告诉了二伯。他回信说："省城那么大，人那么多，找不到就算了，上了年纪的人，总归要各奔东西的。"我读那信中的语气，总感觉有些凄凉和无奈。

两天后，我又收到了我父母的来信。他们在信中说，二伯前些天又去了趟雁鸣镇，政府为镇子上一个叫陈铁匠的人立了纪念碑，请他去参加落成仪式。他去了，回来后情绪就不好，话也少了。

我想再写信去劝慰二伯，可又不清楚事情的原委，提起笔又放下了。半个月后，父母又来信说，二伯的情绪好了，不用再挂念。我悬着的心这才放了下来。

十五

大学的四年一晃就过去了，毕业后我就在省城找到了一份工作。这一时期，因为总想着刚刚步入社会，所以，平日里很少回家去，节假日回去了，也总是匆匆地来匆匆地走。这时父亲和二伯都说："你就好好工作吧！不用总往家里跑，我们几个人没事。"只有母亲，每次送我到村口时，总是恋恋不舍地说："没事你就回来呵！"我答应着，心便慢慢地被什么东西缠住了，那东西暖暖的，扯不去，也理不清，而且不管时间多长，我都能时时感到它的存在。晚上躺在了床上，刚一闭上眼，那暖暖的东西就又缠住了我的心，母亲和二伯他们的声音就又在我的耳边响了起来。

十多年以后，当我剥开这种声音，认真地审视我的父母和二伯时，我发现他们已经老了，真的老了，尤其二伯，脸庞上除了还保留着我们家族的特征，活力已经消失，皱纹已开始松弛。我和他们商量，要他们和我到城里去住，也好早晚有个照应，母亲听了，首先表示认同。父亲则迟疑地看了看二伯，二伯说你们甭管我，我这身子骨三年五年的没事。再说了，这么大个院子也得有个人照应，他的语气里又流露出来了一种不容商榷的倔劲儿。

就在我说这事的前一年，政府民政部门统计一九四九年前参加革命队伍的人员，二伯出示了粮调队指导员给他写的那张纸条。从此，他有了政府发给的生活补助。

想起了这生活的保障，我和父母没有再坚持。

然而，父亲和母亲只在我那里住了两个冬天，村子里就有人给我们捎信儿来说：二伯病倒了。

我和父母匆匆地赶回老家时，二伯正一个人在炕上躺着，柜子上落满了尘土，炕边放着一只饭碗，凄凉的境况颇让人心酸。

可是，二伯还是说："你们又来回地跑，我没事，只是上了岁数，这腿脚不听使唤，歇几天就好了。"说着他便撑着从炕上坐起来，脸上现出了孩童般的欢喜。

二伯由于上了年纪，身上的旧伤复发，带着全身疼痛，检查又查不出其他的毛病，于是，父亲跟我说："你该上班上班去吧，看你二伯这样子，我和你妈得留下了。"

我给二伯留下点钱，让他好好看病，他说外面用钱的地方多，硬是给我塞了回来。没办法，我只得交给父亲代管，然后离开了。

过了半个多月，父亲从村里打来电话说，二伯好多了，让我不用挂念。我的心稍稍放下了。

然而，到了这年秋天，父亲又忽然打来电话说，二伯的病情重了，让我赶紧回去一趟。

我听了父亲传来的消息，不知道二伯病到了什么程度，一路上猜测着，又盘算着给他找一家好点的医院，接他去住院治疗，让他快一点好起来。

但是当我赶到家里时，二伯已经快不行了。他依旧躺在炕上，脸上挂了灰，猛地看了，我几乎没有认出来。二伯缓缓地喘着气，紧闭着眼，我叫一声"二伯"，又叫一声，他才慢慢地睁开眼。

他的嘴角儿微微地动了一下，眼睛里有两行混浊的泪悄悄地流了下来。

我说："二伯，等下去住院吧？"

二伯轻轻地摇了摇头，说："二伯不行了，就别瞎花那钱了。"

一会儿他又说："二伯这辈子，没干什么事，也不敢奢望什么，二伯只有一个小愿望，就算二伯求你了。"说着，他顿了顿，深深地喘着气。

我母亲在一旁站着，泪水先流了下来。

我的心也好像被什么东西塞住了，我说："二伯，有事你说吧！一家人不用说求。"

二伯说："我死后，现在不都是火化吗？你把我的骨灰取回来，一半撒到岭上，一半就埋进咱的祖坟。"

我说："我知道了二伯，你放心吧！"

二伯说："我这辈子，最对不住的就是你的爷爷奶奶，还有你的伯母，他们跟着我担惊受怕，没享着什么福儿。我死了，得到地下去陪陪他们。还有呵！我从小就喜欢咱这金皮岭，我是在岭上长大的，后来又打日本，在岭上流过血，我最舍不得离开的就是咱这金皮岭了。二伯没有孩子，这点事就全托付给你了。"

我努力地点着头，泪水抑不住地流了下来。

二伯就这样走了，这一年他七十三岁。

民政部门得到消息后，打算来给二伯开一个小型的追悼会。我和父母一商量，婉言谢绝了。二伯一辈子都是个默默做事而不好张扬的人，他既然默默地来了，还是让他默默地走吧！

之后，我按照二伯的遗嘱，把他的骨灰一半撒到了岭上，一半葬进了祖坟。做完这些事时，我的心稍稍得到了一丝安慰，但以后很长一段时间，一闭上眼睛，我就会看到二伯的身影，我从心里深深地怀念着他。

后记

二伯去世后第三年的春天，因为要查一点关于金平县抗日战争期间的资料，我带着单位的介绍信，从省城来到了金平县档案馆。当接待我的柯副馆长听说我就是金平县人，老家在金皮岭下的大柳屯时，他把介绍信丢在一边，让人打开资料室的门，热情地说："你只管查吧，不用说一周，你想查到什么时候就查到什么时候。"

我被感动了，埋头到书堆里，一查就是三天。第三天的下午，当我翻开一本《金平县抗日战争史料汇编》时，我被下面这样一段文字深深吸引了：

……

在金皮岭抗战最艰苦的日子里，孙孝勇同志受金皮岭游击队队长秦钟岳的派遣，打入驻扎在雁鸣镇里的日伪警备队。他克服困难，搜集情报，并及时转送上山。在他的有力配合下，游击队除掉了被称作"董瞎子"的铁杆儿汉奸董俊武，粉碎了日伪军对金皮岭的一次次扫荡，为此，山上的游击队员们亲切地称他为"太阳石"。

……

孙孝勇——"太阳石"？这不是我的二伯吗？我把那段文字看了一遍又一遍，激动的心情久久不能平静。我想立刻回家去，去岭上再看看我的二伯。

我把查阅到的资料整理好，去向柯馆长告别。他见了我，感到很惊讶，问我原定一周的事情怎么就查了三天。我说资料查完了，剩下点儿时间想回老家去看一看。

他说："下次有事你只管来，只要不是保密的东西，不用再开什么介绍信。"然后，他又把一本《民风·民俗》的书递到了我的手上，说，"这是我搜集的咱们金平地区的东西，你是搞历史的，说不定将来用得着，送给你留个纪念吧！"

我收了书，谢过柯馆长，然后匆匆赶奔车站，登上了往我们老家去的汽车。

汽车开动，慢慢地驶上蜿蜒的山路，我拿出柯馆长送我的书，翻看起来……

在金皮岭一带的山村里，几乎每家的院中都栽着一块漂亮的河光石，或青或白，或圆或方，一半埋藏在地下，一半凸兀在地上，在没有钟表计时的年月里，妇女们就是根据阳光投下的周围房屋的影子距离这块石头的远近来掐算生火做饭的时间，来操持家务，从而使人们的生活有序地进行的，因而，金皮岭人都称它为"太阳石"。

太阳石！又是太阳石！

我的心又一次激动了，我放下柯馆长的书，让目光透过车窗，飞向了远处的金皮岭。

此时的金皮岭，满山的杏花正在热热闹闹地开放，那花丛中该有我的二伯吧？我从心底里想念他。

（2005 年 7 月 19 日完稿）

风 铃 渡

一

早年的黑河水大流急,不知从什么时候开始,在过河通往北边云雾山的河面上就有了一只摆渡的小船。河的北岸,靠近山脚的地方有三间草房。草房的屋檐下挂了一只风铃,南来北往的客人,大老远的就能听到叮叮当当的铃声,因而人们都管这地方叫风铃渡。

风铃渡的摆渡人姓孙,是位寡言少语的汉子。差不多快十年了,一个人带着个女儿,在这河上漂呵漂,也遇上过风急浪高的夜晚,也有过逆水行舟的日子,可一切的一切都磕磕绊绊地过来了,爱说爱笑的女儿孙玲也已经成了父亲一个不错的帮手。

转眼到了一九四八年的春天,这时的黑河已经成了解放区与白区的一条界河,往年里热热闹闹的渡口一下子变得安静了。

这天傍晚时分,估计着该有来往的客人过渡了,孙玲便抢在父亲前面,一个人将船摇到河中,在那里悠悠地漂,耐心地等待着……

突然,远处传来了两声清脆的枪响。她的心一紧,抬头往南边枪响的方向望去,远远地就望见一个人,正沿着岸上的小道,一瘸一拐地向这边奔来，一边跑似乎还一边向她召唤着。

孙玲立刻明白了，急忙将船靠向了南岸。

这时，来人已经到了岸边，不由分说地扒到船上，气喘吁吁地说："快，快摇船，老疤的人在后面追我呢!"

孙玲知道，老疤是南边郑庄村子里地主武装的一个头目。于是，她也不搭话，挥臂摇橹，飞快地向北岸驶去。

船驶过黑河中流时，一支二三十人的队伍果然呼啦啦地追到了岸边，接着枪声便爆豆儿一般响了。子弹哧溜溜地从孙玲的头上飞过，孙玲的心怦怦地跳，可她没躲也没藏，依然奋力地摇着手中的橹，奋力地摇着……

枪声停了，追兵们冲着小船胡乱地放了一阵枪，看看毫无结果，然后便卷头走了。

小船儿靠了岸，孙玲先把来人扶到了岸上，仔细地打量一下，认识，这不是山里大台村的陈忠吗? 年纪不大，神神秘秘的，以前不止一次从这渡口上经过，虽然总共也没说上三句话，可怎么也该算是熟人了。

这时，陈忠脸色苍白，神经稍一松弛，扑通一声坐到了地上。

孙玲再去扶，仿佛有千斤的重量，看一眼那受伤的腿，裤腿儿上的血已经变成了暗红色。

正为难之际，听到了枪声的父亲这会儿已经来到了近前。于是，两个人连拉带架地把陈忠拖进了屋里。还好，陈忠的左腿上只是让子弹穿了个洞，没有伤到筋骨。父亲让孙玲烧了盐水，给陈忠清洗了伤口，又小心地包好了。

待一切都忙完了，孙玲这才问："嘿! 你咋让伙会儿撵得那样急呵?"

"你们救了我，我也不瞒你们，我……我给咱山里的队伍上做事，过几天咱队伍要过河去……去打郑庄的郑家大庙，伙会儿的老窝……"陈忠断断续续地说，"我这里有一张郑家大庙的火力分布图，要送到山里去的，可是现在，我怕是……我怕是走不动了。"

"不碍事的，你说出个地方，我给你送去。"孙玲说。

"还是我去吧！往山里走我熟识。"父亲说，一边接了陈忠递过来的火力分布图，小心地装好，然后就出门去了。可没走多远，他又折了回来，若有所思地说："不行，要是伙会儿趁黑夜摸过来，那可就糟了。小伙子，后边的山上，离这儿二里有一处山洞，闹兵的时候我就躲在那里。除了我和玲子，没有第三个人知道，你过去吧！等养好了伤再安心地走。"说着就蹲下身，不由分说，将陈忠慢慢地扶到了自己的背上。

"爸，用我去吗？"

"你弄点饭菜，一会儿送过来吧！"

"嗯！"孙玲答应一声，手扶着门框，定定地望着两个男人走进了暮色中。

二

当孙玲拎着饭菜走上后面的山岗时，正有一弯月亮悄悄地从东面的山头上升起。月光洒满了眼前的山坡，照着脚下柴草丛中一条弯弯曲曲的小路。

孙玲来到那山洞前，用手拨开洞口的蒿草，迈步走进去，月光也跟着她射了进来。她定睛寻找，这时便听到了一阵轻轻的鼾声，看到了倒在一堆稻草上熟睡了的陈忠。

"喂！吃饭啦！你醒醒。"孙玲轻轻地唤了一声。

陈忠没有反应，连日的奔波和伤痛已经弄得他筋疲力尽了。

"可是——"孙玲伏下身，轻轻地摇了摇陈忠的肩膀，"喂！你醒醒，饭要凉了。"

陈忠嗖地挺身坐起来，本能地环顾了一下四周，仿佛又遇到了敌情一般，见只有送饭来的孙玲，便嘿嘿地笑了笑，接着就狼吞虎咽地吃了起来。

孙玲在一旁看着，心里忽地漾起来一波涟漪，就像那月光脉脉地漾进洞来，又悄悄地挂在了石壁上。

陈忠吃完了，把碗筷放在稻草上，就那么定定地望着眼前的孙玲。他以前几次过渡，看到的都是那个在风浪中被日头晒得又黑又瘦的小姑娘，今天……在这融融的月光下，她怎么——陈忠的心怦怦地跳了两下，本想说声谢谢的，可话到嘴边却变成了简单得不能再简单的三个字："吃完了！"

"嗯！"孙玲应一声，想再说些什么，可话还没出口，心里先有一只小兔儿蹦了起来。她的脸蓦地一红，急忙收拾起碗筷，匆匆地钻出了山洞。

三

第二天早上，孙玲再来送饭时，陈忠已经醒了，两个人努力地掩饰着昨天那种朦胧的情绪，话慢慢地多了，也渐渐地自然了。

陈忠问孙玲的父亲送信回来没有，孙玲说还没有，陈忠就显得很焦急。饭只吃了一半儿，他就扶着石壁站起来，又艰难地走到洞口，扒开了蒿草往山下张望着。

孙玲说："你甭望了，一有信我就来告诉你。"然后就又收拾起碗筷下山去了。

将近傍晚时，孙玲的父亲回来了，他径直来到陈忠休养的山洞，告诉陈忠说，他已经把那张火力分布图交到了县大队刘大队长的手上，刘大队长还要陈忠在这里好好地养伤，什么时候养好了什么时候再回山里去。

陈忠心里的一块石头落了地，再见到孙玲时，他的心情舒畅了，话语也明显地多了，他给孙玲讲自己进城摸敌情搞情报的故事。其中不乏惊险曲折的情节，直听得孙玲望着他那双不停地眨动着的眼睛呆呆地出神。

孙玲原本也是位心高气盛的姑娘，她的性格就像那黑河里的冰凌水，冷峻中带着棱角。驾船在黑河上摆渡，迎送那些南来北往的客人，虽没进过大的城市，可也算是见过世面了。

然而听了陈忠的讲述，孙玲的话茬子没软，心却已慢慢地软了。她觉得眼前的陈忠比昨天的陈忠更加清晰更加真实了。她爱听陈忠讲话，讲那些故事，哪怕重复的也好，陈忠的话是甜甜的，而且还带着一股磁力。

第三天的时候，孙玲在山洞里待的时间已明显地拉长了。父亲觉出来了这一微妙的变化，可他并没有去点破，也没有去责备女儿，只在一旁静静地观察着。他想，陈忠一养好了伤，很快就得返回山里去。

果然，陈忠的伤还没好，心情就已经显得十分地焦急了。

这天夜里，南边的郑庄方向突然响起了枪声，一阵紧似一阵，爆豆儿一般，约莫有一个时辰，这之后，枪声戛然停止了。

从那边退下来的队伍正是由风铃渡过河后返回山里的。孙玲半夜里和父亲一起去摆渡，看那些战士时，发现他们个个闷着头，没有一点胜利的喜气。一打听，才知道仗打得并不顺利，原来约好负责主攻的正规部队，由于临时有了其他的任务，没能来参战，光靠县大队的力量，根本无法对铁桶一般的郑家大庙构成威胁，因而这次的计划只好暂时放弃了。

孙玲第二天早晨把这个消息带给陈忠时，陈忠就再也坐不住了。他拖着一条还有些疼痛的伤腿站起来，急急火火地说："我得走了，郑家大庙没打下来，这大概都是因为我取回图的时候惊动了敌人，让敌人有了准备，都是我的过错。"

"不怪你，把伤养好了再走吧！这怎能怪你呢？"孙玲一边解释一边劝说，声音轻轻的，那温柔的语调儿好像不是从她的嘴里发出来的一样。

"不，不！"陈忠坚持着，已经拨开洞口的蒿草走下了那条弯弯曲曲的小道。孙玲焦急地跟随在他的后面。

到了下面的谷底，陈忠好像想起了什么，突然停住脚步转过身来，若有所思地说："这些天多亏了你们，这——这个你留个纪念吧！"说着他从身上掏出一只弹夹，递到了孙玲的手上。

"你还来吗？"孙玲问，心里忽然空落落的，手里攥着弹夹，手心里沁出来了一层细密的汗。

"当然会来，等解放了，我肯定来看你们。"陈忠尽量轻松地说，然后就径直往山里走去了。

四

孙玲辞别了陈忠，一个人往家里走，可经过那三间草房时，她却没有停步，而是径直走到了黑河的河边。

此时的黑河水也在默默地奔流着，水面上反射过来的阳光刺得孙玲的眼睛晃晃的，一阵清风吹来，忽然觉得脸颊上冰凉冰凉的，似乎有两条虫子在爬，用手一摸，竟是两行泪水。孙玲急忙蹲下身，掬起河水洗了一把脸，头脑顿时清醒了许多，可头脑中那纷乱的思绪还是不由自主地往山里飞去了——陈忠这一走，也不知何时能再过风铃渡。

让孙玲暗自庆幸的是，这段等待的时间并不长，两个多月以后，县大队又来打郑家大庙了。陈忠还是提前几天下来的，他的伤已经完全好了，还给孙玲他们带来了一袋子山里的蘑菇，只是他在那草屋里总共也没说上三句话，就匆匆地过河去了。

这次，郑家大庙被顺利地攻占了，孙玲听过渡的乡亲们讲，得胜的队伍又汇合上解放军的大部队去围攻南边的县城了。再以后，又奔了什么更大的城市，反正很长时间里孙玲一直也没有见到过陈忠。

孙玲再一次见到陈忠时已经是一九四九年的春天了。

这个春天的阳光好像特别温暖，大半个中国解放了，暖洋洋的空气里流淌着一股掩饰不住的喜气，早晨的风铃声伴着枝头喜鹊的叫声，孙玲刚一起来，心里就溢出来了一种美好的感觉。

果然，快到中午的时候，县大队的刘大队长就带着几名战士渡河来了。他先让战士们在河边小憩，自己则不慌不忙地走进了孙玲他们的草房。

这人孙玲以前也见过的，高高的个子透着一身英武之气，只是不知道他就是县大队的刘大队长。

刘大队长先喝了一碗水，然后就单刀直入地说："老哥哥，见了真人不说假话，我呵，今天是来保媒的。"

"玲子她还小呢！"

"你看你，你该问我小伙子是哪一个呵！"

"这——"父亲一时语塞了，那神情好像女儿马上就要离他而去一样。

在旁边一直忙碌着的孙玲，这时心也跟着怦怦地跳了起来，她想听后面的话又怕听后面的话，于是就一个人溜出门去，奔了河边的木船。

工夫不大，孙玲就看见刘大队长走出门来，冲河边的战士招了一下手，那几个战士当中的一位就立刻往草房那边去了。

孙玲认出来了，那战士正是陈忠。

又过了一会，父亲就从屋里出来，径自来到了孙玲的跟前说："刘队长说的小伙子就是在咱这儿养过伤的那个陈忠，这会儿在屋里呢。你要同意就去见一面，不同意呢，我去给刘队长回个话，这事就算结了。"

"爸，又不是第一次，还怎么见呵？"孙玲说，脚下却已不由自主地跟随着父亲往草屋里走了。

至此，一段浪漫的爱情故事还是以这样一种古老的联姻方式最终被敲定了。

五

确定了婚姻关系的孙玲和陈忠并没有很快地结婚，陈忠说他们的队伍可能要编入野战部队，随着大军南下。即使不南下，因为刚刚解放，社会还不够安定，还有许多的事情要做。孙玲说我又没急着结婚，随你呗！

两个人的事情于是就进入了相持阶段，孙玲依旧帮着父亲摆渡，陈忠依旧忙着外面的事情，并且因为交通的关系，还很少传来家书。倒是人民解放军节节胜利的消息一天比一天让人鼓舞了，直到中华人民共和国的成立。

共和国成立后的第一个春天，陈忠终于回到风铃渡来了。他和孙玲站在黑河岸边的夜色里，默默地听着河水哗啦啦地流淌，默默地听着……

"玲子，咱们结婚好吗？"陈忠憋不住地问。

"随你呗！"孙玲说。

她的话音还没落，陈忠已将她紧紧地拥进了怀里。

几天以后，陈忠把刘大队长和几位亲戚请来，就在这风铃渡的草房里和孙玲举行了一个简单的婚礼。

结婚后的陈忠想把妻子连同她的父亲一起带到外面去。父亲说："上下就这么一处渡口，我不能撇下来来往往的乡亲们说走就走呵，再者说了，在这黑河上漂泊了半辈子，离开了这里，我还能干什么呢？我总不能每天坐着等着吃闲饭呵！等到有一天这黑

河上修起了大桥，你们不请，我自己也就走了。"因此，父亲是坚决不去的。孙玲因为放心不下父亲，不能让父亲一个人守着这风高浪险的渡口，因而她也不能走。

这样一来，陈忠的计划落空了。

风铃渡还依然是原来的风铃渡，三间草房一只木船，老远就能听见叮叮当当的风铃声，只是这渡口草屋里主人们的生活已经悄悄地发生变化了。陈忠虽然还忙着外面的事情，可他一有空闲就会回到这风铃渡来，因为他和孙玲共同孕育的小生命已经在孙玲的腹中开始生长了。

陈忠每次回来都会将未来儿子的事情绘声绘色地描绘一番，他那乐天的性格给这寂寥的渡口增添了无穷的乐趣。每到这时，孙玲非要跟他理论一番，她说："不，你怎就肯定是儿子呢？我说是女儿，她在我肚子里，我不比你知道？"陈忠说："好好，我不同你争了，就算你说的对吧！"他知道妻子的脾气，此役不胜是决不收兵的。这样暂时撤下来，他只好再换一个话题，再说外面的事情，说眼前正在进行的土地改革运动，说西南大山里的剿匪斗争。说到这些时，孙玲就再也插不上话了，这样就只有陈忠一个人滔滔不绝地说，直说得一弯月亮爬上窗棂，直说得黑河敛起了涛声，然后就听见父亲在对面的屋子里干咳两声，两个人便知道时间太晚了，于是闸住话题，甜甜地入睡。

这样的日子一直持续到了秋天。

六

初秋的一天，陈忠还和往常一样，赶在太阳下山之前回到了风铃渡，看着孙玲已经挺起的肚子，他知道自己的孩子不久就要出世了，自己就要当爸爸了。然而想着摆在自己面前的事情，想着必须要做出的选择，他怎么也高兴不起来，话也少了。

刚刚打了两个照面，父亲就看出了情况的异常，于是小声对自己的女儿说："玲子，你去问问，陈忠八成有什么事情。"

孙玲也觉出来了些什么，听父亲这么一说，就挺着肚子走到陈忠的身边问："喂！你心里有事吧？"

"我——"陈忠犹豫一下，看看妻子望着自己的那双眼睛，还是照直地说，"这事你该听说了，美国人已经进兵朝鲜，战火已经烧到了我们的鸭绿江边，现在上级要求我们组成一支志愿军部队，即日奔赴朝鲜，同朝鲜人民军一同作战。你说我该不该去呢？"

……

孙玲木然了，她知道自己的回答将意味着什么，那以后的事情又该是一种怎样的结果，可是——孙玲没有再往下想，她说："你是组织上的人，组织上让你去，你就去呗！"

陈忠没有再言语，他看着妻子那挺起的肚子，心里有一种说不出的滋味。

这一夜，陈忠和孙玲没有像往日那样唠叨个不停，两个人不说话，可谁也睡不着，就那么静静地躺着。

已经后半夜了，又有一抹月光悄悄地爬上了窗棂。孙玲看了看，就想起了后面山洞里的那片月光，就想起了两个人在黑河边上伫立时那洒在涛声里的月光，她的鼻子一酸，轻声地说："喂！想着给我捎个信儿来。"

"嗯！等咱孩子出世了，你也给我捎个信去。如果——如果不赶上正打仗，我也许能收到呢！"陈忠说，他本想说"如果我还活着"的，可又怕妻子听了过分地伤心。不过，那样的想法还是在他的头脑里稍稍地停留了一会儿，这样想着时，他的心里也酸了，于是就伸过手去，将妻子默默地揽进了怀里。

第二天早晨起来，陈忠看见妻子的眼睛红得像两只熟透了的桃子，但他不知道该再说些什么，他怕话一多了，连自己也控制不了自己的情绪，于是刚过了中午，就匆匆忙忙地过渡走了。

五天以后，当陈忠再次回到风铃渡时，他已换上了一身崭新的军装。他努力显出轻松的样子，对孙玲和她的父亲说："明天我就走了，夜里三点的火车，直达鸭绿江边。"

孙玲没有言语，她不知道该再说些什么。她只觉得心里好堵好委屈，泪水就不由自主地流了下来。

父亲说："虽说大仗小仗都打过，可那边毕竟不如咱这地面熟，遇事一定要多留一点神……这话是怎么说呢？唉！"

陈忠说："您放心吧！我知道了。"

父亲说知道了就好，接着就再叹一声，迈开步子，往黑河边上自家的木船那边去了。

这边，孙玲已擦干了泪水，并努力地平复了自己的心情，她默默地找出了陈忠的两件单衣，叠好了，放进了陈忠的挎包，又摘下了屋檐下挂着的那只风铃，用一块红布包好，一同放了进去，她说："这衣服留着你换洗，这风铃，什么时候想家了，你就拿出来看看。"

陈忠说："我没有什么东西给你们了，组织上答应给我们每人三十斤小米，我会托人给你们带回来的，你自己可要注意身子呵！"

"嗯！"孙玲应一声，努力地点了点头。

第二天上午，她就和父亲一起再次将陈忠送过了风铃渡。孙玲无论如何也不会知道，这一送竟成了他们的诀别。

七

陈忠是作为志愿军的一名连长奔赴朝鲜战场的，他们的火车三点准时出发，到沈阳的时候稍做停留，然后就一直地开到了鸭绿江边。到江边的时候，陈忠抽时间写了两行字，匆忙地托地方上的一位同志给孙玲寄了回来。

自从陈忠离家的那天起，孙玲的心就已经随着那飞驰的火车轰轰隆隆地北上了。直到半个多月以后，辗转地收到了陈忠的来信，她的心才稍稍地安静了一些，可是这时，朝鲜战争已经全面展开了，掰着指头算一算，第一次战役、第二次战役……孙玲的心就又提了起来。然而从这以后，孙玲一直也没有再收到陈忠的来信。

进入冬天的时候，孙玲生下了一个男孩，因为一直挂念着远在他乡的丈夫，孙玲给孩子起名陈赴朝。

孙玲和父亲归入南边的郑庄，并分到了三亩土地，地块的位置就在风铃渡南边一里多远的地方。这年的春天到来的时候，父亲给那片土地撒上了种子。不久地里就钻出来了一层碧绿的幼苗。父亲说玲子你也别总待在家里，一个人闷头地想，那打仗的事，你想了又能帮上什么忙呢？你跟我到咱的地里看看去吧！孙玲就把赴朝背到背上，跟着父亲来到了南边的地里。这时，地里的幼苗被春风吹拂着，涌动着一层层的波浪，那鲜嫩的波浪的确比黑河里的更撩动人心。父亲对孙玲说："我爷爷的时候，他老人家就总盼着有一天能置下几亩土地，可至死他的愿望也没能实现，没想到今天这土地就像从天上掉下来的一样。"说着他蹲下身，抓起一把泥土，举到眼前，深深地嗅了嗅。孙玲看着父亲的样子，心里也就有了几分喜悦几分陶醉。

然而一回到家里，孙玲的心还是不由自主地又有了几分悬空的感觉。

到了夏天的时候，朝鲜战场上的战事更紧了。

忽然有一天，孙玲听过渡的老乡讲，有一列运送伤员的火车开进关里来了，不同籍贯的伤员都要送到当地的医院去治疗。孙玲听了，急忙将陈赴朝交给父亲，一个人径直奔了几十里外的县城。

县城里的医院设在一处二进式的大院里。前院有进进出出看病的人，后院有的人就躺在屋子里的木床上，听说那就叫住院呢！孙玲想，如果陈忠能住在这院里，那也叫福分呵！

可是，找遍了所有的房间，孙玲也没有找到陈忠。看来他肯定没有负伤了，孙玲想，也说不出心里是高兴还是忧伤，只好一个人再惴惴地往回家的路上走，然而还没有走出县城，泪水就止不住地流了下来。

这样寻过几次之后，孙玲的心渐渐地就有几分木然了。然而，看着一天天长大的孩子，她的心里还是浮起来了一丝暖意。

八

孙玲最后一次去迎陈忠是在朝鲜战争结束的时候，那次也是听过渡的老乡讲，停战了，到朝鲜去的志愿军已经返回来了，于是她又匆匆忙忙地来到了县城。

那会儿，还正好有一些披红戴花的战士从一辆汽车上下来。她上前去打听陈忠，一个战士告诉她说，他们是最后一批，该回来的都已经回来了。如果还没有见到人，可以到民政部门去问问。

孙玲不知道为什么要到民政部门去问，可既然那个战士说了，说不定真能在那里找到陈忠。

经过一番寻问，孙玲来到县城后街的三间平房里。她推门进去时，屋子里许多人都在忙着什么事情，有穿便装的，也有穿军装的，可其中并没有陈忠。她想问一下，又不知道该去问谁。

正在这时，一位四十多岁的干部模样的人走过来问："请问，你有什么事吗？"

"有呵！我来找我们孩子他爸。"

"呵！你到我这边来。"

那位干部好像一下子就明白了。他将孙玲叫到一张桌子旁边，自己先坐下去，拉开下面的抽屉，从里面拿出来一本挺厚的用白纸钉成的本子，然后才又问站在一旁的孙玲："孩子他爸叫什么呵？"

"陈忠，他原来在咱县大队，抗美援朝一开始，就跟上队伍走了，县大队的刘大队长也认识他呢！"孙玲回答说，生怕自己说得不全，不能引起对方的注意。

那干部听了，点点头，就翻开本子，在上面密密麻麻的字迹中寻找起来。

孙玲的心里立刻有了一种不祥的感觉，但她没上过学，不认识字，只好焦急地等待着。

那干部翻看完了这第一个本子，好像没有找到，就又拿出一个同样的本子继续翻看起来，翻到第二页的时候，他的目光落在了其中一个名字上，停住了，半晌才抬起头来说："大妹子，你听我说，别着急。"

"怎么了？陈忠他怎么了？"孙玲的心立刻提到了嗓子眼儿上。

"没什么，你别着急。你也看到了，这第一本是我们县的烈士花名册，上面没有陈忠的名字。他的名字在这本失踪人员名册上。

"在朝鲜，发生了很多这样的事，我们的一些同志被朝鲜老乡救下后，就在老乡的家里养伤，直到养好了伤，归队了，我们才知道战士的下落。

"你要往好处想，陈忠同志这会儿也许正在老乡的家里养伤呢！"

"要是那样，他什么时候能回来呢？"孙玲迫不及待地问。

"这……"那干部的脸上露出几分难色，但还是很快地说，"等安定一段时间就会有消息的，一有了消息，组织上会立刻去通

知你们。"

"那——我先走了。"孙玲说一声，就觉得自己迷迷糊糊地离开了民政部门的屋子。她知道，那干部一定是在用那样的故事安慰她，可是——不安慰又说什么呢？自从陈忠走的那天开始，自己就做好这样的准备了，打仗还能怕牺牲吗？只是，陈忠你为什么不再给我来一封信呢？哪怕两句话也好呵！说说你打仗的事情，也问问咱们的风铃渡，问问你的儿子呵！

这样想着，泪水又禁不住唰唰地流了下来。

九

从那次开始，孙玲就认定陈忠已经牺牲了，组织上说一些安慰的话，只是为了安慰她而已。她在家里设下了陈忠的牌位，每到节日的时候，就摆一些酒菜，嘴里还默默地叨念着。父亲不时地劝劝她，这反而更增加了她的忧伤。

一年多以后，由于几经寻找无果，陈忠被定为革命烈士。那位民政干部亲自将烈士证书送到郑庄，交到了孙玲的手上。

孙玲接过证书的时候，她的泪水又一次唰唰地流了下来，原来偷偷地潜藏在心里的一点希望彻底地破灭了。

唯一让她感到宽慰的是，儿子陈赴朝慢慢地长大了，她从儿子的身上清晰地看到了陈忠的影子，因而生活的木舟又装载上几多希望漂荡着前行了。

一九五八年的时候，孙玲和父亲一起加入了郑庄人民公社，陈赴朝也到那村里的小学读书了。

一九五九年的秋天，风铃渡处的黑河上修建起来了一座大桥，取名黑河大桥。从此，渡口变成了通途，来来往往的人们再也不用登船过渡了。孙玲一家搬入郑庄居住，参加集体生产劳动。

就要离开风铃渡了，父亲怎么也接受不了这离别的现实，他在河边的木船旁，一会儿坐，一会儿走，一会儿吧嗒吧嗒地吸烟，一闪一闪的红火光染亮了黑河的夜色，牵出了天边的月亮。

孙玲也觉得心里空落落的，好像有什么东西丢下了一样，她带着儿子赴朝沿着当年给陈忠送饭的那条山路默默地走，走得儿子好生奇怪。

儿子问："妈，我们干什么呵？"

孙玲说："我们就要搬家了，看看有什么东西落下了没有。你看这座山洞，我和你外公常在这里躲情况，你爸爸他也在这里养过伤呢！"

提起了爸爸，陈赴朝的眼睛一亮，问题一个接一个地来了。然而孙玲却没办法回答他，一想到丈夫，她的眼泪就抑不住默默地流了下来。陈赴朝见了，不知道怎么惹了母亲，只好乖巧地闭了嘴。

一家人搬进郑庄后，虽然人民公社帮助他们盖起了房子，可除了儿子陈赴朝有了一种融入大家庭后的新鲜和喜悦外，孙玲父女俩都感到了一种从没有过的失落，尤其是父亲，离开了他的渡口，离开了他的木船，他的话明显地少了。常常是一个人吧嗒吧嗒地抽烟，愣愣地出神。一段时间以后，孙玲发现父亲已经明显地苍老了。

有多少个不眠之夜呵！孙玲背着父亲和儿子，一个人默默地流泪，她想陈忠，她又恨陈忠，这样的时候，他要是能在自己的身边该多好呵！

这样恍恍惚惚地想着，孙玲就觉得自己又回到了黑河边上的风铃渡，陈忠分明还栖身在上面的山洞里，她提了饭菜往上走，老远就看见了陈忠向她招手的模糊的身影。她好兴奋好兴奋呵，急忙加快了脚步，可是不知怎么，竟一脚踩在了一块石头上，她的身子往下一歪，激灵一下醒了，伸手摸一摸额头，知道又做了

一个梦。

像这样的梦，孙玲不知做过了多少个，泪水也不知流了多少回，然而即使这样，生活的磨难还是一刻不停地纠缠着她。

一九六二年的冬天，孙玲的父亲终于没有挨过病痛，撒手而去了。

孙玲将父亲安葬在了风铃渡那座山洞前的山坡上，那天天空中飘着雪花，落在黑河里，悄悄地溶化了，落在桥面上，留下了浅浅的一层。在孙玲看来，天空是那样的阴沉，雪花是那样的悲凉，她的眼泪哭干了，一个人回到家里的时候，面对着一盏油灯，就那么呆呆地坐着，直坐到远处传来了一声鸡鸣——她不知道该怎样面对明天的日子，她想念已经远去了的亲人。

从这天开始，孙玲的心里时常感到无助和痛苦。她仿佛一下子苍老了十岁，她的头上新添了几丝白发，她的神情已显出了几分木讷，周围的人们已很难再从她身上寻出当年那个摆渡姑娘的影子了。

这时，孙玲的全部希望已寄托在了儿子的身上。而这时的陈赴朝，已经能体味出自家生活的艰辛了。

十

以后的日子，孙玲母子俩就是在相互依靠中度过的。虽然清贫，但因为有了人民政府的帮助，再加上自己的劳动，总算还过得去。

随着陈赴朝的一年年长大，孙玲感到肩头的压力慢慢地轻了，心情也渐渐地舒畅了。

到了儿子结婚那年，孙玲觉得自己的生活已经发生了根本的变化。她忙着给儿子提亲，忙着给儿子操办婚事，很长一段时间都沉浸在喜悦和幸福之中。

然而，当儿子从她的身边走进另一个女人屋里的时候，她才猛然发现，原本属于自己的欢乐不经意间已经被别人夺去了。她的心里，继痛苦之后第一次感到了孤独。

小孙女出生以后，她在家里专门看护着孩子，心里的孤独感得到了稍稍的排遣。

然而，当黑夜降临，自己一个人躺在床上的时候，屋子里那种难挨的寂寞还会沉重地向她袭来。这时，她就又不由自主地想起了黑河上的风铃渡，想起了后面山上的那座石洞，想起了在渡口岸边的家里那位刘队长给自己提亲时的情景……

那位刘队长可是个好人呢！他就留在地方工作了，还是位大干部。最初的时候，他听说了孙玲的事情，就专门去了一趟陈忠当年所在的部队，还托了人到朝鲜去打听情况，可是，一切的努力都毫无结果。转眼间，几十年已经过去了。

这时，孙玲朦胧地看见，刘队长正带着陈忠缓步地向她走来，走得那样慢，那样慢……终于快到近前了，刘队长一挥手，又突然把陈忠藏了起来。

孙玲到刘队长的身后去找，没有，到周围去找，还没有，返回身来，刘队长正冲她神秘地笑呢。她真的有些急了，这种时候，你刘队长怎么还好跟我开玩笑呢！她想对着刘队长大喊一声，可是张了几次嘴，竟没有发出声音，一着急，孙玲便醒了，抚摸一下被泪水打湿的枕巾，知道自己又做了一个梦。

这时，她的心里明白，那梦已经是很遥远很遥远的事情了，不管自己承认还是不承认，随着孙女的一天天长大，自己已经开始步入老年人的行列了。这一辈子，这一辈子就这么平平淡淡地过来了，现在不会有，今后也不会再有让自己牵挂着放心不下的事情了。孙玲这样想，这想法就潜藏在她的心底里，一直也没有消失。

然而，到了一九八八年的秋天，有一件事让孙玲的这种想法突然改变了，这事她做梦都不曾梦到过。

十一

这年秋天的一个傍晚，村子的喇叭里照例播告着收信人的名字，其中的一个名字叫"孙玲"。

这时的孙玲刚好从街上回来，脚才迈进自己的家门。她的耳朵还不聋，喇叭里播放的名字她都听到了，只是她没有意识到，那个"孙玲"就是自己。

已经有几十年了，村里人称呼孙玲都叫"赴朝他妈"，而很少再有人知道她的名字了。

因此，有一封寄给孙玲的信就那么在村委会的办公桌上躺着，三天，五天，直到第九天的时候，它才被辗转地送到了孙玲的手上。

信是从台湾省的高雄市寄来的，收信人一栏里写着：风铃渡村孙玲收。

风铃渡早已没有人家了，台湾省那么远的地方，更没有自己认识的人，谁会把信寄到风铃渡，谁又会把信寄给自己呢？

孙玲拿到这封信的时候，头脑里不由自主地就冒出来了这许多的疑问。因为自己不识字，虽然把信打开了，可还得耐心地等着儿子陈赴朝，等着他回来念给自己听。

这时的陈赴朝已经是乡里的一名干部了，他回来看见母亲举给自己的信，最初也感到十分惊讶，因为他从来也没听母亲说起过台湾省还有自家什么亲戚，然而当他读起信中的内容时，他的心颤动了。

信是这样写的：

孙玲吾妻：

如果你还活在这个世上，如果你真的看到了这封信，你一定感到非常吃惊。我是你的丈夫陈忠呵！

快四十年了……

自打从鸭绿江边给你捎回信儿去以后，我们的部队很快就投入了战斗，就一直也没得空闲了。

上甘岭战役时，我受了一点轻伤，休养了半个月，金城战役时，我挨了美国人一炮，醒来时就被俘了。

之后被转到了台湾，整整待了十五年，直到一九七〇年五月才从监狱里出来。那会儿我恨不能立刻就回到咱们的风铃渡去，可是不成呵！

为了生存下去，我在码头上扛过麻袋，后来我到了高雄市，开始卖一些水果，接着又开了一处店铺，慢慢地也有了一些积蓄，有了自己的房子。

可是这些年来，让我一直惦念的还是你呵！多少回梦里，我都清晰地看见了你，看见了咱们的风铃渡，看见了我们相识的山洞，还有那条木船，还有头顶上那片清亮的月光。一次次，我总把大海的咆哮错听成了黑河的涛声……

还有，爸爸他还好吗？我们的儿子（我就认为是儿子）也早该长大成人了吧？我真想念你们呵！

别不多叙了，盼望着你的回信。

另外，等条件允许了，我会立刻飞过海峡回家去。只是——万一我等不到那一天，你一定教孩子想办法把我的骨灰带回去，埋在风铃渡后面的山坡上，千万千万！

陈忠

七月二十一日

陈赴朝读完了信，孙玲的心立刻被一种喜悦的情感攫住了，半晌她才喃喃地说："他还活着……这话咋说呢？他还活着……"说着，泪水已模糊了她的双眼，无力支撑的身体顺势坐在了旁边的土炕上。

陈赴朝看着母亲，不知该说些怎样安慰的话，对于眼前这不期而至的事情，他感到突然，感到吃惊。他的心被一种看不见的亲情隐隐地撕扯着，震颤着，但是无论如何，陈赴朝也体味不出母亲此时此地的心情。从呱呱坠地那天开始，他就是在母亲的呵护中一天天长大的，他没有见过父亲，更没有蒙受过一星半点的父爱，他的头脑中只有一个父亲的概念。他刚刚懂事的时候，母亲就告诉他说，父亲到很远很远的外国去了，到后来，他明白了一切。母亲则不然，她有过幸福的初恋，有过离别的痛苦，有过失去亲人后的悲痛和心酸，几十年了，一切的一切都沉淀在她的心里，现在被搅了起来，酸甜苦辣，怎是一个情字就能包容得下呢？几句劝慰的话又是何等地苍白呵！因而陈赴朝想，不如顺其自然，就让她流泪就让她哭吧！

然而，孙玲虽然上了年纪，可她的骨子里还依然保存着黑河上那个摆渡姑娘所特有的果敢和坚强。几分钟后，她便平静下来，对陈赴朝说："你去给写个回信吧！就说我们这儿都好，盼着他能早点回来，你这就去写吧！"

十二

陈赴朝按照母亲的吩咐给从未见过面的父亲写好了一封回信，他先念给母亲听，得到了母亲的认可，然后便很快地发了出去。

从这一天开始，孙玲的心里就又多了一份牵挂，她日夜地期待着远方的来信，心底里编织着一个个相见时可能出现的场景。多少年了，自己做梦都没有梦见过这样的事情，那时梦见的多是陈忠血淋淋地站在自己面前的样子，或是在风铃渡的黑河岸边两个人相依相偎时的情景，如今这样的事情突然降临了，她倒觉得仿佛是在梦中一般。半个多月以后，她的心才在等待中慢慢地平静下来。

进入冬天的时候，孙玲收到了陈忠的第二封来信，她也让儿子赴朝又给回了一封，双方无非是更详尽地叙述了各自的情形。

转过年来，陈忠来信说，他和几位一同入朝的老战友有可能转道香港回国探亲了。这消息让孙玲一家又着实地兴奋了好几天，可是大概哪一天能回来呢？信只短短的几行，关键的问题并没有说清楚。

直到三月的时候，孙玲才又收到了陈忠一封简短的来信，说他半个月后就可以到达风铃渡了，到时候务必让陈赴朝到县城去接他。

半个月和近四十年的时间相比只是短短的一瞬，这一天到来的时候，孙玲觉得自己好像一下子年轻了十岁。她早早地收拾好了屋子，又早早地走到村口去，不停地向远处张望着……

下午两点多钟的时候，孙玲终于看见儿子赴朝怀里抱着个木匣子和几个人一起进村来了。奇怪的是，到了近前，孙玲却没有看见自己日夜盼望的丈夫陈忠。儿子陈赴朝叫了一声妈，眼圈儿立刻红了。孙玲的心往下一沉，脚步踉跄两下，很快便有位年轻的妇女上来将自己扶住了。

一行人走进家门，孙玲只觉得自己浑身瘫软，再也无力挪动半步了。

陈赴朝将木匣子端端正正地放在柜子上，回身来给孙玲介绍说："妈，这是张叔叔，我爸爸的战友，这几位是咱们县里统战部的领导。"

"我——我问你，你去接你爸爸，你接的人呢？"孙玲明知故

问，心已经开始战栗了。

这时，那位被陈赴朝称作叔叔的老者便走上前来说："老嫂子，我叫张恒，和陈忠大哥是几十年的老战友，你听我说，别太难过了。我知道，其实你什么都明白了，陈忠大哥这不是也回来了吗？只是……"张恒老人语塞了。

孙玲喃喃地说："他说要回来的，他说要回来的……"

张恒老人叹口气，向孙玲一家人说："在高雄，我先蹬三轮，后在一家百货店里做杂活，陈忠大哥则开了个自己的水果店，我们做梦都想着这么一天，能够回到自己小时候生活的土地上来。去年刚有了消息，他就让我帮着他给你们家里写了信，后来的几封信也都是我代写的。

"但陈忠大哥的身体很糟糕了，我也一样，去年收到了你们的回信，我们那个兴奋呵。陈忠大哥一连几天都没睡好，没想到这么一来，倒让他一下子病倒了，直到冬天的时候，病情一天天地加重。我本想在信里告诉你们，可是他没让，他只让我有了机会一定要把他送回来。

"现在，陈忠大哥他可以……"说到这里，张恒老人的喉头哽塞了，两行泪水无声地流了下来。

过了约有十几分钟的样子，张恒老人才渐渐地平静了，这时他打开自己随身携带的提包，从里面取出来一只红布包，郑重地交到了孙玲的手上："这是陈忠大哥让我交给你的。他说你见到了这个，就像见到了他本人一样，那样他也就能永远地陪你了。"

孙玲接过布包，小心地打开，那只熟悉的风铃一下子呈现在了她的眼前。风铃已经被擦拭得锃亮了，那闪亮的铜色，一道道清晰的花纹让她立刻又想起了陈忠临走时的那一幕，她的泪水再也抑不住地流了下来。

十三

这个春天的风铃渡和往年的春天的风铃渡没有什么两样，一座横跨黑河上的大桥摆平了昔日渡口的喧嚣，桥上静静的，好半天才有一辆过往的汽车不急不忙地驶过。

一行不同寻常的送葬的队伍默默地过了风铃渡，又默默地上了后面的山坡。

后面的山坡上，野草返青了，粉红色的杏花悄悄地开放着，本来是一个让人心情愉悦的季节，可孙玲的心却比任何时候都更加地沉重了。她从儿子陈赴朝的怀里接过陈忠的骨灰盒，看着嵌在前面的那张陈忠的照片，那照片里的陈忠已经显得很苍老了，可孙玲还依然能够辨出陈忠年轻时的模样。她看着辨着，用手轻轻地抚摸着，不知不觉，泪水又一次模糊了她的双眼……

陈赴朝按照家乡的习俗，把从未见过面的父亲的骨灰就在这风铃渡后面的山坡上安葬了。

他在父亲的坟前摆了酒菜，燃了香，又郑重地磕了三个头。待一切都忙完了，就过来劝慰自己的母亲说："妈，我们走吧！爸爸他能够回来，也一定心安了。"

"你们先走吧！我想一个人待一会儿。"孙玲说，混浊的眼睛里透着无限的哀伤。

陈赴朝看看母亲，明白了她的心思，就说："您别待久了，我们就在渡口那边等您。"说完，就和其他人一同下山去了。

待周围慢慢地安静下来，孙玲抬头环顾了一下四周，大概她是要好好地审视一下陈忠安睡的这一方山水吧！

突然，她的目光在上面几十米外的一个地方停住了，那不是当年陈忠养伤的那座山洞吗？

不知为什么，孙玲不由自主地迈开无力的双腿向着那座山洞慢慢地走去。

洞口处直立着一丛丛枯草，有一枝杏花从上方的杏树上挂下来，贴着洞口的石壁轻轻地摇曳着。往里面看，石洞还是那座石洞呵！地上似乎还有一抱干草，陈忠似乎还拖着那条伤腿侧卧在干草上，并且正冲自己神秘地笑呢！

孙玲用手去拨洞口处的枯草，想立刻跨进洞里去，不想夹在草丛中的一枝酸枣刺破了她的手指。她的神经一紧，知道自己的精神已有几分飘忽了。这时再往洞里看，里面空空的，地上根本没有干草，靠近地面潮湿的洞壁上已经长满了青苔。里面也没有陈忠呵，他分明已经安睡在下面的山坡上了。想到这里，孙玲彻底地失望了，一股巨大的悲痛又一次塞满了她的胸膛。

她再无力地往回走，走到陈忠的坟前时，她就再也走不动了。她瘫坐在地上，用手拍打着坟头上的黄土，突然从心底里爆发出来了一阵撕心裂肺的哭声。那哭声带着对过去幸福时光的追忆，带着对故去亲人的无限思念，响彻了背后的山谷，盖过了前面黑河的涛声，震得树上杏花的花瓣纷纷地飘落下来，飘落下来……

(2003 年 5 月 4 日完稿)

古寺冤魂

一

双龙峪是燕山里的一个村庄。

民国初年的一天，太阳坠下双龙峪西边山峰的时候，有两个人悄悄地走进了村子东边的山谷。

走在前边的一人，瘦高个子，长挂脸，鹰钩鼻子，黄眼珠儿里带着几道血丝，他的眼皮松弛了，眼角往下耷拉着，看上去有五十岁上下。走在后边的一人，是个二十多岁的毛头小伙儿，厚实的身板，中等个儿，黑脸膛，懒散的目光在山道上扫来扫去。

这两个人看上去像父子，其实是师徒。年长的姓魏，是师傅，因为手艺精，三里五村之内都能排上名号，所以人们便称他魏三村。年轻的是徒弟，因为长得黑，在家里排行老四，师傅便称他黑四。他们两个是裱糊匠，就是糊顶棚的。

他们往双龙峪东边的山谷走，是因为这里有他们要做的营生。

这山谷叫大东沟，沟里长满了板栗树。往里走到了四分之三的地方，有一座千年的古寺——栖云寺。它的山门前，一左一右，卧着一对石狮子，立着两棵三搂多粗的银杏树。

传说一千三百多年前，一个夏天的早晨，进山来的村民看到一棵栗树上飘着一团五彩的祥云，祥云里又射出来了一道道金光。仔细看，云团里的树枝上躺着一尊佛，正在香甜地睡觉，太阳一出，云团散去，佛也随之不见了。一连三天，进山来的村民都看到了这一景象，大家非常惊讶，可又不知道是怎么回事。

后来，这佛给村民托梦，说他家在南方，这次是来北方游玩儿，因为见了此地的美景，竟不想离去了。

得到了这样的信息，村民们立刻集资，在佛睡觉的地方修建起了这座栖云寺，把云游的佛供奉了起来。那供奉在大殿里的佛像就是祥云托着在栗树枝上睡觉的模样，村民们称他为睡佛。

栖云寺坐北朝南，红墙碧瓦，一年里香火不断。

魏三村和黑四往山沟里走，正是要来这栖云寺，来为寺里糊顶棚。

一阵秋风吹过，满坡的栗树叶唰啦啦地飞旋起来，翻过土岗石坝，齐齐地聚向了谷底。山坡上，只有一棵棵的栗树，袒露着枝干，扭动着渐渐模糊的身形，兀白地挺立着。

夜色慢慢地从谷底爬上了山脊，一群乌鸦从南边的山洼里飞起来，"哇哇"地叫着，飞过头顶上正在变得暗淡的蓝天，向山下双龙峪村子的方向飞去。

黑四打了个冷战，心里生出来一阵莫名的恐惧，他把懒散的目光收回来，紧走几步，低低地叫了一声"师傅"。

魏三村扭头看了一眼，说："怎么啦黑四，有事呵？"

黑四按下心里的惊悸，慌忙地找了个话题，说："没事师傅，我就想问问，听说这满山的栗树都是寺里的产业，真的吗？"

魏三村说："那还有假嘛！据我所知，这些园子当初都是双龙峪村老张家捐献的，包括前边的这座栖云寺，从根儿上说，那应该都是张振远他们老张家的产业，不过现在是寺里的，没错！"

两个人都感到了一点没话找话的意思。

黑四"哦"一声，望一眼夜色渐浓的栗树林，抢步走到了魏三村的前面。他说："师傅呵，你说的张振远，我听这名字好耳熟呵！"魏三村说："耳熟？你当然耳熟了，他是南口镇的镇长，咱们这一带的百姓，有谁不知道他呵！每次回双龙峪，他都从咱们北台村经过，一米八几的块头儿，骑着高头大马，腰板挺得笔直，后边还有两个跟班的，人物呵！"

魏三村说完了这一番话，心里忽然感到了一阵的不自在。

二

一座红墙高耸的古寺，出现在山道的左边，山门外两株高大的银杏树，巍巍地挺立着，金黄色的叶子稀稀拉拉地挂在枝头，飘摇在暮色里。据双龙峪的老人们讲，先有白果树，后有栖云寺。

当魏三村和黑四望见两棵银杏树时，他们的脚步放慢了。他们已经来到了栖云寺的山门前，他们看见两头狮子在瞪视着他们。

这时，一个身穿浅蓝色布袍的小和尚从山门里迎了出来。到了跟前，小和尚说："敢问施主，您就是北台村的魏师傅吧？我师傅正在里边等你们呢！请跟我来吧！"说完，就在前边引路，进了山门，绕过东边的钟楼和天王殿，再绕过大雄宝殿，到了寺院的后院。

这里有东西两排厢房，都是供僧人们居住的。

在东边的一间屋门外，一位身体矮壮年纪稍长的僧人垂手站立着，这时便施礼说："魏师傅你们来啦，屋里请吧！"魏三村点头还礼，叫了声"智远师傅"，猫腰进了屋。

智远命惠能给师徒二人沏茶。小和尚惠能就到一边去，悄没声地沏了壶茶，放在了靠墙的几案上。

魏三村和黑四却没有要喝茶的意思，他俩打开了随身携带的布包，各自亮出了一把双刃的尖刀，刀柄上缠着布，这是削秫秸

割纸用的，是裱糊匠们必备的工具。

他们俩的意思，闲话少叙，干活吧！

这是他们多年养成的做事风格和习惯。

智远和惠能没去想他俩的意思，却同时看到了那两把锃亮的尖刀。小和尚感到一丝恐惧，不由得打个冷战。智远则说："魏师傅你们也太性急了，干活不由东，累死也无功，我还没交代你们怎么干呢！"

魏三村看了看智远，智远脸上一片诚意。魏三村一想也是，一屁股坐在几案旁边的一把椅子上，提起茶壶倒了杯茶，一口喝了下去，然后抬起头来说："你说的也是，有什么交代的，说吧！"

智远说："觉醒主持交代过了，现在天气还不太冷，所以活计慢点不怕，一定要细致，还有，你们先糊东边这一排，这边糊好了，我们搬过来，你们再糊西边，你看怎么样呢？"

魏三村说："全凭智远师傅安排，我们干活的，客随主便，客随主便。"

智远又说："主持还说了，工钱让你们放心，只要活计干得好，寺里是不会亏待你们的。"

这时，智远师傅环视了一下屋子，似乎还在想着什么事情，半晌，他对小和尚说："惠能你再看一看，有该收拾的东西先拿到西厢房去，抓紧一点，完了好让师傅们干活。"

惠能说："知道了师傅，我这就看看。"

随后，智远又对魏三村说："魏师傅你跟我来。"就走出屋去，径直来到了另一间屋子的门前。

魏三村看见门上挂着锁，就问："这个是怎么回事呵？"

智远说："这是张振远张镇长的屋子，是寺里专门给他留用的，他每次回双龙峪都到寺里来，他喜欢跟觉醒主持下棋聊天，有时候天晚了，就在这里住下来，他是我们栖云寺的老主顾了。"

魏三村的脑海里顿时出现了张振远骑着高头大马的身影，似乎还看见他手里拎着马鞭，一身藏青色的裤褂，沿着寺外山门前的坡岸拾级而上，不紧不慢走进寺里来，一直走到了后院，然后和觉醒主持相互施礼，对弈而坐，一边喝茶一边聊天，周围是浓浓的夜色，是大殿和高墙，天上是浮云和月亮。

魏三村不知怎的，心抽紧了一下，他问智远师傅："这门锁着，这屋子，这屋子就不用糊了吧?"

智远说："这正是我要跟你说的事情，魏师傅，觉醒主持交代过了，他说这两天张镇长可能回来，他回来了，就按他的吩咐，该怎么糊就怎么糊，他要是不回来，我们就不好打开他的屋子了。"

魏三村"嗯"一声，两个人就又返回了刚才的屋子。

三

智远师傅交代完要交代的事情，就回他的禅房去了。

魏三村走进刚才的屋子，黑四已经爬上一张高桌，正在撕扯往年裱糊的旧纸，清理工作面。

小和尚惠能在另一边的桌案处查看着该要收拾的东西。

这时，只听哗愣愣一声，一个蓝布包摔到了地上，鼓鼓的，而且显得很沉重。那里面会是什么呢? 那里面还能是什么呢?

魏三村和黑四的四只眼睛不约而同地望了过去，痴痴的目光凝固了一般，尤其魏三村，他从那哗愣愣的声音里感觉到了一片白色，搅得自己的心里痒痒的。

惠能弯腰捡起蓝布包，冲魏三村和黑四不好意思地笑一笑，本意是想说："我这笨手笨脚的样子，让你们笑话了。"可他嘴上却说："这个现在用不上，我先放到师傅那边去了。"

然后他把蓝布包抱在怀里，逃也似的出门去了。

魏三村的心怦怦地跳了一通，他盯着小和尚怀里的蓝布包，什么也没说，一屁股坐在了刚才喝茶的椅子上。他本来要取出工具，和黑四一起干活的，这下什么心思都没有了。他自己又倒了杯茶，喝一口，在嘴里含着，头脑里闪过了一片白花花的影子。然后，他把茶水咽下去，从衣袋里掏出烟盒帕，又从烟盒帕里掏出了用麻梨疙瘩雕刻的烟袋，装了袋烟，点燃了，深深地吸了一口。

黑四站在高桌上，望一眼师傅，感到了一点异样，就问："师傅，你身子骨不舒服了吗？"

魏三村说："没有，我抽袋烟，你先收拾着，呵！"

黑四转回头去继续干活。刚才那个蓝布包已经从他的眼前远去了。

半晌，魏三村问："黑四，你刚才看见小和尚的那个蓝布包了吧？"

黑四说："看见了师傅，那又怎么啦？"那个蓝布包又从他的脑海里浮现出来，只是个蓝布包而已。

魏三村咳一声，说："黑四呵，平常我怎么说你来着？用脑子，用脑子。遇事不用脑子，你老是这样可不成！"

这是师傅在批评自己了，没头没脑的批评。可是黑四也没觉着自己有什么做错的地方呵，一个布包，不就是一个布包吗？那又怎么啦？他瞪眼看着魏三村，真的想不出什么来。

但是，师傅的脸色和神态摆在那里，他的心往下一沉，急忙从高桌上跳下来，恭恭敬敬地站在了师傅的面前。

魏三村说："黑四我再问你，那小和尚的蓝布包掉在地上是什么声音？'哗喽喽'一声对不对？这你会没听到？"

"听到了师傅，可是——"

"你这脑子呵！你还可是什么？你没看见小和尚抱着那布包，

沉甸甸吃力的样子？那么一包东西，里面包着什么会那样沉？"

黑四"啊"了一声，混沌的大脑终于亮堂了，他压低了声音说："师傅我知道了——银子！都是银子呵！"

魏三村又咳一声，说："你总算开窍了，你看看小和尚那躲躲闪闪的眼神，不是银子又能是什么？那么一包银子，你也看见了，就是我们俩干一辈子，也挣不来那些银子。"

黑四的眼睛亮一下，接着又暗了下去，他说："师傅呵，就算是银子，那又怎样呢？又不是咱们的。"

魏三村说："你说得没错儿，可那银子上也没刻着'和尚'两个字呵！"说完一甩手，转身就往门外走去。他嫌这徒弟太不灵光，竟然一点没明白自己的心思。

四

外面的天早已经黑了，栖云寺被夜色包围着，鸟的叫声忽高忽低，从远处的山林中传来。

魏三村从屋子里出来，稍微辨认了一下路，就往前边的大殿方向走。此刻，他的头脑里一片纷乱，他再也不想干那些裱糊的活计了。自从他看到了小和尚摔到地上的布包，他就认定了那里面包的是银子，白花花的银子——没有一千两也会有八百两，不，应该是二千两，那是香客们敬奉给佛的银子，不是张振远的，肯定不是，既然是给佛的，为什么偏偏只有他们几个和尚能够享用呢？自己辛辛苦苦地干一年能挣多少？眼前这一包银子，天文数字呵！这是天意，自己撞上的，这事怪不得我啦！

魏三村咬紧了牙，心里暗暗地打起了算盘。

可是——那个张振远……就算这些银子是寺里的，这寺庙本身就和他牵扯着，如果——那也是麻烦呵！

魏三村想起了很多年之前的一件事情。

那年春天，天大旱，已经五月底了，还没下过一场透雨，许多人家都断了粮。寺里安排人在双龙峪施粥，粥棚就搭在村口。

这一天，下午晚些时候，魏三村到双龙峪干活，碰巧走到粥棚前。一边是举着碗排队的百姓，一边是举着勺子盛粥的和尚，还有两个帮忙的村民。

忽然，一阵马蹄声由远及近，来到了村口，身材高大的张振远从马背上跳下来，手里提着马鞭，他冲着粥棚，高声叫骂着一个人的名字："刘拐子，你××给我滚过来！"

这时，只见其中一个帮忙施粥的村民低着头，拐着一只脚，一声不吭地来到了张振远的面前。看上去，他的年纪比张振远还要大。

张振远二话不说，劈头盖脸就是一顿马鞭，把那人打得捂着头，蹲在了地上。施粥的百姓，有人围拢过来，可是大家都睁眼看着，没有人敢上前去劝阻。直到张振远打得累了，他才停下来，手里倒提着马鞭，他问被打的刘拐子："知道我为什么打你吗？"刘拐子"嗯"了一声。张振远说："知道就好，滚！别在这里给我丢人现眼！"那人就低着头，灰溜溜地离开了。

魏三村站在离张振远十几步远的地方，把整个过程看了个一清二楚，尤其是张振远那怒气冲冲让人望而生畏的脸，至今还浮现在魏三村的脑海里，一想起来，他的心里就发冷，不由自主，激灵灵地打了个冷战。

这时候，他已经来到了大雄宝殿的前面，鬼使神差，后面好像有人推了他一把，他的双腿一软，扑通一声跪倒在了台阶上。他的心慌得不成，嘴里不住地叨念："佛祖恕罪，佛祖恕罪，我也是没办法，才想走这条路呵！看来您已经知道了。话说回来了，您不该让我看见那些银子，那么多的银子呵！您是佛了，您四大皆空，您当然什么都不需要了，我不一样呵，我是凡人，凡人就有凡人的想法。话又说回来了，那些银子是香客们孝敬给您的，肯定是，为什么只有和尚们能花呢？天都黑了，您就当什么都没看见，您呵，关了门睡觉吧！"

这个时候，应该是魏三村一生中心里最矛盾的时候。

叨念到这里，魏三村抬眼往上看了看，看见大雄宝殿的门果然关闭着，他的心情立刻松弛了一些，他想："张振远呵张振远，不是我不给你面子，你来看看，佛祖都网开一面了，我要错过了这发财的机会，人们会笑话我是一个白痴，是一个尿货，一个没用的人。"

想到这里，魏三村从台阶上站起来，抬头往四围看了看，他看到了大殿的屋顶，四围的高墙，还有漆黑的夜色。他定了定神，返身往回走，再次来到了后院。

魏三村迈过了矛盾的门槛儿，欲念挣脱了道德和理性的羁绊，可怕的事情随后就在这古寺里发生了。

五

魏三村站到了院子里，深深地吸了一口气。他掏出身上携带着的那把锃亮的尖刀，紧握在手里，反背到身后，接着就往西边一间透着灯光的禅房走去。他听小和尚说了，那就是智远的禅房，那个蓝布包肯定在他的房里。

魏三村用没有握刀的手推门进去。智远师傅正在打坐。

听见了声音，智远问："魏师傅你还有事吗？"

魏三村返身关了门，并不答话，闷着头，几步就到了智远的近前，冷不防地抽出尖刀，扑哧一声扎进了智远的软肋。

智远师傅的脸疼得扭曲了，他说："你干什么呵？！"同时做出了挣扎反抗的姿势。

魏三村把尖刀用力地往里捅了捅，一边扭头看了看，他想找到那个蓝布包，可是没有看到。他冲着智远恶狠狠地说："我要那包银子，快说，蓝、蓝布包——你给放哪儿了？"

智远停止了挣扎和反抗，目光渐渐地暗了，他张着嘴，说不出话来。魏三村说："你不说是吧？"随即拔出尖刀，扑哧扑哧又扎了两刀。智远师傅头一歪，扑通一声，从打坐的炕上摔到了地上，他死了。

魏三村试了试智远的呼吸，愤愤地在智远的身上踢了两脚。

正在这时，院子里响起了一阵嚓嚓的脚步声，猛地停住了，有声音冲着屋子里寻问："智远师傅，你在干什么？摔倒了吗？"

因为没有听到回答，外面的脚步声嚓嚓地往智远的禅房走来。

魏三村的身上不由得冒了冷汗，他踮着脚，快步地躲藏到了门后。

几乎在同时，一个身材高大的和尚，半披着件僧衣，一手提着裤子，一手推开了屋门。他刚探进半个身子，魏三村的尖刀就迎着刺进了他的心窝，和尚喃喃地说："我是起夜的……"魏三村拔出尖刀，顺势往里一带。和尚的血喷出来，他扑通一声摔倒在了地上，死了。

魏三村用没有握刀的手抓住和尚的僧衣，把这起夜的和尚往里拉了拉，同智远和尚并排放到了一起，又顺势把刀上的血迹在和尚的身上擦了擦，然后一屁股坐到了刚才智远打坐的炕上。

魏三村点燃了一袋烟，慢慢地吸起来，一边吸，一边又左看右看，寻找那个蓝布包。

可是没有，眼睛能看到的地方，没有那个蓝布包。或许是那个叫惠能的小和尚没有说实话？想到这里，魏三村的心里像忽然开了窍一般，他冷笑一声，心说："好呵！人小鬼大，敢情早就防上我们了，好，好呵！这就更说明那蓝布包里是银子了。把刀架你脖子上，我看你说不说实话。"

想到这里，魏三村站起身，他收好带血的尖刀，磕了烟灰，别好烟袋，几步就到了院子里。

六

古寺的夜已经很深了，幽暗的天空中飘浮着一层薄云。

魏三村站到院子里，他看见只有黑四正在干活儿的那间屋子里亮着灯光。他又看见了智远给他指过的张振远住的那间屋子。看到了那间屋子，他的心头一震，张振远骑着高头大马的身影在眼前的夜色里黔地闪现了一下，他的脊背上嗖嗖地冒出来一股凉气。"妈呀！我都干了什么事啊？"魏三村感到了几分害怕。

但是，仅仅过了两分钟，魏三村又想到了那包银子，一股热血直冲头顶，他咬一咬牙，心里默念着，舍不得孩子套不着狼，事已至此，没有退路了，我必须找到那包银子。

很显然，银子不在智远的屋子里，小和尚呵小和尚！

魏三村想平静一下心情，理顺一下思路，可是平静不了，他像一头红了眼的公牛，一头撞进了黑四干活的房间。

黑四还站在高桌上，小和尚惠能正抬头往上面看着。见到进屋来的魏三村，小和尚上前一步，说："魏师傅您回来啦？"

魏三村"嗯"一声，然后抬腿就是一脚，一脚踹在了惠能的软肋上。小和尚眼前一黑，扑通一声摔倒在了地上，他本能地想用手撑地往起坐，可一下也动弹不得，魏三村的另一只脚已经踩住了他的肩膀。

魏三村猫下腰，瞪视着躺在地上的惠能，咬着牙说："快说，那个布包你放到哪里去了？"

小和尚被吓坏了，他不知道发生了什么事情，或是自己做错了什么事情，他哆嗦着，嘴里不停地叫着师傅，也不知道是在求救，还是在回答魏三村的问话。

魏三村不耐烦了，他把脚往上一用力，正好踩在了小和尚的脖子上，小和尚立刻翻了白眼，也不再叫师傅，哆嗦着的身体一动不动了。

魏三村探出手指试了试小和尚的呼吸，没气了！

这时，黑四从高桌上跳下来，心惊得怦怦地跳，他到了魏三村的跟前，问道："师傅你踢他干吗？"接着又看到了躺在地上不再动弹的惠能，说："怎么死了呵？！"

魏三村阴沉着脸，说："黑四我跟你直说吧，我杀人了，不为别的，就为刚才这小和尚拿出去的那包银子，我问你，你跟不跟我干？"

"我干！我干！师傅！"黑四心里打着鼓，忙不迭地回答。他听出了魏三村的语气，别无选择。

魏三村说："干就好，走吧！"

"去干吗，师傅？"

"找银子，找那个蓝布包呵！你的刀子呢？"魏三村声音低沉地说。

"在这儿呢，师傅！"黑四亮出刀子让魏三村看了看。

魏三村说："黑四，我跟你说，现在咱俩是一根绳上的蚂蚱，跑不了我也跑不了你，不能留活口儿，不能留活口儿你知道吗？一会儿咱俩去找那个布包儿，你要是手软了，死的就是你。"

"我知道了，师傅。"黑四回答，心瞬间变得铁硬了。

魏三村"嗯"一声，想迈步往外走，忽然又停下来，返回身来察看地上躺着的小和尚，小和尚手脚冰凉，确实已经死了。

魏三村这才放了心，提着刀子，再次来到了院里。

七

魏三村再一次站到了院子里，他又本能地环视了一下四周，就又看到了张振远的那间屋子。魏三村的眼前一黑，分明看见一个人从那屋子里走了出来，高高的个子，一张威严的脸，嘴角儿处挂着一丝冷笑。魏三村心里打个冷战，啪啪地拍了拍自己的脑门儿，那张威严的脸不见了，自己的头脑也瞬间清醒了。

古寺的院子空荡荡的，黑夜使那大殿和高墙都变得模糊了。

魏三村扭头看了一眼，见黑四手里握着刀子，一步不离地跟在自己的身边，就阴沉着脸，跟黑四交代说："四儿我跟你说，你看到南边那两间房子吧？布包可能不在里边，但里边的和尚不能留了，一会儿你跟着我，进去了甭废话，先下手为强，你要是犯戾了，咱俩就得让张振远石头炖酱。"

黑四说："我知道了，师傅。"他抬头看一眼和尚睡觉的房间，手心里沁出了汗。

魏三村说一声："走吧！"就轻手轻脚地往中间的一个禅房走去。黑四紧跟在他的后面。到了近前，魏三村用手轻轻推了一下门，门是插着的，里面传来了高高低低的呼噜声，还有一阵阵的鼾声，应该是两个和尚。魏三村伸出两根指头，冲黑四比画了一下，黑四点了点头。

借着月光，魏三村把刀子顺着门缝儿探进去，只轻轻一拨，里面的插棍儿就掉了，随后他又轻轻推开门，迈步就跨了进去。

黑四紧跟在他的后边。

这时，靠里边的和尚似乎听到了什么，嘴巴里嘟囔着，翻转了个身，不过是向里面翻转的，背朝了外面。

魏三村下意识地屏住了呼吸，但只一愣神的工夫，他就扑了过去，对着翻身和尚的后背，咔嚓咔嚓就是两刀。和尚的嘴里呜呜两声，身子扭动着，似乎要往起来挣扎。魏三村见状，腾出一只手，扯起和尚身上的被子，往上一拉，把和尚捂了个严严实实。很快，和尚便不动了。

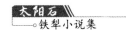

就在魏三村向里边的和尚扑去的时候，黑四也站到了外边和尚的床前，他举着刀，心突突地跳，不知怎么，屁股上猛地挨了一脚，然后他就连刀带人整个地砸向了床上的和尚。

这和尚是仰面躺着的，黑四的尖刀深深地刺进了他的胸膛，他惊醒的同时，一双惊恐绝望的眼睛死死地盯视着黑四，他的嘴巴里只哦了一声，然后就不动了。

可怜两个和尚，还在睡梦中，糊里糊涂地就一命归西了。

黑四浑身冒着凉气，头发炸立起来，他学着魏三村的样子，拉动被子，慢慢地盖住了和尚的脸，生怕那和尚一轱辘翻身坐起来。

这时候，魏三村已经镇定了，他翻动和尚身下的床铺，寻找着那包银子。可是，从屋子里的摆设他也能看出来，这就是两个普通的和尚，寺里就是有银子，也不大可能放到他们这屋子里来。于是，他愤愤地看了一眼床上的两个死和尚，懊恼地对黑四说："四呵，甭翻了，走吧！"就拉开门先一步走出去了。

八

魏三村和黑四站到了西厢房最南边的一间禅房门外，看看那门，门虚掩着。魏三村把攥着刀子的一只手背到身后，用另一只手推开门，径直走了进去。

夜色弥漫的屋子里，一个和尚嗖地从床上坐了起来，他闭着眼睛，双手合十，嘴里念念叨叨："阿弥陀佛，印空呵印空，你这是去上茅房呵？你这是去盖茅房呵！"

魏三村知道这和尚把他当成了印空，应该是那个起夜的和尚。因为还没有找到那个蓝布包，这次他没有急着动手，他要留下一点活口儿，打探一点信息。

魏三村又往前走一步，到了打坐和尚的床前。黑四学着师傅的样子，背握着刀，紧跟在魏三村的身后。魏三村说："不是印空，我们来找一点东西。"

打坐的和尚听到异样的声音，立刻睁开了眼，他先看了看站立着的魏三村和黑四，又透过门缝儿往外面望了望。和尚说："我知道你们，你们不是来糊顶棚的师傅吗？可是，你们到我这儿来找什么东西呵？"

魏三村说："我们来找一个蓝布包，刚才那会儿，惠能小师傅说放到这边来了，他叫我们用的时候再随时来拿。"

和尚"哦"了一声，说："蓝布包嘛，我还真看见了，在觉醒主持那里。"

魏三村的眼睛唰地亮了。

和尚接着说："天刚黑的时候，觉醒主持叫我过去，说明天张振远施主要到寺里来，让我把相关的事情安排一下。那会儿，我就见他手里拿着个蓝布包，兴许就是你们要找的。"说着的时候，他又透过门缝儿往外面望了望，可是，印空还是没有回来。

外面的夜色出奇地宁静。

和尚依然双手合十，放在胸前，说了声"阿弥陀佛"。

魏三村心里又咯噔了一下，怎么又是张振远？他明天还要到寺里来？真是见鬼了！可是，这时的魏三村已经管不了那么多了，他恨不能把眼前的所有东西都撕个粉碎，银子，只要能捞到那包银子，别说几个和尚了。他用躲在后面的手扯了扯黑四，意思是让他往一边去，去包抄打坐的和尚。

黑四明白了师傅的意思，悄没声地往前挪动着脚步。

这时，打坐的和尚似乎有了一种不好的预感，他换了一种厌恶的语气说："我说你们这两个人，都跟你们说了，怎么还不走呵？"

魏三村说："我们还要取一样东西，就是你和尚的脑袋。"说

着他亮出了身后的尖刀，猛地向坐在床上的和尚扑去。

　　和尚虽然有了一些防范意识，可他怎么也没想到，来人如此歹毒，毫无缘由，就要取自己的性命，情急之下，他挥手去挡，小臂上唰地被划开了一道口子，用另一只手捂住时，鲜血顺着指缝儿滴滴答答地流了下来。和尚顾不上疼痛，闪身躲过了魏三村的刀子，接着骨碌一个转身，就要挺身下床。恰在这时，黑四也举着刀子扑了上来，可还没等他的刀子往下落，和尚一脚蹬了过去，因为用力过大，黑四后退几步，一屁股坐在了地上，手里的刀子也飞了。魏三村再次扑上来时，和尚已经跳到了地上，他又躲过了魏三村接连刺过来的几刀，抽身就往门口跑。魏三村低声地喊："黑四抓住他。"黑四听见了，伸手就抓住了和尚的一条腿。和尚想挣脱，却挣脱不掉，看看离屋门只有一步远了，他拖着脚下的黑四，探身去抓门框，一边准备冲门外呼喊。然而，和尚喊不出来了，魏三村第三次扑上来，把尖刀斜刺里扎进了和尚的软肋。和尚扭过头来，绝望的眼神死死地盯着魏三村，他说："为什么呵？张振远会来找你们算账的。"然后就一头栽倒了。魏三村拔出刀子，和尚的血喷洒在了门上。

　　黑四从地上站起来，抓起被和尚踢飞的刀子，愤愤地在和尚的后背上戳了两刀。

　　这个时候，魏三村的脑袋已经麻木了，但他的耳朵里还是灌进来一个名字：张振远！怎么又是张振远呢？

九

　　魏三村出了打坐和尚的禅房，腿像灌了铅一样地沉重，他的心里慌慌的，像有一根鸡毛在那里飘呵飘呵，总也落不下来。妈的，我这是怎么了，魏三村暗暗地骂自己，一屁股坐在了门外的台阶上。

黑四跟着魏三村出来，手里握着刀，他先用脚踹开了倚着门的和尚，再带上门，然后呆呆地站立到了魏三村的眼前。

魏三村望着夜幕下的栖云寺，因为从打坐的和尚那里得到了蓝布包的信息，他看到了一丝希望，但终归还没有找到那包银子，他又急又恨，心里像塞进了一团乱麻。偏在这时，黑四愣愣地问魏三村，说："师傅，咱们现在干什么呵？"

魏三村撩起眼皮看了一眼黑四，脸拉得更长了，他说："黑四呵黑四，你是真没脑子呵！事情都到这个份上了，你说咱该干什么呢？当然是找那包银子呵！"

正在这时，一只夜鸟哇地惊叫一声，从寺后的山坡上飞起来，向远处逃去。

黑四一惊，脊背上嗖嗖地冒出来一股凉气，嘴巴里怯怯地说："我知道师傅，我都听你的。"

魏三村也被那夜鸟吓了一跳，慌忙地从台阶上站起来，一边对黑四说："听我的好，走吧！"就晃动着瘦高的身子，迈步往后面走去。

可是，在后面转了一圈，魏三村和黑四也没有再找到一间禅房，也没有再看到一个和尚。不知怎的，他们俩却又绕到张振远那间屋子前面来了。"哎哟！"张振远住的屋子。魏三村暗自吸了一口凉气，他的耳边又响起了刚才打坐和尚说的话："张振远会来找你们算账的！"张振远，张振远！魏三村觉得张振远此刻就坐在屋子里，一身藏青色的裤褂，他一手端着茶杯，一手舞弄着马鞭，如电的目光直视着屋门，他马上就会一脚把门踢开，天神一般地出现在眼前。

魏三村浑身一哆嗦，这哆嗦是从心底里传导上来的，再加上秋夜的凉，让他瑟瑟地抖起来。

抬头看看天空，月亮不知道什么时候已经下去了，古寺里漆

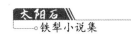

黑一片，再想想那些刚刚被杀死的和尚，说不定他们的冤魂这会儿已经出壳，此刻正在头顶上嗷嗷地叫呢！

黑四的头发乍立起来了，他说："师傅呵，要不咱俩跑吧！"

魏三村凑近了黑四，用没有拿刀的一只手搂住黑四的脑袋，使劲地晃了晃，他说："你这脑袋，看来好些话我是白说了，你记着，扳不倒葫芦洒不了油，今天就是找不到银子，也不能留一个活口儿。"

他恶狠狠的语气让黑四不寒而栗。黑四说："嗯，我听您的。"

这个时候，魏三村其实心里也没底了，但他就像一头饿了八天的孤狼，他既然已经听到了村子里猪崽的叫声，即使村头有陷阱，即使猪舍的围墙再高，哪怕有去无回，他也要奋力地跳进去。

魏三村已经不是第一次来这栖云寺了，他认识这寺里的主持，也大概知道他的住处，只是在这样的夜里，他一时有点蒙了。

稍稍静一下，再辨别一下方向，魏三村就对黑四说："走吧！"两个人就摸索着从东北方向上的一座小门出了寺院。

从小门出去，一条石板道通向了几十米外的一处院子，那显然就是觉醒主持居住的禅房了。

魏三村和黑四到了房前，看见屋子里还亮着灯。魏三村示意黑四收起刀子，然后就推门走了进去。

"阿弥陀佛，我知道你们会来，一直在候着，这么晚了，魏师傅还有什么事吗？"坐在油灯光影里的觉醒主持似乎对来人早有预感，所以对于魏三村的贸然闯入，他没有一点的懊恼，说完了就扬起脸来，平静地注视着魏三村和他身后的黑四。

魏三村环视着屋子，一眼就看见了旁边一张桌子上的蓝布包，他两眼放光，用手指了指那个布包，语气强硬地说："我来取那个布包！"

觉醒主持说："今年入秋的时候，有一天，振远镇长到寺里来，就坐在我这院子里，说好了要跟我下棋却没有下，我们一边喝茶一边聊天，他喝茶的时候，喜欢把茶碗一直托在手里。那天他穿了件青布大褂儿，心情也好，聊到兴致的时候，他站了起来，嗓门高呵，他说要修一修双龙峪家里的房子，让我帮助准备一样东西。我说好呵，别说一样，十样也行。

"他走了之后，我就把东西备下了，想着他很快会再来，所以就放在了下边的禅房里，没想到这一搁就是个把月，要不是你们糊顶棚收拾屋子，智远给我拿过来，我倒给忘记了。怎么，你们也要用这东西？"

"当然要用！"魏三村依然语气强硬地说，他的眼皮往上挑了挑，黄眼珠儿里透出来一股凶光。

觉醒主持说："这恐怕不行了，振远镇长他明天就要到寺里来，再者说了，顶棚不扎架子，这东西也用不上呵！"

魏三村懒得再往下听了，怎么这东西就成张振远的了？他咬一咬牙，往前一跨步，到了觉醒主持的跟前，一字一顿地说："老和尚，今天这东西得姓魏了！你到底给还是不给？"

觉醒主持诧异地扬起脸，猛地看到了魏三村黄眼珠儿里暗藏着的一道凶光，他的心往下一沉，本能地想起身站起来。

可是，已经晚了，黑四从斜侧里扑过来，寒光一闪，尖刀噗的一声扎进了主持的胸膛。觉醒主持灵魂出壳的一瞬间，他似乎明白了什么，昏花的目光里流露出一片释然的神情。

黑四说："师傅你还听他废话，这不就结了。"

魏三村看一眼黑四，又看一眼觉醒主持，没错儿，老和尚已经死了，人还端坐着，头窝在胸前，他的眼睛睁着一条缝，嘴角处挂着一丝轻蔑的笑。

魏三村拍了拍黑四的肩膀，然后两眼放光，迫不及待地向那个蓝布包扑去。

没错儿，哗愣愣的声音，银子，银子呵！一堆白花花的银子似乎已经展现在了自己的眼前。

可就在这时，门外响起了一阵嚓嚓的脚步声。

十

魏三村本能地把沉甸甸的布包藏到了身后，心突突地跳。

黑四怯怯地说："师傅，有人来了！"

他的声音还没落，门口处忽然传来一声断喝："你们是什么人？在干什么？"

魏三村的魂都吓飞了，在他的记忆里，寺里这几个和尚应该都被杀死了，莫非是死去的和尚已经变成了鬼？想到这儿，他手里的布包哗啦一声又掉落在了地上。

黑四身子抖一下，不由自主地躲避到了魏三村的身后。

门口处的黑影里又传来了一声断喝。

魏三村结结巴巴地答不上话来，他午着胆子，抬头往门口处看去，不是鬼，也不是和尚，但确实是个人，在外面的黑影里站着，高高的个子，手里似乎还提着什么东西。

莫非这人就是张振远？看不清脸，那个儿头有点像，而且几个和尚也都说过张振远要来，要不这个点儿了，谁会到这寺里来呢？完啦完啦！怕什么来什么，让人家堵在屋里了，可惜了这一包的银子。魏三村心里嘀咕着，垂着头，像个斗败了的公鸡，一时没有了主张。

来人没有听见应声，已经迈步进到了屋里，他的腰间系着个围裙，手里提着个食盒，抬起头的一瞬间，他看到了满身是血的觉醒主持，看到了手里握着刀子的魏三村和黑四，他本已有了几分戒备的脸上现出了无限的惊恐，接着就"噢儿"的一声，丢了手里的食盒，返身蹿了出去，古寺的上空立刻传来了一阵更加惊恐的呼喊声："杀人啦！杀人啦！快来人呵！"

可是，在这深山的古寺里哪还有人呵！那人的喊声由近及远，撞到山上又返了回来。

此时此刻，被呼喊声唤醒的只有已经懵懂的魏三村和黑四，魏三村意识到，来人不是张振远，他应该是这寺里的厨子。邪了门儿了！魏三村在心底里骂一声，立刻命令黑四："黑四儿，快追！绝不能留活口儿。"说着他已经蹿了出去。黑四紧跟在后面。

前面的厨子在跌跌撞撞地跑，后面的魏三村和黑四在跌跌撞撞地追，追到刚才进来的那道小门时，魏三村脚下一踔摔倒了，往起来爬时，他还没有忘记提醒黑四："黑四快点，盯好了！"

黑四知道师傅已经把他带上了一条绝路，没法回头了，他嘴里答应着，闪身让过魏三村，快步地撵了上去。

魏三村喘着粗气，跟着黑四追进了一间小屋。屋里还点着一盏油灯，昏暗的灯光在厨子那张惊恐的脸上跳跃着，他手里抓着一把菜刀，躲在一张面板的后面，摆出了拼命的架势。

魏三村示意黑四，一人堵住了一边，但没有敢贸然地靠近。

厨子用带了几分哀求的声音说："我上有老下有小，求求你们别杀我，我只是个做饭的，主持让我送夜宵，我什么都没看见。"

魏三村说："你的运气不好，别怪我们。"黑四也说："别怪我们。"然后两个人再不作声，举着尖刀，一步步向面板后面的厨子包抄过去。

厨子看看哀求不成，立刻急了眼，他挥舞着菜刀，左劈右砍，弄得魏三村和黑四始终无法靠近。

魏三村的黄眼珠儿里此刻布满了血丝，他举着刀咬着牙，心里一边盘算着："绝不能留下这个厨子，他要是还有一口气，我早晚被张振远石头炖酱。"

可是要想速战速决也不太容易，双方就那么僵持着，僵持着。

厨子明显地累了，再加上紧张，他把菜刀提在腰间，大口大口地喘着粗气。魏三村看看机会来了，他冲黑四使了个眼色，两个人同时向厨子发起了攻击。

厨子又是左劈右砍，但是速度慢了，他的菜刀挂了一下魏三村的尖刀，顺势在魏三村的手臂上砍开了一道口子。魏三村"唉哟"叫了一声。厨子心想：好啊砍中了。只一愣神，黑四的尖刀就刺进了他的后背。厨子哦了一声，扑通栽倒了。

魏三村用另一只手捂着被砍伤的手臂，跨步上前，他牙根痒痒的，本想再捅这厨子几刀，可伤口实在太疼，于是只得用脚踢了踢，厨子一动不动，已经死了。

稍一迟愣，魏三村猛地想起了那个蓝布包，他忍着疼，也不吭声，撒腿就往门外跑。黑四紧紧地跟在他的后面。

十一

再次闯进觉醒主持的禅房时，油灯还在忽闪忽闪地跳着，那个蓝布包还静静地躺在地上。

魏三村眼皮跳一跳，差一点乐出声来，他伸手去拿布包，手臂上却钻心地疼，于是不由自主地缩了手，一边嘟嘟囔囔地骂厨子，一边命令黑四："快着黑四，拿起来！"

黑四弯腰拿起了蓝布包，用左手提着，用拿着刀子的右手在下面托着，把布包递到了魏三村的眼前，说："师傅你看看吧！"

魏三村说："看，快快，快打开！"

黑四收起刀子，把蓝布包放在地上，小心地打开了。借着油灯微弱的光亮，一堆黑色的洋钉呈现在魏三村和黑四的眼前。

魏三村眼前一黑，猛地蹲下身，用手臂没有负伤的手迅速地抓起一把洋钉，举到眼前，仔细地看了又看，错不了，洋钉！魏三村一阵眩晕，他丢了洋钉，狠命地揪着自己的头发，嘴巴里喃喃地嘟囔着："完啦完啦！洋钉，怎么会是洋钉呢？完啦完啦……"

黑四看看魏三村，发现师傅的目光呆滞，神情也有些僵硬，他叫了一声师傅，又叫了一声师傅，然后架着手臂把魏三村扶了起来。

魏三村摇摇晃晃地往外走，抬头时，朦胧中看见张振远提着马鞭子站立在屋外，他浑身颤抖，两腿发软，不由自主地就要跪倒下去。黑四又伸手把他架住了。

黑四又叫了声师傅，说："我们现在该怎么办呢？"

魏三村听了，一下子清醒了，他环顾一下屋子，屋子里透出来了昏黄的光，有一种恍若隔世的感觉。魏三村说："不对，肯定不对，黑四你再去看看，那蓝布包里肯定有银子。"

黑四踌躇一下，猛地撞见了魏三村咄咄逼人的目光，他心头一颤，慌忙低下了头。

不一会儿，黑四弯下腰，抓了把洋钉，连同那个蓝布包，一起举到了魏三村的眼前，他说："师傅你看呵，就这个，错不了！"

"唉！"魏三村目光呆滞地看着，无奈地长叹了一口气。

十二

古寺的深夜，应该是丑时了，天空中只有几颗星星在闪烁着。

魏三村瘫坐在主持禅房门前的台阶上，黑四立在他的旁边。两个人像两只斗败了的公鸡，满腹的懊恼和沮丧，绝望地低垂着头，半天不吭一声。

终于，黑四憋不住了，他说："师傅，现在怎么办呢？"

"怎么办？跑呵！"魏三村说，"出门不瞧日子，今天我算倒大霉了。"说着他用没有负伤的手臂撑着石阶往起站，没有站起来，就气呼呼地喊黑四，"你个棒槌，拉我一把呵！"

黑四伸手把魏三村拉了起来。

远处的山上传来了一阵瘆人的叫声，听不清是山鸟还是野兽。魏三村头皮发麻，身上酥酥地像过电一样。黑四停住脚步，怯怯地叫了声"师傅"。魏三村说："别怕黑四，都是一些死和尚了，不怕！走吧，你在前边走。"两个人一前一后，钻进那座小门，又一次踏进了寺院。

脚下深一脚浅一脚，心扑通扑通地跳。黑四走了几步，又折了回来，他说："师傅呵，前面是张振远住的屋子，我们好像走错了。"

魏三村往前照量一下，果然看见了那扇挂着铁锁的屋门，他的头忽悠一下，整座的寺院紧跟着旋转起来。

黑四又怯怯地叫了声"师傅"。

魏三村说："叫什么叫！还用我说呵？往大门走，晚了我们俩都得石头炖酱！"

黑四闷了头，他感觉好像被人圈着赶上车准备拉往屠宰场的猪，车子还没开，头上就重重地挨了一棒子。他不敢再吭声，辨别一下方向，悄没声地往寺院的外面摸去。

"背运！真他妈的背运！这趟活儿就不该来。"魏三村跟在黑四的后面，嘟嘟囔囔地骂个不停。

十三

终于摸到了栖云寺的门口，黑四打开大门，让魏三村先出去，自己反身把门带上了。随后，他紧走几步，跟着魏三村急惶惶地走上了一条山道，那感觉就像钻出了地狱一般。

头顶上的夜空似乎被乌云遮住了，不见了月光，也不见了星星，眼前漆黑一片。

魏三村和黑四高一脚低一脚地往前走，总觉得有人在后面紧紧地跟随着，你快走他也快走，你慢走他也慢走。

风刮起了地上的落叶，唰啦啦地响，那响声中似乎还夹杂着嚓嚓的脚步声，从四面八方慢慢地围拢过来。

黑四又怯怯地叫了声"师傅"，魏三村知道黑四又害怕了，刚想再给他打打气，自己却嘭的一声撞到了一棵树上，脸跟头木麻麻地疼，眼前金灯银灯乱转，他只好停住脚步，在原地定了定神。

黑四不知道魏三村撞到树上停了下来，他走出去了百十米的样子，感觉师傅没有跟在身边，他的心里更怕了，就返身往回走。

魏三村影影绰绰看见有人向他走来，却看不清来人的模样，模模糊糊之中，只觉得那人满脸是血，僧衣破烂了，一只衣袖挂在胸前，半边臂膀袒露着，嘴巴里念念有词："我四十多岁，虽说是半路出家，可我一心向佛，从没做过违背佛祖的事情，也没有慢待过师傅和师兄师弟，为什么？为什么你们这样歹毒？你们要银子，可我没有呵，我一个出家人，我哪里有许多的银子！你们要了我的性命，我家里还有八十岁的老母，我放心不下呵！"

那人边说，边伸出了一双粘着血丝白骨森森的利爪，决绝地向魏三村扑来，魏三村举手去拦，认出那人是大和尚智远。

刚刚拦阻开智远，却又见一个和尚直挺挺地站在了自己的面前，肋下插着两把明晃晃的尖刀，一股股的黑血从刀口处咕嘟咕嘟地冒出来，他的脸色刷白，喉咙里发出来一种低沉古怪的声音："你给我站住！告诉我，我什么地方得罪你们了？我印空十五岁来到这寺里，除了脾气大一点，爱和师兄弟们抬个杠，我没别的，我给人用的都是好心，没有坏心眼，我更没有背后算计过谁，捅过人家的刀子。跟你们，话都没说上过十句，你们这算怎回事？为什么呵？我一泡尿没撒完，你就暗地里捅了我两个窟窿，恶人！歹人！还我命来！"

漆黑的夜里，印空刷白的脸上，眼皮向上翻卷，两只血红的眼球冒出了眼眶，突突地闪着火苗，一条猩红的舌头啪地垂下来，一直垂到了胸前，舌尖上带着倒刺，直挺挺一步步地向魏三村逼近着。

魏三村头皮发麻，吓得魂飞魄散，他想躲开，腿像灌了铅一样地沉重，就要到跟前了，却见那和尚飘飘悠悠地倒了下去。

抬起头来时，却看见小和尚惠能蜷缩着赤裸的身体，瑟瑟地蹲在路边，一把一把地抹着泪，嘴巴里悲悲切切地叨念着："我从小没有父母，是师傅从路边的荒草里把我捡回来，在寺里养大的，我要师傅，我要师傅呵！"

小和尚的声音慢慢地弱了下去。

接着又是两个，又是一个，魏三村又看到了三个衣衫褴褛的和尚，比常人高出半截，满身的血污，满脸无辜的样子，身子扭动着，手在空中挥舞着，嘴巴里呜啦呜啦地说着，却听不清说的是什么。他们围着魏三村转呵跳呵，就那么不远不近地跟随着。

夜，漆黑的夜，看不出天空，辨不出山形，魏三村好怕呵，他想自己可能是被打入地狱了，但前面的鬼魅又不像黑白无常。

恍惚之间，魏三村看到了一张熟悉的脸——张振远，他依然腰板笔直，手里提着马鞭，几个膀大腰圆的小伙子，一字排开了，站在他的两旁。他们的眼前已经挖好了一个大坑，坑边堆满了石头。有一个五花大绑的人，嘴巴里塞着烂布，被推推搡搡地带到了坑边，张振远用马鞭撩起这人的脸，随后抬腿一脚，把他踢进了坑里。接着，一块块的石头纷纷地向坑里砸下去。

魏三村感觉到自己的灵魂一阵阵剧痛，很快又像游丝一样飘浮着慢慢地向暗夜里散去。说不定真的是末日了，魏三村强打精神往土坑里看了看，哎呀！好熟悉，那不就是自己嘛！

可是，怎么不见黑四呢？难道他丢下我自己跑了？魏三村有气无力地喊了一声黑四，又喊了一声。奇怪了，魏三村似乎听到，有回声从很远的地方传来。

魏三村心说完啦完啦，怎么听到自己的声音了呢？

他再找那三个衣衫褴褛的和尚，却已经不见了，路边的一块巨石上端坐着觉醒主持。觉醒一身素服，面如秋水，一副气定神闲的样子，他厉声地呵斥魏三村："你们两个贼人，为了一包洋钉，就杀了寺里所有的人，栖云寺有什么对不住你们的地方，你们竟要下如此毒手？罢了罢了，就算是有什么，你们也应该跟老僧一个人了断，与智远印空他们又有什么相干？歹人！歹人！振远镇长不会放过你们的，他来了，马上就来了。"

魏三村被觉醒的话吓得踉踉跄跄，险些跌倒了，他停住脚步，又前后左右地看了看，漆黑的夜，还是漆黑的夜，什么都没有，可是那漆黑的夜却慢慢地变红了，红得恐怖，似乎还带着一种浓重的腥味儿。血，这是血呵！怎么会满眼满山都是血呢？魏三村胡乱地想着，不觉被什么东西结结实实地撞上了，他的魂儿嗖的一声从脑后飞了出去，嘴巴里喃喃着："鬼、鬼、鬼呵！"

"是我，师傅，我是黑四，你怎么不往前走，却在这里转圈呵？"

魏三村听到了一个真实的声音，他伸出那只没有受伤的胳膊，抓住了黑四的肩膀，用力地摇了摇，确认是黑四，这才慢慢地回过神来。

魏三村问黑四："我在转圈吗？我是在转圈吗？黑四，怎么跟你说呢，我撞上鬼了，刚才寺里那些死和尚都来追我了，他们拦着路不让我走，你说我能走得了吗？"

黑四听了，顿时感到毛骨悚然，他往四下里看看，暗夜中的树木和山石都仿佛一个个人形在那里晃动着，他又怯怯地叫了声师傅。

魏三村说："甭怕黑四，怕也没用，我就不信了，几个死鬼能把我怎么样，走吧，你还在前边走。"这样说着的时候，魏三村感到浑身无力，两条腿抖个不停。

黑四答应一声，按魏三村的吩咐，摸着黑黑的山道，再次往前面走去。

正在这时，一只夜鸟呱呱地叫着，从他们近处的山洼里飞起来，逃也似的往远处飞去。

魏三村和黑四咯噔一下停住了脚步。

魏三村只感觉到有一条冰凉的虫子顺着大腿往脚面爬去。

十四

天蒙蒙亮了。

魏三村抬头看看两边的山，总感觉不对路，就停下来，一屁股坐在了一块石头上，他说："黑四，你等等吧，你这是往哪走呢？"

黑四说："就是来时的路，师傅，应该不会错呵！"

魏三村说："你再瞧瞧，咱俩怎么跑到这寺院的上边来了？"

黑四看看，果然看见了远处寺院的屋顶，他低下头，不言语了。

魏三村却也没急着走，他实在太累了，伤口还疼，尤其那些死去的和尚，已经变成鬼魂了，还在他的头脑里晃呵晃的，死死地纠缠着他。他的脑袋麻木了，整个的人都麻木了。

黑四叫了一声师傅。魏三村就把那只没有受伤的胳膊递给他，让黑四把他拉起来。他浑身瘫软，像被抽去了筋骨。随后，两个人才又跌跌撞撞地往山下走了。

走过栖云寺时，魏三村的心突突地跳，似乎要从胸口里跳出来，他头也不抬，下意识地往上拉了拉衣领。

倒是黑四，乍着胆子往古寺的大门处望了望。不好！黑四心底里暗叫了一声，他看到被自己关上的大门半开着，一只手抓着一把菜刀，挂在门槛儿上。他的心也突突地跳，可是他没有再叫师傅，他觉得到了这个节骨眼上，还是逃命要紧，于是悄没声地紧走几步，跟着魏三村慌慌地往山下走。

走下去约有一里路，黑四先站住了，他拉了一下魏三村，说师傅你听，下边好像有人来了。

魏三村听听，心呱嗒往下一沉，他拉了一把黑四，便悄没声地，像见了猫的老鼠一样，迅速地溜到了一块巨石的后面。

一阵马蹄声和着一个人的脚步声从下边双龙峪村的方向慢慢地走来，走过巨石前边的山道，又慢慢地往栖云寺方向走去。

（2019 年 2 月 12 日完稿；2020 年 1 月 6 日修改）

坟茔迁徙记

一

"宁拆十座庙，不挖一座坟。"

这是老人们一辈辈留下来的规矩，也是做人做事儿的行为底线。可是现在，黄海桥要挖的不是一座坟，也不是十座坟，是一百多座坟。这一百多座坟涉及雁鸣寨三百多户，七百多口人。所不同的是，他不是自己扛着镐头和铁锹，一个人去偷偷地挖人家的坟，而是要说服这三百多户的主人，让人家自己去挖自己家的坟，这其中的难度，甚至要比一个人去偷挖一座坟难上百倍千倍。

这一夜，黄海桥好像被鬼魅缠住了一样，翻来覆去地在床上折腾，就是睡不着觉，他一遍一遍地盘算着雁鸣寨迁坟的事情，前一天的光景，清清楚楚地在他的脑海里旋转着。

就是前一天，私下里传了快半年的雁鸣湖扩建工程正式启动了，这是一项关系到全县五十多万人吃水的重点工程，县里成立了专门的指挥部，柳县长兼任总指挥，建委的冀平原副主任和水务局的乔灿副局长任副总指挥，乔灿副局长负责具体的工程施工，冀平原副主任负责工程的前期工作，包括村庄的搬迁坟茔的迁移等等。

　　黄海桥是从农业局生产科副科长的位置上调来指挥部的，领导说，你有农村工作的经验，三十七八岁的年纪，经历也充沛，卖一膀子力气，组织上认可了，说不定回来时就弄成正科长了。

　　那一刻，黄海桥的心悄悄地动了一下，人往高处走，水往低处流，这是每个人都会有的正常思维，也是自然规律。

　　没过几天，黄海桥就到指挥部报到了。他到指挥部那会儿，指挥部成立的第一次会议已经进行了三分之二，会后冀平原主任单独跟他谈了谈。冀主任告诉他，他被分配到了第五组，任组长，负责雁鸣寨村坟墓的迁移工作。另外还给他配备了两名组员，小蔡和小仇，都是女的。小蔡是从街道来的，性格外向，工作也泼辣。小仇是刚刚毕业的大学生，做些内业工作没有问题。黄海桥的眉头皱了皱。冀平原主任立刻明白了他的心理，说海桥你应该听说过这样一句话，兵熊熊一个，将熊熊一窝，我给你再多的人，最后的事情也要冲你一个人说。

　　黄海桥不言语了，他本来也不是那种爱讨价还价的人，他是那种典型的北方汉子，冻死迎风站，饿死腆肚行，他默默地揽下了这担生意，肩头上突然就感到沉重了。

　　跟冀平原主任谈过以后，黄海桥又见过了小蔡和小仇。下午的时候，他就一个人偷偷地跑到了雁鸣寨，他要看看那些坟茔都在什么地方，接下来会遇到怎样的问题和对手。

　　雁鸣寨坐落在雁鸣湖的岸边，已确定搬迁。那些坟茔应该就在水边山脚一带的地方，在将来的淹没区范围之内。

　　眼前初春的山野，还是冬天时一片苍凉的模样，两座大山默默地对峙着，山谷底下有一条结着冰的河，冰已经开化了。天空中，一行大雁，扇动着翅膀，悠悠地往北飞来。站在路边，那些需要迁徙的坟茔却一个都看不见，有村民从身边经过，用异样的眼光看着他，他的心仿佛被一棵草轻轻地拂了一下。

到了夜里，黄海桥就怎么也睡不着了，他反复地想着，现在社会拆迁的大环境摆在那里，处处都是利益的博弈，而迁坟，在老人们眼里，历来都是被人唾弃的事情。事情的难度肯定超出想象，接下去该怎么办呢？怎么办呢？

黄海桥不是一个心里搁不下事儿的人，他自己也不止一次默默地告诫着自己，可是这次他失眠了。

早晨起来，黄海桥的胡子长长了半寸，眼窝儿陷下去一个坑，媳妇凌海燕见了，猛怔了一下，说："黄海桥你见鬼了吧？有什么事儿把你搞成这个样子呵？"

黄海桥照了照镜子，自己也吃了一惊，赶忙刮去胡子，抖擞了一下精神。

到了指挥部，他把夜里想到的事情跟冀平原主任说了，而且还提到了顶顶重要的一件事，迁坟的时间。按照雁鸣寨当地百姓的风俗，迁坟必须在清明节前后进行，也就是说，这项工作，剩下的时间只有两个月多一点儿。

冀平原主任说："海桥你说的这事儿我也想到了，只是还没来得及跟你沟通，接下来，还能怎么办呢？遇到什么问题，我们再解决什么问题，现在我能跟你说的只是这个，还有一点，就是必须完成任务，柳县长跟我说了，没有余地，现在我也正式地告诉你，记住，没有余地！"

二

黄海桥是个做事雷厉风行的人，指挥部成立后的第三天，他就带着他的两名组员，开着宣传车驶进了雁鸣寨，车上贴着"雁鸣湖扩建指挥部"的字样，车顶上架着喇叭，他们把汽车停在了村中的大槐树下，从车上搬下来一张桌子，摆放好了宣传材料。所有关于政策方面的事情，黄海桥已经心中有数了，一个坟头按一万元补偿，指挥部提供新的墓地，这些都写在了宣传材料里边。只是有一件事情，来时冀平原主任也叮嘱过了，就是选定的新墓地的地方，村书记叶冬举说了，是一个叫仙桃峪的地方，可那地方有多大面积，能不能容下一百多座坟茔，最好先去实地看一看。另外还有一点，就是村里提供的坟头的数量，到底是一百一十座还是一百二十座，到底有多少，也应该实地去看一看，核实一下。想到这里，黄海桥留下小蔡和小仇，自己就往雁鸣寨村委会去了。

村委会里，这时只有一位广播员和一位老会计，老会计从老花镜后面看了看黄海桥，说："你找书记呵？不在。"说完就埋下头去，不再理他了。

黄海桥尴尬地站了一会儿，正要离开时，一位个子不高，面皮黝黑的男子走了进来，老会计抬头看了看，说："正好，这是我们村委委员胡传实，有事儿你就跟他说吧！"

黄海桥叫了一声"胡委员"，伸出手来要去跟对方握手。胡传实没有吭声，也没有伸手，他把黄海桥上下打量了一番，眼神里充满了敌意，他说："大槐树下的车是你们的吧？"黄海桥说："是。"胡传实说："你们真的要挖我们的祖坟？"黄海桥说："不是挖坟，是迁坟！"胡传实说："甭跩词儿，背着抱着还不都是一样，我们祖先在这里住得好好的，你们凭什么让他们走呵？这是我们打雁的老祖宗留下来的地方，你们让走？没门儿！"

黄海桥尽力克制着自己的情绪，说："算啦，我不跟你说了，我去找叶冬举，找叶书记。"说完了，转身就往外走。

胡传实跟着往外走了几步，说："你找他也没用，赶紧把车开走……"

后面的话，黄海桥没有听清，他只觉得脸皮一阵阵发烫，拳头攥得紧紧的，感觉手心儿里已经冒出了汗，要是倒退十年，哼！

回到大槐树下时，黄海桥看见一个人正坐在自己的位置上，

跟小蔡和小仇聊着，年纪应该在五十岁上下，也是黑红的脸膛，很健谈的样子。

小蔡说："这位是叶书记，你刚走就来了。"

叶冬举从座位上站起来，跟黄海桥握手，说："黄科长，你好你好。乡里范书记通知我了，说你们今天进村。"

黄海桥把刚才见到胡传实的事儿跟叶冬举说了，叶冬举说："你不要理他，他就那么一个狗脾气，还反了天了他。"

听了这话，黄海桥心里的闷气稍稍顺了一点，随后，他又把核实坟墓和察看新墓地的事儿跟叶冬举说了。

叶冬举想了想，说："这些本来都是村委会该干的事儿，算啦，我陪你去仙桃峪吧！核实坟墓的事儿，明天我给你派个社员代表，你放心，肯定不会坏事儿。"

三

雁鸣寨后面两座对峙的山叫雁鸣岭，谷底的河叫雁鸣河，雁鸣河流淌到雁鸣寨前边时汇聚成了雁鸣湖，雁鸣湖周围方圆十里，海拔八十米以下，这次都被划进了湖区的用地范围，而雁鸣寨村各家各户的坟茔则分布在河谷两边的坡地上，湖水上涨之后，肯定会被淹没。

仙桃峪要翻过村子左边的山梁，那是一处地势较高也较开阔的台地，往北可以望见远处的长城，叶冬举跟黄海桥说："绝对是一个好地方，除了远一点，没别的毛病。"

两个人看过以后，黄海桥心里有了底儿，可是，大槐树下小蔡和小仇那里的事情却没有一点进展。

叶冬举说："别忙黄科长，家里盖房和迁坟，这在咱农村是大事儿，会我都开了，你这喇叭也广播了，可再怎么着，也得容大伙儿几天时间，让大伙儿好好想想呵！你放心，这事儿包在我身上了。"说完转身离开了。

望着叶冬举离去的背影，小仇学着他的样子，细声细语地说："别急，黄科长，面包会有的，一切都会有的！"

黄海桥看着小仇的样子，想笑，却又笑不出来。

雁鸣寨村的街上，此时似乎比往日更加冷清，往日里还有蹲街的下棋的侃山的，还有推着车子往城里去的，还有提着菜篮子往家里走的，这天却一个人也没有，黄海桥他们就如同身后的老槐树一样，孤零零地在村中蹲守着。

乍暖还寒时候，冬天残留的一点西北风直直地从街上灌过来，浸透了衣服，抽打着身边的老槐树。

小蔡和小仇不停地搓着手，在车子旁边来来回回地走。

冷场了，黄海桥暗暗地思忖着，这是观众对不喜欢的演员无声的抵抗。这样的情况，该不该去向冀平原主任汇报呢？汇报了，他又有什么办法呢？或者所有的村民都不同意，你们倒是来说说呵，当面锣对面鼓，一二三四五，我弄清楚了不同意的理由，也好再去跟主任汇报呵！还有呵，叶冬举说要给自己派个社员代表，帮助做工作，怎么也一直没有露面呢？思来想去，黄海桥的头嗡嗡地大了。

这样又挨过了三天，黄海桥到底还是踏进了叶冬举给划定的道道儿，把时间让给了村民。

第四天的下午，情况悄悄地改变了。

先是一位老婆婆，扭呵扭地来到了大槐树下，她说："我们家想迁坟，可是你们给的钱太少呵！"小蔡说："我们都是一个标准，而且是经过算账确定的标准，怎么会低呢？"老婆婆说："我公公的坟头下面埋着三个人——娶了两个媳妇嘛，所以呵，至少要买三个骨灰盒，另外还要请先生，还要请小工，你们说，跟一个人的能一样吗？"

一席话，让黄海桥又一次领教了农村工作的复杂性，他不知道如何对答，因而只好说："我们先记下来，等跟领导汇报了，再给您答复，您看可以吗？"

小仇在一旁，认真地记下了这一问题。

老婆婆哼一声，转身走了。

这时，街上的人慢慢地多了，但都是远远地站着，往大槐树下观望着，彼此间喊喊喳喳，不知道在说些什么。

约莫过了个把小时，又一位五十多岁的汉子走到了近前，那身材那脸膛，看上去和叶冬举十分地相像，但性格迥异，说话慢条斯理，他说："我叫叶冬清，我有个大伯，是解放前死的，死在了外地，弄回来时只埋了件衣服，也埋在了雁鸣岭下边的山坡上，因为没有人给添坟，一个土堆，看上去不太显眼，像这种情况，你们能给补偿吗？"

黄海桥说："这又是个新情况，我们也要先向领导汇报，然后再给您答复，您看可以吗？"

叶冬清闷了闷，说："我跟叶书记是没出五服的兄弟，那好吧，我等你们信儿吧！"说完转身走了。

大概走出去三五步，叶冬清又转身回来了。小蔡说："您还有事儿吗？"叶冬清说："你们小心一点儿，五秃子要来给你们捣乱。"

他的话音未落，黄海桥就看见远处的胡同里走出来一个人，光头，肩膀上挑着水桶，沉甸甸的样子，侧侧歪歪地往这边走来，到了近前，让过了叶冬清，然后脚下一滑，把两桶臭水径直倒在了宣传车前，一股刺鼻的臭味儿立刻被风吹了起来。

小蔡看见了，嗖地往前跨了一步，就要跟对方去理论。

来人扭头看了看，歪在地上的桶也不拿，扛着个扁担，摇摇晃晃地走了。远处观望的人群里顿时爆发出一阵哄笑。

黄海桥看着，抬手拦住了小蔡，说："看来这位就是五秃子了，算啦，小不忍则乱大谋，收拾东西，我们走吧！"

在这种时候，黄海桥暗暗地告诫着自己：克制，再克制！

于是，三个人麻利地把一干材料塞进了宣传车。

可就在这时，小仇低声地说："黄科长你看，又有人来了。"

黄海桥抬头看去，就见前面的胡同里踅出来一位老者，手里攥着杆烟袋，一副战斗者的姿态，昂首往这边走来。

到了近前，黄海桥看清楚了，是一位年纪大约七十岁的老头儿，个子不高，一张冷冰冰的饼子脸，下巴上一撮花白的胡子。

他把长杆儿的烟袋戳在桌子上，说："我是这个村的村民，我叫胡尚可，我有一个问题想向几位请教请教。"

黄海桥说："大爷，有什么事儿您就说吧！"

胡尚可把烟袋一挥，说："你甭叫我大爷，我可没你这样的侄子，我就问你们一件事儿，我们家的祖坟，你们打算怎么处置？"

黄海桥被噎得一口气堵在了胸口，半天没说出话来。旁边的小蔡忙从车里拿出来一本小册子，递送到了胡尚可的面前，说："这里面有政策解答，所有的坟头都要异地迁移，按个数给予补偿，新的墓址我们也给大伙儿选好了，您自己看看吧！"

胡尚可用烟袋拦开了小册子，说："好呵，那我再问你们一件事儿，我们家祖坟的风水要是给破坏了，你们怎么给补偿呵？"

小蔡和小仇面面相觑，一齐把目光投向了黄海桥。

这样的问题，显然是个歪题，不要说没有人想到过，就是想到了，也没有解决问题的方案。黄海桥的心里咯噔一下，刚刚被五秃子拱起来的怒火，这时被腾地一下点燃了，他似乎想也没想，脱口就说："您要是这么说，那我倒是也想问问您了，将来您迁移了祖坟，风水要是变好了，您反过来给不给我们钱呵？"

胡尚可瞪视着黄海桥，脸色一阵红一阵白，一撮花白的胡子微微地抖着，他说："好，好，这就是你们公家人给我们的答复是吧？好，好呵！我看他叶冬举再怎么跟我解释。"说完，胡尚可气呼呼地走掉了，他本想给黄海桥他们一个下马威，将来好在迁坟的价码上讨价还价，万没想到，自己却先弄了个烧鸡大窝脖儿。

四

叶冬举派来的社员代表终于到位了。他叫叶朋，白净的脸膛，单薄的身材，看上去特像农村里那种光说不练的主儿，可是叶朋并不爱说，说出来的话也还实在，他说："不好意思黄科长，叶书记早跟我说了，这不嘛，小舅子住院，我跟着陪了几天床，你可别有什么想法。"

黄海桥说："我也不跟你客气了，老叶你对村里的情况最了解，你说说，一个多星期时间了，事情没有一点实质性进展，来的人还提了一堆犄角旮旯儿的问题，接下去我们该怎么办呢？"

叶朋往四下里看了看，说："黄科长你话问到这儿了，有件事儿我得先跟你说说，不然的话，书记肯定得说我失职。"

黄海桥问："跟我们迁坟这事儿有关系吗？"

叶朋说："也有关系，也没关系。"

黄海桥说："好好，不用卖关子，你说，说吧！"

叶朋又往四下里看了看。

看到他那带了几分神秘的样子，小蔡和小仇也悄悄地凑拢了过来。

叶朋说："黄科长你还不知道，昨天我们寨子里发生了一件怪事儿，赵大褂子家一窝下蛋的老母鸡都被野牲口给咬死了，七八只，个个给咬断了脖子。"

小蔡问："是什么东西咬的呢？"

黄海桥说："不就是几只鸡嘛，它碍得着我们什么事儿呢？"

叶朋说："要就是几只鸡我也就不跟你们说了，你们不知道，我们寨子北边的雁鸣岭上，有个白面狸仙，很小的时候我就听老人们说过，她专门惩治那些大逆不道或者大不孝的人，轻者她会给予警告，就像赵大褂子家这当子事儿，重者她能让你得一种癔症，人脸变成一张猫脸，说话也不是自己的声音，这样的人我就见到过，还不止一个。"

小仇吐了下舌头，说："太可怕了！"

小蔡问："你怎么知道几只死鸡跟白面狸仙有关呢？"

叶朋说："有人看见了呵，赵大褂子媳妇，就是那天来你们这儿的那个老太婆，三更的时候起夜，她看见一道白光，从她们家院子里跃上墙头儿，又跃上房子，然后就往雁鸣岭方向去了，早晨起来，鸡就被咬死了。"

黄海桥看着叶朋的眼睛，说："我还是不明白。"

叶朋说："你再不明白我也没办法了，现在村子里都快炸锅了，说赵大褂子老婆子忙着要挖坟，所以才被白面狸仙警告了。其实呢，她只是来跟你们了解一点事情，根本没打算迁坟。"

黄海桥的心里呼啦一下，心说："我怎么这么笨呢？"然后他就闷下头，一声不吭了。

叶朋看着黄海桥，心里一阵惶恐，这才第一次见面，自己就讲了这么一件败兴的事儿，多嘴，实在多嘴！于是他就想缓和一下眼前的气氛，他掏出一支烟递送到了黄海桥的面前，黄海桥说："我不会抽烟。"叶朋只得把送出去的烟慢慢地收回来，又慢慢地塞进了自己的嘴里，他心里更加地惶恐了。

沉默了一会儿，黄海桥说："冬举书记应该跟你说了，你带着小蔡和小仇去核实一下坟头儿吧，光说一百多个，多几个我们一直也没有个准数，到了清明的时候，谁家迁了谁家没迁，我们必须得清楚，你知道吗？"

叶朋说:"行,这点事儿我门儿清,保证给你办好。"

黄海桥握了一下叶朋的手,说:"村里有什么事儿你只管说老叶,你不说那才是害我呢!"

叶朋尴尬地笑笑,带上小蔡和小仇走了。

黄海桥站在雁鸣寨初春的街道上,忽然感到了些许的无奈,他觉得自己就像站在了擂台上的拳击手,已经被人打了一记左勾拳,又被打了一记右勾拳,自己却还不知道对手是谁,这根本不是一个级别的对决,就更不用说知己知彼了。

思前想后,黄海桥忽然又想起了冀平原主任的话:"我们没有退路,但也绝不是自古华山一条路。"

"对呵,往下走走,说不定路就活了,再怎么着,我也不能让五秃子和什么白面狸仙给吓着呵!"想到这里,黄海桥忽然有了一种冲动,想到村外去走一走,去看看那些躺在地下的先贤们到底都是怎样的人士,为什么已经变成了一把骨头,甚至一抔泥土,还这样难以撼动。

半个多小时以后,黄海桥在雁鸣湖边追上了叶朋和小蔡他们。

眼前的湖岸上有一处马鞍形的高坡,前低后高,在后面的坡上,一上一下两座坟墓,坟前一棵杨树,高大笔直,坟后两棵栗树,探下来的树枝扫到了坟头上的蒿草。

叶朋说:"这是胡尚可家的祖坟,他爸爸和他爷爷。"

听到了这个名字,黄海桥立刻想起了那个留着一撮儿胡子的老头儿,他的心和眉头同时皱巴了一下。他盯着那两座坟头儿,足足地看了有三分钟,他想瞧见一些诡异的端倪,可却什么也没瞧见。

往远处看,湖对面的大坝已经开始了加固施工,湖面上的一层薄冰正在慢慢地融化。

在高高的天空上,一群大雁,排着人字形,悠悠地从南边飞来，细听，还有嗷嗷的叫声。

五

自从白面狸仙光顾雁鸣寨之后，这村子的上空便被一股神秘的"仙气儿"笼罩了。不管大人还是孩子，再没有人敢当众提起迁坟的事儿，这样一来，根本不可能再有人来签订协议了。

小蔡和小仇跟着叶朋核实坟墓，核实出来的数儿是一百三十六座。较为准确的数目有了，可黄海桥的信心没了。二月份已经过去了一半的时间，清明节一天天地近了，迁坟的协议却一份都没有签订。他跟媳妇说："平常我总觉得自己是个爷们儿，纯爷们儿，可现在我觉得自己连个娘们儿都不如了，你说这是怎么回事呢？"凌海燕说："有事儿你得跟头头儿们汇报，别总闷在肚子里，天塌下来，有高个儿顶着呢，你怕什么呵？"

在往常，黄海桥总觉得凌海燕的话婆婆妈妈，听不过两句他就会悄悄地躲开，可今天，他觉得媳妇的话有一定的道理。

第二天，黄海桥早早就到了指挥部，把村民们提出的问题和近些天来的异常情况详细地向冀平原主任做了汇报。

冀平原说："刚刚把兵拉上战场，你指挥员却要缩头，这事儿说出去让人家笑话，看看你这身板儿，天塌下来都是一根硬邦邦的好柱子，困难？没有困难还要你干什么？小蔡和小仇两个人去就行了。"

黄海桥吭哧一声，脸变得通红了。

冀平原看了一眼黄海桥，忽然又把语气放得缓和了，他说："现在看来，这样困难的程度，我以前也没有预料到，海桥你仔细地想想，你们三个人，其实是和人鬼仙同时在打交道，也是难为你们了。"

黄海桥看了一眼冀平原，心里忽然感到了一阵温暖，又像有

一只手在自己的心头轻轻地拂动了一下。

冀平原又说："海桥你听说过这么一句话吧？神鬼怕恶人，现在要想推动眼前的工作，我们就必须去找这位恶人。"

"恶人？"黄海桥下意识地问了一句。

冀平原说："对，这位恶人就是叶冬举，雁鸣寨村的书记，知底莫过乡亲，这样吧，你跟他联系一下，我一会儿给乡里的范书记打电话，我们开个小范围的专题会，你放心吧，办法总比困难多。"

听到这里时，黄海桥忽然有几分感动了，这是为什么呢？

他打电话给叶冬举，叶冬举说："好好，什么时候开，我保证按时到会。"那样痛快的口气，让黄海桥多少感到了一点诧异，凭着黄海桥对叶冬举的印象，叶冬举是见过世面，有几分血性的人。

倒是因为范书记的缘故，会议到下午四点才召开。

黄海桥把前些天遇到的情况又向大伙汇报了一遍，他汇报完了，所有的人便都闷下了头。

范书记说："我有一点意见，不管遇到什么情况，不管怎样推动工作，一定要保持稳定，国家提倡和谐社会，所以这一点是顶顶重要的，激化矛盾的事情一件也不要做。"

冀平原主任说："老范你说的这一点很对，但有了矛盾和问题，仍然要一起去解决，迁坟这件事儿一定要向前推进。"

冀平原说完了，范书记微微地笑了笑，两个人不约而同地把目光投向了叶冬举。

叶冬举点燃了一支烟，才抽了一口，这时忙在烟灰缸里碾灭了，他说："你们甭瞧我，我也没办法。"

顿了顿，叶冬举又说："当着真人不说假话，你们一个是我的战友，一起扛枪扛了三年，一个是我的领导，直接上级，你们说让我怎么办呢？这迁坟的事儿，不用说，肯定会有矛盾。我敢百分之百打保票，要真正往下推，确实是件难事儿，而且难度还非常大。甭说别人，他们老胡家就不是什么善茬儿。黄科长他们在大槐树底下，已经有所领教了，是这样吧黄科长？"

黄海桥看了看叶冬举，没说是，也没说不是，他把在村里遇到的情况和他自己想到的办法先说了说，比如一个坟头儿下埋了三个人的情况，他说我意见可以按人头补偿，一个坟头一万元，一个人就是五千元，只要有人能够给证明。

冀平原说："不行，原则定了的事情儿就不能变，下面埋了三百口，一个坟头儿，也只能是一万元。"

听了这话，叶冬举嗖地站起身，迈步就往外走，说："得，得，这件事我无能为力了，我家里还有点事儿，我先回去了。"

范书记叫了一声叶冬举，叶冬举没应声，也没回头，径直出门走了。

六

冀平原私下里组织了一次战友聚会。两杯水酒下肚，几位战友便开始了对叶冬举的评判，这个说："我们好歹战友一场，关键时候扛一膀子，那也是必须地。"另一个说："我听着你们这话怎么有点别扭呢？迁坟扩建雁鸣湖，受益者也有你们雁鸣寨呵！你叶冬举怎么倒成了帮忙的人呢？"

叶冬举抱拳求饶，说："得，得，各位战友，我错了，我错了还不行嘛？"

酒局过后，冀平原跟叶冬举详细地谈了一次。

叶冬举说："办法我倒是有一个，搞一个奖励政策。到时候，你就瞧好吧！"

"奖多少呢？每个坟头儿一千，你看行吗？"

"不行，要奖就重奖，一个坟头儿五千元。"

"这——这动钱的事儿，我得请示一下柳县长。"

"你请示吧，剩下的事儿我给你往前推。"

七

柳县长很快批准了冀平原的请示。

冀平原又很快将这一办法传达给了黄海桥。

黄海桥去找叶冬举，叶冬举说："黄科长那什么，这事儿妥了，晚上我就开广播会，我亲自开，那什么，明天你们多准备几份协议，再把喇叭打开了，跑腿儿的事儿，你尽管支使叶朋，你瞧好吧！"

黄海桥半信半疑，心里一点底儿都没有，但他还是让小蔡和小仇加班修改了协议，把奖励的条款加了进去，而且还确定了奖励的截止日期，三月十五日。冀平原主任看了，说："行，你再把柳县长的批复复印一份，留个档吧！"

黄海桥回到家里时已经是夜里十点半了，凌海燕说："瞧你，嘿，一个坟头儿都没搬动，回来得还一天比一天晚了。"

黄海桥没有跟媳妇争辩，积攒了二十多年的资本，连同眉宇间流露着的阳刚之气，这段时间几乎全部被自己挥霍了，还说什么呢？

第二天早晨，带着小蔡和小仇再去雁鸣寨，黄海桥心里忽然感到了一丝逸动，车子还没有进村，他就接到了叶朋打进来的电话，叶朋说："黄科长你们来了吗？"黄海桥说："快进村了。"叶朋说："你们直接到大队部吧，有些人已经来等你们签协议了。"黄海桥说："好好，我们马上就到。"收起了电话，他的心怦怦地跳了几下。

车子驶进雁鸣寨村委会时，果然已经有许多人在等候了。叶朋一边把他们往里让，一边跟黄海桥说："叶书记昨晚开了广播会，说每个坟头要奖励五千元，你瞧瞧，这些人一大早就来了，你们要是再不到，我都招架不住了。"

黄海桥跟着叶朋走进会计室，老会计摘了老花镜，从座位上站起来，说："今天您就坐我这儿吧！"黄海桥说："我就先不坐了。"又对小蔡和小仇说，"你们先坐下，把协议拿出来，放在桌子上。"

小蔡和小仇就在两边的椅子上坐下了。

叶朋叫进来的第一个人是叶冬清，他从小仇眼前的桌子上拿起一份协议，犹疑地看了一眼，说："黄同志我得问一下，昨天书记开了广播会，说每个坟头儿有五千块钱的奖励，这事儿确定吗？"

小蔡说："您看看协议，都在里边写着呢！"黄海桥也说："对对，你先看看协议吧！"

叶冬清一行一行地看过了协议，慢慢地抬起头来，又迟疑地问黄海桥说："我大伯那件事儿，领导们怎么说呢？"

黄海桥说："只要村委会能给开好证明，数儿跟我们前期核实的数儿相符，就可以签订协议，如果不符，我们再一起去地里，去现场核实，这些事儿，叶书记开广播会没说吗？"

叶冬清说："说了说了，好，我签吧！"他就伏在桌子上，签下了自己的名字，小仇又把印泥推给他，让他在名字上按下了指纹。

外面，已经有人等不及了，吵吵嚷嚷地往里挤，有的说："叶冬清你干什么呢？签个字怎么比生孩子还费事儿呵？"门被咣当一声撞在了墙上，两个人先挤进来，接着又有人咕嘟咕嘟地挤了进来，有人从桌子上抓起一份协议，到旁边去看了，有人嚷嚷着说："我签字我签字。"也有人提高了嗓门儿说："不对呵！我家还差一个坟头呢！"立刻又有人在旁边帮腔儿，说："你们怎么搞的？

差着数能签吗？不签啦不签啦！"就有一个人嚷嚷着往外挤去了。

叶朋凑到黄海桥身边，说："黄科长，太乱了，这样下去不行呵！"

黄海桥就从屋子里挤出来，找了个僻静的地方，给冀平原主任打了个电话。

冀平原说："好好，我知道了，我马上给你们派人过去。"

接下来，黄海桥又给叶冬举打电话。

叶冬举说："好我知道了，我来安排吧！"

到了下午，冀平原给黄海桥派来了两个人，是从别的组临时借来的。叶冬举派来的人第二天上午才到。黄海桥把人员安排开了，纷乱的场面渐渐得到了理顺。

八

协议签订到第六天，晚上快结束时，叶冬举悄没儿声地从外面进来，拉把凳子坐在了黄海桥的旁边。

叶冬举问："怎么样，还顺利吧？"

黄海桥说："托您书记的福，一切顺利！"说这话时，他的心情舒畅，眼角儿眉梢儿带了微微的笑意，自进入指挥部以来，他第一次感到了一丝轻松。

叶朋站在旁边，说："黄科长你跟书记聊吧，我先回去了。"然后推开门走了。

叶冬举又问："一共签了多少份儿呢？"

黄海桥猛地拍了下脑门儿，不好意思地笑了笑，又扭头对小仇说："快，统计一下，看看到现在签了多少个坟头儿。"

小仇说："不用统计，我一个个排下来的，一共签了九十六个，还差四十个坟头，整四十个。"

黄海桥回过头来跟叶冬举说："书记你听见了吧？照这速度，

最多再有一个星期，完事儿了。"

叶冬举说："好，完事儿后一定要让你们冀主任请客，正儿八经地请客，在部队时，他没少灌我的酒。"

黄海桥问："你们真是战友呵？"

叶冬举说："那还能假呵？"

黄海桥试探着问："你在村里干书记几年了？"

叶冬举说："算起来已经是第十个年头儿了。当初那会儿，我不想回来，你不知道，那什么，我们这个村，太复杂，三大姓，面和心不和，言和语不顺，要不是范书记，那会儿他还是副乡长，三天两头儿地给我做工作，得啦，人家话说尽了，回来吧！结果怎样？没想到呵，好好一个村子，就要在我的手上消失了，你不知道呵，那什么，不光你们迁坟这事儿，死人搬家，活人也要搬家，这才要命呢！你说说，祖祖辈辈在这里住着，人家不骂我骂谁呵？平心而论，我想搬呵？我也不想搬，你看看这山这水，这是我们打雁的老祖宗给留下的地方，多好呵，走了就别想再回来了。可是，就因为我干着这个书记，这些事儿我都得带头儿，这道理不用你们讲，我都懂，算啦，什么都甭说了。"

说到这里，叶冬举站起身，跟小仇说："姑娘给我份协议，我也签了吧！"小仇立刻将两份协议递到了叶冬举手上，叶冬举弯着腰签了字，直起身来跟黄海桥说："我们家哥仨儿，我再大，可这事儿也得都说通了，我才能签这个字，这些天我没露面，其实我是在下边帮你们做工作呢。"一边说一边往外走了。

黄海桥跟着叶冬举往外走，走到门口时，他忽然想起了叶朋跟他讲过的白面狸仙的事儿，于是他小声地问叶冬举："叶书记，咱们村真的有白面狸仙吗？"

叶冬举说："狗屁，这种事儿，你信它就有，你不信它就没有，不过——也是，传得可神呢，它要是附在谁身上，整个一家子都别想过消停日子，而且还必须要到后山的雁落寨去，去找一个叫花姑大仙的人，一个老太婆，早死了，非说她的道号比白面狸仙大！"

黄海桥说："我们的事儿，差一点就让它给搅黄了。"

叶冬举说："黄不黄先甭说了，剩下来的这些坟头儿，你跟冀主任说吧，我估计，这些才是难啃的骨头呢！"

九

一连三天，剩下的三十几个坟头儿，再也没有人来签协议了。

天气又明显地热了，春天好像突然加快了她行进的脚步。

因为没有太多的人来签协议，黄海桥把办公的地点又从村委会迁到了大槐树下，放开喇叭，把那些政策一遍一遍地播送着。

叶朋也闲下来了，兴致好的时候，他就凑到黄海桥跟前来聊天儿。黄海桥有时候心烦，不想聊，也不想听，可叶朋有时候能带来一些有用的信息，而且是比较重要的信息，比如剩下的这些坟头儿，涉及二十多户，除了一户姓赵，其余的都姓胡，姓赵的就是赵大褂子。

叶朋说："黄科长你信不信，我用脚指头都能想明白，他们这些户已经结成同盟了，幕后的主角儿就是胡尚可和胡传实。胡传实管胡尚可叫三叔，他的太爷和胡尚可的爷爷是亲哥们儿，你可能不知道，赵大褂子和胡尚可是铁磁，再加上白面狸仙那事儿，他指定要跟着胡尚可跑，这些人，都是撞上了南墙不回头的主儿，奖励？他们看中的不是那几个钱。"

黄海桥有几分迷惑了，他问叶朋："你是说胡传实也掺和这件事了？他怎么说也是个干部呵！"

叶朋撇了撇嘴，沉吟一下又说，"本来这事儿我不应该跟你们说，不是有那么一句话嘛，家丑不可外扬，可是，自从我们打雁的老祖宗来到这里，这根苗就已经种下了，说也是这么回事儿，不说也是这么回事儿。"

黄海桥说："你等等，打雁的老祖宗，这话儿我已经听过三次了，莫不成，这里边有什么渊源嘛？"

叶朋问："想听吗？"

黄海桥说："想听。"

小蔡和小仇这时也悄悄地凑了过来。

叶朋说："要说这事儿，那就得说到我们这个村子的来历了。

"很久以前，我们这一带是一片沼泽，水就是从雁鸣谷里流出来的，那时候，每年的春天，都会有一群一群的大雁从南边飞过来，在沼泽里面休息。

"有一年的春天，从外面来了三个小伙子，一位姓叶，一位姓赵，还有一位姓胡，三个人是专门儿来这里打雁的。打雁归打雁，这个时候，他们还没有打雁的经验，弯弓搭箭去射天上的大雁，那么高的高度，想都甭想，唯一的办法是要等大雁落下来，落到了沼泽地的苇塘里，然后再借着夜色的掩护，想办法去捕捉。

"但是有一点，大雁是一种纪律性特别严明的鸟类，你看看天空中它们排列整齐的队伍，就应该知道这一点，到了夜里，它们集体在苇塘里休息的时候，必有一只大雁放哨儿，放哨儿的大雁整夜不睡觉，还要昂着头，不停地往四下里观瞧，一有异常情况，有点风吹草动，它就会发出警报，嗷嗷地叫，睡梦中的雁群听到叫声，会立刻腾空而起。

"三个小伙子不知道这些情况，提着网刚一接近雁群，大雁就飞了，一连三年，一只大雁也没捉到。

"后来，有个小伙子发现了大雁的秘密，于是他们采取了一种办法，故意挑逗放哨儿的大雁，它一叫，小伙子们就立刻躲藏起来，群雁飞起来之后，看看没有情况，还会慢慢地落下来。如此反复几次，群雁耐不住了，一起过来惩罚放哨儿的大雁，用嘴啄，毛儿都给啄没了，放哨儿的大雁心灰意冷，再有情况也不叫了。

"这样，小伙子们就可以悄悄地靠近群雁，一掐脖子一只，一掐脖子一只，打雁变成了捉雁。

"后来，他们就在这地方住了下来，因为夜里似乎总能听到那放哨儿大雁的叫声，他们便给自己的村子取名雁鸣寨。"

讲到这里，叶朋停住了。

黄海桥说："不用问，那三个小伙子就是你们打雁的老祖宗了？"

叶朋说："应该就是了，他们在这里娶妻生子，然后就有了我们的村子，三个人形成了三大家族，矛盾和摩擦是后来慢慢出现的。"

黄海桥问："你是说……"一边用手做了个打结的手势。

叶朋笑一笑，说："这事儿我就甭说了，黄科长你是聪明人，这么长时间了，应该比我看得明白。"

黄海桥的心又立刻变得沉重了。

十

这天夜里，黄海桥又几乎是一宿没睡。

凌海燕说："你不是说快完事儿了嘛，怎会又睡不着觉呢？瞧你前些天那高兴的样子，我还真以为快完成了呢！你放宽心点吧，我还是那句话，天塌下来，有高个子顶着呢！"

黄海桥不理会媳妇的唠叨，但思绪还是被媳妇的话撩拨了一下，上次就是因为冀平原主任召开了专题会议，工作往前推进了一步，不，应该说是一大步。那么是谁在其中起了决定性的作用呢？应该说是一种合力，一种合力起了作用，在这其中，自己只是一种润滑油，一种黏合剂，从领导那里争取来政策，从村干部那里搜寻来办法，然后把它们结合在一起，还有亲情，还有友情，统统地捏成一个拳头，砸出去，问题就解决了，看来——明天还得去向冀主任汇报，还有叶冬举，又有几天没见面了，他肚子里是不是又有了好的主意呢？

这样一想，黄海桥心里很快踏实了。

早晨起来，他还没去找冀平原主任，冀主任的电话却先到了，冀平原说："黄海桥嘛，你是怎么搞的，一大早就让人家把门儿给我堵住了，你快来吧!"

黄海桥的心立马悬了起来，他饭也没吃，蹬上车，径直奔向指挥部。

指挥部的大门外堆着十几口子人，有坐的有站的，个个一脸怒气，人群的上空悬着两张条幅：挖坟掘墓天理不容，不许动我家的祖坟!

再看那些人，个个脸熟，但真正算得上认识的只有三个人，一个是胡传实，一个是老头儿胡尚可，还有一个就是那位挑着粪桶的五秃子。

黄海桥走近了胡传实，说："胡委员这是怎么回事儿呵?"

胡传实把脸扭向了一边，侧目瞪视着黄海桥，说："你们干的事儿，你们心里明白，还来问我。"

旁边的胡尚可说："我老头子不是不讲道理的人，有事儿明说呵，说妥了，我不用你们动手，这样干，你们明摆着是欺负人呵!"

五秃子跟周围的人一起喊："今天你们不给个说法，这事儿就没个完!"

黄海桥的手哆嗦了一下，他绕过人群往指挥部里走，走到过道时，他先给叶冬举拨了个电话，电话占线。他又给叶朋拨，叶朋说："我也刚听说，好像是胡尚可家的坟被人挖了个洞，这节骨

太阳石
铁犁小说集

眼儿上，具体怎么回事儿我就不清楚了。另外，有一件事儿，黄科长我不记得跟没跟你说过，胡传实管胡尚可叫三叔，主任的太爷和胡尚可的爷爷是亲哥们儿，一个胡字没掰开，还有五秃子，也是他们老胡家的人，我跟你说这些，黄科长你该明白是怎么回事儿了吧？"

黄海桥说："我知道了，谢谢你。"他放下电话，推门进了冀平原主任的办公室。

冀平原在椅子上坐着，一脸的郁闷。

黄海桥说："不是我们干的。"

冀平原说："这还用你说嘛，门口的情况你都看见了，怎么办吧？"

黄海桥说："跟他们谈谈呗，另外，您最好再跟范书记通个电话，让派出所介入调查一下，这事多少有点复杂。"

冀平原哼一声，说："让他们来两个人，你先去谈吧，有情况及时跟我汇报。"

黄海桥答应一声，出去把胡传实和胡尚可叫了进来。

胡尚可说："黄同志你也是在社会上跑的人，你应该知道老人教导的道理，宁拆十座庙，不挖一座坟，可是你们却把我家的祖坟给挖了。你说说，怎么办吧。"

黄海桥说："首先声明一点，你家的坟不是我们挖的，我们没有这个必要。"

胡传实说："我们不签协议，挡了你们的路儿，这不明摆着的事儿嘛，瞎子都能看清楚。"

黄海桥说："好啦我不跟你们争辩，说说你们的意见吧！"

胡尚可说："我们的解决办法两条：一是你们指挥部的代表要在我们的祖坟前焚香告罪；二是要在全村百姓面前承认错误。"

黄海桥说："这样吧，我们先把事情弄清楚，一个星期时间，事情弄清楚了，如果真是我们干的，我去焚香告罪，我去承认错误，你们看怎么样？"说这话时，他的胸膛里充满了一股正气，眉宇间流露着一种敢于担当的豪情。

胡传实看着胡尚可，胡尚可看着胡传实，他们没有想到黄海桥会如此痛快地答应他们的条件，这是有辱人格的事情，他们想好了，指挥部的人绝对不会答应，那样就可以把事情闹大，再闹大，最后不再迁坟，可是现在——胡传实说："三叔你看行吗？"

胡尚可摸了摸下巴上的胡子，眼珠儿转了又转，说："好吧，就依你，一个星期，一个星期为限，到时候不解决，我们还来。"

十一

黄海桥把与胡尚可他们商谈的结果跟冀平原说了，冀平原心里满意，脸上不由得带出来一丝微笑，他说："就这样吧！"又说，"这事儿我也跟范书记通了电话，他马上就跟派出所沟通，让派出所介入调查此事。"

黄海桥看着冀平原，趁热打铁，把近几天的情况向冀平原做了详细汇报，他说："事情已经很明晰了，剩下这二十多户，除了一户姓赵，其余的都姓胡，他们已经结成了联盟，成了铁板一块，轴心就是胡传实和胡尚可，如果能撬动一个人，剩下的人都会跟着签协议。"

冀平原说："胡传实还是村委会的委员，他怎么会一点大局意识都没有呢？"

顿了顿，冀平原又说："铁板一块，铁板一块就没办法了？我就不信，这么一点事儿，还要让我三番五次地去求他叶冬举。黄海桥你算算，现在是什么日子，还差半个月就到清明节，照这样下去，你让我怎么交差呢？我就不信，你跟老百姓打了那么多年交道，会一点办法没有。"

黄海桥的脸慢慢地涨红了，他说："主任，办法倒是有一个。"

冀平原立刻抬起头，眼睛里冒出来两道亮光。

黄海桥说："那天我给我的一位同学打电话，他跟我说过这样一件事儿，他们那里遇到拆迁的钉子户，就让在机关里工作的家属回去做工作，当作一项政治任务。"

冀平原说："你等等，你的意思我明白，让家属回去做工作。"

黄海桥说："最好是科级以上的干部。"

冀平原说："这个办法不太好，不过——目前我们也只能这么做了，好，我去找柳县长，马上安排这件事儿。"

说到这里，黄海桥立刻掏出一张纸，双手递到了冀平原主任的面前。冀平原接过来看了，那是一张家属姓名和工作单位的清单，他立刻明白了黄海桥的用心，脸上再次现出来一丝微笑。

十二

冀平原安排的家属工作团很快到位，并开展了工作，但效果甚微。

相反，胡尚可变本加厉，又往前逼近了一步。他在自家祖坟的旁边搭起帐篷，住到现场去看守坟墓了。

这事儿很快轰动了雁鸣寨，指挥部人员偷挖人家的祖坟，这已经成了不争的事实，那二十多户还没有签订协议的村民，走在大街上，个个都是一副胜利者的姿态。

消息传到指挥部，一时间成了人们议论的主要话题，连柳县长也给惊动了。冀平原脸上挂不住，立刻约来了范书记和叶冬举，当然还有黄海桥。冀平原说："你们说说吧，怎么办？"说完了，目光直视着叶冬举。叶冬举说："我们两家的渊源，想必你们也知道一点，到了这个时候，当面锣对面鼓，就得真刀真枪地干了，我出面，只能起反作用。"范书记说："派出所那边正在查，还没有结果，但听说和白面狸仙的什么事儿有一点联系。"

商谈的结果是没有结果。

送走了范书记和叶冬举，往回走时，黄海桥忽然想起了冀平原说过的一句话，神鬼怕恶人，他脑子里灵光一现，又跟随着冀平原回到了办公室。

冀平原扭头看见了黄海桥，说："海桥你还有事儿吗？"

黄海桥说："主任我倒是还有个办法，不知道可行不可行，是这样……"

冀平原说："上边不触及法律的红线，下边不突破道德的底线，有什么办法，你尽管去使，不用再跟我汇报，我不是跟你说过了嘛，我只要结果，清明节前迁完所有的坟墓。"说完他一屁股坐在了椅子上，身体向后仰，慢慢地闭上了双眼。

黄海桥说："我知道了。"然后就默默地离开了。

十三

这天晚上，黄海桥给凌海燕打了个电话，说要晚点回去，凌海燕问："回来吃饭吗？"黄海桥说："不吃啦！"然后他就去找他的同学于化成了。

于化成是一位自由职业者，两个人见面的地点是一家小餐馆，他们靠窗而坐，点了酒菜，边饮边聊，颇有几分神秘。

于化成问："你不是说有重要差事儿，忙得脚丫子朝天嘛，怎么还有空来跟我这闲人聊天呵？"

黄海桥说："我问你，你研究周易研究到什么程度了？风水会看吗？"

于化成说："什么程度不敢说，但今天有人请客，我可是一大早就知道了，你要说看风水嘛，也可以试试。"

黄海桥说："算啦，我就跟你直说吧！"他就把胡尚可如何出

难题，如何结盟阻挠迁坟，如何聚众堵塞指挥部，又如何搭窝棚到现场看守坟墓的事儿，一件一件地说了。

于化成说："好吧，我答应你。"

黄海桥说："你得抓紧，清明节之前，没剩下几天时间了。"

于化成说："三天，你不是给他们一个星期时间嘛，我三天帮你搞定，可是——事情搞定了，你怎么谢我呢？"

黄海桥说："我请你吃龙虾，二斤的龙虾一只，还不成嘛！"

于化成问："二斤的龙虾有吗？"

黄海桥扑哧一笑，一拳砸在了于化成的肩上。

十四

黄海桥把于化成带到雁鸣湖边，离着胡尚可家的祖坟还有三四百米，他停住脚步，给于化成指了指坟前的一个窝棚，然后就悄悄地离开了。

天空中，一群大雁，排着人字形队伍，由南边翩翩地飞来，飘飘地从头顶上飞过，然后往北，再往北，慢慢地钻进了一片白云。

于化成抬头看着，轻轻地摇了摇头。

那会儿，胡尚可老头儿已经醒了，正在窝棚里坐着，他手托着那杆长柄的烟袋，一边抽烟，一边盘算着指挥部答应他的事情。

当他从窝棚里钻出来时，天已经大亮了，胡尚可老头儿眼睛也跟着亮了一下，他看见水边坐着一个人，正在挥动着鱼竿钓鱼。

胡尚可老头儿是个耐不住寂寞的人，两天两夜了，好不容易见到了第一位不速之客，于是他轻手轻脚地走了过去。

于化成坐在一把小凳上，戴了副墨镜，一身黑色的中式裤褂，圆口的布鞋，宽厚的脊背稳如磐石，看上去颇有气场。

胡尚可老头儿轻轻地咳嗽了一声，想引起钓鱼人的注意。

于化成一动没动，他深知嘴急了吃不下热豆腐。

胡尚可老头儿又咳嗽了一声，于化成还是没有回头。

没有办法，胡尚可老头儿只得又轻手轻脚地离开了。

太阳升高了，又慢慢地降落了，于化成还在那里一动不动地坐着。怪人，真是怪人，这湖水还凉，能钓到鱼吗？胡尚可老头儿嘀咕着，自己先钻进了窝棚。

第二天，胡尚可老头儿钻出窝棚时，又看到了那个石头一样的钓鱼人——于化成已经在老地方坐定了。

这次，胡尚可老头儿不再蹑手蹑脚了，他大步地走过去，提高嗓门儿说了一声："大兄弟，钓鱼呵！"

于化成慢慢地回过头，微微地点了点头，然后又回过头去了。

胡尚可老头儿以为于化成又不再理他了，没想到，于化成慢慢地收回鱼线，换了块鱼食，重又把鱼钩甩向了水里，然后才回过头，问了一句："老哥哥，你也钓鱼吗？"

胡尚可说："不，我不钓鱼——这么凉的水，这地方能有鱼吗？"

于化成说："有呵，我能感觉到，这鱼就要咬钩了。"

胡尚可老头儿急忙往水面上观瞧，那鱼漂浮动着，似在下坠，又似没有下坠。再看于化成，又是磐石一样的脊背。

胡尚可老头儿只得又快快地起身走了，嘴里不停地叨念着：热脸贴人家凉屁股，怪人，真是怪人！

等胡尚可老头儿再次跟于化成搭上话时，已经是太阳西坠的傍晚了，霞光投射在湖面上，闪烁着粼粼的波光。

胡尚可老头儿没有想到，那位怪人竟然向自己的窝棚这边走来了，他急忙起身，向前迎了几步。

于化成打量了一番胡尚可老头儿的窝棚，说："老哥哥，你在这里住啊？孩子们虐待你啦？"

胡尚可老头儿说："不，不是，我在这里看坟呢！"一边抬手指了指自家的两座祖坟。

于化成摘下墨镜，举目往坟茔那边观瞧，一会儿又换了个角度，看着看着，他开始慢慢地摇头，说："老哥哥，你家的祖坟被人盗过呵，而且先人的厅堂之上时有鼠辈横行，这些你不知道吗？"

哟！胡尚可老头儿听了，精神为之一振，坟被人挖了，这是事实，可那在两座坟之间，远望根本看不见，鼠辈横行——想起来了，坟的后面是栗树，秋天的时候，老鼠藏栗子，曾在坟脚下打过一个洞，让自己用一块石头堵住了，这些他是怎么知道的呢？高人，真是高人！与高人相遇，不可失之交臂，于是他试探着问："请问大兄弟，你懂这阴宅上的事情？"

于化成说："不能说懂，略知一二。"说完了，重新戴上墨镜，又要再回去钓鱼。

胡尚可老头儿说："等等，大兄弟。"

于化成急忙收住了脚步，说："老哥哥你还有事吗？"

胡尚可现出了困惑的神情，他说："不瞒你说大兄弟，我正在为这两座坟的事儿闹心呢。我听你说得在理，你就再仔细地帮我看看吧！"

于化成急忙往旁边跨了一步，说："不成呵老哥哥，我们这行里有个规矩，不能欺瞒人，看好了你高兴，不好了我又不能不说，说了你肯定骂我。"

胡尚可说："君子济人之危，你放心，老哥哥我不是不懂道理的人。"

于化成感觉不能再推辞，再推辞说不定就鸡飞蛋打了，于是他说了声"好吧"，再次摘下墨镜，迈步往坟茔那边走去。

胡尚可老头儿手里攥着那杆长柄的烟袋，紧紧地跟随在后边。

于化成绕着坟头向左转了一周，又向右转了一周，然后站下来，向北眺望着雁鸣岭，再向南望了望雁鸣湖，过了半晌，他脸上露出了为难的神色，嘴巴里喃喃着："浑水入明堂，美梦成黄粱。本意佑子孙，悲咽哭儿郎。"

胡尚可看清了于化成的脸色，没有听清他说的话，于是他急忙追问了一句。

于化成说："我本来不想看，你偏让我看，现在怎么办呢？"

胡尚可老头儿的心忽悠往下一沉，他知道肯定是不好的结果，但这更应该知道，如果殃及了子孙，那还了得，于是他说："大兄弟，你只管说，老哥哥我绝不会怪你。"

于化成说："好吧。"便把刚才喃喃的细语大声说了出来，"浑水入明堂，美梦成黄粱。本意佑子孙，悲咽哭儿郎。"

胡尚可说："我不明白大兄弟，这话怎么讲呢？"

于化成说："你看看，那边的大坝正在加高，水位上涨很快会漫到这里，浑水入明堂，殃及后辈子孙，你这墓地不能用了。"

胡尚可老头儿"呵"了一声，下巴上的胡子开始微微地抖动，脸色也慢慢地变得蜡黄了。

十五

胡传实跟随着胡尚可，迷迷瞪瞪就把协议签订了。胡传实说："三叔你住了几天窝棚，别是鬼迷了心窍吧？"胡尚可说："胡说，我清醒着呢！我想好了，跟政府顶牛儿，早晚也不是个事儿。"

黄海桥听着这一对冤家离开时的对话，心里已经明白了一切。

剩下的二十多户，没过中午就全部签字画押了。

当黄海桥把最后几份协议举给冀平原主任时，他的心里就像三伏天喝了一桶冰水，爽极了。

冀平原也是如释重负的样子，他说："还差五天清明节，好，我们总算没有打脸。另外再告诉你一个消息，派出所已经把那个胡尚可家坟墓被挖的事情搞清楚了，还有一户人家的母鸡被掐死的事情，都是一个叫胡殿五的人干的，绰号叫什么五秃子，根本没有什么白面狸仙。派出所征求意见，要不要抓人，我给叶冬举打了电话，他说教育教育得了。我想也是，教育教育得了，我已经给范书记和派出所回了电话。不过，这几个人也太可气了，差一点让我们在小河沟儿里边翻船，这事……"

黄海桥看得出，冀平原主任有些兴奋了，他叫了一声主任，冀平原这才打住了话题，他说："海桥你还有什么事儿，说吧！"

黄海桥说："我答应人家一顿饭，要请客！"

冀平原说："你也不看看，现在是什么时候——先找一家小餐馆，随便吃点得啦！"

黄海桥说："我已经答应了我的同学，要请他吃龙虾，人家可是给咱帮了大忙的，我不能说话不算数呵！"

冀平原说："胡闹，你要是不怕被拍照，你就去吃吧！"

黄海桥说："好好。"就拖着疲惫的身体回家去了。

十六

清明节后十天，雁鸣岭后山的仙桃峪，一座座新坟，一块块石碑，远远望去，让人肃然起敬。

黄海桥站在百米之外的一处山坡上，望着眼前的这一片坟茔，伫立了足足有十分钟，然后就默默地离开了。

这天晚上，黄海桥给凌海燕打了个电话，要晚点儿回家吃饭。

这时，天已经黑了，目光越过迷茫的水面，黄海桥望见雁鸣湖施工升高中的大坝正在悠悠地摇荡着。

在于化成钓鱼的地方，黄海桥从包儿里掏出来十三盏河灯，底座像船，上面是荷叶形的花瓣，花蕊儿是灯罩，灯罩里面是一支小小的蜡烛，他把河灯点燃了，一只一只地推向了湖面。

河灯随着波动的湖水，随着一阵阵的微风，慢慢地远去了，远去了……黄海桥再抬头看那些河灯时，看到的分明是一片在湖水中跳动的火焰。

（2014 年 8 月 26 日完稿；2014 年 11 月 30 日修改）

不想过年

一

过年，又是过年，还差半个多月，罗笑阳就开始盘算起过年的事情了，他本来不愿意去想，可到了这个时候，事情悄悄地挤进了大脑，由不得他不想了。

他在头脑里简单地把一下事情理顺了一下，什么时间走访什么亲戚什么朋友，什么亲戚朋友配送什么样的礼物，什么样的礼物花费什么样的价钱，等等，事情还没理顺完，他的头就嗡的一声大了。

算啦，不想了，不想了，这年——不过也罢了！他努力地让自己淡定，可就是淡定不下来。他知道，过不了几天，夏晓娟肯定要把这事摆到桌面上，同自己进行一次"双边会谈"。如果自己毫无准备，说这事没想，那事没打算，那接下来的事情就是：媳妇很生气，后果很严重。岁尾年头，每一天都将被阴云笼罩，吵吵闹闹是小事，严重时很可能爆发"双边冲突"。

刚刚被赶走的事情又一件件挤进了罗笑阳的大脑，好吧好吧，他努力地想着，再怎么着，也要去看老丈人，去看丈母娘。老头老太太已经七十多快八十岁了，这事不用计划，天经地义。去呢，倒是也亏不了，吃喝完毕，老丈人肯定会说："笑阳呵，你看看，我这里这些东西，串门儿能用的，你只管拿去。"罗笑阳嘴上应着，可真不能伸手去拿，一个大老爷们儿，脸热呵！可是夏晓娟就不一样了，她是闺女，又是老幺，她看好了几样，一二三，提起来，转身塞到了罗笑阳的手里，说："瞧你那酸样，换个人，谁搭理你呵！"夫妻一唱一和，妥了。

如此，老丈人家肯定要去，还要早去，夏晓娟保证一百一地支持。

另外，还有她的两个姑姑一个舅舅，自己的三个舅舅，总共十八家亲戚，今年就再去一次，自己五十六岁了，也快跑不动了，到时候看夏晓娟还能说些什么。

至于自己的几位领导，不看了，坚决不看了，一是因为自己的年龄比他们都大，你就说主任谭英吧，比自己整整小了十一岁，如果再提着烟酒登门去看他，去给他拜年，那自己怎么开口呢？二是自己早过了知天命的年纪，也无所求了，再有两年内退，到时候，退了也就退了，无事一身轻，再也不用看别人的脸色了。

想到这里，罗笑阳感觉身上轻松了许多。

第二天早晨，罗笑阳蹬着自己的"永久"去上班，三天前的大雪还没有化净，在路面上结了一块一块的冰，一不小心，轱辘碾在冰上，车把打了横，罗笑阳心往上提，一脚踩在了马路牙子上，支撑住了，总算没有摔倒，心却在怦怦地跳，腿也软了。

我这是怎么了呢？静下来想一想，明白了，自己走神了，岁尾年头那点事儿，刚一出家门就又钻进了自己的大脑，兜了一个圈儿又一个圈儿，眼瞧着前面溜光的冰，可脑子却没有一点的反应，还是照直地碾了上去。完了，心里搁不住事儿了，看来真的是岁数大了。

想到这里，罗笑阳心里一阵燥热，但看一看路上的行人，一个个都在小心地走路，并没有人理会他。你以为你是谁呵?! 他自嘲地叹口气，先推着车子走了几步，然后才又小心地跨了上去。

待走进农委的大楼时，楼道里静悄悄的，办公室主任孟凡祥刚好推门从屋子里出来，见了罗笑阳，他好像火烧了眉毛，说："老罗呵，快快，直接去会议室，八点十分的会，主任们早过去了。"

罗笑阳跟着孟凡祥走进单位的会议室时，三位主任果然已经在台上坐好了，谭英主任居中，邵怀智和陈朔两位副主任分坐在他的左右，三个人面对着台下的五十多人。每次开会都是这个架势，老样子了，只是不知道主任们要讲些什么事情，罗笑阳心里嘀咕着，悄悄地坐到了前三排属于科长们的座位上。

谭英主任抬头看了看墙上的石英钟，说："还差两分钟，我们开会吧! 一个短会儿，内容很简单，再有十几天就到春节了，大家手头上还有什么工作，没有完成的工作，抓紧处理一下，尤其涉及各乡镇，涉及一些专业承包户的具体事情，不要留活茬儿，不要留小辫子，下面呢，就具体工作，我讲三点意见……"

那些意见，三点也好，四点也好，罗笑阳已经听过不止一次了，现在嘛，自己只需做出倾听的样子，让刚才绷紧了的神经松一点，再松一点……

不出所料，谭英主任果然开始收尾了，他说："借这个机会，我代表我们三位给大家拜个早年，感谢大家一年来对我们工作的支持，同时也感谢各位家属对我们的支持……"

虽然还是一些客套的话，虽然也听过不止一次了，但现在听来，罗笑阳还是感到胸腔里一阵阵发热。没办法了，一腔热血，满腹牢骚，这性情，这辈子肯定改不了了。跟随着大伙走出会议室，罗笑阳的脑子里忽然冒出了这样的想法，以至于谭英主任在身后喊他时，他竟然没有听清。

谭英主任又喊了一声，罗笑阳才猛地停下了脚步，他说："谭主任，你叫我吗？"谭英说："对对，你到我办公室来一趟，现在就来。"

罗笑阳跟随着谭英走进了主任办公室。

谭英走到了自己办公桌的后面，站立着，手里握着一根铅笔，他说："老罗，一件好事儿，你和老孟的待遇问题，委里已经向组织部打了报告，报的调研员，这样吧，你再搞一份材料，三天后报给我。"

罗笑阳几乎不敢相信自己的耳朵，面部的表情也几乎僵住了，他对谭英主任的话没有任何反应。谭英又叫了一声老罗，罗笑阳这才猛地回过神来，嘴里喃喃地答应着。

二

三十多年前，罗笑阳从农学院毕业，被分配到了当时农业局下属的农科所，全称是农业科学技术研究所。他走农村下地头，风里雨里，从没叫过苦喊过累，干到第八年的时候，他和一名老农艺师共同研究出了一个玉米新品种黄玉3号，第二年又研究出了黄玉4号，但那些成绩都记在了老农艺师的名下，他只是个助手。直到又过了两年，他独自研究出了金谷50和金谷60品种，他的名字才真正地叫响了，他因此评上了农艺师，还获得了当时的农业技术大奖。县长亲自为他佩戴了红花，同时奖给了他一套七十六平方米的住房。

现在看来，那个时候已经是罗笑阳事业的顶峰了。

也是在那段时间里，罗笑阳的第一任妻子带着他们五岁的儿子走了，他现在的妻子夏晓娟闯进了他的生活。

生活的变故，让罗笑阳两三年缓不过劲儿来。

那时的夏晓娟年轻漂亮，她看中的是罗笑阳身上的科技含量，万没想到，两三年过去了，除了自己生了个女儿，生活再没有一点的改变，她开始发牢骚，说自己命苦，瞎了眼，说自己一个黄花闺女，偏偏找了他这样一个二手货。

当时的罗笑阳，除了工作上的事情，别的事情全不灵光，更不会吵架，媳妇发牢骚时，他大气不出，只把苦水一口一口地往肚子里咽。在他看来，处理生活中的这些琐事，远比鼓捣出来一个新的作物品种要难百倍千倍。有时候，他宁愿蹲在地里，一天不动地方，盯着蜜蜂给作物授粉，也不愿回单位去，跟人多说一句话。

那年秋天，县里开农业生产大会，罗笑阳代表农业局讲生产技术方面的意见，他讲得深入浅出，头头是道。会后，当时农委的郝明宣主任来同他握手，说："你就叫罗笑阳?"罗笑阳说："是。"郝主任说："早听说过你的名字，这样吧，我跟你们局长说一声，你到农委来吧!"

郝主任一句话，罗笑阳就到农委上班了。

在罗笑阳看来，这纯属组织需要，平心而论，离开了自己熟悉的农业科研工作，他心里还隐隐地有几分别扭呢!

但夏晓娟不这么看，她说你个榆木脑袋，你们局几十号人，郝主任他怎么不要别人呢? 罗笑阳还是想不明白，但他接受了夏晓娟的意见，那年春节前的一天，他去了郝主任的家，他在郝主任家门外转了三圈，耳朵冻得生疼，腿还总是打摽儿，直到最后，他才鼓起勇气去敲门。郝主任见了他，亲自为他泡了一杯茶。春节上班后的一天，郝主任把他叫到了办公室，说："小罗呵，你在农科所时的情况我都了解，我也跟几位副主任碰过了，先给你安排个副科长，我的原则是绝不埋没人才，也绝不让老实人吃亏!"回到家里，他把事情跟夏晓娟说了，夏晓娟搂住他的脖子，猛地亲了他一口，说："你瞧瞧，听我的没错儿。"罗笑阳摸一把自己的脸，大脑里混沌一片。

从那以后，罗笑阳每年都去给郝主任拜年，但到第四年的时候，郝主任调走了，调到市里去了，临走时，郝主任跟罗笑阳说："小罗呵，你的事情我跟新来的主任交代了，你放心吧，我们绝不会埋没一个人才，更不会让老实人吃亏。"郝主任走了，可罗笑阳一直没明白郝主任所说的事情，它到底是什么事情呢？他试探着问夏晓娟，夏晓娟说："你个榆木脑袋，还能有什么事，转正的事呗，你的副科长快当四年了，还不该给你弄个正的呵！"罗笑阳听了，这才恍然大悟。

可是，新来的主任却一直没提他的事情，直到六年以后，农委又来了一位姓马的主任，才把他扶正了。

夏晓娟说："你瞧瞧，看来这位马主任真有人情味儿，还说什么呢？我们去给人家拜个年儿吧！"

有了郝主任的例子，罗笑阳自然地同意了夏晓娟的提议，可一打听马主任的家，在几百里之外呢。夏晓娟说："百里就百里，我们只当旅游了。"

"可是，没有时间呵！到年根儿了，事多，我们过去了，要是马主任不在家里，计划不就泡汤了吗？"夏晓娟说："也是呵——那这样，你备一份年货，就在办公室给他，要精致一点的，明白吗？说白了，东西少钱不能少。"

罗笑阳说："你放心，这点事儿我知道。"于是他便托人买了一份上好的茶叶，花掉了自己半个月的工资。到了快下班的时候，看看马主任的屋子里没有外人了，他提着茶叶，敲门走了进去。马主任说："老罗呵，你有事儿吗？"罗笑阳说："我这里有盒茶叶，朋友从南方带来的，主任你尝尝吧！"马主任说："茶叶呵，我这里有，你的留着自己喝吧！"罗笑阳说："不行，这个你一定要尝尝。"马主任抬头看了看罗笑阳，见他梗着脖子，脸都涨红了，马主任说："好，好，你放下吧，我一定尝尝。"一边从桌子下边拿出来一个铁罐儿，隔着桌子推到了罗笑阳的面前，说："我这里也有罐儿茶叶，给你去尝尝吧！"罗笑阳说："那怎么行呢！不行，绝对不行！"马主任说："老罗呵老罗，难道我这茶叶里有毒？"罗笑阳说："不是，我不是这个意思。"马主任说："你什么意思？你要不拿，就是这个意思。"罗笑阳被逼到了墙角儿，别别扭扭地把那罐茶叶攥到了手里。

回到家里，夏晓娟一听，差点被气哭了，她说："罗笑阳呵罗笑阳，你怎么不动动脑子呢？主任的茶叶你能要呵？！你等着吧，你等着吧。"

罗笑阳心里惶惶，不敢再问夏晓娟，到底还等什么。

你还别说，那以后没多长时间，罗笑阳还真等来了个提副处的机会，也就是提农委的副主任。夏晓娟说："你得跟马主任去说说，这些年了，你没有功劳还有苦劳呢！"罗笑阳思前想后，一个人斗争了三天，最后终于鼓起勇气，硬着头皮去说了，可话还没说完，马主任就把组织部的一份文件推到了他面前，说："老罗你看看，要求有乡镇工作的经历，你有吗？"罗笑阳摇了摇头。回到家里，夏晓娟说："什么文件，文件还不是人定的嘛，你去找郝主任吧！过了这村就没这个店了。"

那个时候，郝主任已经是市农委的副主任了，和县长平级，可是罗笑阳没去，他把事情在心里掂量了一番，总觉得无法开口，于是，他把脖子梗了梗，很权威地否定了夏晓娟的提议，因而他提副主任的事情也就变得遥遥无期了。

每每想起这些事时，罗笑阳的心里时常感到一阵阵苦涩。他本不想当什么科长和主任，只想一辈子鼓捣自己的农业技术，可是鬼使神差，他到了农委，而且一天天远离了自己想走的科研和科技之路。有时候，他好想去跟主任说一声，让自己还回到农科所去，专心地搞自己的技术呵！他把这想法跟媳妇说了，夏晓娟这次倒显得态度挺平和，她说："你傻呵，推着不走，打着倒退，人家把你要来，你却要回去，你这不是打主任的嘴巴子嘛！"罗笑阳说："我没那么想。"夏晓娟说："那你就好好想想呗！"

罗笑阳一想，也是呵，要求回去也是求人的事儿，还得搭上一层脸皮，算了吧！那想法只在他的头脑里转了两圈儿，就随着口水被咽进了肚子。

过了一段时间，又一个让人费解的问题纠缠住了罗笑阳：人生什么事儿最苦呢？不愿意干，不喜欢干，而为了生存又不得不干的事儿。不知道别人的感受怎样，反正罗笑阳早已这样认为了。几次喝过酒之后，他仿佛一位哲人，言辞激烈地把他的这种感觉传播给了周围的每一个人。

可是，更苦的事情是什么呢？罗笑阳很快就知道了。

单位里实行体制改革，公务员工资与职务挂钩，自己四千多元，副主任级别的有六千多元，这巨大的反差，让他心里的天平一下子失衡了，他感觉自己好像掉进了泥潭，想做最后一次挣扎，可是晚了，五十而知天命，泥巴已经糊到了胸口，每天下班回来，胸口处的泥巴都好像一直在糊着，压得他喘不上气来，苦呵！

真没想到，眼看就要告别战友走下舞台了，这运气却又回来了，想一想，还是当初郝主任说得对，不让老实人吃亏！

罗笑阳骑着"永久"往家里走时，过去的事情一次次撩开了他尘封的记忆。他一会儿感到惶惑，一会儿又感到欣慰，想到最后，他很实际地想到了眼前过年的事情：不行，原来的安排还要好好推敲推敲！

三

晚上躺在床上，罗笑阳终于憋不住，还是把谭英主任说的事

情和自己不太成熟的想法跟夏晓娟说了。

夏晓娟一听就从床上坐了起来，说："罗笑阳呵罗笑阳，你可真憋得住，都什么时候了，你还推敲呢！这事儿用得着推敲嘛，你个榆木脑袋，这大过年的，平常想找这机会你都找不到，你还推敲呢！你瞧瞧你挣那几大毛钱，过几天连两瓶子醋都打不了，我可跟你说好了，这事儿你要是再孵不住，我也就不跟你过了。"

这话几乎成了夏晓娟的口头禅，罗笑阳已经听过无数遍了，但这次听了，他的心还是猛地被刺痛了一下。钱，男人要是挣不来应有的钱，腰杆儿自然就会弯曲，无数个拮据的日子，已经让罗笑阳对这个字心生畏惧了，除了性格使然，这也是他在夏晓娟面前没有太多话语权的一个重要原因。

夏晓娟没有注意到罗笑阳心态的变化，她见他没有任何的反应，一把撩开了罗笑阳的被子，说："我叫你睡我叫你睡！"

罗笑阳耐不住了，怒气顶到了胸膛，他也猛地坐了起来，说："行啦，我去拜年，去拜年还不行吗?!"

到了较真儿的时候，罗笑阳真的犯了脾气，夏晓娟便悄悄地示弱了，她说："瞧你，一个大老爷们儿，跟我瞪什么眼呵！我这还不是替你着急吗?"说完她便躺下，不再作声了。

罗笑阳往上扯了扯被子，但却怎么也睡不着了，他的目光在墙壁上来回地转，忽然想起了材料的事情。于是他一轱辘爬起来，穿好睡衣下到了地上。

夏晓娟扭头看了一眼，说："罗笑阳你去干吗，我又没说别的，你至于睡不着觉吗?"罗笑阳说："谭主任叫我准备个材料，你这么一嚷嚷，我差一点就忘记了。"夏晓娟噢一声，翻过身去睡了。

罗笑阳坐到了写字台前，打开了台灯，铺开了稿纸，手里攥着笔，笔杆儿挂着腮，三十多年来的往事儿，又一幕幕地挤进了他的脑海，写些什么呢？写当年研究的金谷 50 和金谷 60 品种吗？那些东西已经写过好多遍了，再说了，那也不是来农委后取得的成绩，没有说服力，不写也就罢了，可是来农委后自己又做了些什么呢？细细地想想，哪一项工作都参与了，哪一项工作似乎又都不能完全算在自己的头上，写了有贪功之嫌，不写？不写又写什么呢？自己忙忙碌碌辛辛苦苦，头发累掉了一半儿，又白掉了一半儿，到头来，难道说真的只有苦劳没有功劳吗？这一刻，罗笑阳深深地感到了苦恼。

夏晓娟翻了个身，迷迷糊糊地说："几点了？睡吧！"

罗笑阳答应一声，抬起笔，在稿纸上写下了第一个字。

第二天，刚到了单位，罗笑阳就把材料给谭英主任拿了过去。

谭英坐在办公桌后面，低着头，正在一张纸上勾勾画画。罗笑阳叫了一声谭主任。谭英问："老罗呵，有事吗？"罗笑阳说："你让我写的材料，写好了。"谭英抬一下头，看到了罗笑阳抓在手里的一沓子稿纸，他微笑一下，说："这么快，一宿没睡吧？"罗笑阳迟疑一下，说："半宿，半宿没睡。"谭英说："知道啦，你先放下吧，我回头看。"

可是，一天过去了，两天过去了，谭英主任却一直没提材料的事情。

年关正在一天天地逼近，时间已经相当紧迫了。

夏晓娟说："你个榆木脑袋，那材料只是个挂脚一将的幌子，你还真以为它能起多大的作用啊？"罗笑阳说："那——"夏晓娟说："还那什么那，明天你赶紧准备礼物，不入虎穴蔫得虎子！"

罗笑阳没再吱声，心里默默地认同了媳妇指引的路。

转过天来，罗笑阳正准备到街上去购买礼物，孟凡祥忽然来通知他，说："老罗呵，谭主任要你到他的办公室去，大概是为材料的事儿。"说完了，脸上浮现出来几分得意的神情。

罗笑阳答应一声，即刻来到了谭英主任的办公室。刚一进了门，谭英就把那叠材料推给了罗笑阳，谭英说："老罗呵，你这材料不行，太啰唆，你想想，部长那么多事情，他有空看你这流水账吗？你们这些学究呵，总怕什么事情不说出来，人家就不知道，不会的！基本情况，主要工作成绩，一二三写清楚就行了，啰唆，太啰唆！"

谭英每说一句，罗笑阳的心就收紧一下，他心说："完啦，这下估计没戏了。"

四

晚上回到家里，罗笑阳空着两手，夏晓娟一看就明白了，她说："罗笑阳，我让你准备的礼物呢？"罗笑阳一拍脑门儿："哎哟，全忘了。"接着他便把那份材料的事儿跟夏晓娟说了，夏晓娟说："你看看怎么样，我就跟你说嘛，那只是个幌子，说你成你就成，不成也成，说你不成你就不成，成也不成，这还不明白吗？"

罗笑阳似乎明白了，他摊开两手，说："那也得明天准备了。"

夏晓娟说："你瞧着办吧，反正你自己的事儿，我可跟你说好了，再过两天，黄花菜都凉了。"

罗笑阳说："知道了。"心里忽然好烦好烦。

夏晓娟说："对啦，还有一件事儿，明天下午，给罗梅去开家长会，闺女说了，让你去，你可要记好了，这事儿绝不能忘。"

"明天——明天我还要下乡去。邵怀智说了，节后的一个生产工作会，在乡里开，现在就要过去准备，要是再过几天，过了腊月二十三，乡机关的院里就找不见人了。"

"那我不管，哪个轻哪个重你自己衡量吧，反正闺女是你亲生的，人家学校说了，明年是高考前顶重要的一年，家长要与学校好好地配合。"

提起了闺女，罗笑阳的心立刻暖了，也软了，想想这几年，罗梅一直住校，半个月才回家一次，除了按时支付一点生活费，学习上没让自己怎么操心，眼下到了关键环节，自己也该尽一点父亲的义务了。想到这里，罗笑阳说："我去，我去还不行吗？"

夏晓娟不言语了。

吃完了饭，罗笑阳又赶紧趴伏到了写字台上，吭哧吭哧地改写他的材料。一篇材料写了多半篇，他抬起头来看了看，耳边忽儿地又响起了谭英的声音："啰唆，还是啰唆！"他抓起纸来，刺啦刺啦撕了。再写，又撕了……

外面，夜已经很深了，北风抽打着树枝，传来了一阵阵呜儿呜儿的吼声，罗笑阳打个冷战，忙扯过一件棉袄披到了身上。

夏晓娟在床上翻了个身，说："罗笑阳你别写了，我跟你说了，顶不上大用。"罗笑阳说："好了，马上就好了。"

可是，直到夏晓娟又一次打起了鼾声，他才把材料改写完了，五页纸变成了两页，但符不符合谭英的意思，他心里还是没有底儿。

拿给谭英主任时，谭英依旧说："老罗呵，你放桌子上吧，我回头看。"罗笑阳本想说："你现在看看吧，不行我回去再改。"可话到嘴边儿他又咽了下去，他把材料端端正正地放到桌子上，然后说："我和邵副主任到南雾乡去了。"转身便往外走，谭英说："老罗你等等，你们是去安排那个生产会对吧？"罗笑阳说："对呵！"谭英说："你跟老邵讲，快去快回，蓝副县长还等着听结果呢！你们去后，要把会议议程，会议内容，参观的现场，一样一样都确定下来。"罗笑阳说："知道了。"谭英摆了摆手，示意罗笑阳可以走了。

从屋子里出来，罗笑阳立刻去找邵怀智，邵怀智说："老罗呵，说好了去南雾乡，你到哪儿去了？你这个人，去晚了就找不到人了，这事儿你不知道呵？"罗笑阳就把谭英的话跟邵怀智说了，邵怀智翻了翻眼皮，一声不吭地钻进了汽车。

赶到南雾乡时，办公室的一位干事说书记和乡长都不在，邵怀智扭头盯着罗笑阳，说："老罗我跟你说什么来着，你看看，这事怎么办？"干事说："瞿副乡长在，他正等着你们呢！"

正说着，瞿副乡长已经到了，他人还没进门，手已经伸了过来，他说："邵主任呵，欢迎欢迎。"又说，"现场会的事儿，书记乡长都交代过了，走吧我们到会议室去说吧！"

邵怀智说："好，好。"他眼珠翻了翻，脸色慢慢变得平和了。

说完了会议议程和双方要准备的材料，一行人又去看了一个现场，回来后时间已经快到中午了，瞿副乡长说："怎么样邵主任，中午在我们这儿喝吧？"邵怀智即刻停住脚步，眼睛慢慢地亮了。罗笑阳侧目看着，心一下子悬了起来，他知道，邵怀智一旦坐上酒桌，一杯两杯酒下肚，话匣子立刻就会打开，他会从自己当生产队长时讲起，讲自己怎样进入乡机关，又如何从一名普通干部升到了副处，走进了政府农委的大门，时间跨越几十年，拉拉杂杂地能讲上一两个小时，等他讲完了，自己下午的家长会也不用开了。可让他没想到的是，邵怀智的目光渐渐暗了下去，他叹口气，又咽了口唾沫，说："不行呵，蓝副县长还等着我们回去汇报呢！"瞿副乡长说："那下次，下次我一定陪您好好喝两杯。"一边说，一边忙着为邵怀智拉开了车门。

坐到了车上，邵怀智闭着眼，一言不发。

快到单位了，邵怀智忽然睁开了眼，说："老罗呵，刚才说好的事情，你得拉个材料，对，会议议程你得抓紧搞出来，我好去跟谭主任汇报。"

罗笑阳迟疑一下，说："邵主任，下午——下午我要去给闺女开个家长会，你看看，材料明天早晨给你可以吗？"

邵怀智的眼睛立刻睁大了，他说："老罗呵老罗，哪个轻哪个重你不知道呵？!"罗笑阳立刻低下了头。沉默了一会儿，邵怀智说："好吧好吧，明天早晨，你可不能再晚了。"

罗笑阳看了看邵怀智的眼神儿，是认真的，他绷紧着的心这才慢慢地松弛下来。

五

罗笑阳蹬上他的"永久"，风驰电掣地往罗梅的学校赶，半个多小时后，他从"永久"上下来，两条腿像木杠子一样，好半天才有了一点知觉。

来到教室门外时，屋子里已经坐满了人，一位女教师正站在讲台之上，侃侃而谈，不用问，她肯定就是罗梅的班主任杨老师了。

罗笑阳踌躇一下，硬着头皮走了进去。

他在罗梅的座位上坐下来，脑子里却还是邵怀智那张闭目养神的脸，耳边还回响着邵怀智督促的话语：好吧好吧，明天早晨，可不能再晚了！

又是好半天，罗笑阳才慢慢地回到了眼前的现实，他从衣袋里掏出纸笔，准备把杨老师讲的一样一样地记下来，回去后再详详细细地跟闺女交代。可是，听听杨老师讲的内容，这家长会似乎快要结束了。

杨老师又讲了来年应注意的几个问题，会议果然就结束了，说完了感谢的话，杨老师又说："罗梅的家长您留一下，先别走，我还有事跟您讲。"罗笑阳听了，就坐着没动。其余的人已经纷纷起身往外走了，有那么五六个人，走到前面的讲台时，又停下来，围着杨老师，问了一个又一个问题。罗笑阳在下面听着，心里火燎的一般，他想听听罗梅的学习情况，还想赶快回去买晚上串门拜年用的东西，可再抬头看看，那几个家长还没有要走的意思，一会儿这个叫一声杨老师，一会儿那个叫一声杨老师。

外面的天色渐渐地暗了。

罗笑阳在课桌下面不停地搓着手，一会儿抬头看看，一会儿抬头看看。

终于，杨老师走过来，坐到了他的对面。杨老师说："让您久等了。"罗笑阳苦笑了一下。杨老师说："明年是很重要的一年，其他年级的学生已经放寒假了，高考班儿要有重点地补一补课，要适当收些费用，刚才我都跟大伙讲了，我想您也不会有什么异议吧。"罗笑阳说："不会不会。"杨老师说："之所以把您留下来，我是想单独和您交换一下罗梅的情况，这孩子性格内向，这就不用说了，据我观察，课堂上她还时常走神儿，说白了就是注意力不够集中。另外，她还不怎么爱提问题，一个人琢磨的时候多。这些方面，我希望你们家长配合做一些工作，如果改进了，我敢肯定，罗梅的学习还有长进，将来考个重点大学，应该没有问题。"

听到"大学"两字，罗笑阳的心怦怦跳了两下，儿子罗旭没能考上大学，只上了个中技，这成了他心底永远的愧疚和遗憾。

杨老师又说："当然了，孩子大了，有些想法是很正常的事儿，到时候就看我们怎么引导了。"罗笑阳说："杨老师你放心，我们一定配合学校做好孩子的工作。"杨老师笑一笑，从椅子上站了起来，罗笑阳知道自己该走了，客客气气地跟杨老师告了别。

此时，天已经黑了，往回走的路上，罗笑阳的脑袋一阵阵发胀，蹬车的两条腿也像灌了铅一样地沉重。

回到家里，女儿罗梅第一个出现在了他的面前，罗梅问："爸爸，杨老师都说什么了？"罗笑阳说："老师说呵，你再努力一把，能考上个重点大学。""她真这么说的吗？""这我能骗你嘛？"

罗梅的脸上现出一片光彩，得意地冲罗笑阳努了努嘴，转身回自己的屋里去了。

一直站在旁边的夏晓娟把罗笑阳上下打量了一番，面带愠色地说："得，得，什么也甭说了，吃饭吧！"

罗笑阳知道夏晓娟想说什么，但他心情烦躁，背上像压了块石头，他不想再接媳妇的话了，于是他把手挥了挥，说："吃饭，吃饭吧！"

六

腊月二十三，小年儿，过了这一天，不管是城里还是乡下，过年的气氛越发地浓了。

可是，罗笑阳计划中的第一次拜访还一直没有成行。

夏晓娟说："算啦，皇帝不急太监急，我急的哪门子呢！"语调儿的尾音儿甩得又高又飘，显然是甩给罗笑阳听的。

罗笑阳听到了，他也真的着急了，不为别的，还是待遇的事儿。

节后的生产会安排好之后，三位主任时常凑到一块碰事情，按往年的惯例，多半是研究来年的主要工作，可今年不同了，孟凡祥说待遇的事儿也说了，据说三个人的意见还不太一致，不一致在什么地方，孟凡祥嘿嘿一笑，不往下说了。

这就让罗笑阳的神经高高地悬了起来，不会是有人对自己的待遇持有异议吧？在农科所时，自己是取得过一点成绩，那是有目共睹的，也是戳得住的事情儿，可来农委之后，自己又做了什么呢？一些日常事务性的工作，那是每个人都干得来的事情，没有超强的说服力，但是，那是组织安排，能怪自己吗？会不会因为这个，把自己待遇的事情搁置，甚至毙掉呢？他越思想，心里越烦乱。

回到家里，他把孟凡祥的话原原本本地跟夏晓娟说了，夏晓娟立刻瞪大了眼睛，说："那你还等什么？明摆着的事情，赶紧去呗！"罗笑阳说："好，好，我们今晚就去，今晚就去。"

毋庸置疑，这晚上的第一个去处就是谭英主任的家。烟酒茶已经准备好了，到底还是夏晓娟准备的，一水的品牌货。罗笑阳看了看，大概猜出了个价钱，他的心仿佛被刀子剜了一下，提起来两个袋子就要往外走。夏晓娟说："罗笑阳你等等。"罗笑阳立刻呆呆地站住了。夏晓娟说："你就这样去啦？"罗笑阳愣愣地看着夏晓娟，不知道媳妇的葫芦里还装着什么药。夏晓娟说："孩子啊！你不给孩子点压岁钱呵？"罗笑阳问："用吗？"夏晓娟说："二十四拜都拜了，你还差这一哆嗦呵？"罗笑阳想了想，掏出二百元，塞到了夏晓娟的手里。夏晓娟看了看，说就这些呵？目光里已经燃起来了烦躁的烟火。罗笑阳立刻又掏出三百元，递到了夏晓娟面前，说一个月的工资，都在这了，说这话时，罗笑阳的心隐隐地疼了一下。夏晓娟把钱叠在一起，又拍给了罗笑阳，说："你的领导，你给！"又说，"舍不得孩子套不着狼，那么大的学问，这点事儿你不懂呵？"罗笑阳梗着脖子，说："好，好，我懂，我全懂！"一边说，一边拎着东西往外走。

外面，天已经黑了，西北风扬起屋顶上残留的雪粒，一股一股地吹过来，打在脸上，又冷又疼。

罗笑阳立好自行车，把礼品塞进车筐，把礼品盒的提带一匝一匝绕在了车把上，回头看看夏晓娟，夏晓娟已经推着车子在等候了。

罗笑阳说一声"走吧"，就跨上自行车在前面走了。

七

谭英主任的家在县城的西北，而罗笑阳的家在县城的东南，这一路走去，要穿过五条街道，骑行半个多小时，夜色和寒冷，一点点加剧着他们骑行的难度。过一会儿，夏晓娟就在旁边问一声："老罗，还没到呵？"罗笑阳说："到了，马上就到了！"夏晓娟问了三遍，他们终于骑进了一个居民小区。

两个人在小区的门口下了车，推着自行车往里走，一边走，罗笑阳一边仰着脖子查看地址和楼号，一栋，二栋，三栋……

天阴沉着，没有一点星光，从居民家窗子里散射出来的灯光，涂抹在墙体上，模模糊糊，昏黄一片。

罗笑阳的脖子已经酸了，可他还是没有看清写在墙上的字迹。夏晓娟说："你再磨蹭，人家都该睡觉了。"罗笑阳说："来，你看看，这是一号还是七号呵？"

夏晓娟往前跨一步，一脚踩在了路牙子上，连人带车，狼狈地摔倒了。"唉哟——"夏晓娟叫一声，双手撑地想往起站，却没有站起来。罗笑阳见状，忙支好车子，来扶夏晓娟。夏晓娟从地上站起来，轻轻摸了摸被摔疼的膝盖，想发火，却找不到合适的理由。罗笑阳问："没事儿吧？要不咱们先回去，明天再来，你看怎么样？"夏晓娟说："都什么日子了，你快打住吧，我没事儿。"罗笑阳盯着夏晓娟，上下打量一番，说："没事儿好呵，你看看那楼号。"夏晓娟抬头看了看，说："一号呵，没错！"罗笑阳说："我怎么看怎么像七，这个要是一号，那接下去的是三号、五号，五号对面的是六号，谭英家就是六号楼，走吧！"

夏晓娟从地上扶起自行车，跟随着罗笑阳来到了六号楼下，看看那墙上的数字，还是有些模糊，正在这时，从旁边的单元门里走出来一位老者，罗笑阳客气地上前去寻问，得到了肯定的答复。

六号楼五单元四零一，罗笑阳默念着，来到了五单元的门口。

好啦，就是这儿了，罗笑阳松一口气，从车筐里取出礼物，把茶叶递给了夏晓娟，自己提好了烟和酒，然后就要迈步上楼。

夏晓娟说："你等等。"罗笑阳立刻停住脚步，说："还有什么事儿呵？"夏晓娟说："钱，看看那压岁钱还在兜儿里吗？"罗笑阳摸了摸，说："在呵，你吓我一跳！"夏晓娟想了想，说："拿来。"罗笑阳说："干吗？"夏晓娟说还是我给吧，你个笨嘴拙腮的，坏了事儿还不如不来呢！"罗笑阳说："好，好。"顺从地掏出钱，塞到了夏晓娟的手里。

一层二层三层，两个人提着礼物，高一脚低一脚地爬到了四楼，罗笑阳停住脚，定睛辨认了一下门牌号，没错儿了，四零一，他上前敲了敲门，心跟着扑腾扑腾跳了几下。

屋子里没有回应，再敲敲，还是没有回应。

夏晓娟问："嘿，你没记错吧？"

怎么会呢？！除非谭主任他搬家走了。

正在这时，屋子里响起了脚步声，接着便传来了一个女子的声音："找谁呵？"

"我找谭主任，请问谭主任在家吗？"罗笑阳赶忙回答，一边把脸贴在门上，想通过猫眼儿辨认一下来人，可是，他的视线内模模糊糊的，什么也看不见。

这时，里面的女子说："你找错门儿了，这儿没有谭主任。"说完，里面的脚步声渐渐地远了。

罗笑阳再说什么，里面一点声音也没有了。

他呆呆地望着眼前的防盗门，举起的手又慢慢地落下来，他脑子里一片空白，整个身体几乎僵硬了。

过了好半天，夏晓娟忽然在背后说："还傻站着干什么，走吧！"

罗笑阳激灵一下，猛地缓过神儿来，随即喃喃地说："走，走吧！"

八

回到家里时，夜已经深了，罗笑阳和夏晓娟携带着一股寒气挤进屋子，瘫坐在沙发上，半天也没有一句话。

渐渐地，麻木的四肢和麻木的大脑有了一点知觉，罗笑阳这才长长地叹了一口气。

洗漱完毕，躺倒在床上，罗笑阳和夏晓娟开始回忆出访的每一个细节，小区和门牌号都没错儿，这经过了前期核实，也得到了同楼居民的佐证，那么差错出在哪里呢？

朦胧中，罗笑阳看到谭英站在楼下，他喊了一声谭主任，可谭英理也没理，转身走进楼里去了。他提着礼物上楼，还是昨天的门牌号，没用敲门，门自动就开了。这时，他看见谭英坐在客厅里的沙发上，木雕一般，一动没动，他把礼物举到谭英面前，忽然看到谭英脸色大变，自己的身体被人猛地推了一把，忽忽悠悠地就到了楼下，自己带的那些礼物，也跟着噼里啪啦地砸了出来。

罗笑阳嘴里喃喃着，猛地从床上坐了起来。

夏晓娟开了灯，侧转了身子，半睁着眼说："罗笑阳你诈尸呵？！"

罗笑阳立刻清醒了，说："没，没，刚才做了一个梦。"接着便把梦里的事儿一五一十地说了。

夏晓娟说："你净瞎想，关公不打上门客，睡觉睡觉！"

罗笑阳哼一声，又迷迷糊糊地躺下了。

第二天早晨，吃过了早饭，夏晓娟对罗笑阳说："干脆，今天得个空，你直接跟谭主任约一下，就说我们晚上过去。"罗笑阳说："那好吗？"夏晓娟说："不好，不好你还让我跟你瞎跑呵？"罗笑阳说："好好，我听你的，听你的就结了嘛！"

下午的时候，罗笑阳真的找个空，跟谭英说了晚上的事情，谭英微笑着，没有说行，也没有说不行。

可到了晚上，罗笑阳和夏晓娟再次来到五单元四零一时，刚一敲门，门立刻就开了，而且是谭英亲自来开的门。

罗笑阳叫了一声谭主任，夏晓娟立刻挤到了前面，说："谭主任，我们来给您拜个早年。"

谭英接过礼物，把罗笑阳和夏晓娟让到沙发上，自己则拉把椅子，在他们的对面坐下了。随后，谭英指了指那些礼物，说："老罗呵，你这就不对了，咱们天天见面，你的岁数又比我大，有什么事儿不能说，用得着这个吗？"

罗笑阳听了，脸憋得通红，吭哧了两声，一句话没说出来。

夏晓娟立刻说："谭主任，瞧您说的，养个小猫儿小狗儿，时间长了，还有感情呢，何况这些年，这些年……您对我们家老罗照顾得太多了，我们来拜个年，您说这不为过吧？"

谭英微笑一下，说："照顾谈不上，还是老罗干得好，这不嘛，委里正准备给他申报副处的待遇呢！"

随后，谭英话锋一转，说："老罗呵，你这个人呵，茶壶里煮饺子，肚子里有数，嘴巴里却吐不出来，不是我说你，邵主任和陈主任那里，包括其他同事，也要多沟通多交流，有些事——我的意思你明白吧？"

罗笑阳说："我明白。"

这时，罗笑阳想起了孟凡祥的话，把二者联系到一处，因而是真的明白了。

谭英微微一笑，又问了问罗笑阳家里的一些情况，话题很快枯竭了。

夏晓娟扯了一下罗笑阳的衣襟，顺势站了起来，说："谭主任，那什么，时候不早了，我们就不打扰您了。"

谭英也站了起来，说："好呵，我送送你们。"一直把罗笑阳和夏晓娟送到了楼下。

到了楼下，罗笑阳心里总觉得还装着件什么事情，可就是想不起来了。

这时，夏晓娟忽然说："谭主任，老罗我们俩给孩子一点压岁钱，我给放在沙发下面了，您想着收起来呵！"

谭英听了，脸沉下来，目光望定了罗笑阳，说："老罗你这就不对了，你能来看看我，我就很高兴了，你要是这样——你等着，我这就把钱给你拿下来。"说着就要转身上楼。

罗笑阳说："别，别。"他的喉咙仿佛立刻被一团鸡毛塞住了，心跳得发慌，腿也软了，他没想到，谭英会为这点事儿如此地动怒。

夏晓娟见了，心里也有一点紧张，但她还是一步跨到了谭英的面前，她说："谭主任您要是那样就打我们脸了，您看看，您和我们家老罗这些年，真的一点感情都没有呵？再说了，压岁钱是给孩子的，不是给您的，您要是这就拿下来，显然是我们虚情假意了。"

谭英半转了身，放弃了上楼的打算，说："那也不行，老罗我明天拿给你吧，明天你想着提醒我一下。"说完了，仍余气未消的样子。

罗笑阳说："主任你回吧，我们先走了。"说完，他跨上自行车，逃也似的冲出了小区，冲进了一片黑夜。

夏晓娟在后面紧紧地追着，一边追一边喊："罗笑阳你等等，你可是气死我了。"

一阵西北风顺着街道吹了过来，掀起了衣襟，绞住了车轮，罗笑阳用力地握着车把，从头到脚，感到了彻骨的寒冷。

九

谭英的话窝在了罗笑阳的心里，搞得他在床上折腾，一夜也没得安睡。

到了单位，他一边忙着手头儿上的事情，一边筛选着一些推辞的话，预备谭英主任提起前一天的事情时，好能从容地应对。

可是，没有必要了，孟凡祥说谭主任一早就跟蓝副县长出去接待了，晚上都不一定能回来。

罗笑阳长长地出了一口气，大脑仿佛散了团儿的豆腐渣，一点个数也没有了。

一直到了下午，他想起来了，得赶紧去准备下一份礼物，晚上到邵副主任家去，不，最好陈副主任家一并去了，不然时间有些紧了。

罗笑阳盘算着，下班后先去哪家商店，先买什么东西。然而摸一摸口袋，他的心立刻抽紧了，大脑里一片空白，口袋里只剩下三百元钱了，而工资折还锁在夏晓娟的柜子里，怎么办呢？

正在这时，桌子上的电话又响了起来，罗笑阳烦躁地看一眼，犹犹豫豫地抓起了话筒。电话里传来的是门卫赵师傅的声音，赵师傅说："有个小伙子找你呵，看样子好像有急事儿，我说你不在，他不信，就一直在外边等你。"罗笑阳说："好，好，我知道了，我这就出去。"他的头脑里却没有一点的概念，"小伙子……急事，找我能有什么急事呢？"

放下电话，罗笑阳猛地想起来了，是儿子罗旭，没错儿了，不肯进来说话，一定是自己的儿子。因为和他母亲那一点事情，这儿子始终和自己存在着一点隔阂，可是骨肉亲情，不是一点点隔阂就能完全阻断的，所以每遇一点事情，罗旭还都来和他这个父亲商量，这让罗笑阳多少感到了一丝安慰。

来到大门外，儿子果然在那里站着，身旁立着一辆自行车。

罗笑阳叫了一声罗旭。罗旭头也不抬，说："我找你有事儿。"他不叫爸爸，也不称呼您，幼年时留在心头的阴影，已经氧化成了一道坚硬的疤痕。

对这样的场面，罗笑阳已经麻木了，他问："有什么事，急吗？"

罗旭说："我又找工作了，是一家公司。"

罗笑阳说："好呵！"

罗旭说："人家要一千元风险金，明天交，节后上班。"

这——罗笑阳明白了儿子的来意，伸手摸一摸衣兜儿，心里忽然感到了一阵窘迫，后背上似乎有无数的蚂蚁在爬。

他愣愣地站着，一副手足无措的样子，想一想，存折上的钱已经不多了，家里还要过年，还要去走十几家亲戚，如果事情让夏晓娟知道了，家庭内部矛盾将陡然升级，这可以预见的后果如一柄重锤，无声地擂在了罗笑阳的心上。

可是，儿子的事儿不能不管呵，想当初，儿子只上了个中技，毕业后，只找到了份受累的工作，这事儿成了他心里永远的痛。现在，儿子自己找到了一份好点的工作，没用他这个爸爸，还说什么呢！不就是一点钱嘛！

这——罗笑阳把所有的事儿都抛向了脑后，他掏出那三百元钱，递到了儿子的手上，说还差七百，你等等，我这就去给你拿。

罗旭嗯了一声，仍像树桩子一样地站立着。

罗笑阳迈步往楼里走，心里感到了一阵阵懊恼和无助：七百元，我连一百都没有了，我到哪里去给他拿七百元呢？罗笑阳烦躁地想着，一抬头，正好看到了孟凡祥的一个背影，他像就要溺水的人抓到了一根稻草，立刻尾随着追了过去。

孟凡祥说："老罗，你干吗鬼鬼祟祟的？"

罗笑阳的脸腾地红了，后背上又似有无数的蚂蚁在爬，他说："老孟……老孟你有钱吗？借我一点。"

孟凡祥抬头看着罗笑阳，没说有也没说没有。罗笑阳知道孟凡祥在等着他的下文，于是他心一横，把罗旭找到工作来要钱交风险金的事原原本本地说了。孟凡祥拉开一只抽屉，从里面拿出来七百元钱，他说我自己也没那么多，这是谭主任让我买办公用品的，你先拿去用，记住抓紧还我。罗笑阳说等发了年终奖，发了我就还。孟凡祥没再言语。罗笑阳已经急匆匆地往外走了。

罗笑阳把借来的钱递到了儿子的手上，说给你吧……过年了……可……多了我也没有了。

罗旭接过钱，一把塞进了兜儿里，转身去推自行车。

罗笑阳问："你妈，你妈她好吗？"

罗旭说："我妈也是没办法才叫我过来的。"然后，头也没回，骑上车走了。

十

下班回到家里，罗笑阳依然是两手空空，夏晓娟抬眼看见了，说："怎么，那两家不去啦？"罗笑阳说："去，去呵！"夏晓娟说："你就扛着个肩膀去呵？"罗笑阳说："今天有事儿，明天，明天去吧！"夏晓娟说："你爱去不去吧，从今往后，你的事儿我一样都不管了。"她阴沉着脸，把山大的压力抛给了罗笑阳，扭头钻进了卧室。

第二天，罗笑阳悲观地想，看来晚上只能单兵作战了。可让他没想到的是，夏晓娟不但一点不计前嫌，而且在花钱上还网开一面，一点也不吝啬，所有的事情都出乎意料地顺利。

他们先去了邵怀智副主任的家。

邵怀智和媳妇正在看电视，开门见到了罗笑阳，他忙着接过了礼物，一边把罗笑阳和夏晓娟往里边让，说："快快，快给老罗他们沏茶。"

双方坐定了，夏晓娟说："邵主任呵，我们来给您拜个早年。"

邵怀智拍了拍罗笑阳的大腿，说："老罗你看你，还拿这些东西，你过来坐坐，我就很高兴了。"

他顿了顿，又说："我呢，是个粗人，我知道，平常有些人看不起我，可你不一样，这我知道。"

罗笑阳说："没人看不起你邵主任。"

邵怀智说："老罗你甭给我解心宽，连谭英谭主任都说我炮筒子脾气，什么意思你会不知道？但是，我不管那些，有什么事儿，我该说还得说，你就说你跟老孟待遇的事儿吧，我说俩人辛苦一辈子了，直接报呗，还讨论，有什么可讨论的呢？"

夏晓娟说："谢谢你邵主任。"

邵怀智说："你们也甭说什么谢不谢的，我呢，只能说两句拉直理儿的话，这老罗你最明白，到时候，事情要是有个一差二错的，你们别骂我，我就知足了。"

罗笑阳说："瞧你说的邵主任，这事儿我心里有数。"

邵怀智又拍了拍罗笑阳的大腿。

然后，罗笑阳和夏晓娟就离开了，离开后两个人把车子蹬得飞快，他们到家里取了第二份礼物，掉过头就往陈朔家里赶，赶到陈朔家楼下时，夏晓娟把腿从车上搬下来，两手撑着车把，说："老罗我可跟你说好了，明年再有这事儿，我可不跟你跑了。"

罗笑阳双手提着礼物，闷着头，他浑身像灌了铅一样沉重，感觉一开口，头就会爆炸。

好在陈副主任家住的是一楼，抬脚便到了。

夏晓娟在前面敲门时，里面响起了脚步声，接着是一阵警惕的沉静和缓慢的呼吸声。

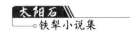
罗笑阳说："陈主任是我，我是罗笑阳。"

门开了，陈朔身着休闲装，趿拉着拖鞋，迎门站立着，定睛看看，脸上立刻现出来一片惶恐，说："老罗你别怪我，这个时候，楼里总来贴小广告的，烦死人了。"

双方坐定了，夏晓娟又说了些拜年的话，陈朔又客气了一番，仿佛一个套路一样，话题很快又转到了罗笑阳的待遇上。

陈朔的脸上慢慢地浮出来些许的无奈，他说："老罗你也知道，我也是搞技术出身，说白了我们俩是一类人，你的事儿就是我的事儿，你说，你的感受我能不知道吗？前十年，这话我说得远了点，起码前五年就应该给你解决，还说什么呢？我在这儿要给你拍胸脯儿，向你表功，你肯定说我是在骗你，到了该说话的时候，你放心，我知道怎么说，你记得咱们老主任说过的一句话吗？不让老实人吃亏，我要说的是，不让我们搞技术的人吃亏……"

罗笑阳总共也没插上三句话，更多的时候他都在努力地倾听，他觉得陈朔的话说得实在，句句在理。

回到家里时，他感觉这一天是近段时间以来收获最大的一天，他脑子里展开了一串一串的联想，美好的联想，想到最后的结果，他禁不住扑哧笑了一声。

夏晓娟说："嘿嘿，傻笑什么呢？"

罗笑阳不言语，慢慢地把夏晓娟的身子搬正了，让她的脸对着自己的脸，他要把脑子里的联想一件一件地讲出来。

没想到，夏晓娟一把将他推开了，说："去，去，累死了，我要睡觉了。"

十一

早晨刚一上班，孟凡祥就来通知，还有两天过年，工资和奖金已经发了，大家忙完了手头儿上的事儿，可以灵活地安排了。

通知完了，孟凡祥又走到罗笑阳身边，特意地问："老罗这些天挺忙吧？"罗笑阳说："不忙不忙。"说完了，他看见孟凡祥的眼神儿里藏着一点点诡异，心忽悠地提起来，又忽悠地沉了下去。

可是，他已经没时间去琢磨那眼神儿了，他要立刻去取钱，先把借孟凡祥的钱还上，然后再去采办年货，带上媳妇回娘家，抬头看看墙上的石英钟，这一天的事情肯定又相当地紧迫了。

早晨的时候，罗笑阳就把工资折从夏晓娟的柜子里拿出来了，他的理由是要给罗梅的姥爷姥姥去采办年货。来到银行，打折取钱，把钱和存折抓在手里时，罗笑阳的心又忽忽悠悠往下沉去，他看到奖金比往年少了一千元，这是怎么回事儿呢？不管怎么回事儿，结果是不能改变了，那么再加上给罗旭的钱，这巨大的亏空，该怎么跟夏晓娟解释呢？他的头脑里一片空白。

然而接下来，空白的大脑很快又被一串串的事情填满了，他先去商场，再去市场，买了酒，又买了肉，买完了，心里却有几分忐忑，不知道合不合夏晓娟的心意，把东西举给夏晓娟时，夏晓娟却百分之百地满意，而且像出林的鸟儿一样欢快，说："好呵，我们走吧！"于是，两个人就又骑上自行车出发了。

此时，冬日的阳光从几朵白云间射下来，洒在路上，让人感到了一点点暖意，毕竟春天就要来了。

夏晓娟的娘家在乡下，离县城二十多里的路程，说近不近，说远不远。

两个人骑车出了城，路边现出来一个接一个的鱼摊儿，鱼在竹竿儿上挂着，旁边扯着条幅：水库鱼，无污染的绿色鱼。

夏晓娟下了车，走到了鱼摊儿前。罗笑阳打个愣儿，也跟着下了车，默默地挨着夏晓娟站下了。

面前站着的是位精明瘦削的卖鱼人。

夏晓娟问:"师傅,你的鱼多少钱一斤呵?"

卖鱼人说:"五块。"

罗笑阳在一旁说:"太贵了!"

夏晓娟扭过头,翻了翻眼皮,又回过头去说:"来一条吧!"

卖鱼人称鱼,交给夏晓娟,罗笑阳在旁边,慌忙地掏出钱,递到了卖鱼人手上,随后,他蹬上车,继续往前赶路。

这一路上,夏晓娟再没跟罗笑阳说一句话。罗笑阳不明其中的根由,心里仿佛有十五个吊桶打水一样,七上八下的,近日来刚刚轻松一点的心情又变得沉重了。

倒是岳父和岳母说话还是那样体贴,说:"笑阳呵,你看看,你们要是没空就别跑了,过了年,什么时候有空,过来看看就行了。"

临走时,又说:"你瞧瞧,这家里也没什么给你们拿的,等过年吧,过年来了客人,就有东西了,到时候你们用什么就拿什么。"

夏晓娟四处看了看,果然什么也没有。

其实,罗笑阳也没打算拿什么,以前每次来,他也都是这样的想法,老人们几句体贴的话,已经让他的心里滚热了。临近年关这些日子,他把心提了又提,终日里惶恐而紧张,沉重的灵魂仿佛被撂倒在了飞驰的列车顶上,他手脚并用,紧抠着车顶的铁皮,感觉稍一松弛,就会被抛下列车,随风飘逝了。

从这一点上讲,他一直对自己的岳父和岳母心存感激,他们在他的心灵饱受煎熬的时候,给了他莫大的慰藉。

十二

年三十的早晨,罗笑阳放下了所有的事情,准备回父母家过年了,这是多年的习俗,也是对父母的一种补偿,一年里忙忙碌碌，父母盼望的就是这几天的团聚。

夏晓娟和罗梅已经准备好了，只等他一声令下，立刻就出发。

可是，过节的东西呢？十多天来，跑了一趟商店又一趟商店，可就是没买自己家过年的东西。他的目光和夏晓娟的目光碰在一起，头嗡地就大了，大过年的，怎么好空着手回家呢？

他出了家门，往附近的市场去。母亲说过，买些实用的就行，买些什么呢？最好是羊肉，家里人爱吃，平常又很少买，问一问价钱，又涨了，而且高得吓人。他踌躇地站着，过了五六分钟，还是咬一咬牙，把钱递给了卖肉人，只不过是把计划中的五斤改成了三斤。

买完了肉，罗笑阳又去给父亲买酒。到了卖酒的专柜前，他依然踌躇不决，过年了，按理说该买两瓶好酒，可想一想工资折上那几个可怜的数字，想一想夏晓娟唠叨的话语，他伸进衣袋里的手又抽了回来。

这时，卖酒的姑娘开始催促了："您买酒吗？一会儿我们也要回去过年，马上就关门儿了。"

罗笑阳说："好好，买一箱二锅头吧，要牛栏山二锅头。"他知道，父亲平常就喝这种酒，索性也就不费心思去想了。

"可是——好酒谁不爱喝呢？不过呢，咱一个农民，没那么金贵，每天能喝上这一杯二锅头，也就知足了。"这是父亲平时跟罗笑阳说过的话，现在想一想，他心里一阵阵酸涩。

带着媳妇和女儿回到家时，父母依然显得很高兴，母亲说："你们早点回来就行，东西我都备得差不多了。"父亲什么也不说，他看着自己的孙女，只是眯着眼睛笑。

这一刻，罗笑阳整个的身心完全地松弛了，什么工作呵，关系呵，待遇呵，统统被抛到九霄云外去了，他躺倒在父母的土炕上，灵魂慢慢地飘了起来。

外面村子的上空，不时传来了一阵阵噼里啪啦的鞭炮声，那炮声里只有喜庆没有沉重。

到了午夜，更加热烈的鞭炮声响彻了村子的上空，罗笑阳在心里默默地思忖着，新的一年已经来了。

眨巴一下眼睛，已是大年初一。这一天，罗笑阳除了吃饭就是睡觉。母亲说，什么都不能干，这一天轻松，一年就轻松，罗笑阳果真就什么都没干。他本想替父亲劈一些木柴，拎起斧子时想起了母亲的话，他又立刻把斧子丢下了。

初二的早晨，吃过早饭后已经快十点了，夏晓娟默默地凑到罗笑阳跟前，小声地问："嘿，你真打算这样待下去呵？"罗笑阳一愣："还有事儿吗？"夏晓娟脸上立刻带了几分愠色，说："你是真糊涂还是装糊涂呵？姑姑和舅舅家不去啦？你等人家先过来，你不被动呵？"

仿佛大梦初醒一般，一大堆的事情又一股脑儿地涌现到了罗笑阳的眼前，心口处好像压了个秤砣，又闷又沉。

好吧好吧，罗笑阳双手抱住脑袋，胡乱地揉搓着自己的头发，好半天才让心情慢慢地平静下来。

于是，他让罗梅在奶奶家小住，自己和夏晓娟一起，又一次蹭车出发了。

一连三天，十八家亲戚串完了十五家，剩下最后三家，罗笑阳真的跑不动了。他耐着性子，跟夏晓娟商量，明天咱歇一天吧？夏晓娟捶着自己的大腿，说："反正剩下的都是你的亲戚，随你呗！"

十三

明天就要上班了，新的一年又要开始了。

晚上躺在床上，罗笑阳欲哭无泪，他一个人自言自语："这年呵，我是不想过了。"夏晓娟说："你以为谁想过呵？真是累死人了。"顿了顿，又说，"你累你还能跑来个待遇呢？你说说我为谁，还不都是为你呵?!"罗笑阳说："待遇？还不知道是丫头是小子呢!"说到这里，他的心又忽悠一下，仿佛被人牵着线的风筝，悠悠地飘了起来，又猛地一头栽了下来。明天，明天会有怎样的信息呢？

这一夜，罗笑阳几乎一宿没睡，他总能听着屋外的风呼呼地吹，吹得远处车棚上的一块铁皮嘎啦啦地响，嘎啦啦地响……

早晨起来，蹬着"永久"车往单位走，罗笑阳觉得自己的眼皮一直在突突地跳，他腾出一只手，使劲儿地揉了揉，心里忽然又有了一种不畅的感觉。

走进单位，罗笑阳第一个就撞上了孟凡祥。孟凡祥阴沉着脸，没有一点过年的模样，他说："老罗你来啦，正好，谭主任找你呢，你这就过去吧!"

罗笑阳答应一声，心立刻怦怦地跳起来，腿也不由自主地软了。他往谭英主任的办公室走，脑子里又是一片空白。

谭英主任坐在办公桌后面，见罗笑阳进来，他欠了欠身子，跟罗笑阳打过了招呼，然后抓起桌子上的一盒烟，抽出一支，一下一下地在桌面上戳。

罗笑阳说："谭主任你找我呵？"

谭英猛地回过神儿来，说："老罗呵，还是你跟老孟待遇的事儿，怎么跟你说呢，名额只有一个，这也是组织部门多方权衡才定下来的，你们要理解。"

罗笑阳叫了一声谭主任，谭英立刻冲他摆了摆手，说："老罗你甭说，你的意思我明白，这一个名额，我是这样想的，就给你，给你罗笑阳。老孟那里，刚才我已经跟他说了，你放心，头高头低的事情到什么时候都会有，等我和老邵和老陈碰过了，你就填表。"

罗笑阳的心里已经万分激动了，他说："谢谢你谭主任。"

谭英又冲他摆了摆手，说："老罗你不用谢我，要谢就谢你自己，你过去搞农业技术，为我们县的农业发展做出过大的贡献，你要是一直在农科所，现在至少是个高级农艺师，级别比我高，钱也比我多。"

罗笑阳努力地倾听着，可谭英忽然不说了，他说："没事儿了老罗，你去忙吧。"

罗笑阳手足无措的样子，转了身，一步一步地往外走，刚拉开了门，谭英又忽然把他叫住了。

罗笑阳停住脚步，转过身来，谭英说："老罗呵，这事儿先别跟任何人讲，知道吗？"罗笑阳说："我记下了，你放心吧！"

这一天，罗笑阳果真就把这喜事儿一直憋在了肚子里，直到晚上回到家里，他才小心翼翼地跟夏晓娟说了。说完了，他忽然又想起了谭英嘱咐过的话，心里多少有一些忐忑。

夏晓娟说："你心慌个啥呵，我是你媳妇，又不是别人。"又说，"你瞧瞧，这年前年后的不白跑吧？"

罗笑阳不反驳，因为他觉得，这次夏晓娟大概又对了。

这天夜里，罗笑阳睡得好香好香，不知道什么时候，他朦朦胧胧地做了一个梦，他手里捧着批文，一伙儿同事儿正围着他看，这个说："老罗你得请客。"那个说："老罗请一次不行，你得连请三天。"罗笑阳说："好好好，一定一定！"

十四

年前路上残存的冰雪早已经化了，迎面吹来的风里，已让人感到了丝丝缕缕的春意。

可是，罗笑阳并没有感受到这种春意。上班的路上，他一直都在盘算着填表的事情，接着又想到了补发工资的事情，如果真的补发了工资，那自己以后再给罗旭一点钱，也就不用费心地去计较了，甚至还可以再多给一点，一路走一路想，他的大脑异常兴奋。

走进单位，罗笑阳看见单位的轿车在大门前停着，谭英谭主任脚步匆匆地从楼里走出来，一脸严肃地钻进了轿车。

走进楼道，迎面又碰上了邵怀智和陈朔两位副主任，一前一后，也都是一脸严肃的样子，没等他寻问，邵副主任先叹了口气，说："这不嘛，老孟夜里突发心肌梗，去晚了恐怕连人都见不到了。"陈副主任一句话没说，只意味深长地看了罗笑阳一眼。随后，两个人也匆匆地走了。

罗笑阳站在楼道里，头一阵阵地发蒙，怎么会呢？昨天还好好的一个人，夜里怎么就犯病住院了呢？

走进办公室，更多的信息慢慢地汇拢过来了，甚至老孟发病的时间，具体的细节都一清二楚了。

没错了，罗笑阳想：真是那样，我该去看看他吧？这个老孟，怎么搞成这个样子呢？

罗笑阳安排好了手头儿上的事情，就准备出门去医院。

正在这时，谭英主任他们已经回来了，谭主任说："大家先不要去了，老孟已经脱离了危险，目前正在观察，医生不让见人。"

罗笑阳听了，只好作罢，心里却好像有十五个吊桶打水一般，七上八下的。这一天，没有人跟他说填表的事情，他也很知趣，没到主任那里去寻问。

晚上回到家里，他把孟凡祥的事情跟夏晓娟说了，夏晓娟立刻现出了紧张的样子，她说："老罗呵，不会影响你待遇的事儿吧？"

罗笑阳的心往下一沉，但很快又安慰自己说："不会，谭主任已经答应我了，要不是老孟这事儿，今天就让我填表了。"

夏晓娟没再吱声，用焦虑的眼神把罗笑阳上下打量了一番。

十五

罗笑阳到医院去看望孟凡祥，又花掉了他二百多元，有那么好一阵子，他的心里总是丝丝啦啦地疼，但想一想即将解决的副处待遇，想一想老孟刚刚帮助过自己，借钱给了罗旭，这点疼又不算什么了。

话又说回来了，自从离开农科所来到农委，自己就一直和孟凡祥一起共事，这二百多元的感情还是有的，再看看他躺在病床上的那副苦相，遭罪呵，虽然脱离了危险，但据说心脏里还要搭支架，差不多已经是半个废人了，还说什么呢？什么也不说了。

可是，一连三天过去了，谭英谭主任却还一直没跟罗笑阳提填表的事儿。回家跟夏晓娟说了，两个人都十分地惶惑，不知道接下来会发生什么事情。夏晓娟说，听天由命吧，真菩萨假菩萨，反正我们该拜的都拜了。

这时，罗笑阳心里忽然有了一种说不清的预感，仿佛一块石头，把他的心一下一下地往下坠。

转过天来，已经是正月十五了，谭英和两位副主任又一起去医院看望了孟凡祥。

从医院里回来，那时候已经快下班了，谭英亲自来找罗笑阳，他说："老罗你到我办公室来一趟，现在就来。"

罗笑阳答应一声，很快来到了谭英主任的办公室。

谭英坐在他的办公桌后面，大口大口地吸着烟，脸上没有一点表情。

罗笑阳的心立刻提了起来。

谭英叫了一声"老罗"，立刻又打住了，好像后面的话是一团鸡毛，一下子卡住了他的喉咙。半晌谭英才又说，"老罗今天我叫你来——算啦我也不拐弯抹角了，还是那待遇的事儿，老孟的情况你也看到了，医生说也就一年半载的事儿，所以你得把那名额让出来，让给老孟。"

罗笑阳没有吭声，整个人仿佛坠入了五里雾中。

谭英说："老罗这事儿对你是有点不公平，可是我想你应该理解，都是老同志了嘛，你说呢？"

罗笑阳还是没有吭声。

谭英又叫了一声老罗，说："你看看，你还有什么想法吗？"

罗笑阳这才猛醒一下，说："没有，谭主任，我，我服从组织安排。"说完，他看见谭英的嘴巴动一下，又冲他摆了摆手，然后他就离开了。

回到家里，罗笑阳一头扑倒在床上，呜呜地痛哭起来。这年前年后的奔波和劳累，这几十年来积郁在心里的委屈和痛苦，还有眼前这得而复失的待遇，仿佛提起了闸门的洪水，一股脑儿地喷涌了出来。

夏晓娟从外面进来，一下子愣住了，但她很快就猜出了发生的事情，她小心地坐到床边，说："老罗不就是个待遇嘛，不给咱们不要，大不了等到明年，明年咱从头再来。"

罗笑阳嗖地从床上坐了起来，两眼通红地盯着夏晓娟，说："明年，明年还来个屁呵！从今往后，这年我是不想过了！"

夏晓娟没见罗笑阳发过这么大的脾气，吓得赶紧从床边站了起来，她说："瞧你瞧你，我又没说别的，不就是过年嘛，不过咱就不过，你也犯不上跟我发火呵？"

罗笑阳愣怔一下，看清了夏晓娟一脸无辜的模样，于是又一头扑倒在了床上。

（2014 年 7 月 13 日完稿；2014 年 12 月 19 日修改）

羽　化

羽化：昆虫由若虫或蛹，经过蜕变，变化为成虫的过程。

——摘自《辞海》

西大院

西大院就是闻喜一中。

它在闻喜县城的西边，前清和民国的时候，这里都是用来关押犯人的地方。一九四九年后，这里成了闻喜县公安机关所在地。后来，公安机关迁出，这里又变成了一所中学，当时叫城关中学。

然而在老一辈儿人的口中，人们还是爱管这里叫西大院，它也基本上保持着过去的老样子，一道高高的围墙，一片青砖青瓦的房子，砖瓦被风雨侵蚀得斑驳了，房顶上长满了茅草，不同的是在院子前面新建了一座六层高的教学楼，样子虽然老气，到底还是给这大院增添了一点生机。

傅权宇跟随着父亲来到这里时，看到了大门右边青砖的门垛儿上写着四个红漆大字：闻喜一中，他的心怦怦怦一阵狂跳。到教学楼里报到之后，父亲又跟他到宿舍，在大通铺的板床上挤下一个位置，帮他铺好了被褥，然后就离开了。

傅权宇送父亲到了校门口，心头就有几分酸涩了。

父亲说："你回吧！要跟同学搞好关系，要紧的是学习。"

他说："知道了。"

父亲说："我去赶班车了，想家了你就回去。"

他说："知道了。"

父亲然后就依依地远去了，忽然又回过头来，冲他摆了摆手。

傅权宇也冲父亲摆了摆手，眼泪禁不住地流了下来。

这是他第一次离开大山里的家，第一次离开亲人。

再回到宿舍时，有位同学正盘腿坐在通铺上看书，见他进来，抬头看他一眼，问他："你刚来呵，叫什么？我叫罗群声。""傅权宇。"傅权宇回答说。罗群声又问："你换饭票了吗？一会儿就开饭了，要是没有，就在食堂旁边的房子里。"傅权宇说："我带了干粮。"于是他从挎包里撕出半块烙饼，坐在床头，大口大口地吞了下去，完了，他说："我出去走走。"罗群声"嗯"一声，眼睛并没有离开书本。

傅权宇迈步出门，落在台阶上的脚被崴了一下，低头看看，青砖的台阶上有被鞋底磨出的深深的凹槽。抬头看看眼前的房子，也是青砖青瓦，屋顶上长着稀疏的茅草，房子有两列，每列五排，中间是一条石板路，自己的宿舍在石板路的西边，东边应该住的是女生，因为这会儿正有女生从那里面出来。

还是在自己刚拿到通知书的时候，傅权宇就从村里老人们的口中听说过西大院这个地方了，可那时他还只能想象着它的模样，现在他看到了它真实的样子，那一块块被岁月打磨过的青砖青瓦，在他的脑海里为他勾画出了一幅幅陈年的图画。

想一想，自己就要在这里学习和生活了，先四处看看，熟悉一下环境是十分必要的，就像战士上了战场要熟悉环境一样，这高墙环绕的地方，也不知道它会成为自己命运的跳板，还是真正的西大院。

傅权宇一边想着，一边往自己宿舍的西边走。眼前是一块操场，黄土压实的地面，南北各立着一个篮球筐，球筐的板子已经开裂了，生锈的铁圈圈上挂着几根断线。

操场的北面，相距百八十米的样子，有一处高大的房子，看上去已经被风雨撕扯得斑驳了，可还依旧挺立着，显得苍劲有风骨。大房子的东边有一间低矮的耳房。傅权宇想，这里就应该是罗群声说的食堂了。不错，但这里也是学生们聚会的礼堂，敞开着的大门的上方，写着"为人民服务"的字样，不是很清晰。

傅权宇走到耳房的近前，打开的窗口前有同学在排队，他默默地凑上去。很快，他就看清了里面坐着的一位女老师，瘦削苍白的脸上架着一副眼镜，嘴角处有一颗黄豆大小的黑痣。

女老师问："同学你要换多少？"傅权宇急忙把早已准备好的十五元钱和二十五斤粮票递了进去。

父亲说："省着点吃，中间再回家两次，这些应该够用了。"

傅权宇也不知道够不够，但他感觉好像完成了一项重大的使命一样，心里踏实了许多。他接过从窗口里送出来的菜票和面票，票面上印有"闻喜一中"的字样，他数了一遍，又数了一遍，确认无误，小心地揣进了兜儿里。

现在该做什么呢？他感到陌生，还感到无所适从。

傅权宇沿着大房子再往西边走，一处高台上还有一处院落，两排红砖的房子，虽然也显得旧了，但却让人眼前一亮。他走过去，忽然感觉不能再往前走了，那里应该是老师们的生活区，房前的挂杆上晾晒着床单和衣服。

再扭头看看大房子的后面，大房子的后面立着一道高墙，高墙的后面是一座小山，小山的后面，较远的地方，还望见了一座大山。

没处再走了，傅权宇又返身回到了宿舍。

这时宿舍里已经有四五个同学了，可都各自忙着自己的事情，没有人跟他说话。看一眼靠墙的大通铺，已经被铺展开的褥子挤满了，一条褥子压着一条褥子，属于自己的位置，实际上只有半条褥子的宽度，数一数，应该有十二个人。

这可是一间房呵，往大了说也超不过十五平方米，傅权宇暗自惊叹着，在自己的老家，房子也破，也是烟熏火燎的土炕，可到底还宽敞一些呵！

他把屁股欠了欠，坐上自己位置的床头。忽然听见有人拍门，接着就传来了喊声："二班的，二班的同学到教室集合啦！"脚步声随后远去了。

傅权宇愣怔着还没有回过神来，罗群声已经放下手里的书下到了地上，他说："走吧，就是咱们来时报到的教室。"

傅权宇应一声，同罗群声一起离开宿舍，爬上了教学楼。

教室里已经坐下一半的同学了，一位高个子面目清秀的男生站立在教室的前面，洒脱地招呼着进门来的同学：大家找好自己的位置，看看桌子上的纸条，上面写着名字。

傅权宇蹑手蹑脚地往里走，就像小媳妇第一次来见公婆，心咚咚地跳个不停。终于找到了自己的位置，他坐下来，眼睛望着黑板，脑子里一片空白。

教室的门被砰的一声关上了，一位老师站到了讲台前，中等的个儿，寸头，国字脸，没有一丝的笑容。

老师说："大家都到齐了，我先点一下名，点到谁，谁答一声到。"说着他将一份花名册举到了眼前。

傅权宇盯着老师的脸，点到他时他却没有一点反应，老师又点了一声，旁边的同学捅了他一下，他才急忙回答了。

老师接着往下点名。傅权宇却感觉像犯了错误一样，默默地低下了头，心里慌慌的。老师说："名字点完了，我再强调两点，你们都是下边中学的尖子生，但是到这里就不是了，学习的任务很重时间很紧，怎么安排自己的学习，我想你们心里都有数，你们的目标是高考，是大学，我在这里要强调的是纪律，学校的纪律每个人都要认真遵守，好了，一会把课本发给大家，没事了。"

傅权宇抱着一摞课本走出教室时，他发现有一半的同学坐着没动，已经在看书了。回到宿舍时，也只有一个人走在了他的前面，就是那位在教室里招呼大家的面目清秀的同学。

天渐渐黑了，外面的院子里静悄悄的，只偶尔有脚步声从石板路上轻轻地走过。屋子里，至少有四个同学还没有回来。

傅权宇蜷缩在被子里，忽然想起了刚刚离开的家，想起了也许才进家门的父亲。随后，他又想起了老人们给他讲述过的这个西大院。他隐隐地感觉到，一种遥远冷瑟的气息似乎还在院子里弥散着，然而还不仅仅如此，好像还有一种东西，形成了一种更加强大的气场，笼罩在院子的上空，冷瑟的气息与强大的气场混合在一起，压抑得人透不过气来。

傅权宇来到闻喜一中的第一个夜晚，就在这样的胡思乱想中慢慢地入睡了。

自我介绍

这是第一节课，傅权宇早早地来到了教室。

铃声响过，所有的同学都在自己的座位上坐好了，所有的目光都盯着教室前边的门。

一位身材高大的男老师，腋下夹着个蓝色讲义夹，从容地推门走进来。他看上去约有五十岁，戴着一副金丝边儿的眼镜，面目慈善，但眼镜后面的目光却透着一种威严。

他在讲台前站定了，扫视了一眼教室里的同学，不紧不慢地说："先自我介绍一下，我姓范，是咱们802班的班主任，教大家语文课，以后大家就叫我范老师。"

范老师顿了顿，看看下面的同学，都静静地听着，于是他接着说："昨天胡老师把教材发给了大家，有些事他也跟你们说了，不过我还是要强调几句，咱们班四十三名同学，目标应该是一致的，那就是参加高考考大学，但是有一点我必须跟你们讲清楚，你们来自下边不同的中学，基础不太一样，差一点的要多用一些功夫，抓紧赶上来，还有一点，我们要用两年的时间学完高中三年的课程，留半年的时间进行高考复习，任务比较重，所以合理地安排时间，讲究一些学习方法也是同学们要思考的事情。"

范老师又顿了顿，又看了看下面的同学，目光里若有所思，然后又说："我刚才说了，你们来自下边不同的中学，今天又是第一次上课，所以我想利用几分钟的时间，请大家自我介绍一下，不用太复杂，简单一点就可以，谁先说呢？"他的目光落到了左边的第一桌，随后用手一指，"就从你开始吧！"

第一个同学站起来，略一迟疑，随即报出了名字和原来的学校，接着是第二个第三个同学。

第一次在这么多的人面前讲话，这个时候，坐在后面的傅权宇有些紧张了，感觉脖子都有了几分僵硬，但轮到他时，他还是站起来，慌慌地报出了自己的名字，报出了北寺中学，然后就急忙地坐下了，坐下时，他的心情立刻轻松了许多。

傅权宇不知道，这个时候，其实还有比他更紧张的人。

坐在中间一排前边第二桌的一位女生，轮到她自我介绍时，她站起来，微低着头，一言不发。

范老师说："这位同学，该你了，跟大家介绍一下吧！"那同学还是一言不发。范老师又催问了一句，她竟默默地哭了，泪水流出了眼角，脸也涨红了。范老师不知所以，急忙摆了摆手，说："好了好了，你坐下吧，下一位同学。"

所有的同学都介绍完了，范老师开始讲课，讲的是古文。下课的铃声响了，他面无表情，说了声"下课"，起身往外走，忽然又停下来，冲着流泪的女生招了下手，说："你到我办公室来

一下。"

那女生犹豫一下，站起身，跟着范老师走了出去。

教室里，随后就有同学讲："牛仙草，她叫牛仙草!"

刚走出门的牛仙草听到了身后的话语声，她下意识地往后面看了看。她的心里一阵忐忑，她知道因为自己没有做介绍，肯定要挨范老师的批评了。

她站到了范老师的面前，范老师果然若有所思地沉默着，脸上没有任何的表情。忽然，范老师开口说："我叫范承礼，是闻喜一中的语文老师，你看看，这就是我的自我介绍，有那么难吗?"

牛仙草微低着头，小声地说："不是的范老师，我只是——"

"你只是什么? 我是想让你们大家互相认识认识，将来在学习上可以互相帮助，可你呢? 在大家面前讲个话那么难吗?"

牛仙草说："不是的范老师。"脸又微微地红了。

这个时候，范承礼老师猛然意识到，自己可能把事情想得简单了，也许这女同学的心里真有什么难处，于是他舒缓一下心情，语调温和地说："好吧，讲讲你的理由，为什么呢?"

牛仙草依旧小声地说："我就是不想说，我——"

上课的铃声响了，范老师看一眼门外，说："好啦你先去听课吧。"

牛仙草说："我叫牛仙草，范老师。"

范老师说："你先去上课吧，有空我再找你。"

牛仙草就退出来，匆忙地回到了教室。走进教室时，她看见同学们都坐好了，飘来的目光中闪动着一个个问号。

这其中也包括傅权宇，他已经知道那女生叫牛仙草了，看见她去了又回，心里琢磨着，不就是自我介绍嘛，我也紧张呵，还哭，严重，太严重了。

下了课往宿舍走时，傅权宇忽然发现前边走着两个女生，其中一个正是牛仙草，正小声地说着什么。估计是说自我介绍的事情了，傅权宇放慢了脚步，想听一点原委，忽然又觉得不妥，于是加快脚步，迅速地往前走去。

牛仙草这时似乎也感觉到了，旁边有人听她说话，于是她不再作声，只默默地走路。可在她的脑海里，一直还浮现着范老师的身影，老师说有空的时候还要找她，还找？说什么呢？

已经躺在床上了，牛仙草却睡不着。原来的学校？怎么介绍呢？半山坡上三间草房，房前一块巴掌大的平地，那不叫学校，只是一个教学点，也没有好听的名字，不像别的同学，风风光光，来自这个中学那个中学什么的，所以呵，只能不说。

牛仙草打定了主意，心里也不再感到怯懦，这才慢慢地睡着了。

楼梯台阶

范承礼老师原本不打算当班主任，后来知道给他的是 802 班，都是一些尖子生，又面临着高考，除了学习，不会有什么事情。

学期开始后，他还是这么想，所以除了备课讲课，他无暇顾及其他的事情。他也知道，自己的压力全在传道授业解惑上面。牛仙草？牛仙草的事情，转过天他就忘记了。

然而，范承礼老师没有想到，节外生枝的事情还是很快地来了。

开学的第三周，有一部分同学已经互相熟悉了，但大部分同学之间还处在默默无言的状态，因而学习的气氛显得有些沉闷。这是个问题，怎么办呢？既然接了这个班主任，就要在其位谋其政呵！范承礼老师认真地思考了两天，他想趁同学们晚自习的时候，到班里去给大家讲一讲，几次走到教室的门外，听一听，里面静静的，只能听见翻动书本的声音，透过屋门上方的一块玻璃往里面看看，同学们都埋头在书本里，如饥似渴地啃噬着，时间仿佛凝固了一般。

不用扬鞭自奋蹄呵，算啦，不占他们时间了，大多数都是山里来的孩子，性格使然，时间长一点，肯定会好的。

范承礼老师这样前前后后地思忖着，终于没有踏进夜晚的教室。

然而，平静的江面下不一定没有涌动的激流。

这一晚，范承礼老师没有到教室外面来。也许有的同学早知道范老师不会来。

晚自习十点下课，还差十分钟，一位同学忽然从座位上站起来，大步走到了教室的前面。傅权宇无意中抬头看见了，就是报到那天在教室门口引导大家的那位同学，他是班长陶坚。他要做什么呢？

这个时候，有一半同学发现了站在讲台下边的班长，大家不约而同地抬起头来。

陶坚要的就是这种效果，大家的目光都聚焦在了他的身上，他踌躇一下，故意清了清嗓子，然后提高了音调说："同学们，占用大家几分钟的时间，跟大家商量一件事情。"

"什么事情？你快说吧！"有性急的同学在下面吵吵。

陶坚说："同学们，问大家一个问题，我们的教室在几楼？"

"小儿科呵，六楼，这还用问吗！"有的同学不屑地回答。更多的同学则是满脸的疑惑。教室里开始骚动了。最后一个埋头写字的女生也抬起头来。

陶坚说："大家静一静，没错儿六楼，我们在六楼，可你们知道从一楼到六楼有多少级台阶，上楼下楼又要用多少时间吗？"

"六十级。""八十级。""三分钟。""七分钟。"回答的声音一个接着一个，有两个同学好奇地站起来，说："我们去试试，试试就知道了。"

陶坚说："不用去了同学们，我数过了，也试过了，从一楼到六楼，一共一百一十步台阶，上楼三分钟，下楼二分钟，这是正常的速度，当然了，你要是跑，那是另一回事，什么意思呢？也就是说这一上一下，总共要五分钟的时间。"

"嘿！知道啦，我知道你什么意思啦！"有反应快的同学高声喊起来。

陶坚板起了面孔，摆出了班长的派头，他说："有人想说吗？有人想说你就到前边来。"

下面的吵吵声立刻停歇了。

陶坚身上特有的那种领导者的威慑力，随着他的目光投向了教室的每一个角落。

陶坚看了看表，离下课还剩三分钟了，于是他接着说："马上下课了，求大家，不要再打断我，我是在考虑大家的利益，同学们，有人可能已经算出来了，我按每周六天算，没错儿，一周走楼梯的时间是一个半小时，这可都是纯粹的学习时间，黄金时间，长话短说吧，我们一年就要有十几天在这儿走台阶爬楼梯，你们想一想，这不是在浪费青春吗？我们的时间应该用秒计算，应该每一秒都用在学习上。"

砰砰砰，有人开始拍桌子，有人开始大声地嚷嚷，同学们的情绪瞬间爆炸了。

陶坚说："听我说听我说，我还有话没说完呢！"他把声音提高了二度，可再怎么着，也压不住那阵阵声浪了。

下课的铃声响了，大家匆忙地收拾东西，一边交谈议论着，一边出门往外走，至于陶坚下面还想说什么，已经顾不上听了。

陶坚无奈地摆摆手，只好关了灯，最后一个离开了教室。因为马上要有值班的老师来检查了，再不走，会挨批呢。

可是——

夜幕下的天空，闪动着一颗一颗的星星，仿佛无数明亮的眼睛，里面充满了激情，激情像火在燃烧。

同学们三三两两地从夜幕下走过，把那燃烧着的激情从教室带回了宿舍，你来我往的谈话声稀稀拉拉地撒了一路。

宿舍里的灯关了，可是罗群生睡不着，他用手轻轻扯了扯傅权宇的被子，小声地问："嘿，睡着啦？"

"没呢。"傅权宇压低了声音回答，又问，"你是想说刚才的事吧？"

罗群生说："班长在为大家考虑事情，这是一个挺严肃的问题，大家应该一起想个办法。"

傅权宇说："想什么办法呢？在楼梯的台阶上浪费那么多时间，确实是个问题，说不定它就是拖累我们高考的台阶。"

罗群生说："这事班长还没说完呢，我想他肯定有办法了。"

傅权宇说："只要对大家有好处，我肯定举双手赞成。"

他们议论的同时，女生宿舍里也在议论着同样的话题。夜色中有一种滚热的情绪在流动着。由于自我介绍时沉默的表现，牛仙草已经成了大家眼中的熟人，此刻她也不再沉默，一串串的话语像爆豆一样，紧跟着就有人随声附和："就是呵，对于我们，最宝贵的是什么？是时间呵！如果把时间都浪费在楼梯台阶上，如果因此考不上大学，你们说这有多可怕，大家都说说吧，这是关系到咱们每一个人的事情。"

这女生宿舍里是十一个人，十一个人没有一点睡意，一个热门的话题，也让人根本无法入睡，随着参与者的增加，情绪和声音慢慢地失控了，屋子里像炸开了锅一般。

砰砰砰！有人敲门，随即，政教处管宿舍的梁启波老师的声音传了进来："睡觉，睡觉啦！女生还这么热闹。"

屋子里的议论声戛然而止，牛仙草一下子把被子扯到了头上。

这么热闹的事情就这么结束了吗？肯定不会。

第二天早上，班主任范老师听到了一点音信，但不能确定是什么事情，因而他将信将疑。晚自习上到一半的时候，他又来到了教室的外面。教室里还是静静的，还是只能听到翻动书本的声音。范老师观察了十多分钟，没有发现异常，于是他又放心地离开了。

然后，差不多还是前一天的那个时间，班长陶坚又走到了教室的前面，大家不约而同地抬起头来，目光追随着他。陶坚说："时间的关系，昨天的话今天不再重复，这个事呢，大家肯定都思考过了，今天我只想问大家一句，我们怎么办？"

"简单呵，找学校，找教务处，给我们换教室，换到一楼去。"坐在最后一排，一位叫林大勇的同学从座位上站起来，大声地说，一边说一边还挥舞着手臂。

陶坚说："我也是这个想法，那么第二个问题，谁去找学校找教务处？不可能全班都去，也不可能一两个人去。我的想法是去五个人，找五个代表去，我算一个吧，大家再推举四个人。"

教室里又是一片嘈杂的声音，不过四个人很快推举出来了，林大勇、牛仙草、栗若梅和罗群生，正好是两个女生两个男生。

陶坚冲大家摆摆手，等嘈杂的声音平静下去，他直接跟四位代表说："我提醒大家，学校可能认为我们这是不合理的要求，可能受到批评甚至处分。"

"什么？处分？那我不去了，我不去。"罗群生说，态度决绝地坐回到了椅子上。

"我也不去了，我说不好话，大家再推个人吧！"栗若梅微微低着头，细声细语地说。

陶坚说："不勉强，还有谁能去吗？好，靳云山，你算一个。"

靳云山是被旁边的同学从椅子上推起来的，不过他没有回绝，陶坚问到他时，他含含糊糊地答应了。

代替栗若梅的女生是慕容燕，她是自己举手请战的。去就去呗，有什么呵！她勉励自己，一脸的坦然。

于是，在一个下午的自习课时间，这五位代表大胆地走进了教务处，你一言我一语地向教务处的吴老师讲述了他们的要求和想法。

吴老师一边听他们讲，一边在本子上记录，平静的脸上，没有喜悦，也没有阴云。

从教务处出来时，吴老师把他们送到了门口。

随后，包括班长陶坚在内，几个人都感到丈二和尚摸不着头脑了。说不定，真的会挨处分呢！这样的想法，至少从三个人的头脑里飘了出来。全班同学也都静静地等候着。

这天晚自习，班主任范承礼老师推门走了进来，他的脚步轻轻的，没有一点声响，他赞许的目光由教室的前面看到了后面，又由后面看到了前面。

还是坐在前面的牛仙草感觉有人到了身边，她抬起头，看到了范老师，范老师立刻用目光告诉她："学吧，学吧！"

范老师悄悄地坐到了讲台上，等候着，等候着，看看表，快到下课时间了，他才有意轻轻地咳嗽了一声。

大多数同学下意识地抬起头来。

范老师说："快下课了，我来宣布一件事情，同学们，你们前些天都做了些什么，吴主任都跟我讲了，我都知道了，不过——"

范承礼老师沉吟一下，随即伸出了一个大拇指，兴奋地大声说："学校同意啦！"

英语课

来闻喜一中之前，傅权宇没有学过英语，甚至都没听说过还有英语这样一门课程，而且还是高考的必考课目。

当教授英语的谭云舒老师第一次走进课堂，第一次用英语向大家问候时，同学们中间居然有人能用英语回答老师的问候。那嘀里嘟噜的一串话，傅权宇一个字都没听清楚。老师再让打开课本时，天书一样的文字让他立刻就蒙了。

不过，这第一节课，谭云舒老师只是讲授，没有提问。傅权宇就跟着老师，一个字母一个字母地练发音，一句话一句话地读课文，像鹦鹉学舌一样，他只感觉舌头根子发硬，嗓子眼儿里被塞进了一根棍子，越着急越说不出话来。终于盼到了下课，傅权宇长长地喘了一口气，整个身体像山一样沉重。

然而到了第二节英语课的时候，紧张的气氛陡然升级了。谭云舒老师一走上讲台，打开书，就冲下面说："你们谁，谁来把上一节课的内容读一读？东方纪平，你来读吧！"

坐在教室中间位置的东方纪平站起身，把书本举到了眼前，他的样子很敦厚，声音张弛有度。

那一刻，傅权宇的心提到了嗓子眼儿，就怕老师点到自己的名字，他全神贯注地望着谭老师凝神谛听的样子，至于东方纪平读了些什么，他一点都没听清。

谭云舒老师待东方纪平读完了，稍做点评，就开始讲授下面的课程了。

也就是在这个时候，傅权宇感觉到，一种稍稍轻松的情绪在教室里无声地漫延开来。由此看来，紧张的不只是他傅权宇一个人呵！

然而，丑媳妇终究要见公婆，更困难的一天到底还是来了。

这个时候，他们802班已经从六楼搬到了一楼，胜利乔迁的喜悦已经散尽，取而代之的还是英语课带来的紧张。

这天，临近下课，谭云舒老师忽然说："下一节课的时候，我们要对前面学过的内容做一次小测验，大家准备一下。"她说得轻轻松松，没想到，一石激起千层浪，有相当一部分同学立刻嘀咕开了。

"测验？准备？怎么准备呢？"晚上躺在床上，傅权宇小声地问旁边的罗群声。罗群声说："我也不知道，背一背单词吧，我想

这肯定是最重要的一部分。"

背单词？傅权宇看一看表，马上该关灯了。

可是，罗群声早有准备，他从褥子底下摸出一支手电筒，把头缩进被子，轻轻地翻开书，无声地看起来。他被子的缝隙处射出来一丝微弱的光。

傅权宇看在眼里，心里懊恼，自己怎么就没想到这个办法呢？刚一起跑，先输了一招，照这样下去，怎么考大学呵！

这一夜，傅权宇翻来覆去，怎么也睡不着，虽然没有看书背单词，可是早晨起来，脑袋里也是混沌一片，吃了糨糊一般。

谭云舒老师刚一走进教室，傅权宇就又紧张了，待小测验的卷子从前面传过来，低头看见了那一串串天书般的英语字母时，他的脑袋里已是一片空白。

不过，这第一次测验，谭云舒老师没有给大家排名，点评到最后，她也只是轻描淡写地说了一句："没有考好的同学，下一次得加把劲啦！"

傅权宇知道，没有考好的同学里肯定包括自己，加把劲也是肯定的。他抽空去城里的百货商场买了一支手电筒，宿舍里熄灯以后，他也把头缩进了被子，用书本和手电筒撑起了一片只属于自己的空间。

然而，这一次傅权宇没有取得一点的领先优势。这个办法已经被同学们普遍采用了，包括东边的女生宿舍，没有人记得谁第一个按亮了手电，当大家感觉到发生在身边的这一新生事物时，宿舍里已经是每人一支电筒了。

所以，当谭云舒老师第二次进行英语测验，并且进行排名时，傅权宇依然被落在了后面，第三次也只前进了两名。谭云舒老师说："一次二次不能三次，用功，你们都用功，但也要讲究学习方法，看看你周围的人是怎么学习的。"

说到学习方法时，傅权宇一脸的懵懂，晚上躺在床上，他问旁边的罗群声，罗群声也茫然地摇了摇头："死记硬背吧，你有好的方法吗？"他又瞬间把皮球给傅权宇踢了回来。

傅权宇不作声了，这一苦恼的问题仿佛一根成了精的古藤，一道一道地缠绕着他，而且越缠越紧。

第四次英语测验，傅权宇刚迈步到教学楼的门口，忽然就停住了，他的两条腿像灌了铅一样沉重，他抬头望望一楼的教室里已经坐到了座位上的同学，身不由己地转身，默默地踱出了闻喜一中的大门。

傅权宇顺着校园围墙西边的一条小路，散漫地往后面的山上走。山上的草绿了，路边的花开了，大自然现出了春天的生机。可是，傅权宇却怎么也打不起精神来，他走到半山腰，靠着一棵柏树坐下来，蜂飞蝶舞，嘤嘤嗡嗡，嘈杂的声音更让他心乱如麻。"怎么办？我该怎么办呢？英语是必考课，要是拉下分来，上大学，想都不用想了。"傅权宇胡乱地思忖着，接着他又想到了父亲，父亲这会儿可能又到山上去刨药材了，吭哧吭哧地刨上大半天，卖一两块钱，那是他的生活费呵！现在要是打退堂鼓，父亲的累就白受了，还有呵，想当初，三里五村的人都知道傅家的老大考上了闻喜一中，那是何等风光的事呵，现在要是半途而废，肯定会让人笑掉大牙，自己会永远抬不起头来，那么就只有学习，拼命地学习了，可是这嘀里嘟噜比绕口令还难的英语该怎么学呢？前面是高山险阻，后面是万丈深渊，傅权宇把头抵在树干上，听着校园里传来的铃声，一筹莫展了。

一只喜鹊喳喳地叫着，飞过山坡，向远处飞去。

傅权宇费力地站起来，望望喜鹊飞去的方向，他的眼前一亮，一条波光粼粼的河默默地流淌着。他听父亲说过，那是檞河，是从老家的山里流下来的河。

傅权宇忽然感到了一种力量。

晚上熄灯前，刚刚躺倒在床上，罗群声问傅权宇："今天的英

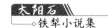

语测验你去哪儿了?"傅权宇不吭声。罗群声说:"谭老师找你呢,让你明天晚自习的时候到她办公室去。"傅权宇说:"知道了。"心里一阵忐忑。

踏进谭云舒老师的办公室时,傅权宇低垂着头,做好了挨批的准备。可是,谭老师一句批评的话都没有,她示意他先在旁边的椅子上坐下来。

一会儿,栗若梅来了,罗群声也来了。

谭云舒老师放下正批改着的作业,转过身来面对着他们。谭老师说:"老师像你们这个年纪的时候,也是才开始学英语,也是赶鸭子上架,硬着头皮往里钻,一点一点,一步一步地钻到了现在。"

栗若梅说:"老师我不怕吃苦,我也努力了,可是成绩就是不好,您能告诉我们一点好的学习技巧和方法吗?"

栗若梅问完这话时,包括傅权宇和罗群声,都瞪大了眼睛盯着谭老师,三个人不约而同地想:"快、快呵,现在您要是单独传给了我们特殊的方法和技巧,我们很快就会反败为胜,过一段时间,或许还能遥遥领先呢!"

谭云舒老师轻轻地摇了摇头,说:"就六个字:多读多写多练,但这肯定不是你们想要的技巧。换个角度讲,做学问没有捷径,学习本来就是个苦差事,但是总会有苦尽甘来的一天。"

谭云舒老师又说:"我今天找你们来没有特殊的事情,就是想和你们交流交流,想一想,你们还有什么问题吗?"

栗若梅和罗群声摇了摇头,傅权宇跟着也摇了摇头。

谭云舒老师说:"没有你们就回教室吧!"

三个人转身往外走,忽然又感觉头脑里似乎有问题冒了出来。

可这时谭老师只叫到了一个人的名字:傅权宇。

傅权宇转回身,再次站到了谭老师的面前。谭老师说:"我知道你叫傅权宇,是从北寺中学考到闻喜一中的。我还知道,北寺中学就考上了你一个。你知道吗？你在这里学习，不但关系到你的前途，你还承担着一种责任，为北寺中学争光的责任，所以你必须要把英语学好，而且老师也相信你一定能够学好。这样吧，我们做个约定，等到高考分数出来的时候，你第一个把英语的分数告诉我，怎么样？"

谭云舒老师说完了，目不转睛地看着傅权宇，目光里充满了温暖与信任。

傅权宇努力地点了点头，一股热流忽地涌上了胸膛。躺到被窝里时，他怎么也睡不着了，一闭上眼，他就看到了谭老师那信任的目光，他就想起了自己逃课的事情，然后，他又想起了父亲和母亲，想起了北寺中学，怎么办？怎么办呢？

透过玻璃窗，傅权宇看到了夜空下闪闪的星星。

慢慢地，傅权宇不再瞎想了，坐而论道，不如起身前行，左右也睡不着，有这时间，还不如看几个单词呢，多读多写多练，于是，他把头缩进被子，悄悄地打开了手电筒。

后山上的"夏日朗"

"夏日朗"是闻喜一中后山上一个山洞的名字。

这个夏天的暑假，学校只给了 802 班一周的时间，其余的时间全部用来补课。傅权宇利用其中的三天时间，回了一趟山里的老家。可是再返回校园时他就后悔了，因为有一多半的同学都在争分夺秒地学习，有的在教室，有的在宿舍，有的人还找到了一个更好的学习的地方，听说又安静又凉快。

傅权宇也想换一个学习环境，那样可以提高学习效率。可是那地方在哪儿呢？他刚一有这个想法，曹良友就骑着一辆破旧的自行车横在了他面前的石板路上，曹良友说："我带你去'夏日朗'吧，你去不去？"然后，他们两个人就爬上了闻喜一中后面

的山坡。

　　曹良友是全班三个走读生中的一个，他家离学校四公里，他本来可以在家里学习，可是，家里有干不完的农活儿，母亲不让他干，父亲却说："换换脑子，也许是件好事。"曹良友心里就急了，因为班里的同学们都在拼命地学习，而且高考的时间在一天天地迫近。他不想高中毕业后回家种地，他的心里有明确的目标，要上建筑学院，将来当个建筑师。他是个心里有准星，性格爽直干脆的人，于是他随便跟父亲编了个理由，也到学校里来学习了。

　　他看到傅权宇的时候，没有更多的想法，只是想找个伴儿。

　　眼前的小路傅权宇并不陌生，爬到山顶时，傅权宇又看到了那条波光粼粼的橹河。翻过山顶，钻过一片柏树林，一座山洞豁然出现在眼前，一人多高的洞口，洞前一片干净的平地。有十几位同学，或站或坐，分布在洞口外树荫下，正埋头读书，没有人注意到曹良友和傅权宇的到来。

　　曹良友说："这是城里的百姓当初挖的防空洞，后来不知道什么原因，挖到一半就不挖了，防空洞里冬暖夏凉。"

　　以后一连几天，傅权宇都到"夏日朗"来学习。一个周六，他把罗群声也带来了。女生中有栗若梅和慕容燕，也成了"夏日朗"的常客。"夏日朗"几乎成了802班的第二个课堂。

　　然而，"夏日朗"很快变得不再安静了，先是有外班的同学踏进来，接着是几个社会青年，没事就在洞里洞外转，高声地吵吵嚷嚷，说些让女生们耳热脸红的话。

　　一个周日，两个社会青年忽然横着膀子，拦在了柏树林通往"夏日朗"的小路上，说"你们不要来这里了"，没有说为什么。

　　这天下午，快吃晚饭的时候，曹良友忽然到傅权宇他们的宿舍来了。他把自行车放在门口，进来时呼哧呼哧地喘着粗气。曹良友说："你们知道山上拦路的几个龟孙子吧？他们后边有人支使，明摆着是想独占'夏日朗'，便宜他们了，那地方是我先开辟的根据地，应该属于我们802班。"

"曹良友，甭废话，打他后娘养的。"林大勇挺身从床头处站起来，第一个向曹良友伸出了援手。

曹良友说："我来就是这个意思，我们不能让人骑在脖子上拉屎。我和他们约好了，今天晚上八点，在'夏日朗'前面，是骡子是马，咱拉出来遛遛，你们谁跟我去？"

"算我一个！"林大勇朗声回答，一边过来同曹良友撞了一下膀子，然后他弯下腰，从大通铺下面抽出来一根铁锹把。

"我也去！"罗群声低声地回答，态度很坚定。

"你呢？"曹良友问傅权宇，"你去不去？"

傅权宇迟疑一下，说："我去！"这个时候，他的心里其实是矛盾的，事情明摆着是去打架，自己从小到大没跟别人打过架，打架的事情一点都不在行，心里就有些发怵，可是曹良友把自己带去"夏日朗"，帮自己找到了一个学习的好地方，现在就是要去争夺"夏日朗"，为别人也为自己，如果驳了曹良友的面子，那就显得太不够朋友了。

想到这里的时候，傅权宇觉得自己的回答没有错。

可是就在这个时候，一直在埋头看书的班长陶坚说话了，他说："你们不能去，学校有纪律，有什么事可以跟对方商量。"

曹良友看了一眼陶坚，没有言语。林大勇挥了挥手中的木棍，说："跟那些混混儿有什么好商量的。你是班长，你不好意思去你也甭管。"

宿舍里的气氛立刻变得紧张沉闷了。

八点钟，夏天的太阳刚刚落下远处的山峰。曹良友和林大勇走在前面，802班的男生，一行十几个人，有的拿着木棍，有的拎着砖头，气势汹汹地爬上山坡，穿过柏树林，来到了"夏日朗"。

可是，"夏日朗"周围一片沉静，只有林中的小鸟在叽叽喳

喳地叫着，树木和山峰投下的阴影在慢慢地拉长扩散。

有几个同学到四围转了转，回来时默默地摇摇头，说："没有人。"那气氛就像暴雨到来之前，让人感到紧张而凝重。

林大勇说："看来这帮混混儿是害怕了，等他们来了，看我先削掉他们一只耳朵。"说着他挥起手中的木棍，唰地劈断了旁边小树上的一根树枝。

这时，傅权宇似乎听见山道上传来了一阵急匆匆的脚步声，他提醒曹良友说："有人来了。"

在场的人都警觉地竖起了耳朵。

可是，仔细听听，脚步声是从学校方向传来的，那显然不是社会青年们要走的路。接着就传来对话的声音："梁老师，他们应该就在前面了，前面有个山洞，叫'夏日朗'。""陶坚呵，你是班长，你既然知道了，你怎么不把他们拦住呢？我……"

所有的人都骚动起来，有的人已悄悄地丢掉了手里的砖头。

傅权宇心里一阵慌乱，看一眼曹良友，曹良友还神态依然地站立着，一会儿看看"夏日朗"，一会儿看看对面的山路。罗群声凑到跟前来说："可能有老师来了。"

罗群声的话音还没落，政教处的梁启波老师跟在陶坚的后面，已经从柏树林间的小路上快步地走了过来。看看眼前只有自己的这一帮学生，他的心里暗暗地松了口气。不过，他依然板着面孔，大声地喝问："你们在干什么？要打架吗？你们都是学生，不是社会青年，你们知道吗？怎么着？都不想参加高考啦？"

梁老师一提到高考，所有人都默默地低下了头。

梁老师说："说说吧，谁让你们来这里的？为什么要打架？"

罗群声说："这'夏日朗'是我们发现的，是我们学习的地方，可有人不让我们来。"

梁老师说："学习有教室，有学校，为了这个地方来打架，这是理由吗？陶坚，你把他们的名字都给我记下来。"

陶坚站着没动。

曹良友忽然说："梁老师，这事您冲我一个人说吧，是我让他们来的，不关大家的事。"

梁老师瞥了一眼曹良友，说："我就知道是你，看我去找你们范老师，回去！都给我回去！"

所有的人都迈开了脚步，只有曹良友还在执拗地站着。傅权宇轻轻地拉了他一把，曹良友这才意识到了事情的转机。他往人群里看看，不见了林大勇。林大勇呢？他小声地问傅权宇。傅权宇也往人群里看看，说："刚才还在，什么时候溜了呢？"

所有的同学便都不再作声，默默地沿着山路往学校的方向走。只有梁启波老师一边走一边说着，走了一路，道理讲了一路。

这件事本来到这里就可以结束了，但梁启波老师总觉得一颗悬着的心放不下来，自己是负责学生管理的，现在出了这样的事情，如果无声无息地过去，将来出了大事怎么办？这帮孩子，看上去都在闷头学习，可是每个人心里都有一片天地，没有一个省油的灯，今天为了争夺一个什么"夏日朗"就要打架，明天谁知道还会为什么事大动干戈呢？不行，这样肯定不行。

回到学校后，梁启波老师先找到了范承礼老师。他说："范老师，你们班可是藏龙卧虎呵！"范老师说："怎么了？"梁启波老师就把"夏日朗"的事跟范承礼老师简单讲了讲。范承礼老师暗暗地吃惊，柔软的心似乎被拳头重重地击打了一下，连说："没想到，真的没想到。"可是，当梁启波老师问他怎么处理时，范承礼老师还是犹豫了，他甚至都没将这件事拿到班上去讲。

然而，范承礼却左右不了梁启波，梁启波还是找到了晏校长。晏校长本来是个性格温和的人，可听了这件事，他的脸微微地涨红了，说："这件事要处理，尤其是挑头的学生，一定要处理，至少也要给个警告处分。梁老师你说的对，学校不能没有纪律，如果出了大事，我们负不起责任，更对不起家长。"

这以后一连几天，范承礼老师一直阴沉着脸，课余时也没有了往日的幽默。

去过"夏日朗"的同学一个个被梁启波老师约去谈话了，因为只有打架的动机，没有打架的事实，所以大多数的同学只被教育了一番，在思想上敲了敲警钟，事情也就过去了。

然而，曹良友却没有那么幸运，梁启波老师找他谈话，跟他讲学校的处理意见，他闷着头，一言不发。

梁老师说："那好吧，让你父亲到学校来吧！"

曹良友还是一言不发，转身就走了。

梁启波见到曹良友的父亲时，心绪也有一丝波动，他说："有这样一件事，估计曹良友不会跟家里讲。"接着他就把"夏日朗"的事情跟曹良友的父亲讲了，他说学校的意见是给一个警告处分。

曹良友的父亲先是一惊，但儿子做过了的事情，已经是覆水难收了，沉默了一会儿，他问梁启波："老师，能不给这个处分吗？"梁老师说："这是学校的决定，我改变不了。"

曹良友的父亲搓着手，喃喃地自语："完了完了，搞出了这样的事情，还考什么考呵！"梁启波老师再说什么，他已经无心去听了。

然而，曹良友的父亲不甘心就这样断送了儿子的前程。刚刚走出了闻喜一中的大门，他前思后想，又忽然返了回来，再次找到了梁启波老师。他说："梁老师，您看这样行不行，我们退学，我不让曹良友在这里念书了，你们别再给他处分。"

梁启波老师心里一惊，立刻明白了曹良友父亲的用意，恻隐之心油然而生，他说："这个——这个应该可以，不过我也要跟学校去讲。"

梁启波老师跟学校讲的结果，其他同学并不知道，他们知道的是曹良友再没来学校上课，一直没来。傅权宇从此也再没有见过曹良友，也没有了曹良友的消息。

一段时间以后，又有同学到"夏日朗"去背书了。

咸菜酱

这个时候到"夏日朗"去的同学，有的人已不只是去背书，他们翻动的书页里还夹带了丝丝缕缕的牵挂。

然而要把这事明确地说出来，连慕容燕自己都不相信，怎么会呢？不可能，每次回家去，母亲都会嘱咐自己："现在除了学习，什么都不要想，将来考上了大学，你想要的东西，慢慢就都会有了。"母亲说这话时，后面似乎还有一层隐隐约约的意思，慕容燕明白了一点，她摇着母亲的肩膀，说："我记住了，考大学！考大学！"

可是，这件事是自己撞上来的。

那个周日，慕容燕从家里回到学校，肩头背着书包，手里提着一瓶母亲给她做的咸菜酱。刚走到教学楼的拐角处，她忽然被人撞了个满怀，一声尖叫之中，书包飞了起来，咸菜酱的瓶子啪地摔到了地上。稍一愣神，慕容燕迅速蹲下，去抢地上的瓶子，可是瓶子已经碎了，黏稠的咸菜酱流洒在地上，沾满了尘土，她缩住手，呆呆地望着，心说完了，自己一周的副食，吃什么呢？

待慕容燕从地上站起来，她这才看清了站在面前局促不安的东方纪平。东方纪平说："对不起对不起，我会赔你的。"

这个时候，慕容燕心里的火儿已经顶到了胸膛。她本来想凶巴巴地吼一通，可一看到东方纪平那慌乱的神情，她只是说："谁用你赔？你收拾吧！"目光中荡起来一波涟漪。

东方纪平从晕乎乎的状态中回过神来，看着慕容燕已经走远了。他回想着撞击的瞬间，一种带着体香的感觉随着血液的流淌，慢慢地浸透了他的全身。

慕容燕——咸菜酱，美好的感觉和现实的事情交替在东方纪平的头脑里闪现，他的心里很快有了一个小小的计划。

那会儿，傅权宇和罗群声都在宿舍里，没有听到脚步声，东方纪平推门就进来了，他一眼就看到了放在窗台上的一瓶咸菜酱，也是用那种罐头瓶装盛的，比慕容燕摔碎的瓶子还大一号。东方纪平一把抓过来，举在手里晃了晃，大声地问："谁的？这是谁的？"

罗群声抬头看见了，说："我的，怎么了？"

东方纪平说："卖给我吧！谢谢啦！"随后他不容分说，将两元钱塞到罗群声手里，抱着咸菜酱瓶子，欢喜地奔出了宿舍。

罗群声说："嘿嘿，我还没答应卖给你呢！"起身往外面看看，东方纪平已经跑得没有了踪影。

傅权宇问："你给他吃过你的咸菜酱呵？"

罗群声说："没有，又不在一个宿舍，话我都没跟他讲过几次，这个人也真不客气。"

傅权宇说："他肯定知道你这里有咸菜酱，而且好吃，要我说，你不如让你妈多做几瓶，拿到学校里来卖。"

罗群声说："是我爷爷给我做的，我妈她——我很小的时候就跟爷爷一起生活了。"

傅权宇听出了罗群声语调中的伤情，抬头看看罗群声，小心地收住了话题。

罗群声感觉到了傅权宇的小心，他嘿嘿一笑，说："没事，我早习惯了，只不过爷爷说半个月才给我做一瓶咸菜酱，这下我只好干咬窝头了，我会馋得不行呢！"

然而，这会儿的东方纪平已经无暇顾及罗群声了，他庆幸自己这么快就找到了咸菜酱。接下来，东方纪平想着，要尽快把这瓶咸菜酱送给慕容燕，让她看看，男子汉说话算数。

东方纪平将咸菜酱瓶子装进一个纸袋，提着进了教室。教室里有十几个同学在自习，可是没有慕容燕，她的座位空空的，这让东方纪平的心里忽然有了一种空落落的感觉。他在自己的座位上坐下来，拿出一本书，随便地看了几眼，然后就又提起装着咸菜酱瓶子的纸袋，从教室里走了出来。

东方纪平思想着，慕容燕会去哪里呢？对啦，"夏日朗"，到"夏日朗"去看看。东方纪平走出闻喜一中的大门，爬上学校后面的山坡，"夏日朗"很快就出现在了他的眼前。

没错儿，慕容燕果然在这里，只不过，她的旁边还有栗若梅，两个人虽然相距十几米，可都在视野之内。

东方纪平故意弄出一阵响动，慕容燕和栗若梅几乎一起抬头往他这边看了看。栗若梅一动没动，又低下头去看书了。慕容燕则好似有些随意地迎着他走过来，还大声地打了招呼，到了近前，却又压低了声音说："东方纪平，你怎么到这儿来了？"东方纪平说："你的咸菜酱，我给你送来了。"

慕容燕看到了东方纪平提着的纸袋，脸颊有些微微地发热，说："你这个人，还挺认真。"然后一把抓过了纸袋，说，"好啦，你走吧！"

东方纪平没想到慕容燕会这么干脆地收下咸菜酱，来时的路上，他自信地推测，慕容燕肯定会跟自己客气，至少要问一问，哪里弄来的咸菜酱。那样的话，自己就可以借题发挥，跟慕容燕聊一会儿，可是现在，东方纪平感到措手不及，只得把所有的话咽进肚子，不情愿地转身离开了。

栗若梅看着走回来的慕容燕，说："那不是东方纪平吗？怎么又走了？"慕容燕的心怦怦地跳，说："谁知道呢？好像是来找人。"

栗若梅忽然看到了慕容燕手里提着的纸袋，会心地打住了话题。

那会儿，太阳快要落山了，把最后的阳光洒在了波光粼粼的橹河上。远处，闻喜一中的校园里，有的同学已经端着饭盒去排

队买饭了。

东方纪平从校园的大门走进来，望着去往食堂的同学，心里慢慢感到了一种愉悦，"夏日朗"啊"夏日朗"！

从这天开始，东方纪平经常到"夏日朗"去，在那里他也能常常碰到慕容燕。慕容燕有时候是一个人，有时候和栗若梅在一起。慕容燕一个人的时候，东方纪平他们两个聊的话题渐渐地多了，从书本里的难题聊到了未来的理想，从班里的同学又聊到了家庭和生活，自然地也聊到了那瓶咸菜酱，慕容燕说："你的咸菜酱比我的香呵，里面有咸菜丁黄豆瓣，好像还有肉皮。"东方纪平说："那我再送你一瓶吧！"慕容燕的脸一红，说："不用了，我妈又给我做了。"

东方纪平没有再送给慕容燕咸菜酱，但咸菜酱里已经酿出了一种牵挂，不用想起，也不会忘记。看上去还是紧张忙碌的学习生活，其间却添了一种让人不易察觉的甜蜜。

不过，这种悄悄波动着的情绪到底还是被班主任范承礼老师洞悉了，因为慕容燕的成绩在一段时间里出现了不应该有的下滑。

范承礼老师先找到了慕容燕，他说："你应该知道老师今天为什么找你，我想你们都是好学生，将来都会有很好的前途，现在这个时候，应该知道该做什么，不该做什么。"

慕容燕看着范承礼老师严肃的面孔，心里波动一下，说："老师我知道了，我知道该怎么做，你放心吧！"

范承礼老师再找到东方纪平时，东方纪平的情绪有些激动，他心里暗暗地想：那样美好的时光就要紧急刹车了吗？不行，不行，真的不行。一种不期而至的失落感让他感到从没有过的茫然。

范承礼老师看出了东方纪平的心思，知道靠自己的说教已经无法拽住东方纪平奔流的情感了，他只好约来了东方纪平的父亲。

范承礼老师说："我们不能怪他们，这个年纪嘛，很正常的事情，可是也正是因为这个年纪，恕我直言，他们缺少应有的控制力，这样下去，恐怕要毁掉两个人的前途。"

东方纪平的父亲说："范老师谢谢你，你的意思我明白了，说实话，闻喜一中是咱们县最好的中学，能进来不容易，可是——没办法，我也是从这个年龄过来的，我知道，强制肯定不行，最好的办法是换一个环境。"

范老师说："都是为孩子们好，你们决定吧！"

那是一个秋夜，慕容燕一宿没睡，她失眠了。

粮票

周六的下午，傅权宇从山里的家里回到闻喜一中，他的怀里揣着母亲交给他的钱和粮票，一个月的生活费用。班车颠簸了九十里，他的手捂在衣兜儿里，捂着一只纸叠的钱包，捂了一个半小时。本来傅权宇还打算坐车的时候背几条数学公式，可是班车开出去两站人就满了，又总有几双手在他的眼前晃来晃去，没办法，他只好把全部的心思都放在了衣兜儿里。一走进闻喜一中，傅权宇就径直地到了学校后边的总务处，把钱和粮票换成了学校内部的菜票和面票。

按照父亲的嘱咐，傅权宇把一周用的菜票和面票塞在了褥子下面，把剩下的大部分菜票和面票放进了床下的箱子。

这之后，大约过了半个多月，一天晚饭的时候，傅权宇看看时间，估计饭厅里应该没什么人了，就端了碗往食堂去。

小操场上，有同学在打篮球，那些应该是不住校的初中生。远处的教师生活区，有教师在往挂绳上晾晒着衣服。食堂的大门上方，"为人民服务"的字样还是模模糊糊。只是不见有打了饭的同学从食堂里出来，迈步进去，傅权宇只感到眼前一晕，挤挤插插的同学黑压压一片，歪歪扭扭的队伍，从卖饭的窗口一直排到了食堂的大门。越过人群往前面看看，六个卖饭的小窗口一个都没有打开，怎么办呢？返回去吗？来回的路上至少浪费八分钟，傅权宇腾出一只手，掏出随身携带的英语单词卡片，看一眼，在心里默记一遍。这时，他听到有同学在议论：下午停电停水了，开饭的时间要比往常晚二十分钟。那也只好等了，再看看前面的同学，差不多有一半的人，也都是学习的状态，或把打开的书托在碗上，或举在了眼前，一点交头接耳的声音慢慢地平息下去，整个饭厅里变得鸦雀无声了。

这时，"哐当"一声，"哐当"一声，卖饭的窗口打开了，有穿着油污污的白褂儿的师傅从窗口处露出脸来。排在前面的同学闻声而动，队伍开始往前面压缩。后面的同学，包括傅权宇在内，只是稍稍移动了一下脚步，依然保持着原有读书的姿态。

十五六分钟之后，傅权宇看看前面只有三名同学了，他忙收起英语卡片，掏出菜票，举到眼前数一数，坏了，怎么没带面票呢？翻一翻衣兜儿，还是没有。没有面票，馒头窝头玉米面粥，这些主食都不能买了，怎么办呢？

窗口里的师傅开始喊了："下一位，下一位同学，你打不打呵？"急切中带着一丝埋怨。

傅权宇只好往旁边闪了闪。

这时，后边有人在他的肩膀上拍了一下，说："怎么了傅权宇，没带钱呵？"

傅权宇侧转了身，看见是同班的靳云山，说："带钱了没带粮票。"靳云山立刻从兜儿里掏出一张面票，塞到了傅权宇手里，说快点去买饭，别让后边人瞪你。

傅权宇买了饭出来，在食堂的外面等着靳云山。

靳云山出来时，左手端着粥碗，右手举着两个叉在筷子上的馒头，前脚刚迈出大门，就先咬了一口馒头。

傅权宇说："我抽空就把粮票还给你。"

靳云山把举在空中的馒头左右摆了摆，嘴巴里又呜噜呜噜地说了些什么，然后就急匆匆地走了。

傅权宇没有听明白靳云山的意思，也顾不上去琢磨，他跟在靳云山的后面，也是匆忙地回到了自己的宿舍。

傅权宇先翻开褥子，下面没有粮票，再打开箱子，里面也没有粮票，他的头嗡地大了。怎么会呢？傅权宇从母亲给他饭费时开始，一个环节一个环节地往下想，是在班车上丢了吗？不会，自己的手一直捂着衣兜儿。那么是在下车的时候丢了？那会儿人挤人的，顾不上衣兜儿，只顾下车了。也不会，那会儿要丢应该一块都丢了。不对不对，到学校换菜票的时候自己清点过，还都有呢！换完了放在被褥下的时候还不少呢！不可能是在之前丢失的，不可能。

傅权宇坐在床头，饭也吃不下了，再清点一下菜票和面票，好在菜票还在，面票肯定是丢了，半个月的面票，十五斤，那是父亲用三十斤料票换来的。三十斤的料票，母亲要养猪，一斤一斤地喂养，喂养三十斤，现在不知道被自己丢到什么地方了。

这段时间以来，自己总是匆匆忙忙，抓起来菜票面票就走，一直没有清点过，如果说丢，肯定就是这期间自己不小心丢落了。

那么，会不会被人偷窃了呢？这念头刚在傅权宇的脑海里浮现就立刻被他否定了。丢了，肯定是丢了，不是丢在食堂拥挤的屋子里，就是丢在了去往食堂的路上。

傅权宇接受了这个结果，心里慢慢变得平静了。

罗群声看到他呆呆的样子，随便问一声就出去了。

接下来，傅权宇还在想：剩下的半个月时间吃什么？该怎么过呢？还有，靳云山给自己的一斤面票，本来说马上要还给他的，这下也还不了了，既然还不了了，总该去跟人家说一声。

想到这里的时候，傅权宇起身到靳云山的宿舍去。靳云山刚好从宿舍里出来。傅权宇不好意思地说："那一斤面票，我得过些日子再还你了。"靳云山看到了傅权宇阴郁的神情，拍了拍傅权宇的肩膀，说："明天下午放学，你等我，跟我出去一趟。"

傅权宇不知道靳云山要自己去干什么，他不好问，而靳云山那不容置疑的决断的口气，也让他不能不答应。

之后的一天时间，傅权宇的脑海里一直转悠着两件事，一个是粮票，一个是靳云山。

下午下了最后一节课，傅权宇刚出了教学楼，靳云山就从后面赶上来，一掌拍在了傅权宇的肩膀上："嘿！我跟你说的事忘了吧？"

傅权宇被吓了一跳，急忙说："没有没有，怎么能呢？"

靳云山扯了一下傅权宇的衣袖，说："走吧，进城去！"

进城去，干什么呢？傅权宇跟着靳云山走出了闻喜一中的大门，心里像揣下了一只闷葫芦。

从闻喜一中的大门往东，走出去十五六分钟的路程，傅权宇和靳云山就走上了闻喜县城横贯东西的一条大街，这也是闻喜县城最为繁华的一条大街，两边是鳞次栉比的店铺，街上是三三两两的行人，骑着自行车的小伙在行人间游走穿梭。

太阳下山去了，把最后一抹光洒在了大街上。

靳云山在前面走，傅权宇在后面紧紧地跟着。到了一家烧饼铺前，靳云山忽然停下来，买了两个烧饼，然后转身，抬手将其中一个塞在了傅权宇的手里，说："吃吧，一会儿回来赶不上晚饭了。"

傅权宇缩了手，说："我还不饿呢，你吃吧！"

靳云山忽地绷起了脸，说："你跟我客气？你饿不饿你自己知道，快拿着！"依然是不容置疑的口气。

傅权宇只好接过了烧饼，举到嘴边闻了闻，好香！

两个人继续往前走，靳云山一边走，一边三口两口地吃掉了烧饼，傅权宇则一直把烧饼抓在手里。

到了大街的尽头，然后右转，再左转，再右转，眼看就要走出城区了，前面忽然现出来一处大院，旁边门房里一个老头，抬手把靳云山和傅权宇拦住了，说："别往里走，下班了，有事明天再来吧！"

靳云山转身对傅权宇说："你在这里等我，我进去，一会儿就出来。"然后他凑上前去，跟老头嘀嘀咕咕地说了些什么，老头就打开大门上的一个小门，放靳云山进去了。

傅权宇望着靳云山的背影，又是一头雾水。

这时，傅权宇忽然看到了旁边的牌子上写着的粮管所的字样，他的心里豁然亮了一下，似乎一下子明白了什么。

等了约莫十分钟，傅权宇还不见靳云山出来，他就想凑上前去跟门卫的老头搭讪两句，可是刚往前走了两步，老头呱嗒一声把门房上开着的一扇窗户关上了。

傅权宇只好折回身来，掏出随身携带的写满英语单词的小本子，借着门房里射出来的微弱的灯光，一个一个地开始默记单词。

不知道过去了多长时间，傅权宇听到大院的门哐当一声，靳云山闪身从里面走了出来，快步地到了傅权宇的跟前，一脸兴奋地说："嘿，等急了吧，我叔叔他在跟别人谈事情，所以晚了，给你！"

靳云山把一叠粮票递到了傅权宇的眼前。

傅权宇的眼睛一亮，下意识伸出去的手又慢慢缩了回来，他说："不，不，我不能要。"

靳云山说："你那点事儿我知道，你不要，你喝西北风去呵？"

傅权宇被堵得说不出话来，接下来的日子，他真的不知道该怎么办了，母亲给他的钱和粮票，丁是丁卯是卯，多出来一斤，都没有地方去借，眼下靳云山拿给自己的粮票，无疑是雪中送炭，可是，这一叠粮票将来是要还的，什么时候还呢？

靳云山似乎看出了傅权宇的心思，抓起傅权宇的一只手，把粮票塞在了傅权宇的手里，然后换了一种平和的语气说："我叔是

这里的所长，不过你放心，不会犯错误，这点粮票，什么时候有了，你什么时候再还我，十年也可以，二十年也可以，别放在心上。"

傅权宇的心里涌过一股暖流，他难为情地说："谢谢你靳云山！"

靳云山将一只手搭在傅权宇的肩膀上，轻轻地拍了两下，说："我只求一点，将来考上了大学，飞黄腾达了，别忘了我这个老同学。"

傅权宇转过身，认真地看着靳云山，深深地点了点头。

教体育的"老太太"

离高考还剩下不到半年的时间了。

教体育的安泰然老师越来越感到头痛，他感到有一股强大的力量在跟他玩抻猴皮筋，这一头是他自己，另一头则是802班的全体同学，包括每一个人。

在别的班级，安泰然老师不用组织教学，只管按照教学计划灌输内容就可以了，但在802班不行，每堂课开始之前他都要严肃地训导几句，他说："我知道你们要高考了，时间紧迫，但是没有好的身体，别的科目你就没有足够的精力去完成。你们应该知道事半功倍的道理，上好体育课，练好了身体，这就是保障。"

他的话还没说完，站在后排的牛仙草悄悄地掏出个小本子，低头看了一眼。安泰然老师立刻察觉了，他提高了声音说："后排的同学注意，精力集中，老师讲话的时候，不要搞小动作。"然而几乎就在同时，罗群声也掏出个本子，举到眼前看了看。

安泰然老师实在矜持不住了，他猛地往前跨一步，拨开前排的同学，指着罗群声，一脸怒气地说："你站到前边来。"

罗群声如大梦初醒一般，低着头，蔫蔫地走到了安老师的面前，小声地说："我错了安老师。"

安泰然老师看着罗群声走到了面前，把冲到嗓子眼的火气往下压了压，伸出一只手说："拿来！"

罗群声只得将写满公式和单词的小本子从兜儿里掏出来，递送到了安泰然老师的手里。

安泰然老师接过来，装进自己的兜儿里，说："回去吧，下课后到我办公室来拿！"

罗群声就又低着头，悄没声地走回了队伍，他心说：拿什么拿，想要您就装着吧，这样的小册子，我有十几本呢，有那个时间，我能做好几道数学题了。

在同学们眼里，安泰然老师总无法让人畏惧，他长着一张天生慈祥的脸，虽然才四十多岁，可头发稀疏，而且还有丝丝的花白，肉乎乎的鼻子上架着一副眼镜，眼镜后面是平日里总会微笑的眼睛，如果不是运动衣下面凸起的胸肌和有力的臂膀，会很少有人将他和体育老师联系在一起。由此，802班的同学早已悄悄地送给了他一个雅号：老太太。刚开始的时候，在同学们的心里，这应该是一个爱称，可是越接近高考，安老师对大家的要求越严，有些同学怪他不近人情，"老太太"称呼的味道慢慢地变了，雅号变成了绰号。

安泰然老师似乎也从同学们闪烁的目光和窃窃的低语中品到了一点硝烟的味道，但为了这帮孩子的身体能挺过高考，随他们怎么想吧，他依然坚持着自己的原则，他认为同学们早晚会理解他的苦心。所以，训导完之后，他依然要安排同学们沿着操场的跑道进行两圈慢跑，为后面的课程热身。

然而，两圈没跑完，安泰然老师就发现队伍里已经少了四五个人，怎么回事呢？还没容仔细寻找，已经有同学一瘸一拐地到了自己的面前，这个说老师脚崴了，那个说安老师腿抻了。"哎哟

哟!"龇牙咧嘴，表情逼真。

安老师本想狠一狠心，可又怕其中有真的，那样耽误了，伤情会加重，于是只好挥一挥手，说："去吧去吧，去宿舍用毛巾敷敷，没事了赶紧回来。"

得到了赦令，几位同学装模作样地走了。可刚一离开安泰然老师的视线，就一溜烟地扎进了教室，直到体育课结束，安泰然老师再也没有见到他们的影子。

这是小规模的拉锯，一周两次的体育课，每节课都会出现，安泰然老师想一想也就算了。然而让他没有想到的是，这种态势愈演愈烈，一节体育课，后半节的自由活动时间，没过几分钟，操场上只剩下了五名同学。安老师问其中的一位："其他同学呢？都去哪里了？"这同学支支吾吾，安老师猛然醒悟了，他火急火燎奔到了802班的教室，推开门，黑压压一片，一个不少，更让他生气的是，所有人都无视他的到来，没有一个人抬头看他一眼。

安泰然老师啪地一巴掌拍在讲台上，他那张慈祥的脸几乎扭曲了。

所有的同学都被从沉思中惊醒了，不约而同地抬起头来，惊愕地看着突然出现在教室里的安泰然老师，有几位已不自禁地站起身，做出了往外走的姿势。

安泰然老师说："让你们自由活动，没让你们到教室里来活动，都起来，到操场去，马上！"

没有人再吭声，一个接着一个地走出教室，悄悄地迅速地回到了操场上。有的同学，这时心里已经在打鼓了，不为别的，为的是由此引发的事情会占用计划内的学习时间，那该怎么办呢？

果然，跟随而来的安泰然老师威严地发出了口令："集合！"
同学们又分成两排，很快地站好了。

安泰然老师说："你们不是不愿意活动嘛，好啦，就在这里站着吧！你们范老师不来，你们就一直在这里站着。我要让他看看，他的这些好学生，为什么一点都不尊重别人的劳动。"

五分钟，十分钟，十五分钟，下课的铃声响了，安泰然老师往教学楼那边望了望，依然不为所动。

上课的铃声又响了，时间在嘀嘀嗒嗒地行走着。

安泰然老师本想再坚持一下，可他的心还是先软了，他走到排头的一名同学身边，小声地问："你们下一节是什么课?"同学说："就是范老师的课。"安泰然老师大步到了队伍的前面，他说："过多的道理不讲了，我现在就跟你们说一句话，下不为例，再有这样的事情，我就让校长来跟你们讲，你们知道后果，好啦，解散!"

听到口令的同学们，以在操场上跑圈时的两倍速度往教室奔去。

望着那些远去的背影，安泰然老师的心里忽然溢出来一股酸涩。

然而，安泰然老师很快又变得理智了，他认为这事情不能就这样过去，那样对这帮孩子终归没什么好处。

第二天一早，安泰然老师来到语文组范承礼老师的办公室。

范承礼老师说："昨天的事我都听说了，我代同学们向你道歉，对不起啦安老师。"

安泰然老师说："我不是来听你道歉的范老师，现在这帮孩子的学习强度，再不运动，身体会垮掉的。"

范老师说："那怎么办呢?道理我讲了，本来我想让他们每人写一份检查，可话到嘴边我又咽了回去，那样除了占用他们的时间，起不到什么作用，这你应该明白。"

安泰然老师说："你就是心太软范老师，你是班主任呵，再有这样的事情，我去找校长，课我不给你们带了。"说完不再等范承礼老师搭话，甩手走了。

范承礼老师被尴尬地晾在了原地，心说：嘿嘿，带课，怎么会给我们带呢？还要找校长，找吧，岂有此理！

安泰然老师没有听到范老师在说什么，但他脚步刚迈出门，就感觉到了自己的失礼，然而说出去的话泼出去的水，已经无法收回了。

无法收回的结果，安泰然老师把难题留给了自己。

一周时间过去，第二周的体育课，同样的事情又出现了。安泰然老师理顺着纷乱无奈的思绪，怎么办呢？没办法再去找范老师了，可是课又不能不上，真的找校长吧，校长肯定要连带着问班主任的责任，思来想去，问责就问责，也只有这条路了。

晏校长听了安泰然老师的汇报，说："安老师你不要有太大的压力，高考班的学生，出现这样的情况也正常，抽时间我找一下范老师，跟他讲一讲，体育课还是要上的，不好好上体育课，身体垮了怎么办呢？"

安泰然老师说："我的压力没什么，校长，我担心的是学生的身体。"

晏校长微微地笑着，说："你放心，我去找范老师，等我的信好吗？"

安泰然老师不再说什么，校长的表态让他的心情渐渐地轻松了。

两天之后，在教学楼的门口，安泰然老师迎面碰上了晏校长，晏校长说："我跟范老师讲过了，安老师你只管上课，不会再有问题了。"一边说一边摆摆手，还没等安老师说话，就匆匆地走了。

安泰然老师心里的一块石头落了地，心说校长过问的事情，应该搞定了，范老师和他的学生们一定会持认真的态度对待。

接下来的一天，正好有802班的体育课，为了验证自己的判断，安泰然老师特意安排了二十分钟的自由活动时间。

十分钟的时候，安泰然老师第二次来到操场，抬起头时，他心里咯噔一下，从头顶凉到了脚底。操场上只有陶坚、林大勇、靳云山三名同学在玩篮球，其他的人呢？

安泰然老师冲陶坚招了招手，陶坚抱着篮球跑了过来。

安泰然老师说："你跟你们范老师说一声，你们班的体育课我不带了。"他的目光里满含着担忧和无奈，一边拿过陶坚手里的篮球，脚步沉重地转身离开了。

萤火和星星一起闪亮

政教处的梁启波老师遇到了比安泰然老师还要头疼的问题。

按照学校的规定，晚上十点半，住宿的同学要准时熄灯睡觉。十点半开始，梁老师要例行检查一次，看看所有的宿舍都熄灯了，他才会放心地回到办公室，在本子上做记录，一天的工作宣告完成。

大约十一点半的时候，梁老师会从办公室出来，一边观望着天上闪闪的星星，一边踱着步，走回校园里食堂西边自己的家里去。

这个时候是梁启波老师一天里心情最为轻松的时候。

然而有一天，梁老师从安泰然老师口中听说了 802 班体育课的事情，他的心里忽然有了一种沉重的感觉。

这天从办公室里出来，梁老师没有直接回家，而是有意无意地又一次往学生的宿舍那边走去。

星星依然远远地挂在天空，宿舍那边似乎有萤火在忽明忽暗地闪烁。怎么回事呢？这个季节还不应该有萤火虫呵！他快步地走过去，什么也没有，宿舍里已经传出了学生们轻轻的鼾声。

梁启波老师心说眼花了，自己看花眼了，随后轻手轻脚地离开，缓步往家的方向走去。

这个时候，宿舍里，钻在被窝里的罗群声兴奋地嘀咕了一声，"走啦走啦!"紧跟着，沉睡的鼾声消失了，屋子里一阵悸动，一支支手电筒忽闪忽闪，亮光从被窝的缝隙中钻出来，一点点的萤火打在了黑夜中的窗子上，直到东方的天空中泛出了白色，萤火才一点点消失了。

这种情况一连出现了几天，梁启波老师明白了其中的端倪，他心里担忧着急，甚至有些气愤了，他返回来的时候，有意放轻了脚步，到了宿舍的外面，轻轻地咳嗽一声，啪啪地拍门，然后冲着屋子里喊："睡觉的时间到了不知道吗？把手电收起来，都收起来！"他的声音低沉而威严。

宿舍里的萤火熄灭了，屋子里一阵寂静。

梁启波老师又在外面站了有十几分钟，屋子里面似乎有议论声，又似乎没有，总之没有了闪闪的萤火。

可是，事情不能这样拉锯呵！关键是这样下去学生们的身体会被搞垮，那样自己没法向学校交代，更没法向家长们交代。如此，必须采取一点措施，让同学们有所警醒。

再次返回到宿舍门前时，梁启波老师没有再拍门，而是直接推门闯了进去。

一点点惊慌的萤火，有的瞬间熄灭了，有的还坚挺地闪亮着。

梁启波老师威严地说："都起来，都给我起来！"

十几个同学悄没声地从被窝里爬了起来，又悄没声地站到了外面的院子里。梁启波老师说："听我口令，站成一排，向操场方向，齐步走。"陶坚、林大勇、傅权宇、罗群声，每一个人都低垂着头，像斗败了的公鸡一样，有气无力地往操场的方向走。

"好啦，立定，向左转！"梁启波老师发出口令，随即站到了同学们的面前。他说："我把你们叫到这里来，是怕你们影响其他宿舍的同学，熄灯的时间过了，你们在干什么，别以为老师不知道，可是学校有纪律，有纪律不遵守，那你们干脆回家去，回家去没有人管你们，这里是学校，在学校就要服从学校的管理，这道理你们谁都懂，更多的道理我不讲了，你们不是精力过剩嘛，现在听我口令，向右转，沿着操场跑道，跑步走！"

陶坚在前，十几个人仿佛被一只大手从后面猛地推了一把，忽地一下，沿着夜色下的跑道，静静地往前跑去。

梁启波老师木桩一样站立着，心里五味杂陈，他抬头望了望繁星闪闪的夜空，又望了望远处影影绰绰跑动中的同学。

一圈二圈三圈，已经跑过十几圈了，梁启波老师还没有叫停的意思，他在等待着，等待着。

第一个沉不住气的是陶坚。他知道，梁老师在等着他们的说法，而且他们也熬不过老师。陶坚一边跑，一边提高了声音对后面的同学说："同学们，我们不能再跑了。""那怎么办呵？梁老师还没叫停下呢！"罗群声在后面说。陶坚说："你们跟着我，要配合呵！"

一行人经过梁启波老师跟前时，陶坚带头往侧边一闪，在梁老师的前面停下了。

梁老师说："怎么回事？我还没让你们停下呢！继续跑。"

陶坚说："老师我们错了！"其他同学立刻跟着说："我们错了，梁老师。"

梁启波老师没有立刻表态，他把沉默和威严留给了眼前的同学和星星闪烁的夜空。

同学们把相同的话说了三遍，声音慢慢地低了下去。

梁启波老师看看火候已经到了，而且体罚也不是他的目的，于是他开口说："知道错了就好，我还是那句话，道理我不讲了，我看你们的表现，如果你们明天还不想睡觉，我继续奉陪，回去吧！"

同学们如释重负，一溜烟地跑回宿舍去了。

第二天，802班宿舍男生夜跑的故事很快在其他同学之间传开了，包括住在东边宿舍里的女生，大家没有感到好笑，而是多了一丝警觉，私下里在寻找着一些应对的办法。

怎么会这样呢？怎么会不这样呢？高考的日子一天天迫近了，语文数学英语，该背的东西好多还没有背，时间在一分一秒地过去。

"我管不了那么多，熄灯后我至少要再背一个小时。"牛仙草对躺在旁边的栗若梅说，"再说了，咱们是女生宿舍，梁老师他不会闯进来。"说着她打开了手电筒，把电光冲着被窝里面。

栗若梅说："牛仙草我可跟你说，别让我跟你去跑步呵！你也不想想，梁老师不进来，他还不会让我们出去，跑步又不在屋子里跑，萤火一闪，信号就发出去了，快把手电筒关掉。"

牛仙草乖乖地把手电关了，委屈而无奈地说："那怎么办呢？高考呵！就是累死，我也要爬进大学的门里去。"

栗若梅说："你以为我不急呵！要我看，这样吧牛仙草，明天下了晚自习，我们俩先不回宿舍，在外面背书，老师的家属院那边，有一棵大树，大树下边有一块大石头，你知道吧？我们俩就去那里，这叫灯下黑，梁老师他肯定不能知道。"

牛仙草说："还是你的办法多，我怎么就没想到呢？"

栗若梅说："那好，我们一言为定，睡觉！"

牛仙草也说："睡觉！"她感觉到肚子里的什么地方隐隐地疼了一下，于是翻转了个身，把肚子压在了下面，把头往被窝里面缩一缩，又悄悄地打开了手电筒。

第二天的深夜，夜空里闪烁着无数的星星。

梁启波老师检查完宿舍，拖着疲惫的身体走回自己的家，刚要推开家门时，他无意间往院子前边看了看，怪了，大树下的石头后面，怎么会有萤火闪亮呢？看来，今年的萤火虫比往年活动得早了。

含泪的闻喜

夜里下了一场雨，雨水挂在树枝上叶片上，像一颗颗晶莹的珍珠，低年级的同学边走边指指点点。

可是，802班的同学和老师却没有那样的心情了。

牛仙草已经三天没来上课了，临走时她跟范老师请了假，只说肚子疼。范承礼老师看她脸色微黄，说话有气无力，就说："快去看看医生买些药，完了赶紧回来。"过多的事情范老师也没有去想。

可是三天了，还没见牛仙草来上课，这可是一寸光阴一寸金的时候呵！范承礼老师的心里隐隐地感到了一丝不安，尤其他看全班的同学，精神状态整体有些差了。

下了课，范老师叫住了栗若梅，他说："你跟牛仙草住一起，你知道她近来有什么情况吗？"栗若梅说："她只说肚子疼，吃饭也只吃一点点，别的我就不知道了。"

范承礼老师再找人打听消息，反馈回来的信息，只说牛仙草在老家，还要再休息几天，什么原因依旧不太清楚。

也就是在这一天，下课的时候，范老师发现罗群声匆匆忙忙地往厕所跑，边跑边干呕。

罗群声也不知道自己是什么情况，他只是看见了范老师追随着他的目光，半天也不愿意从厕所里出来。

晚上躺在床上的时候，这种情况越发地严重了。傅权宇问他："怎么了，罗群声，你不会是生病了吧？"罗群声说："肯定不会，我从十二岁开始跟着爷爷一起干活种地，这身板结实着呢！"傅权宇不再问了。罗群声把被子往上提了提，打开手电筒，可是眼皮却怎么也睁不开了。

过了两天，罗群声感觉身上一点力气都没有，他让傅权宇帮他请假，一个人偷偷跑去了医院。医生看了看，说："你明天再来吧，早晨不要吃东西，要做个化验。"

罗群声回到学校，一脸的阴云，晚饭也没有吃。

傅权宇问："你怎么了罗群声，有什么事吗？"

罗群声说："医生让我明天做化验，傅权宇你能陪我去吗？说实话，我心里有些害怕。"

傅权宇说："没问题，我陪你去，不过——医生说为什么了吗？"

罗群声摇摇头，说："医生讲要看明天的检查结果，所以我才害怕。傅权宇，你说会怎么样呢，我不会不能参加高考吧？"

傅权宇的心里咯噔一下，他拍了拍罗群声的肩膀，说："你说什么呢？自信，要有自信。"

罗群声说："好，好，自信，我一定能参加高考，而且要考上大学。"

可是，当他把化验的单子交到医生的手上，看着医生阴沉而严肃的脸时，罗群声的自信瞬间垮了。

医生说："你还是学生吧？罗群声，你需要休息，至少三个月，你的肝脏出了问题，是肝炎，而且比较严重，我先给你开药，再给你开一张假条。"一边说，一边唰唰地开药方。

罗群声的头脑里一片空白，三个月？还有一个多月就要高考了，这不行，肯定不行。他的两条腿木头一般僵硬，忽然抬起来，往前迈一步，伸手抓住了医生手中的笔。

医生抬起头，满脸疑惑地望着罗群声。

罗群声说："不能，我不能休息。医生，我要高考，我要上学，上大学，求您了，我不要假条，我绝不能休息，求您再给我两个月时间，不，不不，一个半月就行。"

医生说："休不休是你的事情，你看着办吧，要命还是要高考，我想一说你就明白，但有一点我必须提醒你，这个病有传染性，你必须跟你们老师讲，否则传染给其他同学，后果将会很严重……这个药方给你，药还是要吃的，知道吗？至于那个假条，你需要的时候，可以随时来找我。"

医生开始叫下一个人了。罗群声木讷地站立着。傅权宇拉他一把，说："我们走吧！"一边帮他拿了药方。

回到闻喜一中的时候，罗群声说："傅权宇你先回去吧，我想一个人去走走。"傅权宇说："我陪你吧。"罗群声说："不用了。"态度很坚决。傅权宇不好再坚持，只得一个人走进了学校。

晚饭的时候，傅权宇没有看见罗群声，熄灯的时候，傅权宇还没有见到罗群声，他的脑海里忽然飘浮过一片阴云。梁启波老师来了，脚步声从宿舍外轻轻地走过。傅权宇猛地从被窝里爬起来，趿拉着鞋从宿舍里追了出去。

梁启波老师已经走到了去往女生宿舍的过道处，傅权宇在后面喊："梁老师，梁老师！"梁启波老师看清了神色慌张的傅权宇，说："怎么了傅权宇？有话慢慢说。"

傅权宇说："罗群声，罗群声他到现在还没回来。"接着他就将白天的事情简单地跟梁启波老师讲了。梁启波老师问："这事跟你们范老师讲了吗？"罗群声摇了摇头，说："还没有呢！"梁启波老师感觉到了问题的严重，说："傅权宇，你去把陶坚和林大勇叫出来，就说我找他们，轻一点，不要惊动其他人。"

傅权宇说："好吧。"他很快回去，叫出了一脸懵懂的陶坚和林大勇。

林大勇说："梁老师，我们按时睡觉了，没有干别的事。"

梁老师说："不是别的事，我要你们跟我一起去找罗群声，走吧！傅权宇，你告诉他们。"

傅权宇就将跟梁老师说的事情又跟陶坚和林大勇说了一遍。

闻喜一中的校园里鸦雀无声，三名学生跟随着他们的梁老师，脚步匆匆地出了校门，往学校后面的山坡上爬去。

梁老师打着手电筒，沿着那条通往"夏日朗"的小道，一边走一边往四下里观看，一边低声地呼喊："罗群声，罗群声……"

没有人回应。

到了"夏日朗"，眼前是黑乎乎的山洞，静悄悄的树林，还有天空中闪闪的星星，只是没有罗群声。

几个人僵立着，梁启波老师掩饰着焦急的心情，他问陶坚和傅权宇，说："你们看看，罗群声他不在这里，他会去什么地方呢？"

傅权宇沿着林中的一条小道，往前走了走，又折了回来，说："还是没有，怎么办呵梁老师，怎么办呵？"

林大勇说："橹河，他不会去橹河吧？梁老师。"

梁启波老师的心悬起来，后背上沁出来一丝冷汗，他说："我也想到了这一点。这样吧，我们分两组，陶坚和林大勇你们两个一起，傅权宇跟我一起，我们分头找，一会儿在橹河边碰头，好吧？"

陶坚说："我们听您的，梁老师。"

然后，几个人就分头走了。走出去百十米的样子，梁启波老师又忍不住问："傅权宇呵，你跟罗群声在一起的时候，他还说了些什么呵？"

傅权宇说："他跟医生说，他要高考，他一定要高考。医生说他这病有传染性，一定要跟老师讲。离开医院后，他什么话都没有说。梁老师，罗群声他不会想不开吧？"

梁启波老师说："不会，你放心吧，罗群声是个内心坚强的同学。"他跟傅权宇这样讲，心里却依旧七上八下地翻腾个不停。

前面，已经看见了夜色下的橹河，梁启波老师举着手电筒往河面上照了照，河水静静地流着，有浪花闪着波光。河边有树木石头，只是没有罗群声。

陶坚和林大勇从夜色里默默地走来，冲着梁启波老师摇了摇头，说："没有找到，梁老师。"梁启波老师就感到了一阵茫然，说："好吧，我们再往前面走走。"

天空中的星星慢慢被流动着的乌云遮盖了。

傅权宇下意识地拉了一下梁启波老师，说："梁老师你看呵！"

梁启波老师心里一惊，他看见一个人在檆河边石头一样安坐着。

这个时候，罗群声已经听见有人走到了他的近前，可是他依旧一动不动地坐着，眼里含着泪水，无助的目光在河面上漂荡。

梁启波老师轻轻拍了拍罗群声的肩膀，叫了一声罗群声。罗群声抬起头，看了看走到他身边的老师和同学。陶坚和傅权宇走上前去，一左一右，将罗群声扶了起来。

梁老师说："罗群声，你的事情傅权宇都跟我讲了，没什么大不了的，走吧，先回学校，回宿舍去。"

罗群声面对着梁启波老师站立着，泪水从眼里默默地流出来，继而就开始抽泣了，他说："梁老师，怎么会是我？我怎么跟我爷爷说呵？完了，全完了！医生说让我休两个月，我不能高考了，怎么跟我爷爷说呵……"

陶坚揽住了罗群声的肩膀，一边用手轻轻地拍了拍。

梁启波老师说："不会的，不会的，罗群声。"他的目光又投向了远处的檆河，心里像打碎了一只五味瓶。

随后，几个人默默地往回走了，一起走进了夜色沉沉的闻喜一中。

第二天早晨，傅权宇起床走出宿舍。他发现后半夜校园里又洒下了一场小雨，雨水挂在树叶上，一颗颗的水珠，他怎么看怎么像昨夜罗群声的眼泪。

上课了，班主任范承礼老师脸色阴郁地走进了教室。刚在讲台前站定，他就说："同学们，先跟大家说件事情，由于我们班个别同学身体出了些状况，经学校决定，我们班的高考体检提前两周进行，大家做好准备。"

范承礼老师说这话时，傅权宇感到一阵胸闷，他往罗群声的座位上看了看，那座位空着，罗群声没有来上课。

中午回到宿舍，傅权宇没有见到罗群声。

晚上回到宿舍，傅权宇还没有见到罗群声。

罗群声的床位空着，没有了被褥，也没有了那些塞在被褥下的书本，罗群声悄悄地离开了。

夜深了，傅权宇躺在床上，怎么也睡不着。梁启波老师的脚步轻轻地走了过去。范承礼老师白天说的话又一次在耳边响起。傅权宇习惯性地要跟罗群声说句话，刚想开口，猛然意识到罗群声已经不在旁边了，他的心里一阵烦闷，一阵惆怅。

有月光打在了窗子上，傅权宇感到眼前一片明亮。他看到了一条大河，清澈的河水泛着粼粼的波光，那是橹河吗？河的两边是郁郁葱葱的青山，有无数彩色的蝴蝶从山林里羽化而出，飞临到了河面上，它们飞呵飞呵，沿着河面往上，似乎想去寻找一处更加高远而美丽的地方，一阵风吹来，一阵浪涌起，有的蝴蝶被河水打湿了，折断了翅膀，有的又努力地飞向了山林。

傅权宇忽然意识到了这是一个梦。他努力地把这个梦在脑海里定格，然后微微睁开了眼睛。

窗子上的月光没了，打在上面的是一缕晨光。

（2021 年 6 月 8 日完稿；2021 年 7 月 4 日修改）

老　墙

　　小时候，我家住的是个大杂院，有五户人家。院子当中立着一堵老墙，将整座大院又分割成了前后两个院落。老墙高不过两米，它那黛青色的砖瓦缝里生长着如铁丝一般直立的枯草，上面还时有麻雀飞来，或嬉戏，或呆呆地与屋里的人对视，走了，则在老墙上留下了污迹斑斑的鸟粪。老墙旁边留个过门，连接着前后两个院落，可奇怪的是前院里没有一户人家，空荡荡的院子，只在西南角儿上生长着一棵枣树，树下卧着一盘石碾，那是我和小伙伴儿们秋天里经常光顾的地方。后院则脏乱而且拥挤。然而多少年下来，人们仿佛已经觉得就应该是这样，也只能是这样了。

　　有一天，上了初中的三弟忽然问爷爷说："爷爷，院里的老墙干什么用呵？"

　　爷爷瞧他一眼，说："干什么？有用。没有用能垒吗？"

　　我在一旁问："爷爷，您知道老墙是什么时候垒的吗？"

　　爷爷摸了一把下巴上的胡茬儿，想想说："什么时候，我爷爷说他小的时候就有，你说什么时候呵？"

　　三弟又说："爷爷，拆掉算啦，跟前院连起来，那才痛快呢！"

　　爷爷陡然变了脸色："不许瞎说，要能拆还等到现在吗？"

　　我和三弟立刻不敢作声了。

然而，三弟却不安分，也不甘心，夜色笼罩了大杂院的时候，我见他悄悄出了屋子，摸向了老墙。我猜他准要捅娄子，急忙跟了过去。

可是晚了一步，三弟已在老墙的一边扒开了一处豁口，有七八块砖的样子。我一把拽住他，低声说："老三你又肉皮子痒了。"就将他连拉带拖地弄回了屋里。

三弟挣脱我的手，说："大哥你放开找，什么了不起的事嘛!"并没把刚才的行为当成一回事情。

如果没有半个多月后碰巧发生的一件事情，果真也就没事了，因为老墙那豁口并不大，院里也没有人在意。

可那天晚上，西屋的顺子从街上疯跑回来，刚一进院子就把脚崴了。虽说以前他也崴过脚，但这次特别地重，第二天早晨，脚脖子肿起老高，学校也去不成了。

顺子爹又气又恨，在院子里团团地转，一眼就看见了老墙上的豁口，仿佛发现了秽气的根源一样，在院子里破口大骂起来。

我和三弟要出去与他论理，被爷爷伸手拦住了。

几分钟后，东屋的二婶拉开门出来，劝说道："顺儿他爹，消消气吧!事情出了，再发火儿也没用。"抬头看见了老墙上的豁口，立刻显出很吃惊的样子，又说，"真是呵!挺好的墙怎就给拆了呢?难怪出事。唉!算啦，去给孩子拿药吧!"

顺子爹住了口，到街上找来一锹沙灰，默默地将那豁口重新叠好，大杂院里紧张的空气才慢慢飘散了。

晚上，父亲把我和三弟关在屋里，狠狠地熊了一顿，吓得三弟再不敢提起拆掉老墙的事情了。

一晃过去了八年，三弟当兵去了又归，老墙上那豁口经风吹日晒，也早已和老墙融为一体。可是，大院里的住户和人口渐渐地少了，有的作了古人，有的乔迁新居，最后的主人，只剩下了当兵归来业已成家的三弟。

那个初秋的傍晚，三弟在我屋里坐久了，忽然说："大哥，我拆老墙了!"

我听了，那根饱受过惊吓的神经激跳起来，说："你说什么？老墙——能拆吗？"

"我已经拆了，架大棚种菜，正好春节上市。"三弟不以为然地说。

我说："嘿！小时候惹祸挨熊的事，你都忘啦？我看看去!"急匆匆出了屋子。三弟也随后跟了出来。

到了街上，走不多远，见一人背着柴禾迎面走来，近了，却是顺子爹，相互打过招呼，他知道了我们哥俩匆匆赶路的原委，陡然变了脸色，说："走，我也看看去。"就把柴禾放在路边，随后跟了来。

走进我们过去的老宅子，如今三弟的家，那堵记忆中的老墙已荡然无存，眼前豁然宽敞了。院子当中，原来老墙那地方，一座大棚的地基已顽强地拱出了地面。

三弟说："你们瞧，好好的院子非要垒一道墙，这不也挺好嘛，年底还不误吃菜。"

我也知道挺好，但那老墙真的就可以拆吗？我不便说，小心地等候着顺子爹的训导。

可是，这次却出乎我的意料，也出乎三弟的意料，乌云滚滚的天空中没有落下雨滴，反而剥开了一方蓝天，顺子爹说："你还别说，这样也好，种菜不种菜，看着心里宽敞，过去那会儿——"他卷支烟，点燃了，走上那地基去，又在院子里四处望望，故地重游，总有一种依依的情愫。

我看着他，心里略感不安，会不会事不关己，顺水推舟呢？就说："大叔，老三也不是别人，老墙拆了，碍事的地方您得赶紧

437

指出来。"

顺子爹说:"你瞧,我能瞎说吗?我要在这院里,一直住到这会儿,说不定还早拆几天呢!真的挺好。"

"我早说拆了好,可我们娘们儿说话,你们谁听呵?"一个声音从北屋里飞出来,随后出来了东屋二婶,老家老户,总牵着那么段旧情,免不了三天两头儿地过来走走。三弟媳妇陪她从我们身边走过,说说笑笑地出门去了。

顺子爹说:"我也走呵!"

三弟说:"屋里坐会儿,晚上咱爷俩碰两杯。"

顺子爹说:"柴禾还放在街上呢,改天吧!"在鞋底上碾灭烟头儿,也出门去了。

顿时,这大院就像空了场的戏台,刚才那一片喝彩声,是真正地喝彩,还是喝倒彩呢?我迷惑了,又不好指责三弟,只是礼节性地嘱咐几句,心绪不宁地告辞了。

一转眼,春节已经临近了,喜庆的气氛笼罩在村子的上空。吃过晚饭,我忽然想起了三弟,想起了他拆掉的老墙。墙上那枝立的枯草,栖息的麻雀又一次浮现在我的眼前。这会儿他怎样了呢?会不会——真该去看看他了,我想,迈步出门,又一次走进了我小时候居住过的那所老宅子。

三弟从大棚里钻出来,说:"大哥,屋里坐吧!"

我说:"老三,拆那老墙,有事吗?"

三弟一愣,"老墙?——没事。要不你先进这儿来看看。"

我说看看,一弯腰,随三弟进了大棚,抬头看去,挨挨挤挤的黄瓜挂满了枝蔓,碧绿的瓜叶上滚动着晶莹的露珠。真没想到,在这老墙扎根的地方,如今已生长出一片春色。

看来,真的没事了。

(1997 年 3 月 29 日完稿)